【江苏省高教学会组编系列教材】
【高职高专人文素质教育教材】

文学鉴赏

主　编　莫砺锋
副主编　孙立尧

苏州大学出版社

图书在版编目(CIP)数据

文学鉴赏 / 莫砺锋主编. —苏州：苏州大学出版社,2016.6
江苏省高教学会组编系列教材. 高职高专人文素质教育教材
ISBN 978-7-5672-1753-9

Ⅰ.①文… Ⅱ.①莫… Ⅲ.①文学欣赏－高等职业教育－教材 Ⅳ.①I06

中国版本图书馆CIP数据核字(2016)第158882号

文学鉴赏

莫砺锋　主编

责任编辑　史创新

苏州大学出版社出版发行
(地址：苏州市十梓街1号　邮编：215006)
常州市武进第三印刷有限公司印装
(地址：常州市武进区湟里镇村前街　邮编：213154)

开本 787 mm×1 092 mm　1/16　印张 16.25　字数 406 千
2016年7月第1版　2016年7月第1次印刷
ISBN 978-7-5672-1753-9　定价：29.00元

苏州大学版图书若有印装错误，本社负责调换
苏州大学出版社营销部　电话：0512-65225020
苏州大学出版社网址　http://www.sudapress.com

高职高专人文素质教育教材
编审委员会

主　任　葛锁网

委　员　（以姓氏笔画为序）

王兆明　王承宽　王　毅　王　薇
孙征龙　成海钟　吴春笃　闵　敏
钱　进　徐金城　莫砺锋　黄建晔
葛锁网

编写说明

2005年6月,江苏省教育厅下发的《关于进一步加强高等学校教学工作的若干意见》(苏教高〔2005〕16号)进一步要求各高等学校对学生"全面加强人文素质和科学精神培养。把人文素质教育纳入到课堂教学过程之中,增加人文类选修课程,使人文素质教育与专业教育、科学精神教育有机结合。积极组织学生参加社会调查、生产劳动、志愿服务、公益活动、科技发明和勤工助学等社会实践活动,使学生的人文素质和科学精神在实践中得到进一步深化"。

所谓人文素质教育,主要是通过对大学生加强文学、历史、哲学、艺术等人文社会科学方面的教育,同时对文科学生加强自然科学方面的教育,并通过环境熏陶、社会实践等活动,引导学生学会做人,学会处理人与自然、人与社会、人与人的关系,正确解决理性、情感、意志等方面的问题,使人类优秀的文化成果被内化为受教育者的人格、气质和修养等相对稳定的内在品格,以提高全体大学生的心理素质、文化品位、审美情趣、人文素养和科学素质,从而成为维系社会生存和发展的重要因素。人文素质具有鲜明的时代特点,在21世纪,人才应具备的素质中人文素质是最根本、最基础的。人文素质教育是一切教育的本有之义,是一切教育的共同本质和基础,丢掉了这个根本,从某种意义上说就失去了教育的骨血,就不是成功的教育。

高等职业教育作为高等教育的一个类型,肩负着培养面向生产、建设、服务和管理第一线需要的高技能人才的任务,在我国加快推进社会主义现代化建设进程中具有不可替代的作用。在各级政府和有关方面的推动和支持下,经过30多年的努力,我省高等职业教育异军突起,取得了长足的发展,已成为江苏高教名副其实的半壁江山,顺应了人民群众接受高等教育的强烈需求,对我省高等教育大众化作出了重要贡献。我省一个新型的高等职业技术教育体系已初步形成,30多年来已培养输送了数以百万计地方急需的各种应用性人才,受到用人单位的普遍欢迎,为我省社会主义现代化建设、构建和谐社会作出了巨大贡献。

当前,我国的高职院校还都是专科层次,高职院校的学生在缺少学历优势的情况下,要想立足社会,不仅要有良好的职业技能,还要有良好的人文素质作为支撑。一个人掌握的科学技术对社会的贡献程度,以及今后能否继续发展提高,也往往受其人文素质的高低所制约。如果人文底蕴不足,就会缺少发展后劲,在激烈的市场竞争中随时面临被淘汰的危险。所以有人说,人文素养教育是大学生社会化的动力源和推进器,是很有道理的。

长期以来,我省大多数高等职业院校在学制短、专业知识学习和技能训练任务重的情况下,以服务为宗旨,以就业为导向,积极推行工学结合,突出实践能力培养,改革人才培养模式。同时全面贯彻党的教育方针,普遍通过开设必修课、选修课,将文化素质教育贯穿、渗透于专业教育的始终,并通过加强校园文化建设及开展多种形式的参观、实践等活动途径,积极推进素质教育,为提高学生的人文素养和科学素质,促进学生的全面发展做了大量工作,积累了不少经验。据调查了解,我省高职高专面向全体学生开设的文化素质教育的公共选修课程,少的有几十门,多的近百门。每学期均有几十门课程供学生选修。不少学校把文化素质教育课程列入学生的公共必修课,规定了必须获得的学分。但是,学校和学生普遍反映目前开设的文化素质教育课程没有适合的教材,有些采用教师自编的讲义,难以保证课程的教学质量和效果。

针对上述情况,我会在调查研究的基础上,根据高职院校的特点和需求情况,组织有关专家和具备丰富高职院校教育教学实践经验的教师,编写了这套提供我省高职院校使用的人文素质教育系列教材,这是非常有意义的。

教材是实现教育目的的主要载体,高水平的文化素质教育,必须有高质量的教材作保证。本系列教材的编写,注意吸收高职高专院校教学改革的成果,力图打破传统的教学模式和教学方法,适应以学生为主体的讨论式教学、辩论式教学、启发式教学、案例教学等教学方法,突出学生的个性培养。本系列教材既可以提供给学校教学使用,也可供学生自学。

我们希望这批人文素质教育系列教材的出版能够为我省高职院校开展人文素质教育作出有益的贡献,并通过试用、修改,反复锤炼,能够更具特色,更受广大师生的欢迎,成为我省甚至全国的精品教材。

我们也希望这一批高职院校人文素质教育系列教材的编写、出版,能够锻炼培养一批热心人文素质教育的教师群体,成为推动我省高职院校实施素质教育的骨干力量,促使我省高职院校认真探索人文素质教育的规律,针对院校自身的特点,深入研究人文素质教育的课程设置、教学内容、课时比例、教育形式、保障条件等,把人文素质教育开展得更有声有色、更有成效。

江苏省高等教育学会

前 言

随着我国教育事业的改革和发展,素质教育或通识教育越来越成为高等教育中的重要内容。各种类别的高等院校都开设了一系列的人文素质教育选修课程,与之相应的系列教材也应运而生。于是,文学、历史、哲学、音乐、绘画、雕塑等课程受到了各专业大学生的热烈欢迎。

《文学鉴赏》就是针对高职高专院校学制短、技术性强的特点而编写的人文素质教育教材。与目前流行的各类《大学语文》及文学作品选不同,本书并不以单纯的作品赏析或文学史介绍为目的,而是贯彻了"简而精、小而全"的原则,以古今中外的经典文学作品为解读对象,以鉴赏评析为主要内容,以文学史线索为解读背景,力图让学生加深对经典作品的理解,并且举一反三,获得独立进行延伸阅读的能力,使学生在接受中外传统文化精神熏陶的过程中提高人文素养。

本书的各个部分具有相对的独立性,全书则是一个系统的整体。

本书共分七章,前五章属于中国古代文学,第六章属于中国现当代文学,第七章属于外国文学。每一章都包含"概述"和"作品选读"两部分内容。本书每一章开篇的"概述"即文学史简介,对这一时代的文学史及其文化史背景进行提纲挈领的描述。这样,尽管本书只能入选少量具有经典意义的作家与作品,但学生可以通过文学史简介领略该时代的总体文学风貌,学有余力的学生还可以进而掌握延伸阅读的作家作品。"作品选读"部分由作品、注释、解题及赏析、习题等部分组成。本书所选的作品都是值得反复阅读的公认的经典作品,并具有鲜明的时代特征。我们尽量避开中学语文课本中已经出现过的作品,力求经典性与新颖性的统一。本书的作品赏析包括对作品的主题思想和艺术特征的详细解析,也包括对作者生平及其创作情况的介绍,希望让学生学会如何欣赏文学作品,并进一步了解该作家的其他作品及其整体特征。本书的习题包含对所选作品进行深一步的延伸思考及讨论,并另外选取一些与文选内容相关或风格类似的作品,使学生在大致相当的语境下自行解读同类作品,以培养他们的欣赏眼光,提高他们的解读水平。

教师在利用本书进行教学时,可以根据各校的具体情况对本书的内容进行适当的取舍。如果课时较少,则可以先选讲作品选读部分;如果课时比较充裕,则可以进一步讲解文学史简介部分。至于习题,则可以视课时和学生水平的具体情形而自行选择其中的一部分布置给学生,不必强求其全。总之,本书的内容具有较大的可伸缩性,各类高职高专院校的教师可以因地制宜地灵活运用。

本书编写人员的分工如下:第一章至第五章的"概述",孙立尧;第一章的"作品选读",李国才;第二章的"作品选读",林丽丽;第三章的"作品选读",吴芳;第四章的"作品选读",陈永红;第五章的"作品选读",胡佩霞;第六章,徐国方;第七章,卢锦明。全书由莫砺锋和孙立尧统稿,莫砺锋审定。

编 者

Contents 目 录

第一章　先秦两汉文学 …………………………………………………… (1)
　　蒹　葭 …………………………………………………《诗经·秦风》(11)
　　山　鬼 …………………………………………………《楚辞·九歌》(13)
　　《论语》选读 ………………………………………………………… (15)
　　逍遥游 ……………………………………………………………《庄子》(18)
　　伯夷列传(节选) ………………………………………………… 司马迁(23)
　　迢迢牵牛星 ……………………………………………《古诗十九首》(26)

第二章　魏晋南北朝文学 ………………………………………………… (28)
　　白马篇 …………………………………………………………… 曹　植(36)
　　咏怀诗 …………………………………………………………… 阮　籍(39)
　　西洲曲 ……………………………………………………………………(41)
　　别　赋 …………………………………………………………… 江　淹(44)
　　归去来兮辞(并序) …………………………………………… 陶渊明(50)
　　王子猷居山阴 …………………………………………《世说新语》(54)

第三章　隋唐五代文学 …………………………………………………… (58)
　　终南别业 ………………………………………………………… 王　维(67)
　　长干行 …………………………………………………………… 李　白(69)
　　自京赴奉先县咏怀五百字 …………………………………… 杜　甫(72)
　　长恨歌 …………………………………………………………… 白居易(76)
　　无　题 …………………………………………………………… 李商隐(80)
　　进学解 …………………………………………………………… 韩　愈(82)
　　李娃传 …………………………………………………………… 白行简(87)
　　女冠子 …………………………………………………………… 韦　庄(94)
　　清平乐 …………………………………………………………… 李　煜(96)

第四章　宋代文学 ………………………………………………………… (98)
　　和子由渑池怀旧 ……………………………………………… 苏　轼(110)
　　寄黄几复 ……………………………………………………… 黄庭坚(113)
　　书　愤 ………………………………………………………… 陆　游(115)
　　八声甘州 ……………………………………………………… 柳　永(118)
　　定风波 ………………………………………………………… 苏　轼(121)
　　摸鱼儿 ………………………………………………………… 辛弃疾(123)

I

暗 香……………………………………………………姜　夔(126)
　　风入松……………………………………………………吴文英(129)
　　丰乐亭记…………………………………………………欧阳修(132)
　　读《孟尝君传》…………………………………………王安石(135)

第五章　元明清文学……………………………………………(139)
　　〔中吕〕卖花声·怀古……………………………………张可久(156)
　　〔般涉调〕哨遍·高祖还乡………………………………睢景臣(158)
　　牡丹亭·惊梦……………………………………………汤显祖(161)
　　金缕曲·赠梁汾…………………………………………纳兰性德(165)
　　己亥杂诗(一三〇)………………………………………龚自珍(167)
　　西湖七月半………………………………………………张　岱(169)
　　黛玉葬花…………………………………………………曹雪芹(171)

第六章　中国现当代文学………………………………………(181)
　　围城(节选)………………………………………………钱锺书(184)
　　边城(节选)………………………………………………沈从文(197)
　　我用残损的手掌…………………………………………戴望舒(203)
　　这也是一切………………………………………………舒　婷(206)
　　骂人的艺术………………………………………………梁实秋(208)
　　苦瓜是瓜吗？……………………………………………汪曾祺(211)

第七章　外国文学………………………………………………(214)
　　当你老了…………………………………………………叶　芝(221)
　　希腊古瓮颂………………………………………………济　慈(224)
　　哈姆莱特(经典台词节选)………………………………莎士比亚(228)
　　卖花女(节选)……………………………………………萧伯纳(233)
　　警察与赞美诗……………………………………………欧·亨利(244)

第一章

先秦两汉文学

概述

一、远古时期及夏、商文学

世界上没有任何一个民族的文学像中国文学这样悠久而绵延,三千年的文学传统恰如江河之水一样不曾断绝。从远古先民的讴吟到书面文学的成形,神话与历史的交织,巫风的盛行,劳作的艰辛,仿佛一段迷离的烟雾,深谷幽兰淡漠的芳馨,杳然冥然,不可追寻。

传说中的伏羲氏、神农氏、黄帝乃至尧、舜时代,其本身皆未必可信,我们只能从后人的歌声里辨识这梦幻中的年代,如相传为帝尧时期的《击壤歌》:

日出而作,日入而息,凿井而饮,耕田而食,帝力于我何有哉!

这无疑是后人对于古代社会的一种构想。也有一些简朴的韵语歌谣,反映了原始的劳作方式,虽出于后人的追记,但也许是原始歌谣的遗留,如《吴越春秋》中所记载的《弹歌》:

断竹,续竹,飞土,逐宍。

先秦文学中尚无鲜明的主体意识,其文学与文化发展相适应,大致上经历了夏商、西周春秋、战国三个时期,各自表现出不同的面貌。

夏商以"巫史文化"为其特色,与原始宗教密不可分。"巫"或"史"既是一切文化的代表,也是文学的基本作者,其创作多以祭祀、娱神为目的。

《楚辞》中所提到的《九辩》《九歌》,自夏代已经开始流传,而与祭祀活动相关。具体的诗篇虽然不可见,但据此可以推断:中国文学的出现,远远早于现有的文字记载。《吕氏春秋·音初篇》中所载的《候人歌》及《破斧歌》,也与夏代歌谣有关,如《候人歌》:

候人兮猗!

其歌辞虽然只有一句,但它是远古诗歌的遗文,也许可以远溯至夏代。就目前的文献来看,尚没有直接来自夏代的文献实物。

伴随着文字的产生,文化与文学开始有了它们最重要的载体。远古文学的总体特色表现为诗、乐、舞不分,文、史、哲一体,作品也不是一时一人所作。

商代社会继承了夏代"巫"的特色,但与对夏代多出于推测不同,目前已经可以从甲骨文及殷商青铜器中看到成熟的文字了。就文学而论,《诗经》中的《商颂》五篇,自商代流传至西周,虽然可能经过后代乐师的改写,不一定是商代诗歌的原貌,但仍与商代诗歌有密切关系,其内容包括商人的始祖神话、商代先君的历史与传说等等。如《商颂·玄鸟》中记载:"天命玄鸟,降而生商。"玄鸟即燕子,它是商民族的始祖,因而成为商民族的图腾。

《周易》中的部分爻辞,涉及商代的史事,应该是商代文学的遗留。其中有的作品可以视作《诗经》的先导,如《中孚·九二》:

鸣鹤在阴,其子和之。我有好爵,吾与尔靡之。

又如《明夷·初九》:

明夷于飞,垂其翼。君子于行,三日不食。

散文方面,如《尚书·盘庚》,文字古奥,诘屈聱牙,是流传至今的可信的商代散文作品。其中的许多句子,仍然活在今天的语言中,如"若网在纲,有条而不紊""若火之燎于原,不可向迩,其犹可扑灭?"

夏代以前的文学不可征信,商代可以视为文学作品的内容也并不多,大体上可以将其视作中国文学的发源时期。

二、历史散文与诸子散文

西周至春秋时期,"礼乐文化"发展成熟,"巫"的色彩逐渐消逝,史、巫分离,"史官文化"开始繁荣,而"人"的价值也开始得到肯定,因而周代文学更加关注历史、社会和人生。

西周时期的散文,主要保存在上古史书《尚书》中,主要篇目有《召诰》《洪范》《多士》《无逸》《君奭》《多方》《立政》《顾命》《康王之诰》等,其主要的文体形式有"诰"和"誓"。其中以周公的言论最多,如《洛诰》《无逸》中对成王的告诫,《大诰》中对诸侯的训令,《多士》《多方》中对殷民的训诫等等。这些内容都反映了周初的政治思想。另外,《金縢》《顾命》是记事的篇章,对先秦的叙事散文也有影响。

《春秋》由孔子据鲁国史书编订而成,记事简略,其褒贬的体例对后世的史书有很大影响,但并非真正意义上的历史散文。

《左传》则是先秦历史散文中成就最高的一部著作。此书大概编成于战国早期,基本上以儒家思想为主,尊礼重德,以礼的规范进行历史判断,并给后世提供借鉴。它以《春秋》为纲,通过生动流畅的历史叙述,为中国叙事散文的发展打下了坚实的基础,并提供了典范的作品。

《左传》以第三人称叙事,并以旁观者的身份,用"君子曰"的形式发表评论。叙事有倒叙、预叙、补叙、插叙等多种方法,其中以描写战争的场景最为突出。《左传》中所描写的大大小小的战争有几百次,其中对重要的战争如城濮之战、崤之战、邲之战、鞌之战、鄢陵之战等的描述最为精彩,历来为人所称道。其战争描写注重战争的前因后果,使读者不仅对战争的场景有形象的认识,而且能对历史发展的脉络把握得极为分明。

《左传》对人物的描写也极有特色,如对郑庄公、晋文公、郑子产、齐晏婴等人物的描写,都能表现出人物性格的丰富性以及复杂性。人物的行动和对话是最主要的表现方式,一般没有心理描写。

《左传》在语言上也取得了很高的成就,这主要体现在行人的辞令之上。如僖公十三年烛之武退秦师,隐公三年石碏谏宠州吁,隐公五年臧僖伯谏观鱼,僖公二十六年展喜犒师,成公十三年吕相绝秦等,风格各不相同,有的委婉谦恭,有的词锋犀利,但都用词典雅,文采斐然。同时,其叙述的语言有时文约义丰,极具表现力,如写邲之战中晋师溃败,"中军、下军争舟,舟中之指可掬也"。

《国语》与《左传》大体同时，分别记载了周、鲁、齐、晋、郑、楚、吴、越八国的史事，以记言为主，包括朝聘、宴会、讽谏、应对等多个场合。各国史事记载的风格并不统一，或委婉，或流畅，或隽永，其总体水平不及《左传》，但也颇有特色，如久为传诵的叔向贺贫、邵公谏厉王弭谤等，都达到了很高的艺术水平。《国语》中也有少量记事的篇章，如晋公子重耳之事，描写生动细致。

《战国策》则代表了史传散文中奇谲恣肆的特色。战国时代是中国文化史上的重大变革时期。当此之时，礼崩乐坏，周室衰微。顾炎武在《日知录》中说："春秋时犹尊礼重信，而七国则绝不言礼与信矣。春秋时犹宗周王，而七国则绝不言王矣。春秋时犹严祭祀、重聘享，而七国则无其事矣。春秋时犹宗姓氏族，而七国则无一言及之矣。春秋时犹宴会赋诗，而七国则不闻矣。春秋时犹有赴告策书，而七国则无有矣。"足以说明这一变化之剧烈。《战国策》表现的是当时纵横家的人生、政治思想，反映了战国时期"士"阶层的崛起，与之前历史散文中表现的儒家思想是不同的。它记录战国时期的重要史事，叙事和语言都表现出一些新特色。

在对人物形象的描写上，《战国策》中的纵横之士如苏秦、张仪，高隐之士如鲁仲连，勇武之士如聂政、荆轲等，都具有鲜明的个性特征。因此，《战国策》有比较多的虚构成分，同时也注重集中地表现单个人物，使其形象更加丰满，表现出由《左传》的编年体形式向纪传体转变的特征。

《战国策》的语言艺术是其重要的文学成就之一，它已经从《左传》《国语》中从容不迫的行人辞令转变为纵横捭阖的说客之辞，铺张扬厉，气势逼人。这些说辞更多地运用比喻、寓言、佚事等方法，如《楚策》中庄辛说楚襄王，通过四个比喻，层层递进，让闻者信服。我们耳熟能详的成语如"画蛇添足""狐假虎威""南辕北辙""鹬蚌相争"等也都来自《战国策》中的寓言。同时，《战国策》也通过排比、夸张、递进等各种修辞方法来增强文章的说服力。这一风格影响深远，在后代作家如贾谊、苏洵、苏轼等人的文章中可以明显地看到其留下的痕迹。

战国时期，王官之学为私学所取代，形成了"百家争鸣"的文化格局。以《庄子》为代表的道家，以《孟子》《荀子》为代表的儒家，以《韩非子》为代表的法家，各有不同的文化及文学特色。"孟文的犀利，庄文的恣肆，荀文的浑厚，韩文的峻峭"（郭沫若语），各有千秋。与历史散文并峙的诸子散文出现了。

诸子散文的发展，在文体上经历了三个基本的阶段。第一阶段以《论语》及《老子》为代表，第二阶段以《孟子》《庄子》为代表，第三阶段以《荀子》《韩非子》为代表。文体由简而繁、逻辑由疏而密可以看作诸子散文的文体发展特征。

《论语》是语录体，主要记载孔子及其弟子的言行，由孔子弟子及再传弟子辑录而成。《论语》语言平实深刻，含蓄隽永，有很多内容可以看作修身的格言。《老子》以韵文为主，韵散结合，犹如简练的哲理诗。两书文约义丰，奠定了诸子散文的基础。

《孟子》长于论辩和譬喻，但逻辑上并不严密。孟子有时用一些寓言故事来表达道理，深入精到。书中注重文章的气势，以浩然的精神修养发为文章的磅礴气势，在文体上则使用大量的排偶句、叠句以增强说服力。语言平实浅近，精炼准确，是一种成熟的语言风格，对后世的散文作家韩愈、苏洵等人有较大的影响。

《庄子》以寓言为其最主要的表达方式，如蜗角蛮触、庄生梦蝶、骷髅论道，都以奇诡的想象展现其哲学思想。有时寓言中也有生动的人物形象,如"儒以诗礼发冢"对儒家的揶揄,支离疏的"以丑为美"的形象等等。这些对于后世的小说尤其是志怪小说的发展有很大的影响。庄子的散文具有鲜明的诗意特征,形象情感与逻辑思辨合为一体。《庄子》的语言如行云流水,汪洋恣肆,舒卷自如。苏轼的散文风格就深受《庄子》影响。《孟子》《庄子》两者的文辞比春秋时期更加繁富,而说理也更加畅达,对后世散文的影响也最大。

《荀子》思理严密,论证全面,篇章首尾一贯,各篇之间也有照应,表现出系统而又严谨的特征。书中大量运用生活中常见的事物为譬喻,深入浅出,使理论形象化。《韩非子》也长于运用寓言,但与《庄子》相较,则题材较为平实,多以现实中可见的形象作为寓言的素材,于平实之中见奇妙。《韩非子》以论辩的透彻、逻辑的严密而成为诸子散文论辩艺术的集大成者。《荀子》与《韩非子》的共同风格是逻辑严谨,分析深入,文辞富赡,代表着先秦诸子散文的最高文体成就。

三、《诗经》与《楚辞》

《诗经》是这一时期最伟大的文学成就,衣被百代,辉映千古,奠定了中国文学的核心特质——抒情传统。

《诗经》原名《诗》,或称"诗三百",共有305篇,另有6篇笙诗,有目无辞。《诗经》中所收集的大部分是从西周到春秋约五百年间的作品,其产生的地域相当于今陕西、山西、河南、河北、山东以及湖北北部。其编集经过了漫长的时间,但具体过程不可考,其中包括了通过各种方式从各地搜集来的作品,也有公卿列士的献诗,最后经过周王朝乐官的整理而成书。全书分为"风""雅""颂"三个部分:"风"是地方的曲调,《诗经》中有周南、召南、邶、鄘、卫、王、郑、齐、魏、唐、秦、陈、桧、曹、豳十五国风,共160篇;"雅"是朝廷的正乐,分为大雅31篇和小雅74篇;"颂"是宗庙祭祀的音乐,有周颂31篇、鲁颂4篇、商颂5篇。

《诗经》的题材广泛,有祭祀诗、史诗、农事诗、宴会诗、怨刺诗、爱情婚姻诗、田猎诗等各种类型。祭祀是上古社会的重要活动之一,保存在大雅和"三颂"中的祭祀诗,以对祖先的祭祀和歌颂为主。《大雅》中的《生民》《公刘》《绵》《皇矣》《大明》等诗,主要叙述了西周的开国史,可以视作史诗。农事诗是《诗经》中的重要类型之一,周代以农业立国,《周颂》中有许多祭歌反映了周代与农业相关的习俗,如祈谷、籍田典礼、丰收后的报祭礼等,《臣工》《噫嘻》《丰年》《载芟》《良耜》等诗都是这种礼俗的反映。《豳风·七月》是艺术价值最高的一首农事诗,全诗以时令为序,叙述了农夫一年的生产和生活。宴会诗也是《诗经》中的重要内容,其主题是君臣、朋友、宗族的宴饮。宴会是周代的礼仪之一,以宗法来维持社会政治的和谐发展,所以它也是一项实际的政治活动,《小雅·鹿鸣》等可为其代表。怨刺诗主要保存在"二雅"和国风中,这是在国家政治衰败时出现的反映时政的诗,如大雅中的《民劳》《板》《荡》,小雅中的《节南山》《正月》《十月之交》以及国风中的《硕鼠》《新台》《株林》等,或正言告诫,或强烈谴责,或委婉讽刺,都是政治腐朽和社会黑暗的反映。爱情婚姻诗则是《国风》中最重要的主题之一,它们或反映男女的爱恋,或反映相思的痛苦,或反映婚礼的盛大,或反映婚姻的不幸,或反映怨妇的悲叹,内容十分丰富。总之,《诗经》中反映现实的方方面面,对于后世诗歌的题材发展有极其重要的意义。

在艺术上,《诗经》的创作手法分为"赋""比""兴"三种。赋是铺叙,将诗人的情感及事物平铺直叙地表达出来;比是比喻,用一种事物比作另一种事物;兴是感发,某种事物或者情境触动了诗人，引起诗人的歌唱。《诗经》以四言句为主，间有杂言，多用虚字和重言及双声叠韵，章法上则有大量的重章结构的运用，形成了独特的艺术风味。

《诗经》确立了中国诗歌的抒情传统，具有典范的意义。其"风雅"的内容，"比兴"的手法，乃至诗歌的语言和结构等都是后世诗人取法的对象，成为中国古代诗歌发展史的光辉起点。

"楚辞"以其原始瑰丽的诗风和浪漫奇特的想象成为中国古代诗歌发展的另一源头，所谓"一代之文学，而后世莫能继焉者也"（王国维语）。大体而言，《诗经》产生于中原文化之下，是礼乐文明的象征，而楚辞则产生于南方的楚地，虽然在屈原的手中得以成熟，但楚地文化"信巫鬼，重淫祀"，楚辞中所体现出的原始性以及"巫系文学"的特色，足以与中原的礼乐文明形成鲜明的对照。

在形式上，楚辞与《诗经》有很大的不同。《诗经》以四言为主；楚辞则多以六言句加上"兮"字构成，"兮"字所处的位置不同，构成不同的句式，参差不一，灵活多变。

屈原的主要作品有《离骚》《九歌》《九章》《天问》《招魂》等。《离骚》是一首长篇政治抒情诗，以忠君爱国为其主题。诗的前半部分以现实的手法表现了自己的品质，描述了自己和"党人"之间的政治矛盾，并表达自己九死不悔的信念。诗的后半部用一种极其浪漫的笔调，发扬了楚地文学"游"的传统，以一种上下求索的游历来表达自己彷徨抉择的心路历程，突出表现了诗人对于祖国的眷恋和热爱。《九歌》共11首，是一组祭歌，以"人神恋爱"的笔调，描写了对神灵的依恋和崇敬。这是巫风影响下的文学创作，如《湘君》《湘夫人》《少司命》《山鬼》等作品，人物缠绵动人，语言清新优美，表现出极高的艺术性。《九章》是一组诗歌的总称，非作于一时，成就及风格也不相同，如《橘颂》是最早的咏物诗，《涉江》表达了自己品格的高洁，《哀郢》是对楚国覆亡的感叹，都达到了较高的成就。《天问》是一首通篇以问题形式出现的诗，以四言的形式为主，列举了对天道、人事的各种各样的问题，最后归结为对楚国政治的关心。《招魂》也是受到巫风影响、化腐朽为神奇的名作，诗歌是屈原为招楚怀王之魂而作，表达了屈原的宗国情结，诗歌语言华丽，想象丰富，以铺陈为主，对汉赋的发展有一定的影响作用。

屈原创造了"香草美人"的象征手法。"香草"通常用来象征高洁人格，与"恶草"相对，同时构成政治斗争中的双方。"美人"或用来比喻君王，或用来自喻。在诗中，屈原多以弃妇的形象出现，与中国传统以夫妇与君臣相比拟的思维也相符合。这一比兴方法的运用，发展并丰富了《诗经》以来的比兴传统。

屈原及其作品的影响是巨大的。宋玉是在屈原直接影响下较有成就的楚辞作家，其最重要的作品是《九辩》，作品将志士失职的不平与秋天的凄凉结合在一起，开启了中国文学史上"悲秋"的主题。屈原的节操在后代的士大夫中得到广泛的认同，其忧愤深广的爱国情怀也使历代仁人志士得到鼓舞和感召。在艺术上，楚辞这种文学样式在历代皆有创作，其宏伟奇特的想象力对李白、李贺等诗人都有很大的影响，而"香草美人"也成为中国文学传统中的固定形象。

四、秦汉文学

秦汉是中国历史上的大变革时期，自秦开始，中国成为大一统的国家。自西周以来实行的封建制度,经过春秋战国以来的不断破坏,终于在秦代被以中央集权为基础的郡县制所代替。

秦朝实行文化专制政策,加之其立国年代很短,所以秦代几乎没有什么文学创作。汉代制度基本上承袭秦朝,但在文化政策上作了调整,采取了一系列有利于文化及文学发展的措施,文学的发展逐步繁荣,并在诸多方面都为后世文学树立了典范。

汉初楚辞颇为盛行,一方面是由于汉初的帝王和功臣都是楚人,另一方面是由于士大夫们对屈原遭遇的认同,并出现了以贾谊为代表的楚辞作家,为汉赋的发展铺垫了道路。同时,汉代学术中烦琐的解经风气也影响到文学创作中,对汉赋的铺张扬厉之风起了推动作用。

汉代的诸侯王多对学术或文学有极大的热情,他们招致门客,较著名的有吴王刘濞、梁孝王刘武、淮南王刘安等,门客如枚乘、邹阳、严忌、司马相如、羊胜、公孙诡、韩安国等,都是汉代著名的文学家或学者。西汉武、宣、元、成等帝王也对文学有兴趣,大量文人因而成为文学侍从,如司马相如、东方朔、枚皋、王褒、扬雄等。东汉外戚把持政权之际,也招揽杜笃、傅毅、马融、班固等著名文人为门客。诸侯、天子、外戚的招纳,对文学的发展有很大的刺激作用。同时,汉代设立了乐府、东观、鸿都门学等与文学相关的机构,对汉代的乐府以及诗赋的发展同样有不可低估的促进作用。

汉代文学的发展主要包括赋的创作、乐府诗与五言诗的繁荣、诸子散文和历史散文的发展等三个方面。

辞赋尤其汉大赋是汉代文学中最具特色的部分。

汉初骚体赋盛行,贾谊是最重要的作家。他的《吊屈原赋》是他被贬为长沙王太傅,途经湘水时所作,赋中表达了对屈原的同情和尊敬,也是对自己身世的叹息,情感激切,为汉初的代表性赋作。其《鵩鸟赋》则以对话的方式,用道家的理念表达了自己对生死、祸福的达观态度。

最先开拓汉大赋的作家是枚乘,他的《七发》通过音乐、饮食、车马、宫苑、田猎、观涛的描写,尽铺陈之能事,意图却在于最后一段论"天下之要言妙道",对膏粱子弟进行劝诫。这是中国文学史上第一篇完整的新体赋,标志着汉代大赋体制的正式确立。

汉大赋的代表作家是司马相如,其《子虚赋》《上林赋》是具有典范意义的作品。赋中虚构了子虚、乌有先生、亡是公三人的对话,通过对楚国云梦和天子上林苑及畋猎场景的描绘,最后归结为对奢侈的批评,展现天下大治的社会理想。作品中对于苑囿及畋猎的宏大场面的描写具有强烈的感染力,"苞括宇宙,总览人物"。在艺术上,这两篇赋作韵散结合,波澜起伏,句法灵活,长短间用,多用排比,在多方面超越了前人。

汉赋在西汉时期的重要作家还有王褒和扬雄。王褒的大赋以《洞箫赋》为代表,先从竹的生长环境写起,山川的孕育、天地的滋养、猿鹤的悲吟,构成了洞箫先天的因素,然后再强调乐师的高超技艺。其创作模式对后来以音乐为题材的赋有重要的启发作用。

扬雄作为西汉末期的重要赋家,大赋以《甘泉赋》《河东赋》《羽猎赋》《长杨赋》四赋最为著名,其赋作之铺张夸饰、驰骋想象,表现出了汉大赋的基本特征,较前人之赋更有一种典丽的风格,但讽谏的力度却因为其铺张的华丽而更加削弱。扬雄还有《反离骚》《逐贫赋》等楚辞体作品,其《蜀都赋》则是后世京都赋的先声。

西汉末的刘向、刘歆父子也以辞赋见称,刘歆的《遂初赋》更成为东汉纪行赋的先导。

东汉时期的赋作,在大赋方面以京都赋为主,抒情赋则以纪行赋和述志赋为主体。

京都赋与东汉迁都的政治活动有密切的关系,迁都洛阳还是定都长安,是当时的重要政治事件。较早出现的杜笃的《论都赋》主张返都长安,而影响最大的却是班固的《两都赋》。《两都赋》由《西都赋》和《东都赋》两个有机的整体构成,其风格及写作手法成为京都赋的范例。

《西都赋》以繁丽的笔调表现了长安的形胜和品物的丰富,汪洋恣肆,风格上继承了西汉大赋的特色。《东都赋》则更多地表现了作者的京都意识,西都虽然繁华,但洛阳的法度之美,则非物质的富厚所能比拟,故其风格以平正典实见长,表现出重声教、崇文德、尚礼制的法度。西汉大赋在格局上往往"劝百而讽一",对事物的铺叙远过于劝谏的点染,而《两都赋》中则以《东都赋》全篇的讽谕改变了这一模式,是大赋体式的新发展。

张衡的《二京赋》(《西京赋》《东京赋》)同样是以京都为题材的大赋名篇,其在形式及命意上皆模拟《两都赋》。《西京赋》假托凭虚公子对长安的繁盛富丽进行称颂,《东京赋》则是安处先生对西京奢侈生活的否定而重点展现东汉君主对礼教和道德的崇尚。

东汉的抒情赋主要继承了屈原骚体赋的创作艺术,多表现作家不遇的感伤与愤懑,这一传统自贾谊《吊屈原赋》、司马相如《长门赋》、司马迁《悲士不遇赋》、扬雄《逐贫赋》以来,不绝如缕。东汉的抒情赋分为纪行赋和述志赋两类。

纪行赋通过记叙旅途所见来抒发自己的感慨。西汉刘歆始有此类作品,东汉时期的代表作品有班彪的《北征赋》、班昭的《东征赋》以及蔡邕的《述行赋》。

述志赋则是直接抒发自己的情感,东汉时期主要的代表作有冯衍的《显志赋》、班固的《幽通赋》、张衡的《思玄赋》和《归田赋》、赵壹的《刺世疾邪赋》。《归田赋》篇幅短小,语言清新自然,反映了道家思想的影响,是我国文学中最早描写田园归隐之趣的作品,也是汉代第一篇比较成熟的骈赋,在抒情小赋的发展过程中具有重要意义。《刺世疾邪赋》感情直率,对当时的社会形态作了大胆的揭露和深刻的批判,篇幅也很短,语言朴素,是汉代抒情小赋中的代表作。

两汉乐府诗是继《诗经》《楚辞》之后中国诗歌发展史上的又一座高峰,它有很强的时代性,"感于哀乐,缘事而发",充分反映了社会各阶层的苦与乐、爱与恨、生与死。《东门行》《妇病行》《孤儿行》等作品表现的是平民百姓的疾苦,如《东门行》:

> 出东门,不顾归。来入门,怅欲悲。盎中无斗米储,还视架上无悬衣。拔剑东门去,舍中儿母牵衣啼:"他家但愿富贵,贱妾与君共铺糜。上用仓浪天故,下当用此黄口儿。今非!""咄,行!吾去为迟,白发时下难久居。"

无衣无食的贫穷,使诗中的主人公不得不拔剑而起,铤而走险。这些乐府诗在表现平民百姓的痛苦时,对他们寄予了深切的同情。有的诗则反映了富贵之家的情景,如《鸡鸣》《相逢行》《长安有狭斜行》等。

爱情诗在汉乐府中有不少表现,许多诗的风格直白坦露,如《上邪》所表达的是一个女子热烈的誓言:

> 上邪!我欲与君相知,长命无绝衰。山无陵,江水为竭,冬雷震震夏雨雪,天地合,

乃敢与君绝。

《有所思》表现的则是女主人公对男方由爱及恨的表白,爱的热烈与恨的痛苦,都直白无所隐。《孔雀东南飞》通过表现焦仲卿与刘兰芝的爱情婚姻悲剧,批判了礼教对人情的束缚,对主人公的不幸遭遇寄予同情,诗歌以浪漫的形式结束。全诗人物形象鲜明,语言生动,结构谨严,标志着汉乐府中的叙事诗达到了高峰。《陌上桑》《羽林郎》则通过罗敷和胡姬的形象,嘲弄了好色无行的使君和金吾子。

《薤露》和《蒿里》是汉代流行的丧歌,表达了诗人对于生死的思索。如《薤露》中说:"薤上露,何易晞,露晞明朝更复落,人死一去何时归?"《战城南》则表现了对阵亡将士的哀悼。与此相关联,汉乐府中乐生恶死和求仙的渴望也表现在诗中,如《日出入》《练时日》《长歌行》《董逃行》等。

两汉乐府诗中虽然有很多抒情诗,但叙事诗更为突出。诗人善于选择日常生活中的生活情景入诗,如《陇西行》《羽林郎》等;也表现一些偶然性事件,如《上山采蘼芜》写弃妇与故夫相遇的故事。在情节的表达上,多能比较完整,如《东门行》《妇病行》《孤儿行》《十五从军征》等都有比较连贯而曲折的情节描写。《孔雀东南飞》更是以两条线索展开描写,情节跌宕起伏,人物形象的塑造也极其鲜明。这些都表明汉代的乐府诗是我国叙事诗发展的高峰,并对后世叙事诗有积极的影响。

东汉时期的文人诗歌出现了新的局面。较早的文人诗中有班固、张衡、秦嘉等人的作品。班固的《咏史》是现存最早的文人诗,写缇萦救父的故事,风格质朴。张衡继班固之后,在五、七言诗的创作上取得了重要成就,其代表作品是五言的《同声歌》以及七言的《四愁诗》。《同声歌》借鉴民歌的表现手法,全篇以一个新婚女子的口吻来叙述,诗歌有一定的寄托意义。《四愁诗》是在楚辞的基础上发展起来的七言诗,表现了自己的政治寄托,通篇除了每章首句中有一个"兮"字,其余都是标准的七言诗,对七言诗的发展有重要贡献。张衡五、七言诗的艺术水准已经比班固有了很大的提高。秦嘉的《赠妇诗》三首艺术性较高,代表东汉文人五言诗的成熟。

《古诗十九首》代表了汉代文人五言诗的最高成就,它们不作于一时一地,亦非一人所作,主要内容是抒发游子的羁旅情怀以及思妇的闺愁,在中国诗歌史上具有典型意义。汉代士子为了谋生而客居异地,多表现出一种思念故乡的情结,而其思念的对象则多是其妻子,因而乡情、恋情又往往交织在一起,如《涉江采芙蓉》:

涉江采芙蓉,兰泽多芳草。采之欲遗谁?所思在远道。远顾望旧乡,长路漫浩浩。同心而离居,忧伤以终老。

诗中所表现的思妇也各有形态,她们或对别离时间的长久感到伤怀,或盼望游子早日归来,如《庭中有奇树》:

庭中有奇树,绿叶发华滋。攀条折其荣,将以遗所思。馨香盈怀袖,路远莫致之。此物何足贡,但感别经时。

《古诗十九首》中所表达的思想情感也是多方面的,或表达对家乡及亲人的思念,或表达对世态炎凉的怨愤,而人生无常的感慨则是其中体现得最多的一个主题。社会的动荡造成生命的脆弱,有的希望通过求仙而延长生命,更多的则表现为一种及时行乐的思想,佳人美

酒,秉烛夜游,成为一种流行的生活方式:

> 生年不满百,常怀千岁忧。昼短苦夜长,何不秉烛游! 为乐当及时,何能待来兹。愚者爱惜费,但为后世嗤。仙人王子乔,难可与等期。

《古诗十九首》是古代抒情诗的典范,以情景交融的笔法构成浑然的艺术境界。在语言上,《古诗十九首》也达到了炉火纯青的地步,语言浅显而意境深远,"惊心动魂,几乎可谓一字千金",成为后世众多诗人模拟的对象,对五言诗的发展有深远的影响。

与《古诗十九首》风格相近的还有托名为苏武、李陵所作的"苏李诗",也达到了很高的成就。

秦汉的散文除了一些单篇的文章之外,主要可以分为诸子散文和历史散文两类。秦代文学成就较低,由吕不韦门客集体创作的《吕氏春秋》作于秦统一六国之前,分为八览、六论、十二纪,全书体系严密,文风畅达,但思想复杂,以儒家、道家、阴阳家等思想为主,其中运用了较多的寓言,论述颇有特色。李斯的《谏逐客书》是一篇名文,作于秦始皇十年,全文辞采华美,排比铺陈,有纵横家之风,显示出极强的说服力和感染力。秦始皇统一中国以后,多次巡游,所到之处常刻石纪功,其文字多出于李斯之手,这些石刻对汉魏的碑铭文字有较大的影响。

汉初有不少文人喜欢探讨秦汉之际的兴衰成败,其中成就最高的是贾谊,他将汉初的政论文发展到了一个新的高度。贾谊的代表作品有论体文《过秦论》、奏疏文《论积贮疏》和《陈政事疏》。《过秦论》三篇以排比铺陈的方式来描写,极力夸张渲染,语言生动,气势逼人,有浓厚的战国策士的纵横风气。《论积贮疏》主要是建议汉文帝重视农业生产。《陈政事疏》是对当时社会潜在危机的分析,开篇就说:"臣窃惟事势,可为痛哭者一,可为流涕者二,可为长太息者六。"全文见解深刻,情感丰厚,有很强的说服力。

晁错的对策也颇有名,汉文帝时贤良对策名列第一。其名作《论贵粟疏》提出务农贵粟的主张,逻辑严密,立论深刻,文风朴实。

西汉淮南王刘安门客所作的《淮南子》是以道家思想为主的一部子书,具有较完整的思想体系。全书重点在于"纪纲道德,经纬人事",多用历史、神话、故事等来说明事理,有较强的文学性。其行文注重语言的修饰,铺张而繁富,用了大量的排比句式,开骈文之先河。

董仲舒是西汉的大儒,其散文影响最大的是《贤良对策》三篇,从思想上提出了推尊儒术、抑黜百家的学说,以及春秋大一统的理论。他的文章在中国政治思想史上也有重要的影响,语言朴素,风格雍容,体现了西汉散文的典型特色。其《春秋繁露》则与《春秋》的经义有关,行文较艰涩。

刘向的著作有多种,《说苑》《新序》编辑历代轶文杂事以寓劝诫之意,篇幅短小,叙事生动。其政论文如《极谏用外戚封事》《谏营昌陵疏》等,直谏敢言,理辞精当。刘向对于古籍整理有重要贡献,编过不少书录,如《战国策书录》《管子书录》《孙卿书目》等,文笔生动。

西汉是中国散文史上的繁荣时期,除了上面提到的之外,其他如司马相如的《难蜀父老》、东方朔的《答客难》、桓宽的《盐铁论》、扬雄的《解嘲》等,都是著名的作品;而书信体散文如邹阳的《狱中上吴王书》、枚乘的《谏吴王书》、司马迁的《报任安书》、杨恽的《报孙会宗书》等,也极具感染力。西汉散文成就最高的仍是政论文。汉初散文尚有先秦遗风,自武帝以后,政论文的风格转而醇厚典重,成为西汉散文的基本风格。

东汉时期的政论文,著名的有王充的《论衡》、王符的《潜夫论》以及仲长统的《昌言》,三人合称东汉政论文三大家,尤以前两者最为突出。

王充《论衡》以"疾虚妄"为其写作宗旨,对当时流行的史书中的虚妄记载、天人感应等观念都有驳斥,对圣贤之言多有所辩,指出其不可信之处。语言通俗易懂,与当时雕饰的文风不同。

王符的《潜夫论》则对当时社会各种丑恶现象以及不合理的制度多有指斥,如对汉代的察举制度的批判。他对当时的文风极为不满,故全书文字朴实,而其论述的风格较为含蓄,很少有过激之论。

汉代历史散文中最著名的是司马迁的《史记》和班固的《汉书》,它们不仅是伟大的史学著作,也是文学名著。

《史记》代表中国古代历史散文的最高成就,鲁迅称之为"史家之绝唱,无韵之离骚",对其文学与史学价值给予了最高的评价。

司马迁继承其父司马谈的事业,具有广博的学术积累,并自年轻时起就进行实地考察,为作史做好了准备。司马迁修史的宗旨是"究天人之际,通古今之变,成一家之言",融会各种史体,创造了一部纪传体通史。《史记》全书由十二本纪、十表、八书、三十世家、七十列传构成,五种体例构成一部有机的整体。

《史记》中最有文学价值的部分是人物传记。人物传记有分传,即一人一传;也有合传,即一类人物一传,如《游侠列传》《货殖列传》等。《史记》叙事详略得当,剪裁得体,对于各类纷繁材料的处理游刃有余,叙事手法多变,成功运用顺叙、倒叙、正叙、侧叙等各种技法。全书中涉及人物四千多个,重要人物数百名,却描写得形态各异,个性分明,人物形象极其丰满,如项羽是司马迁所着力描写的英雄,他的礼贤与妒能,残暴与仁爱,慷慨与吝啬,英雄气与儿女情,各种性格交织在一起,使人物显得更加真实。

《史记》作为司马迁寄托个人遭遇的著作,具有浓重的悲剧气氛,书中描写了一大批悲剧人物。在这些人物身上,司马迁寄予了深切的同情;而这种悲剧的根源,司马迁往往归结为不可知的"天命"。

《史记》极具传奇色彩,除了一些荒诞不经的传说之外,也有真实人物如伯夷、鲁仲连、张良、田单等人的传奇故事,这些故事常常成为后代小说和戏曲的取材对象。

《史记》影响深远。就史学而论,历代正史无不遵守《史记》所创立的体式,从而成为史学的正宗。就文学而论,其文章技巧和语言风格对历史古文家都有影响,因而成为古文创作的典范。同时,它为后世的小说创作也积累了众多经验,从唐传奇到明清小说,无不受其沾溉。

班固的《汉书》则是汉代另一部史学与文学名著。与《史记》相比较,《汉书》在形式上继承了《史记》的很多优点,但也体现出与《史记》不同的特色。《史记》是一部通史,而《汉书》则是第一部纪传体断代史;《汉书》中舍去了"世家"一体,将"书"改为"志",并在人物的取舍及定位上,体现了不同于司马迁的史学观念;《史记》中最精彩之处在于写楚汉相争和西汉初期的人物,故多传奇性,《汉书》的精粹之处则在于写西汉盛世时期的各类人物,显现出治世中的儒臣形象。

在写作手法上,两者也有较大的不同,《史记》行文疏宕,《汉书》笔墨谨严;《汉书》比《史记》更注重描写的分寸,褒贬吉凶都有一定的准则;在叙事的结构上,《汉书》体现出很强的一致性;在文字上,《汉书》比《史记》更加俭省,用笔更加精练。

东汉时期的历史散文还有赵晔的《吴越春秋》,写吴越争霸的故事,情节曲折,故事离奇,有浓厚的浪漫色彩,人物形象如伍子胥、范蠡、勾践等的刻画也很成功,有较高的文学价值。东汉另一部历史散文《越绝书》也有一定的价值,但成就不如前者。

蒹 葭[1]

《诗经·秦风》

蒹葭苍苍[2],白露为霜。所谓伊人[3],在水一方。溯洄从之[4],道阻且长;溯游从之,宛在水中央。

蒹葭萋萋[5],白露未晞[6]。所谓伊人,在水之湄。溯洄从之,道阻且跻[7];溯游从之,宛在水中坻[8]。

蒹葭采采[9],白露未已。所谓伊人,在水之涘[10]。溯洄从之,道阻且右[11];溯游从之,宛在水中沚。

注 释

[1] 选自《十三经注疏》(中华书局影印本)。
[2] 蒹葭:蒹,荻;葭,苇。苍苍:茂盛的样子。
[3] 伊:是,此。
[4] 溯洄:逆流而上。下句的"溯游"指顺流而下(意为沿水边行走)。
[5] 萋萋:茂密。
[6] 晞:干。
[7] 跻:上升。
[8] 坻(chí):高出水面的小块陆地。
[9] 采采:多种多样。
[10] 涘(sì):水边。
[11] 右:迂回。

解题及赏析

本篇是《诗经》中传诵最广的诗篇之一,其情景之惆怅、意境之凄美,对后世同一主题的诗歌影响深远。对于古典的抒情诗而言,理解一首诗的基础是其情感基调,理解《蒹葭》同样如此。全诗表现了"远而企慕"的思念主题,恰如清人陈启源说:"夫说之必求之,然惟可见而不可求,则慕说益至。"这是一种由距离产生的美感,仿佛使人听到深秋之际诗人在盈盈水湄的浩叹。伊人虽可望不可即,但这种真挚诚恳的思念之情,数千载之下,仍如在目前。

　　艺术作品给人以美的享受。《蒹葭》一诗的艺术形式极具特色。全诗三章,每章八句,都以环境美为衬托,表现主人公的美,而各章所表现的"伊人"之美又不尽相同。诗中以萋萋采采的蒹葭、晶莹雪白的霜露、深秋晨曦的水边为背景,构造了一幅恬淡而凄迷的图画。虽然诗人没有直接描写主人公的外部形象,但我们能感受到"伊人"美妙的身段,甚至想象得到她飘逸的服饰、美丽的容貌。第一章"蒹葭苍苍",先写"伊人"在水的另一方,当诗人(不妨看作男主人公)沿着崎岖漫长的水边向上游追寻时,突然发现"伊人"好像在水中央的沙洲上;第二章"蒹葭萋萋",先写"伊人"在水边,当诗人沿着崎岖不平而且越走越高的道路寻找时,突然发现"伊人"似乎在水中的小岛上;第三章"蒹葭采采",先写"伊人"就在岸边,诗人沿着高低不平且迂回曲折的道路去找时,突然发现"伊人"好像在水中小渚之上。这种让诗人上下奔走,追寻"美人"的写法,也使得读者情不自禁地跟随着诗人的笔触上下奔走,这就是这篇诗歌的魅力所在,因为每个读者都想看到所追寻的美人到底在哪里。

　　全篇三章同义,第一章已突出主题,但诗人却要反复咏叹,从而展现出主人公细腻的思想感情。一唱三叹,章法重叠,只重意境,不讲实遇,给人以朦胧缥缈之感,这对后世的诗词创作产生了很大的影响,如让我们想到晚唐李商隐诗歌的朦胧特色。但《蒹葭》诗的朦胧与李商隐诗歌的朦胧有很大的区别。《蒹葭》诗的朦胧是在创造意境方面取得很大成功;李商隐作品的朦胧则体现在表现主题思想时让人不能一眼看透诗人的内心深处。

　　我国古代诗歌(诗词、戏曲),都与音乐(雅乐、燕乐、诸宫调等)结合在一起。上古时期,诗歌舞常常是人们表达心志的形式。《毛诗序》上说:"诗者,志之所之也。在心为志,发言为诗。情动于中而形于言,言之不足,故嗟叹之;嗟叹之不足,故永歌之;永歌之不足,不知手之舞之、足之蹈之也。"汉魏六朝,基本上是采诗入乐;隋唐以降,诗词曲都是以声填词。这样,在表现感情方面,往往主要靠音乐而不是单靠诗歌本身。因此,根据作品的特点,有些诗歌采取反复咏唱的方法,最能表现作品的思想感情。这就是为什么唐代王维《送元二使安西》一诗被谱上曲子后,反复咏唱三遍,名之为《阳关三叠》。实际上,一直到今天,虽然很多诗歌不是用来唱的,但诗歌往往也采取三段以上反复咏颂的方法,就是为了充分表达感情。

　　关于本篇诗歌的主题思想是什么,"伊人"又是何许人,历来众说纷纭。《毛诗序》说:"《蒹葭》,刺襄公也。未能用周礼,将无以固其国焉。"此说一般无人敢于苟同。但若说本诗是为了思慕"贤人"(如清人姚际恒语)或友人(如学者李长之语),或者说这纯粹是一首情诗(如学者余冠英语),都还是有道理的。对于这首诗来说,我们不必确认"伊人"是何人,贤人也好,友人也罢,情人也行,都不会影响我们对诗歌本身的理解。

　　《蒹葭》一诗的语言也很有特色。诗中以极其简洁而形象的语言,用"蒹葭""白露"和"为霜""未晞""未已"描画了深秋清晨的景象。通过"为霜""未晞"和"未已"三个词,更加具体地表现了早晨时间的变化:从雪白的霜花到晶莹的露珠,露珠经太阳照射,从未干到未完全干的渐变过程,完全展现在眼前。诗歌善于用重叠字,"苍苍""萋萋""采采"等形容词,既表现了水边芦苇等植物茂盛的样子,又在声韵上有了变化,使人在朗读或歌唱时,感到极具韵味。

习 题

1. 为什么说《诗经》是我国古代诗歌发展的两个源头之一？
2. 《诗经》根据什么分成风、雅、颂三类诗歌？
3. 《蒹葭》这首诗的艺术特色是什么？

作品选读

山 鬼[1]

《楚辞·九歌》

若有人兮山之阿,被薜荔兮带女萝[2]。既含睇兮又宜笑[3],子慕予兮善窈窕。

乘赤豹兮从文狸[4],辛夷车兮结桂旗。被石兰兮带杜衡,折芳馨兮遗所思[5]。

余处幽篁兮终不见天[6],路险难兮独后来。表独立兮山之上[7],云容容兮而在下。

杳冥冥兮羌昼晦[8],东风飘兮神灵雨[9]。留灵修兮憺忘归,岁既晏兮孰华予？

采三秀兮于山间[10],石磊磊兮葛蔓蔓[11]。怨公子兮怅忘归,君思我兮不得闲。

山中人兮芳杜若,饮石泉兮荫松柏。君思我兮然疑作[12]。

雷填填兮雨冥冥,猿啾啾兮狖夜鸣。风飒飒兮木萧萧,思公子兮徒离忧。

注 释

[1] 选自《四部备要》。
[2] 被:同"披"。
[3] 含睇:含情微视。
[4] 文狸:毛色黄黑相间的狸猫。
[5] 遗(wèi):赠送。
[6] 幽篁:深暗的竹林。
[7] 表:特出。
[8] 杳:深沉。冥冥:昏暗。
[9] 神灵雨:神灵下雨。
[10] 三秀:指灵芝,因一年开三次花,故称三秀。

[11] 磊磊：形容石头很多。
[12] 然疑作：真假难辨。然，不怀疑。

解题及赏析

　　《楚辞》是我国古代诗歌发展的又一个源头。相对于现实主义创作方法的《诗经》，《楚辞》是我国浪漫主义诗歌的源头，对后世的诗人和诗歌创作产生了很大的影响。《九歌》是楚辞中重要的组成部分，是作者在楚地民歌和巫歌的基础上进行艺术再创作而成的，共十一篇。其中《东皇太一》和《礼魂》首尾两篇，可以说是一场祭祀仪式中祭祀活动的开头和结尾，从对地位最高的东皇太一开始祭祀到礼成送神，象征着一次完整的祭祀活动。除首尾两篇外还有九篇，八篇祭神（鬼），一篇《国殇》祭人。《山鬼》是祭神鬼的最后一篇。

　　屈原根据民间关于巫山女神的美丽传说，创作出了《山鬼》这一祭祀乐歌。诗篇共有七章。第一章首先描写了主人公的美丽动人，"被薛荔兮带女萝"，"既含睇兮又宜笑，子慕予兮善窈窕"，这些描写，既是外在的又是内质的。作者在刻画主人公美丽外貌的同时，也对女主人公的心理活动作了细致的描写。第二章通过写神女车驾的不俗表现主人公的美丽，通过折花的动作表达神女对恋人的思念。第三章写恋人迟迟不来，以及主人公等待时所在的环境。第四章写主人公在恶劣的天气下痴心等待。第五章写久等不见，神女埋怨恋人失约，但又想恋人一定在思念自己，没能按时来，可能是因为有事相绊，不能得闲。第六章写主人公在等不来恋人的情况下，心理起了波动，对恋人是否真的思念自己产生了疑惑。第七章写天气也像主人公的心情一样越来越恶劣，最终恋人未到，思念给主人公带来无限的忧伤。

　　《山鬼》是《九歌》里最优秀的恋情诗之一。这首诗艺术特色最突出的地方，也是这首诗重点表现的地方，就是作者对主人公心理心态的变化作了逼真而曲折的刻画。女主人公为了和恋人约会，"被薛荔兮带女萝"，"既含睇兮又宜笑"，打扮得极其美丽，眉目间带着甜蜜的微笑，一个高贵美丽、气质高雅、仪态万方的动人形象跃然纸上。"折芳馨兮遗所思"，如约赴会，心里怀着难以言表的喜悦，甚至想象着恋人对自己婀娜多姿的体态会是如何地爱慕。于是，想着当恋人到来的时候，送给他馨香的花朵，以示自己对他也是非常地爱慕。但是，一等再等，仍不见恋人到来，主人公一边抱怨，一边想，"君思我兮不得闲"，完全是替恋人开脱，这既表现了神女对恋人的爱慕，也对恋人对自己的思慕充满信心。可一波三折，"君思我兮然疑作"，恋人迟迟未来，于是心中疑窦顿生。最终在隆隆的雷声、凄厉的猿啸声中，主人公不得不怅惘而归。在表现主人公心情变化的时候，作者用环境的变迁和大自然的变化作了衬托和渲染，充分展现了浪漫主义的风格。

　　诗中使用的"兮"字是楚辞中常用的感叹词，早在《诗经》里就已出现。"楚辞"是南方的诗歌，而《诗经》里的国风大都是北方民歌，显然，南方民歌及诗人们创作时也受到《诗经》的影响。"兮"字只发音无实义，在楚辞里起着延长音节的作用，而"兮"在一篇诗歌里的大量使用，也使之成为楚辞标志性的用词。

习 题

1. 文学史上常常提到"风骚"二字,你知道是什么意思吗?
2. 屈原的《九歌》是在什么基础上创作出来的?
3. 《山鬼》中女主人公的思想感情有着什么样的变化过程?

作品选读

《论语》选读[1]

子曰:"学而时习之[2],不亦说乎?有朋自远方来,不亦乐乎?人不知而不愠[3],不亦君子乎?"

——《学而第一》

有子曰[4]:"其为人也孝弟,而好犯上者,鲜矣;不好犯上,而好作乱者,未之有也。君子务本,本立而道生[5]。孝弟也者,其为仁之本与!"

——《学而第一》

子曰:"君子食无求饱,居无求安,敏于事而慎于言,就有道而正焉[6],可谓好学也已。"

——《学而第一》

季氏将伐颛臾[7]。冉有、季路见于孔子曰:"季氏将有事于颛臾[8]。"

孔子曰:"求!无乃尔是过与[9]?夫颛臾,昔者先王以为东蒙主[10],且在邦域之中矣,是社稷之臣也。何以伐为?"

冉有曰:"夫子欲之,吾二臣者皆不欲也。"

孔子曰:"求!周任有言曰[11]:'陈力就列,不能者止。'危而不持,颠而不扶,则将焉用彼相矣?且尔言过矣,虎兕出于柙,龟玉毁于椟中,是谁之过与?"

冉有曰:"今夫颛臾,固而近于费[12]。今不取,后世必为子孙忧。"

孔子曰:"求!君子疾夫舍曰欲之,而必为之辞。丘也闻有国有家者,不患寡而患不均,不患贫而患不安。盖均无贫,和无寡,安无倾。夫如是,故远人不服,则修文德以来之。既来之,则安之。今由与求也,相夫子,远人不服而不能来也;邦分崩离析而不能守也;而谋动干戈于邦内。吾恐季孙之忧,不在颛臾,而在萧墙之内也[13]。"

——《季氏第十六》

楚狂接舆歌而过孔子曰[14]:"凤兮[15]!凤兮!何德之衰[16]?往者不可谏,来者犹可追。已而,已而!今之从政者殆而[17]!"孔子下,欲与之言。趋而避之,不得与之言。

——《微子第十八》

注释

[1] 选自《十三经注疏》(中华书局影印本)。

[2] 时：时常。

[3] 愠：怨恨。

[4] 有子：有若,孔子弟子。

[5] 道：以"仁"为核心的思想法则。

[6] 就：接近；正：匡正。

[7] 颛臾：鲁国的属国。

[8] 事：指战事。

[9] 无乃：岂不。

[10] 蒙：蒙山,今在山东蒙阴县南。

[11] 周任：古代的一位史官。

[12] 费(bì)：鲁国大臣季氏的封邑。

[13] 萧墙：影壁、屏风。

[14] 接舆：春秋时期楚国隐士。由于他行为癫狂,时人称之为疯子。

[15] 凤：即凤凰。古人认为凤凰和麒麟一样都是吉祥物,应该在盛世出现。这里喻孔子生不逢时。

[16] 何德之衰：你的德行为什么如此衰微？这里指孔子的思想和政治主张在春秋时期行不通,而孔子还要四处游说。带有讽刺的意味。

[17] 殆：危险。

解题及赏析

《论语》是记载孔子及其弟子言行的语录体的书。《汉书·艺文志》说："《论语》者,孔子应答弟子、时人及弟子相与言而接闻于夫子之语也。当时弟子各有所记。夫子既卒,门人相与辑而论篡,故谓之《论语》。"可见,《论语》是孔门弟子把各人不同的记录进行整理而编成的一本书。《论语》通过对孔子及其弟子的言行记录,反映了孔子及其主要门徒的政治人文思想以及他们的社会理想。

古代《论语》版本有《鲁论语》《齐论语》和《古论语》三种。《古论语》后来失传。我们今天所见到的《论语》是西汉末安昌侯张禹以《鲁论语》为主并参用《齐论语》而编成的《张侯论》。

《论语》二十篇本无篇名,今人把每篇第一章中开头"子曰"后面讲话中的前两或三个字,或记叙某事时的前两三个字作为篇名。

《论语》是语录体,因而通过语言刻画人物性格是其特色。

"学而时习之"是人们耳熟能详的儒家经典语录。这是《论语》全书的第一章。这一章体现了孔子的教育思想和方法,他要求学生在理论上和实践上不断地反复学习与练习,而且应该把学习当做一件快乐的事；以极其简洁的语言阐明了孔子的道德和人生观点,孔子认为在以"仁"为核心的思想影响下,许多志同道合的人走到一起是令人快乐的事情。同时,他指出一个人不应该因别人不了解自己而感到痛苦和焦虑，一个君子应该重视如何努力学习，以自己的才华和能力使别人了解自己。

有子的这段话是在孔子思想道德的核心"仁"的基础上，阐述人的最基本道德是孝悌，然后进行推理。如南宋朱熹所说："人能孝弟，则其心和顺，少好犯上，必不好作乱也。"

"君子食无求饱"这一章里，孔子提出一个"好学"的概念，他的定义不是我们常讲的"好学"。孔子用格言般的语言讲"君子"不应追求生活上的高标准，而在行事上要勤敏，言语应该谨慎，能够向有道德的人学习，改正自己的不足，这样才算"好学"。

"季氏将伐颛臾"一章刻画了孔子难得一见的愤怒形象。鲁国的实际控制权掌握在孟、叔、季三位权臣手中，而季氏一家就掌握半数。但季氏贪得无厌，还想把鲁国的属国颛臾占领下来，以扩大自己的势力范围，增强自己的实力，因此决定攻打颛臾。孔子的弟子冉有和子路是孔子派往季氏家中做"家臣"的。当冉有和子路向孔子汇报季氏将伐颛臾一事时，孔子极为气愤。文章写孔子生气有两个原因，一是对季氏的野心，二是对冉有支持季氏伐颛臾并一再为季氏辩解。这一章作为典型的驳论文章，写作上给人以较大启迪。在孔子批驳冉有言论的过程中，我们看到冉有步步为营的窘相，同时通过对冉有的批驳表现了孔子以圣德来安抚天下的主张。文章最后，孔子对季氏的未来作了预言式的暗示："吾恐季孙之忧，不在颛臾，而在萧墙之内也。"果然，上行下效，后来季康子为其家臣阳虎所杀。

"季氏将伐颛臾"一章有其独到的艺术特点：一、这是一篇以对话的方式展开驳论，以记叙的形式展开的议论文。本来这篇文字是记录冉求和子路向孔子汇报季氏情况的，没想到两个弟子不停地为季康子伐颛臾辩护。对于冉求、子路的错误论调，孔子不停地提问，步步紧逼，两个弟子被动地回答，直到被孔子彻底批倒。二、在驳斥对方言论的过程中立论。对于季氏将伐颛臾的问题，孔子有其正面的观点，这一观点是在反驳冉求所找的借口过程中逐步建立起来的，一直到最后"吾恐季孙之忧，不在颛臾，而在萧墙之内也"，结论完成。三、在修辞方面恰当地运用比喻、排比。"危而不持，颠而不扶，则将焉用彼相也""虎兕出于柙，龟玉毁于椟中，是谁之过与"，既是排比又是比喻的句子一个接一个，又如"不患寡而患不均，不患贫而患不安""远人不服而不能来也；邦分崩离析而不能守也"等句，使文章跌宕起伏，气势如虹，增强了辩论的力量。

我国春秋时期，诸侯割据，社会动乱，一些知识分子逃避现实，隐居民间，如接舆、长沮、桀溺。这些人与持有入世思想的儒家格格不入，但《论语》花了不少笔墨记载孔子及其弟子与隐士们相遇时的言论，说明隐士们的思想和对社会的看法，对儒家来说并非可有可无的。"楚狂接舆歌而过孔子"一章记载孔子遇到隐士接舆，而接舆说完话就急忙逃走，孔子下车想与之交谈都没来得及，只听到几句带有讽刺味道的劝告。《论语》中还记载过孔子周游列国时问路遇到隐士长沮、桀溺，长沮说"滔滔者天下皆是也，而谁以易之？且而与其从辟人之士也，岂若从辟世之士哉"。还有一次，子路在随孔子周游列国时掉队，找人问路时遇到另一位隐士，而这位高人暗藏讽刺地批评孔子是"四体不勤，五谷不分"，却杀鸡煮饭殷勤招待子路。由此看来，孔子及其弟子是想和隐士们交流思想认识，隐士们也看重儒家的学识，对社会存在的问题也有相似的观点，但都对对方的做法不满，这一点直到战国时期形成了儒道两家在入世和出世问题上的尖锐斗争。

习 题

1. 《论语》是谁编纂成的？
2. 孔子的思想核心是什么？
3. 孔子对"季氏将伐颛臾"的态度是怎样的？
4. 春秋战国时期儒家的政治思想是积极的还是消极的？

作品选读

逍 遥 游[1]

《庄子》

北冥有鱼[2]，其名为鲲。鲲之大，不知其几千里也；化而为鸟，其名为鹏。鹏之背，不知其几千里也；怒而飞，其翼若垂天之云。是鸟也，海运则将徙于南冥[3]；南冥者，天池也。《齐谐》者[4]，志怪者也；《谐》之言曰："鹏之徙于南冥也，水击三千里，抟扶摇而上者九万里[5]，去以六月息者也[6]。"野马也，尘埃也，生物之以息相吹也。天之苍苍，其正色邪？其远而无所至极邪？其视下也，亦若是则已矣。且夫水之积也不厚，则其负大舟也无力。覆杯水于坳堂之上[7]，则芥为之舟，置杯焉则胶，水浅而舟大也。风之积也不厚，则其负大翼也无力。故九万里则风斯在下矣，而后乃今培风[8]，背负青天而莫之夭阏者[9]，而后乃今将图南。

蜩与学鸠笑之曰："我决起而飞[10]，枪榆枋而止[11]，时则不至，而控于地而已矣，奚以之九万里而南为！"适莽苍者[12]，三飡而反，腹犹果然；适百里者，宿舂粮[13]；适千里者，三月聚粮。之二虫，又何知！

小知不及大知[14]，小年不及大年[15]。奚以知其然也？朝菌不知晦朔[16]，蟪蛄不知春秋[17]，此小年也。楚之南有冥灵者[18]，以五百岁为春，五百岁为秋；上古有大椿者，以八千岁为春，八千岁为秋，此大年也。而彭祖乃今以久特闻[19]，众人匹之，不亦悲乎？

汤之问棘也是已[20]："穷发之北[21]，有冥海者，天池也。有鱼焉，其广数千里，未有知其修者[22]，其名为鲲。有鸟焉，其名为鹏，背若泰山，翼若垂天之云；抟扶摇羊角而上者九万里[23]，绝云气，负青天，然后图南，且适南冥也。斥鴳笑之曰[24]：'彼且奚适也！我腾跃而上，不过数仞而下，翱翔蓬蒿之间，此亦飞之至也。而彼且奚适也！'"此小大之辨也。

故夫知效一官[25]，行比一乡[26]，德合一君，而征一国者[27]，其自视也亦若此矣。而宋荣子犹然笑之[28]。且举世誉之而不加劝，举世非之而不加沮，定乎内外之分，辨乎荣辱之境，斯已矣；彼其于世，未数数然也[29]。虽然，犹有未树也。

夫列子御风而行，泠然善也，旬有五日而后反；彼于致福者，未数数然也。此虽免乎行，犹有所待者也。若夫乘天地之正，而御六气之辩[30]，以游无穷者，彼且恶乎待哉[31]！故曰：至人无己，神人无功，圣人无名。

尧让天下于许由，曰："日月出矣，而爝火不息[32]；其于光也，不亦难乎！时雨降矣，而犹浸灌；其于泽也，不亦劳乎！夫子立而天下治，而我犹尸之，吾自视阙然[33]，请致天下。"许由曰："子治天下，天下既已治也；而我犹代子，吾将为名乎？名者，实之宾也；吾将为宾乎？鹪鹩巢于深林，不过一枝；偃鼠饮河，不过满腹。归休乎君，予无所用天下为！庖人虽不治庖，尸祝不越樽俎而代之矣[34]！"

肩吾问于连叔曰[35]："吾闻言于接舆：大而无当，往而不返；吾惊怖其言，犹河汉而无极也；大有径庭，不近人情焉。"连叔曰："其言谓何哉？"曰："'藐姑射之山[36]，有神人居焉；肌肤若冰雪，淖约若处子，不食五谷，吸风饮露，乘云气，御飞龙，而游乎四海之外；其神凝，使物不疵疠而年谷熟[37]。'吾以是狂而不信也。"连叔曰："然。瞽者无以与乎文章之观，聋者无以与乎钟鼓之声；岂惟形骸有聋盲哉！夫知亦有之。是其言也，犹时女也。之人也，之德也，将磅礴万物以为一世蕲乎乱[38]，孰弊弊焉以天下为事[39]！之人也，物莫之伤：大浸稽天而不溺，大旱金石流、土山焦而不热。是其尘垢秕糠将犹陶铸尧、舜者也，孰肯以物为事！宋人资章甫而适诸越[40]，越人断发文身，无所用之。尧治天下之民，平海内之政，往见四子藐姑射之山、汾水之阳[41]，窅然丧其天下焉[42]。"

惠子谓庄子曰："魏王贻我大瓠之种，我树之成，而实五石。以盛水浆，其坚不能自举也。剖之以为瓢，则瓠落无所容。非不呺然大也[43]，吾为其无用而掊之。"庄子曰："夫子固拙于用大矣！宋人有善为不龟手之药者[44]，世世以洴澼絖为事[45]。客闻之，请买其方百金。聚族而谋曰：'我世世为洴澼絖，不过数金；今一朝而鬻技百金，请与之。'客得之，以说吴王。越有难，吴王使之将，冬与越人水战，大败越人，裂地而封之。能不龟手一也，或以封，或不免于洴澼絖，则所用之异也。今子有五石之瓠，何不虑以为大樽而浮于江湖，而忧其瓠落无所容，则夫子犹有蓬之心也夫[46]？"

惠子曰："吾有大树，人谓之樗[47]；其大本拥肿而不中绳墨，其小枝卷曲而不中规矩。立之涂，匠者不顾。今子之言，大而无用，众所同去也。"庄子曰："子独不见狸狌乎[48]？卑身而伏，以候敖者；东西跳梁，不辟高下，中于机辟，死于罔罟。今夫斄牛[49]，其大若垂天之云；此能为大矣，而不能执鼠。今子有大树，患其无用，何不树之于无何有之乡，广莫之野[50]，彷徨乎无为其侧，逍遥乎寝卧其下；不夭斤斧[51]，物无害者。无所可用，安所困苦哉？"

注 释

[1] 选自《诸子集成》(中华书局2006年版)。

[2] 北冥：北海。冥，通"溟"。

[3] 海运：指海啸。

[4] 《齐谐》：一种记载怪异的书，已佚。

[5] 抟：拍击。

[6] 息：气息，风。

[7] 坳：低洼。

[8] 培：通"凭"。

[9] 夭阏：阻止。

[10] 决：迅急飞起的样子。

[11] 枪：穿过。

[12] 适：往，到。

[13] 宿舂粮：用一夜的时间准备粮食。

[14] 知：通"智"。

[15] 年：年寿。

[16] 朝菌：一种生命极端短的菌类，早上生，日出死。

[17] 蟪蛄：一种夏初生夏末死的虫子。一说寒蝉。

[18] 冥灵：神话传说中的大树。

[19] 彭祖：传说中的人物，寿长八百岁。

[20] 棘：相传商汤时的大夫。

[21] 穷发：不毛之地。

[22] 修：长。

[23] 羊角：像羊角一样的旋风。

[24] 斥鷃：小鸟。

[25] 效：功效。

[26] 行：行为、作为。

[27] 而：能够。征：信服。

[28] 宋荣子：名钘，战国诸子之一。

[29] 数(shuò)数然：急切的样子。

[30] 御六气：驾驭六气。

[31] 恶：何。

[32] 爝火：火把。

[33] 阙然：不合适(指能力不够)。

[34] 尸祝：祭祀主持人。

[35] 肩吾、连叔：庄子虚构的人物。

[36] 藐姑射(yè)：传说中的仙山名。

[37] 疠疠：疾病。

[38] 磅礴：广被，包容。蕲：同"祈"，求。

[39] 弊弊：劳苦的样子。

[40] 资：销售。章甫：礼帽。

[41] 四子：被庄子认为得道的四位古人，指王倪、啮缺、被衣和许由。

[42] 窅(yǎo)然：深渊的样子。

[43] 呺(xiāo)然：大而空的样子。

[44] 龟(jūn)：通"皲"，皮肤因寒冷干燥而开裂。

[45] 洴澼(píngpì)：在水中漂洗。絖(kuàng)：通"纩"，细棉絮。

[46] 蓬：草名。

[47] 樗(chū)：俗称臭椿。

[48] 狸：野猫。狌：俗称黄鼠狼。

[49] 斄(lí)牛：即牦牛，产于我国西南部的一种牛。

[50] 广莫：广大。

[51] 不夭斤斧：不因刀斧砍伐而夭折。

解题及赏析

庄子名周，是老子之后道家的代表人物。在从春秋到战国的历史变革中，没落贵族对新的社会现实不满，充斥着对抗情绪，对新生事物常抱批判态度。庄子作为其中的一份子，以出世的观点，反对提倡入世的儒家思想。但是，庄子所在社会的另一面也不容忽视，即从春秋到战国，战乱频仍，周天子已丧失了统治能力，各国诸侯称王争霸，黎民百姓陷于水深火热之中，庄子对此深恶痛绝，因而他主张出世，宣扬无为而治，对当时的社会悲观到了极点。但我们应看到，在同一个社会里，有一些知识分子，不是避开社会矛盾，而是积极行动，投身社会，希望改变现实，建立理想的社会，如孟子就想说服各国诸侯行王道，构建丰衣足食的养生丧死而无憾的理想王国。而以庄子为代表的出世思想，却主张远离社会，寻求全身自保和无为而治，实际上是逃避社会矛盾。

《逍遥游》一文反映了庄子主张超然物外的绝对自由。庄子认为，要摆脱对客观事物的依赖，必须去除追求功名利禄之心。为了阐发他的这种思想观点，庄子指出从能高飞九万里的大鹏到小如蝉和雀的小动物，都要依赖客观条件才能飞腾，即使像举世获誉的宋荣子，"犹有未树"，都未能达到"无待"的思想境界。他提出要达到绝对自由的境界，必须做到"无己""无功""无名"。

《逍遥游》全篇分为三大段。

第一段：从"北冥有鱼"到"圣人无名"。这一段首先写鲲鹏虽大，若要"图南"就必须有所待，即要借助于客观的"海运""扶摇""羊角"，因此鲲鹏是不逍遥不自由的。接着写讥笑鲲鹏的两个小虫"蜩"和"学鸠"也是不逍遥不自由的。随后作者以"小知""大知"和"小年""大年"为例写到人，指出不切实际的比较和追求是极其可悲的。然后文章通过"汤之问棘"指出大鲲鹏和小斥鴳都有其自由和不自由的方面，更不能学斥鴳以飞不高飞不远而自鸣得意。最后作者指出只有"至人"能够"无己",然后再做到"无功""无名",从而达到"无待"的境界。

第二段:从"尧让天下于许由"到"窅然丧其天下焉"。文章先以许由辞天下证明至人"无名",再以神人不以治理天下为事,证明至人"无功",最后指出宋人因只知有己而犯了错误。因此,尧受到启发,从而放弃了自己的天下。在庄子的眼里,许由要比尧伟大,许由的思想和行为是道家的标准和典范。庄子在文章中设计了尧与许由的一段对话,尧说:"日月出来了,而火把还不熄灭,那么,要想使它的光辉更加明亮就太难了。"又说:"及时雨已经下了,你还在浇灌,那对增加地里的水分,又有什么意义呢?不是徒劳而无功吗?"尧要求许由出来治理天下,说:"夫子立而天下治,而我犹尸之,吾自视阙然,请致天下。"许由回答很妙:"您治理天下,天下已经安定了。而由我来代替您,难道我想要这个名吗?"然后说:"天下对我来说没什么用处!"

第三段:从"惠子谓庄子曰"到"安所困苦哉"。这一段围绕全文的中心论点,借惠子和庄子关于"有用"和"无用"的辩论,说明无用即大用。在这一段里,作者借惠子之口举出大瓠和大樗。庄子说,惠子认为其大而无用是不对的。庄子认为,在一般人看来,大而空的东西没有用处,其实这是一个价值观的问题,任何东西都有它的用途,只是看你如何用。这一段读起来,令人想到第一段里蜩与学鸠讥笑大鹏,"小知不及大知""小年不及大年",似乎庄子有一种曲高和寡的悲哀。同时,这一段也印证了《人间世》"孔子适楚"一节的思想。庄子说:"山木自寇也,膏火自煎也。桂可食,故伐之;漆可用,故割之。人皆知有用之用,而莫知无用之用也。"显然,这里暗合庄子对"道"的解释,即精神境界的作用。

对于社会现实,庄子是不满的,但他的反抗是消极的,采取了逃避的态度,因此,他强调无拘无束。《逍遥游》的主旨思想,是追求精神境界的绝对自由。

《逍遥游》一文如同庄子其他的文章一样,有着独特的艺术特色。庄子散文具有浓郁的浪漫主义色彩,在吸收民间传说故事的基础上,发挥丰富奇特的想象力,塑造出极其生动的人物形象。作者运用尧禅位许由的故事,肩吾与连叔的对话,惠子对庄子讲述葫芦无用的故事,阐发他强调的"至人无己""神人无功""圣人无名"的思想。

《庄子》一书,"寓言十九",比喻比比皆是。寓言本身就是一种比喻。《逍遥游》中写大鹏的展翅图南,极尽夸张之能事;写蝉与雀对大鹏的讥笑,采用拟人化的手法,显示了令人叹服的比喻效果。作者用这些比喻主要是为了更加生动地说明一个人要达到他所谓的最高境界即绝对自由,要做到"无待",首先要做到"无己"。

《逍遥游》一文,作者往往在遣词造句及行文中,用韵颇多,声调铿锵,给人以极强的节奏感,文章最后一段中惠子和庄子的对话就是典型的例子。

习题

1. 在先秦诸子散文中,庄子的散文有什么特色?
2. 你对庄子的思想有什么认识和看法?
3. 《逍遥游》的主题思想是什么?

 作品选读

伯夷列传[1]（节选）

司马迁

孔子曰："伯夷、叔齐，不念旧恶，怨是用希[2]。""求仁得仁，又何怨乎？"余悲伯夷之意，睹轶诗可异焉[3]。其传曰：

伯夷、叔齐，孤竹君之二子也[4]。父欲立叔齐，及父卒，叔齐让伯夷。伯夷曰："父命也。"遂逃去。叔齐亦不肯立而逃之。国人立其中子。于是伯夷、叔齐闻西伯昌善养老[5]，盍往归焉[6]。及至，西伯卒，武王载木主[7]，号为文王，东伐纣。伯夷、叔齐叩马而谏曰："父死不葬，爰及干戈[8]，可谓孝乎？以臣弑君，可谓仁乎？"左右欲兵之。太公曰："此义人也。"扶而去之。武王已平殷乱，天下宗周[9]，而伯夷、叔齐耻之，义不食周粟，隐于首阳山，采薇而食之。及饿且死，作歌。其辞曰[10]："登彼西山兮，采其薇矣。以暴易暴兮，不知其非矣。神农、虞、夏忽焉没兮，我安适归矣？于嗟徂兮，命之衰矣！"遂饿死于首阳山。由此观之，怨邪非邪？

或曰："天道无亲[11]，常与善人。"若伯夷、叔齐，可谓善人者非邪？积仁絜行如此而饿死！且七十子之徒，仲尼独荐颜渊为好学。然回也屡空[12]，糟糠不厌[13]，而卒蚤夭[14]。天之报施善人，其何如哉？盗跖日杀不辜[15]，肝人之肉，暴戾恣睢[16]，聚党数千人横行天下，竟以寿终。是遵何德哉？此其尤大彰明较著者也。若至近世，操行不轨，专犯忌讳，而终身逸乐，富厚累世不绝。或择地而蹈之，时然后出言[17]，行不由径[18]，非公正不发愤，而遇祸灾者，不可胜数也。余甚惑焉，傥所谓天道，是邪非邪？

子曰"道不同不相为谋"，亦各从其志也。故曰"富贵如可求，虽执鞭之士，吾亦为之。如不可求，从吾所好"。"岁寒，然后知松柏之后凋"。举世混浊，清士乃见。岂以其重若彼，其轻若此哉！

"君子疾没世而名不称焉。"贾子曰："贪夫徇财，烈士徇名，夸者死权，众庶冯生[19]。""同明相照，同类相求。"云从龙，风从虎，圣人作而万物睹。伯夷、叔齐虽贤，得夫子而名益彰。颜渊虽笃学，附骥尾而行益显。岩穴之士[20]，趣舍有时若此，类名堙灭而不称，悲夫！闾巷之人[21]，欲砥行立名者，非附青云之士，恶能施于后世哉？

注释

[1] 选自《史记》(中华书局1989年版)。
[2] 用:因。希:同"稀"。
[3] 轶诗:散佚的诗歌。
[4] 孤竹:古国名。
[5] 西伯昌:周文王姬昌。
[6] 盍:同"盖",于是。
[7] 木主:灵牌。
[8] 爰:就。
[9] 宗周:承认周为宗主。
[10] 其辞:指前面提到的"轶诗"的歌辞。
[11] 天道无亲:老天不讲亲疏。
[12] 屡空:经常贫困。
[13] 糟糠不厌:即使吃糟糠都不能满足。
[14] 蚤:同"早"。夭:夭折。
[15] 不辜:无辜的人。
[16] 暴戾恣睢:凶残而随意。
[17] 时然后出言:看准机会然后说话。
[18] 行不由径:不走近路。
[19] 冯生:贪生。冯,同"凭"。
[20] 岩穴之士:(像伯夷一样有气节的)隐居山林的人。
[21] 闾巷之人:(一个有德有能的)普通人。

解题及赏析

司马迁是我国伟大的历史家、文学家,其思想亦儒亦道。《史记》开纪传体史书之先河,为传记体文学之巨制。中唐以降,韩愈、柳宗元等古文作家将《史记》作为学习的典范之一,从而把《史记》推向文学殿堂的高位。

《伯夷列传》为"列传"之首篇。本传文章开始前的一段文字,相当于一部作品的"序"。作者在这个小"序"中说:"夫学者载籍极博,犹考信于六艺。诗书虽缺,然虞夏之文可知也。尧将逊位,让于虞舜,舜禹之间,岳牧咸荐,乃试之于位,典职数十年,功用既兴,然后授政。示天下重器,王者大统,传天下若斯之难也。而说者曰尧让天下于许由,许由不受,耻之,逃隐。及夏之时,有卞随、务光者。此何以称焉?太史公曰:余登箕山,其上盖有许由冢云。"又说:"孔子序列古之仁圣贤人,如吴太伯、伯夷之伦,详矣。余以所闻由、光义至高,其文辞不少概见,何哉?"这两句成为全文的议论主旨,由此而引发作者一大篇议论,迸发出长久以来积压在胸中的郁气。

伯夷何许人?先秦典籍及诸子文章中多次提到伯夷,但对其身份并无一致的说法,《庄子·盗跖》篇中最早说到伯夷为商末孤竹君子,但无详细资料,只是说:"世之所谓贤士,伯夷叔齐。伯夷叔齐辞孤竹之君而饿死于首阳之山,骨肉不葬。"

《史记》以写人、叙事著称。司马迁写伯夷也没有更多的资料,立传也不是主要目的,但作者却以他独到的方法取胜。首先从尧让位起始,把许由、务光、颜渊等人作为陪衬,引出吴太伯、伯夷,然后通过孔子的评论,开始为伯夷立传。这是作者匠心独具,特意进行的结构安排。

从《伯夷列传》中我们可以看到,司马迁最推崇许由和务光的"义"至高无上。儒家多次赞扬太伯和伯夷,却从不提许由和务光,由此引发了司马迁的质疑,对社会的不公给予了愤怒的揭露和鞭挞,同时也对西汉以来"天人合一"的思想提出了强烈的质疑。

《伯夷列传》的写作方法给人以一种奇特的印象。看似为伯夷立传,但通篇在抒发"怨"和"悲"的感情,伯夷只不过是《史记》里一百多个悲剧人物中的一个,无怪乎鲁迅称《史记》为"无韵之《离骚》"。作者之意不在传,而在抒发心中的郁气。清人吴见思说,《伯夷列传》"通篇纯以议论咏叹,回环跌宕,一片文情,极其纯密,而伯夷实事,只在中间一顿序过"。因此,我们不妨把《伯夷列传》看作司马迁借为伯夷立传之机而写出的一篇"抒情"散文。有时作者提出的问题和前面已经出现的断语似乎极不一致,甚至互相矛盾,但一经细细体味之后,就感悟到作者在文章深处埋下的无以言表的深意。文章开头说,"孔子曰:'伯夷、叔齐,不念旧恶,怨是用希'",又说伯夷为躲避叔齐所让国君之位"遂逃去"。显然作者把孔子两次赞扬伯夷"不怨"的话作为矛盾的一个方面,紧接着写伯夷诵轶诗《采薇》之后,饿死于首阳山中。这就明白地告诉读者,作者对"怨邪非邪"这一问题是怎样的观点。这样摆在读者面前的就是矛盾的另一方面:"怨"。文章又说:"或曰:'天道无亲,常与善人。'若伯夷、叔齐,可谓善人者非邪?积仁絜行如此而饿死!"然后作者把孔子的得意门生、品学兼优的颜回作为陪衬兼例证,对所谓的"天道无亲,常与善人"这句话,似乎在仰天长啸,强烈地提出质疑,抒发了作者郁积于心中的怨气和悲愤。

无独有偶,宋代欧阳修的《伶官传序》就借鉴了《伯夷列传》这种借立传而抒情的方法。司马迁及其作品对后世的影响,由此可见一斑。

习 题

1. 司马迁写这篇"列传"的真正目的是什么?
2. 《史记》的人物传记有什么文学价值?
3. 阅读欧阳修的《伶官传序》,与《伯夷列传》比较一下,两文有什么相似之处?

伶官传序

欧阳修

呜呼!盛衰之理,虽曰天命,岂非人事哉!原庄宗之所以得天下,与其所以失之者,可以知之矣。

世言晋王之将终也,以三矢赐庄宗而告之曰:"梁,吾仇也;燕王,吾所立;契丹与吾约为兄弟,而皆背晋以归梁。此三者,吾遗恨也。予尔三矢,尔其无忘乃父之志!"庄宗受而藏之以于庙,其后用兵,则遣从事以一少牢告庙,请其矢,盛以锦囊,负而前驱,及凯旋而纳之。方其系燕父子以组,函梁君臣之首,入于太庙,还矢先王,而告以成功,其意气之盛,可谓壮哉!及仇雠已灭,天下已定,一夫夜呼,乱者四应,仓皇东出,未及见贼而士卒离散,君臣相顾不知所归,至于誓天断发,泣下沾襟,何其衰也!岂得之难而失之易欤?抑本其成败之迹,而皆自于人欤?《书》曰:"满招损,谦得益。"忧劳可以兴国,逸豫可以亡身,自然之理也。故方其盛也,举天下之豪杰,莫能与之争;及其衰也,数十伶人困之,而身死国灭,为天下笑。夫祸患常积于忽微,而智勇多困于所溺,岂独伶人也哉!

作《伶官传》。

作品选读

迢迢牵牛星[1]

《古诗十九首》

迢迢牵牛星,皎皎河汉女[2]。纤纤擢素手[3],札札弄机杼[4]。终日不成章,泣涕零如雨[5]。河汉清且浅,相去复几许。盈盈一水间[6],脉脉不得语。

注释

[1] 选自《文选》(中华书局影印李善注本)。
[2] 皎皎:形容明亮的样子。
[3] 擢:举起。
[4] 杼:织布机上的梭子。
[5] 章:布的纹理。这里指布。
[6] 盈盈:形容水清而浅的样子。

解题及赏析

汉代是五言诗大发展的时期。东汉一些社会中下层知识分子在汉乐府民歌和民间歌谣的影响下,创作了一些模仿民歌的文人诗歌。东汉末年,一些文人创作了许多艺术水平很高的五言诗,因为作者姓名失传,内容庞杂,但其风格相近,被南朝梁萧统辑录了十九首,名之曰《古诗十九首》。《迢迢牵牛星》即为其中名篇之一。

本诗借用牵牛织女的神话故事,演化并抒写现实生活中的女子不能和自己恋人相聚的离情别恨。诗歌开头引入了天上的牛郎星和织女星,他们隔着河汉相望而不能相聚。"迢迢"写牵牛星之遥远,"皎皎"写织女星之明亮艳丽。紧接着作者以"纤纤擢素手,札札弄机杼"写出了织女以她玉一样的灵巧双手织布,把神话中的织女与现实生活中的织女融合在一起,也反映了作者紧扣中国古代男耕女织的社会传统模式。但就是这样一位勤劳的妇女,却泣涕涟涟终日织不成布,反映出这位女子内心的愁思和悲苦。那么,是什么原因令她如此痛苦而又难以对人倾诉呢?诗人在最后四句写道:"河汉清且浅,相去复几许。盈盈一水间,脉脉不得语。"原来这是一位思妇,她终日思念着自己的恋人、情人,却仅仅因为隔着一条清浅的河水,只能隔河相望不能相聚。显然,作者把人间的故事神化了,诗人对人间的思妇寄予了无限的同情。我们从这首诗中看到了比较完整的牛郎织女故事。这首诗的流传,对后来的诗文创作产生了很大的影响,诗圣杜甫就曾写过一首《牵牛织女诗》。中唐诗人权德舆的《七夕》诗云:"佳期人不见,天上喜新秋。玉佩霑清露,香车渡浅流。东西一水隔,迢递两年愁。别有穿针处,微明月映楼。"北宋词人秦观有一首享誉古今的名篇《鹊桥仙》:"纤云弄巧,飞星传恨,银汉迢迢暗渡。金风玉露一相逢,便胜却人间无数。　柔情似水,佳期如梦,忍顾鹊桥归路。两情若是久长时,又岂在朝朝暮暮。"写此同一题材的诗词不胜枚举,内容虽然来自神话传说,但以诗歌的形式来表现,《迢迢牵牛星》是最早的。

这首诗使用了许多叠字:"迢迢""皎皎""纤纤""盈盈""脉脉",这是本诗最具特色的地方。但是从全诗来看,这些叠字并非是孤立的、表面的、刻板的。开头为空间距离遥远的"迢迢",在诗的末尾却成为精神上的"遥远",给人以一种咫尺天涯的感觉。"皎皎"表织女星明亮美丽,却和后面的"泣涕零如雨"形成强烈鲜明的对照。织女有着"纤纤"双手,却"终日不成章",更加深了读者对思妇痛苦思绪的理解。"脉脉"表织女深情的神态,既表现了思妇内心深藏的爱情,又让人感觉到她对不能和恋人相聚的无可奈何。从这一点上,我们可以看到作者用叠字既表意象又使音节铿锵跌宕的独到功夫。

习　题

1. 背诵这首诗。
2. 为什么说东汉文人五言诗是受汉乐府影响创作出来的?
3. 《古诗十九首》的内容与汉乐府民歌的内容有什么不同?

第二章

魏晋南北朝文学

概　述

魏晋南北朝是我国历史上大分裂的时期。由汉末战乱到三国纷争，由西晋的"八王之乱"到晋室的东渡，由北方十六国的混战到南北朝的对峙，这四百年的历史充斥着分裂和战乱。战争所带来的痛苦对于文学的影响也是巨大的，许多文人因为战争和政治遭到杀戮，如孔融、杨修、祢衡、嵇康、陆机、陆云、张华、潘岳、石崇、郭璞、谢灵运、鲍照、王融、谢朓、刘琨等，文学创作中生命、游仙以及隐逸等主题成为典型。自汉末"古诗十九首"中出现了生命的觉醒，魏晋以降的作家更多地关注这一主题，他们或勉励建功立业，或宣扬及时行乐，或企求长生，或超然归隐，"药"与"酒"则是这一主题的直接表现形式。

东汉后期开始形成的世家大族，累世公卿，在政治上逐渐占据重要的地位。魏文帝时实行九品中正制，更造成了"上品无寒门，下品无势族"的局面，士族与庶族明显地对立起来。因而，寒士的不平之鸣在这一时期极为常见。与势族的情景相适应，家族文学是这一时期较为突出的现象，魏晋时最盛，到南朝以后逐渐减弱，如三曹，阮瑀和阮籍父子，嵇康及其子嵇绍、绍从子嵇含，三张，二陆，两潘，傅玄与傅咸父子，谢氏家族中的谢安、谢混、谢灵运、谢晦、谢惠连、谢朓，等等。

在思想领域，玄学和佛学对这一时期的文学和艺术有显著的影响。将玄学直接运用到文学中，形成说教一般"淡乎寡味"的玄言诗，并不是一种理想的文学创作；但是从山水中体悟玄言，则是诗歌中的另一种格调。王羲之等人的兰亭诗以至于谢灵运的山水诗都以实际创作证明了这一点。玄学对于魏晋人的影响更在于文学的境界上，魏晋人崇尚"真"和"自然"，以旷达真率的态度造就了文化史上令人称赏的"魏晋风流"，文学上的代表则是阮籍、嵇康、王羲之、陶渊明以及《世说新语》等。佛教自东汉传入中国，魏晋以来对文学的影响渐渐加强，如东晋时期的高僧惠远与谢灵运、刘遗民、宗炳等文人有密切交往，晋宋以降的许多文人如谢灵运、沈约、刘勰、徐陵、江总等多深通佛理，而名僧支道林也是一位诗人；"永明体"诗歌注重"四声"，则与佛经翻译中的声韵有密切关系。

就文学本身而言，这一时期是所谓"文学自觉"的时代，"文学"开始从广义的学术中分离，有了新的含义，如宋文帝立四学，将文学有意地与儒学、玄学、史学相区分；文学的体裁也因此得到了更细致的区分，对各种文体的风格都有比较确切的认识，如曹丕《典论·论文》、陆机《文赋》、挚虞《文章流别论》、李充《翰林论》、任昉《文章缘起》、刘勰《文心雕龙》以及萧统《文选》都不同程度地对文体进行了辨析；对于文学创作的审美特征也有了自觉的追求，如南朝诗歌讲求对仗、音韵、用典等等，都是对于形式美的直接追求。

一、建安风骨与正始之音

"建安"是东汉献帝的年号,但当时的实际政权掌握在曹操手中。文学史上的"建安风骨",以"三曹七子"为核心开辟了一个新的时代。

"建安风骨"的总体特征是"慷慨悲凉"。建安文人饱受战乱之苦,战争和疾病的流行使人易起人生短暂的悲哀,文人或死于政治,或死于战乱,或死于疾疫,人世悲凉的感慨是这一时期的常见主题之一。即使一世枭雄如曹操也同样喟叹:"对酒当歌,人生几何。譬如朝露,去日苦多。"帝王如曹丕也不免长吟:"人生如寄,多忧何为?今我不乐,岁月如驰。"而在其他文人的作品中,此类悲歌更是不可胜数。但这种悲吟并没有改变建安文人建功立业的昂扬情绪。建安文人抱负高远,以天下为己任,在有生之年追求更高的人生价值,如曹操在《龟虽寿》中吟道:"老骥伏枥,志在千里。烈士暮年,壮心不已。"这些也是建安诗人的"慷慨"之情。

曹氏父子是这一时期的文坛领袖。曹操于戎马之余创作了不少优秀的诗歌,他用汉乐府的古题写时事,如《蒿里行》《短歌行》等,都是乐府名篇。他的诗歌以反映当时的社会现实为主,与汉乐府"感于哀乐,缘事而发"的精神一脉相承,如《蒿里行》可称为"汉末实录":

> 关东有义士,兴兵讨群凶。初期会盟津,乃心在咸阳。军合力不齐,踌躇而雁行。势利使人争,嗣还自相戕。淮南弟称号,刻玺于北方。铠甲生虮虱,万姓以死亡。白骨露于野,千里无鸡鸣。生民百遗一,念之断人肠。

曹丕之诗比曹操更有文人气质,多表达自己的情感,语言清丽婉转,其《燕歌行》是我国文学史上现存的第一首成熟的七言诗:

> 秋风萧瑟天气凉,草木摇落露为霜,群燕辞归雁南翔。念君客游多思肠,慊慊思归恋故乡,君何淹留寄他方?贱妾茕茕守空房,忧来思君不敢忘,不觉泪下沾衣裳。援琴鸣弦发清商,短歌微吟不能长。明月皎皎照我床,星汉西流夜未央。牵牛织女遥相望,尔独何辜限河梁?

曹植是建安时期成就最高的诗人,其诗歌以曹丕继位为界,分为前后两期。前期的作品多表现出积极向上的乐观情绪,抒发自己的理想和抱负,《白马篇》即是这一情调的集中体现。后期的曹植,在政治上受到压制,诗中所表现的多是现实与理想的矛盾所引起的悲愤和无奈,如写自己朋友的被害,写自己的身世之慨和志向,有时寄情于游仙之作,《赠白马王彪》《野田黄雀行》《美女篇》《七哀诗》《杂诗》《远游篇》都是这一时期的代表作。《七哀诗》以思妇之情来寄托自己的身世之悲:

> 明月照高楼,流光正徘徊。上有愁思妇,悲叹有余哀。借问叹者谁?言是荡子妻。君行逾十年,贱妾常独栖。君若清路尘,妾若浊水泥。浮沉各异势,会合何时谐?愿为西南风,长逝入君怀。君怀良不开,贱妾当何依!

曹植的诗"骨气奇高,辞采华茂",达到风骨与辞采的完美结合。他也是第一个大量创作五言诗的文人,其创作吸取了《诗经》《楚辞》以及汉乐府的精髓,形成了自己的独特风格,完成了从乐府民歌向文人诗的转变,对后世诗歌的发展有重要影响。

"建安七子"之中,以王粲和刘桢的成就最高。王粲流落荆州之时,作品多反映当时战乱对民生的影响,或叙羁旅之情,代表作品有《七哀诗》三首;归顺曹操之后,作品多奋发向上之情,如《从军诗》五首。刘桢诗风踔厉风发,注重气势,代表作有《赠从弟》三首。"七子"中另外的作家如陈琳、阮瑀、徐干等人也有一些著名的作品,如陈琳的《饮马长城窟行》、阮瑀的《驾出北郭门行》、徐干的《室思》等,也都能反映出建安时期的诗风。蔡琰(蔡文姬)也是这一时期较重要的作家,其传世作品以《悲愤诗》最为重要,描写自己在汉末战乱中的经历,深得乐府叙事之妙。

"正始"是齐王曹芳的年号,这一时期已到曹魏后期,司马懿父子执掌朝政,对文人的迫害加深,导致这一时期与建安时期的诗风迥然不同,从慷慨悲歌转而为深晦寄托,其代表诗人是阮籍和嵇康。

阮籍的代表作品是《咏怀诗》八十二首,开辟了中国文学史上政治抒情组诗的先河,对后来的诗人产生了重要影响。这组诗内容广泛,不是一时一地所作,以一种苦闷、孤独的情绪为主体。钟嵘说:"《咏怀》之作,可以陶性灵,发幽思。言在耳目之内,情寄八荒之表。洋洋乎会于《风》《雅》,使人忘其鄙近,自致远大,颇多感慨之词。厥旨渊放,归趣难求。"诗风隐晦曲折,蕴藉含蓄,多用比兴,或写游仙,或写香草美人,以寄托其怀抱,虽其精神与建安时期相通,但风格完全不同,这与当时的政治氛围是分不开的。其第一首"夜中不能寐"可为全诗之总纲。

嵇康的诗以四言体成就较高,其代表作为《幽愤诗》以及《赠秀才入军》等,主要表现平生的遭遇和抱负以及自己的旷逸情怀,如《赠秀才入军》第十四章:

息徒兰圃,秣马华山。流磻平皋,垂纶长川。目送归鸿,手挥五弦。俯仰自得,游心太玄。嘉彼钓叟,得鱼忘筌。郢人逝矣,谁与尽言?

这种高蹈自然的悠远境界,正是嵇康人格的写照。

二、两晋诗坛

两晋诗坛各有特色。西晋时期以陆机、潘岳的"太康诗风"为代表,以"繁缛"为主要特征。左思的咏史诗与郭璞的游仙诗则是以抒发个人情怀为主体,继承了阮籍《咏怀诗》的特色。东晋时期以玄言诗为主流,成就不高,而东晋末年的陶渊明则以其田园的题材和古朴的诗风成为两晋时期成就最高的诗人。

陆机和潘岳是西晋时期的代表性诗人,辞藻华丽,描写繁复,讲求句式的骈偶,拟古的风气盛于一时。太康诗人有大量模拟《诗经》、汉乐府以及《古诗十九首》的作品,而以陆机的模拟诗最为突出。

陆机的诗歌以反映自己客居他乡的忧思之作如《赴洛道中作诗》《猛虎行》《长歌行》等较佳,如《赴洛道中作诗》之二:

远游越山川,山川修且广。振策陟崇丘,安辔遵平莽。夕息抱影寐,朝徂衔思往。顿辔倚高岩,侧听悲风响。清露坠素辉,明月一何朗。抚枕不能寐,振衣独长想。

而潘岳则以其纪念妻子的《悼亡诗》三首最为著名,如其第一首诗写妻亡故后自己的所见所感:

荏苒冬春谢,寒暑忽流易。之子归穷泉,重壤永幽隔。私怀谁克从,淹留亦何益。僶俛恭朝命,回心反初役。望庐思其人,入室想所历。帏屏无仿佛,翰墨有余迹。流芳未及歌,遗挂犹在壁。怅恍如或存,周惶忡惊惕。如彼翰林鸟,双栖一朝只。如彼游川鱼,比目中路析。春风缘隙来,晨霤承檐滴。寝息何时忘,沉忧日盈积。庶几有时衰,庄缶犹可击。

陆机、潘岳的这些诗虽然同样具备太康诗歌的特色,但比较真实地反映了作者的感情,是他们最为成功的作品。

左思出身寒门,以其《咏史》八首奠定了他在诗歌史上的重要地位。《咏史》虽名为咏史,但实际上是作者自抒胸怀之作,表达了寒士的不平之鸣以及对于士族的抗争,为咏史诗树立了典范,如其第二首:

郁郁涧底松,离离山上苗。以彼径寸茎,荫此百尺条。世胄蹑高位,英俊沉下僚。地势使之然,由来非一朝。金张藉旧业,七叶珥汉貂。冯公岂不伟,白首不见招。

两晋之交,郭璞的游仙诗是这一时期成就较高的诗作。郭璞继承了自《楚辞》、曹植、阮籍以来的优良传统,多借游仙以抒发自己壮志难酬的苦闷和隐逸的情怀,如其《游仙》第五首:

逸翮思拂霄,迅足羡远游。清源无增澜,安得运吞舟?珪璋虽特达,明月难暗投。潜颖怨青阳,陵苕哀素秋。悲来恻丹心,零泪缘缨流。

东晋时期的主流诗体是玄言诗,代表作家有王羲之、孙绰、许询等。王羲之等人的兰亭唱和诗艺术水平不高,但已经留意于山水,为后来山水诗的发展开拓了路径。

陶渊明是两晋时期成就最高的诗人,也是整个中国文学史上最重要的作家之一。作为魏晋风流的代表之一,陶渊明以其超然不群的人格魅力,安贫乐道、崇尚自然的思想,艺术化的人生经历,平淡真淳的诗歌创作,为千百年来的士大夫所景仰,其诗中的"酒""菊"等意象已经成为他的象征。

陶渊明第一次为中国诗歌史添加了田园诗的题材,归返田园以求自然之乐,是陶渊明诗歌的核心所在,他亲自参加耕作,自得其乐。在田园的简朴生活中,既有耕作的乐趣,也有与朋友自由往还、相与谈论之乐,如《移居》其一:

昔欲居南村,非为卜其宅。闻多素心人,乐与数晨夕。怀此颇有年,今日从兹役。弊庐何必广,取足蔽床席。邻曲时时来,抗言谈在昔。奇文共欣赏,疑义相与析。

除了田园诗之外,陶渊明诗歌的题材也涉及咏怀诗、咏史诗、行役诗以及赠答诗等,如《饮酒》《拟古》《杂诗》等咏怀诗,《咏贫士》《读山海经》等咏史诗都继承了阮籍、左思的传统,摅写自己的心胸,也有极高的成就。

陶诗的风格"质而实绮,癯而实腴"(苏轼语),平淡中见警策,朴素中见华丽,是汉魏以来古朴诗风的集大成者。

三、南北朝诗风的演变

自东晋南渡,宋、齐、梁、陈继之,文学的中心都在南方。北方主要在少数民族的统治之下,文风不竞,只有到了南北朝的后期,才因庾信等文人的北渡而有所发展。

南朝诗人在魏晋诗风的基础上,进一步追求诗歌形式的完美,从永明体诗的形成到宫体诗的发展,诗人们在对仗、音律、辞藻、用典等众多方面一步一步加深了追求,为唐代律诗的发展成型奠定了基础。

刘宋的主要诗人有"元嘉三大家"：谢灵运继陶渊明的田园诗之后，开创了山水诗；鲍照以拟古诗及乐府的成就最大，是南朝作家中少数关心社会现实的作家之一；颜延之的成就不能和鲍、谢相比，但代表了当时的上层诗风，雕绘词句，喜用典故。

谢灵运出身士族，宋初刘裕政权压制士族，故谢灵运在政治上并不得意，因而寄情山水，并开创了一代诗风。谢诗注重意象的描摹，语言工整清新，如"白云抱幽石，绿筱媚清涟""野旷沙岸净，天高秋月明""池塘生春草，园柳变鸣禽"等名句，莫不如此。但谢诗在结构上有一个套式，即先叙出游，再写见闻，最后加上玄言的感悟，如其《石壁精舍还湖中作》：

  昏旦变气候，山水含清晖。清晖能娱人，游子憺忘归。出谷日尚早，入舟阳已微。林壑敛暝色，云霞收夕霏。芰荷迭映蔚，蒲稗相因依。披拂趋南径，愉悦偃东扉。虑澹物自清，意惬理无违。寄言摄生客，试用此道推。

谢灵运的山水诗注重写实，写景也有明显的对象性，因而不像陶渊明那样物我浑然，这也反映了从陶诗到谢诗的诗风转变。

鲍照出身寒微，因而其诗歌的突出内容表现为对建功立业的渴望和寒士的不平之鸣。此类诗歌的风格颇为激昂，如《拟行路难》之六：

  对案不能食，拔剑击柱长叹息。丈夫生世会几时，安能蹀躞垂羽翼？弃置罢官去，还家自休息。朝出与亲辞，暮还在亲侧。弄儿床前戏，看妇机中织。自古圣贤尽贫贱，何况我辈孤且直！

鲍照的诗也有描写边塞战争的，如其《代出蓟北门行》《代苦热行》《代东武吟》等；也有描写思妇游子悲吟的，如《代白头吟》；还有吟咏民生疾苦的，如《拟古》（其六）。

鲍照的诗风被描述为"险俗"，即指其继承建安以来的慷慨之气，以及其对于民歌和乐府诗的吸收。在诗体上，鲍照发展了七言诗，创造了以七言为主的歌行体，对唐代的歌行发展有很大的启发意义。他的诗风在当时的诗坛上独树一帜。

齐、梁、陈三代是新诗体的形成时期，其主要特色是注重声律和对偶。这种诗体最早出现于齐武帝永明年间，故称为"永明体"。"永明体"诗歌的形成伴随着声律论的提出，当时佛经翻译中的审音工作以及魏晋以来音韵学的发展，对这一现象有重要作用。周颙作《四声切韵》，沈约有《四声谱》，提出五言诗歌创作中"四声八病"的理论，对五言诗的创作有直接的指导作用。

永明体诗人中，年辈较高的是沈约，其山水诗及离别诗的创作有一定成就，风格清怨，如其名篇《别范安成》：

  生平少年日，分手易前期。及尔同衰暮，非复别离时。勿言一樽酒，明日难重持。梦中不识路，何以慰相思？

谢朓是最杰出的永明体诗人，也是齐梁时期最优秀的诗人。谢朓以永明体的形式创作山水诗，继承谢灵运对山水细致描绘的风格而能融情入景，没有谢灵运生硬的玄言，风格清新流丽，如其名作《晚登三山还望京邑》：

  灞涘望长安，河阳视京县。白日丽飞甍，参差皆可见。馀霞散成绮，澄江静如练。喧鸟覆春洲，杂英满芳甸。去矣方滞淫，怀哉罢欢宴。佳期怅何许，泪下如流霰。有情

> 知望乡,谁能鬓不变?

诗歌语言流畅,风格含蓄婉转,对仗工整自然,是永明体诗中的上乘之作。谢朓也工于炼句,其名句如"大江流日夜,客心悲未央""天际识归舟,云中辨江树"等,皆千古传诵。

永明体诗人中,王融也有一定的成就。而受永明体影响的诗人范云、江淹、何逊、吴均、阴铿等人中,以梁朝的何逊和陈朝的阴铿成就较高。何逊在风格上与谢朓相近,而在炼字和对偶上则对永明体诗作了进一步的发展,有的诗已经接近唐代的律诗。阴铿与何逊齐名,以写景见长,在写景之中寓托羁旅别愁。

永明体诗人与其同样风格的诗人,在诗的声韵、对偶、炼句以至意境等方面,为古体诗注入了新的元素,也为后来唐代律诗的成熟与发展积累了宝贵的经验。

宫体诗是永明体诗狭隘的发展,其题材比永明体更窄,主要集中在咏物和对女性的描写上,但共同的艺术特点是注重声律、对偶和辞藻,更加趋于格律化,同时借鉴了一些民歌的特色。它对诗歌史的主要贡献只在形式上,内容则十分贫乏。主要的代表作家有梁简文帝萧纲,梁元帝萧绎,徐摛、徐陵父子,庾肩吾、庾信父子以及陈后主等。

北朝文学在北魏孝文帝改革后才开始发展,比较著名的作家有温子昇。北魏分裂为东、西魏,后北齐又取代东魏,北周取代西魏。北齐文士以颜之推、萧悫、邢邵较著名,前二人均来自南方,而后者则是本土作家。西魏攻陷江陵之后,庾信、王褒等人入关并成为北周文坛的主力。

北朝最重要的作家是庾信。庾信前期是宫体诗的代表作家之一,对唐诗及律赋的发展有一定的推动作用,如《燕歌行》开初唐七言古诗,《乌夜啼》开唐七律;进入北朝之后,其诗风发生重大变化,在题材上常常表现出乡关之思,而风格上则融会南北诗风,笔调苍劲悲凉,如《寄王琳》:

> 玉关道路远,金陵信使疏。独下千行泪,开君万里书。

庾信的后期作品以感慨羁旅情怀和身世之嗟为主要内容,代表作品为《拟咏怀》二十七首,继承了阮籍《咏怀诗》的优良传统。庾信汲取了齐梁文学中的艺术技巧,又接受了北朝文学的劲健之风,融合了南北诗风的优点,为唐诗风格的出现奠定了基础。

南北朝时期的民歌是这一时期文学的重要内容之一。由于南北朝长期处于分裂对峙的局面,民族文化及风气有显著的差异,因此南北朝的民歌也有迥然不同的风格。南朝民歌清丽缠绵,以爱情生活为主;北朝民歌粗犷豪放,反映北地的战乱与风情,体现出较多的尚武精神。

南朝民歌主要包括吴歌与西曲两类。吴歌出于建业(今江苏南京),西曲出于荆、郢、樊、邓之地(今湖北及河南境内)。吴歌中以《子夜歌》《子夜四时歌》《华山畿》《读曲歌》最为重要,多以爱情婚姻题材为主,风格含蓄缠绵,如《子夜歌》中的一首:

> 始欲识郎时,两心望如一。理丝入残机,何悟不成匹。

西曲虽也表现爱情,但比吴歌少一些闺阁之气,风格较为明快,如《那呵滩》中的男女对唱:

> 闻欢下扬州,相送江津湾。愿得篙橹折,交郎到头还。
> 篙折当更觅,橹折当更安。各自是官人,那得到头还。

南朝民歌体制短小，语言清新，大量地运用双关语，尤以吴歌最为突出，如以"藕"谐"偶"，以"莲"谐"怜"，以"丝"谐"思"，以布匹之"匹"谐匹偶之"匹"等。

吴歌西曲之外，南朝艺术价值最大的一首民歌是《西洲曲》，诗歌中描述一个女子的相思之情，四句一韵，婉转回复，摇曳多姿。

北朝民歌大多是少数民族的歌唱，后来被译为汉语，反映的是北方民族的生活和习俗，如著名的《敕勒歌》：

> 敕勒川，阴山下，天似穹庐，笼盖四野。天苍苍，野茫茫，风吹草低见牛羊。

意境阔大，流传千古。北朝民歌有时也表现旅人的艰苦生活，如《陇头歌辞》中所表现的飘零之感和思乡之情：

> 陇头流水，流离山下，念吾一身，飘然旷野。
> 朝发欣城，暮宿陇头。寒不能语，舌卷入喉。
> 陇头流水，鸣声幽咽。遥望秦川，心肝断绝。

北朝民歌中爱情诗的表现方法也与南朝民歌不同，体现出一种更加直白坦率的风格。同时，北朝民歌多表现豪迈的个性和尚武的精神，这是南朝民歌中所没有的。北朝民歌中最杰出的作品是《木兰诗》，这首诗叙述了木兰的从军经历，结构谨严，繁简得当，叙事与抒情相结合，千百年来脍炙人口。

四、魏晋南北朝文

魏晋南北朝时期在辞赋、骈文以及散文诸方面都有较大的发展。同时，魏晋南北朝在志人小说及志怪小说方面取得了较大成就，为中国文言小说的成熟奠定了基础。

建安时期的文风，与其诗风相适应，多表现作者的个性。如曹操的教令表现出一种通脱的风格，其《让县自明本志令》坦率地表白自己的心迹，《求贤令》《举贤勿拘品行令》等都有一股率直之气。曹丕、曹植等人的书信、章表，如曹丕的《与朝歌令吴质书》，曹植的《与吴季重书》《求自试表》《求通亲亲表》等，都直抒情怀，注重文采，讲求对偶及用典，同时代的作者陈琳、阮瑀、繁钦、吴质、应璩等人也都有类似的风格。

魏晋时期抒情小赋的发展，表现为抒情化和小品化，如王粲的《登楼赋》、曹植的《洛神赋》、向秀的《思旧赋》、阮籍的《猕猴赋》、鲁褒的《钱神论》、刘伶的《酒德颂》、陶渊明的《归去来兮辞》等，都体制短小，抒情性强，表现主体意识。大赋也有一定的发展，传统题材的如左思的《三都赋》、潘岳的《籍田赋》等，而更多篇幅较大的赋则有意识地以表现个人题材为主，潘岳在这一方面有较大贡献，如有《秋兴赋》《西征赋》《闲居赋》等。

魏晋时期论辩之文也有较大发展，且与当时的学术发展相适应，多表现出学术化的倾向，如嵇康的《声无哀乐论》《养生论》、夏侯玄的《本无论》、王弼的《易略例》、何晏的《无为论》《无名论》等，其中以嵇康成就较为突出。

南朝时期，由于声律的发展以及对骈丽之风的追求，南朝散文多表现出一种美文的倾向。刘宋时期谢灵运的《山居赋》等作品同样表现了山水文学；颜延之的骈文用典繁浩，修辞工丽，以《赭白马赋》《三月三日曲水诗序》《陶征士诔》《宋文元皇后哀策文》等为代表；鲍照的骈文风格峭拔，《芜城赋》《登大雷岸与妹书》可为代表。

骈丽之风也渗透到当时各种文体之中，如陈寿《三国志》、范晔《后汉书》中的史论多以骈体来作,刘勰的《文心雕龙》一书完全以骈体来议论文学。

齐梁时期的文体在永明体诗歌"声律论"的影响下,文章更加重视声调的和谐;而随着文、笔之辨的深入,文章也体现出对于韵律的经营;这一时期强调文章的"新变",以江淹、任昉为代表。江淹的《别赋》和《恨赋》是南朝抒情小赋的名篇,以情感因素为核心进行铺陈,既体现汉赋以来铺排的特色,又将魏晋以来注重情感抒发的特征加入其中,如《别赋》分别描述了富贵、任侠、从军、去国、夫妇、方外、恋情等各种别离的场景,《恨赋》罗列了帝王、列侯、名将、美人、才士、高人等各种人的遗恨,藻饰华丽,修辞精警,达到齐梁赋体文的极致。任昉的《奏弹刘整》、孔稚珪的《北山移文》也是骈文的代表作品。

随着诗歌的发展,还出现了赋的诗化。沈约、萧悫等开始有意识地将整齐的五、七言诗句运用到辞赋中去,庾信作品中则完全出现了诗体赋,如《春赋》中的首段:

宜春苑中春已归,披香殿里作春衣。新年鸟声千种啭,二月杨花满路飞。河阳一县并是花,金谷从来满园树。一丛香草足碍人,数尺游丝即横路。开上林而竞入,拥河桥而争渡。

文中几乎全用七言诗体,而作为赋文正体的四六句式反而成为点缀。这一文风在梁陈之际较多,而宫体诗对赋作的题材也有很大的影响,如萧纲《舞赋》等。

写景文在各种题材中体现出来,如丘迟《与陈伯之书》、吴均《与宋元思书》、陶弘景《答谢中书书》等作品在书信中体现了写景抒情的特色。

北朝的散文创作中,以郦道元的《水经注》和杨衒之的《洛阳伽蓝记》最为著名。《水经注》原是一部对于《水经》的注文,但郦道元在作注之时,通过对山水之美的具体描绘,创作了一部优美的山水游记,对唐代以后古文家的游记文有重要影响。

《洛阳伽蓝记》则通过对佛寺变迁的描写,反映了作者的兴亡之感和故国之思,文风严整,多以四言句为主;刻画生动,对人物形象的描写也寄寓了褒贬的意识。

魏晋南北朝时的小说可纳入散文的范畴,它们多以短小的篇幅出现,主要可以分为志怪与志人两类。志怪小说中有记地理博物的,有记鬼神之事的,也有记载佛法灵异的,多与民间传说或佛、道等宗教发展有关,如《博物志》《搜神记》《冥祥记》等。

《世说新语》则是志人小说的代表作品,为刘宋刘义庆所编,主要内容是记载魏晋名士的逸闻趣事和清谈之风,可以视作魏晋风流的故事集。全书题材广泛,涉及人物众多,许多地方刻画生动,极其形象地表现了人物的性格特征,如《俭啬》中表现王戎的贪婪:

司徒王戎,既贵且富,区宅僮牧,膏田水碓之属,洛下无比。契疏鞅掌,每与夫人烛下散筹计。

王戎有好李,卖之,恐人得其种,恒钻其核。

王戎女适裴,贷钱数万。女归,戎色不说。女遽还钱,乃释然。

将这一形象与世界文学中的吝啬鬼形象相比较,毫不逊色。《世说新语》语言简练,隽永传神,对后世小说有深刻的影响。

作品选读

白马篇[1]

曹 植

白马饰金羁[2],连翩西北驰。借问谁家子,幽并游侠儿[3]。少小去乡邑,扬声沙漠垂[4]。宿昔秉良弓,楛矢何参差[5]。控弦破左的,右发摧月支[6]。仰手接飞猱,俯身散马蹄[7]。狡捷过猴猿,勇剽若豹螭[8]。边城多警急,虏骑数迁移。羽檄从北来[9],厉马登高堤[10]。长驱蹈匈奴,左顾凌鲜卑[11]。弃身锋刃端,性命安可怀?父母且不顾,何言子与妻!名编壮士籍,不得中顾私。捐躯赴国难,视死忽如归。

注 释

[1] 选自《曹植集校注》(人民文学出版社1984年版)。《白马篇》是曹植创造的乐府新题,乐府古辞无此题,故以开篇二字作为篇名。《太平御览》录此诗,诗题又名《游侠篇》,大概因为这首诗的内容是写边塞游侠的。

[2] 羁(jī):马络头。

[3] 幽并:幽州和并州,今河北、山西、陕西部分地方。游侠儿:重义轻生之士。

[4] 垂:同"陲",边远地区。

[5] 楛(hù)矢:用楛木作箭杆的箭。

[6] 月支:箭靶的名称。

[7] 散:摧毁。马蹄:一种箭靶的名称。

[8] 剽:行动轻捷。螭(chī):传说中的动物,如龙而黄。

[9] 羽檄:上插羽毛的军事文书,表示情况紧急。

[10] 厉马:策马。

[11] 鲜卑:古代我国东北的少数民族,东汉末年开始强大。

解题及赏析

曹植(192—232),字子建,曹操的第三子,曹丕的同母弟。封陈王,谥曰思,世称陈思王。曹植一生以曹丕称帝为界,分为前后两期。他少年时代"生乎乱,长乎军"。为国家的统一和社会的安定而献身是他的夙愿,加上为国家统一而南征北战的曹操那"烈士暮年,壮心不已"的豪情壮志的熏陶,培养了曹植"戮力上国,流惠下民"的理想,铸成了他心中的既有爱国之德又有爱国之才的英雄形象,有着强烈的功名事业心。他才思敏捷,出言成论,下笔成章,故为曹操所宠爱,常随征伐。诗文也多写其安逸生活和建功立业的抱负,流露出开朗乐观、积极进取的情绪。曹植曾几次被曹操考虑立为太子,为此受到其兄曹丕的妒忌。后曹丕继位,对曹植施加压力,严加控制,屡次让曹植贬官移封,大有置之死地而后快之意。备受曹丕父子迫害与折磨的曹植,处境艰危,精神压抑,故后期诗风与前期相比有很大变化,诗文多表现自己被迫害的愤抑不平之情及要求个人自由解脱的心境。

《白马篇》是曹植前期的重要代表作品,青春气息浓厚,就是曹植的"心画心声"。东汉末年,政治腐败,边防废弛,匈奴、鲜卑等少数民族不断进行侵扰,给各族人民造成了沉重的苦难。此诗塑造了一个武艺精熟的边塞游侠形象,歌颂了他为国献身、视死如归的高尚爱国精神。燕地男儿那任侠豪迈的气概、潇洒的身姿,无不显示出北方少年的力量与强悍,英猛之气力透纸背,他们性格豪爽,不以一己私利为重,只是关注国家与民族的危亡。可以说,本诗中的英雄形象,既是诗人的自我写照,又凝聚和闪耀着时代的光辉,完美地体现了诗人为国家建功立业的渴望和憧憬。

开篇两句是第一层。"白马饰金羁,连翩西北驰","白马""金羁"色彩鲜明,"连翩"本来是指鸟飞的样子,在此处则是用来形容骏马奔驰之态。首句不写人,而人自在其中。这里用的是借代和烘托的手法,以马指代人,以马的雄骏烘托人的英武,表现了壮士骑术的娴熟,也暗示出边城警急的紧张情况。白马在古人眼里,除具有能战善战、堪负重任的品格外,还象征着坚定、忠诚、奉献、牺牲。"生乎乱,长乎军"的曹植,"志欲自效于明时,立功于圣世",以白马来指代他理想中的少年英雄,是再贴切不过的了。"连翩西北驰",显示了军情的紧急,创造出浓郁的战争气氛。清代沈德潜说过,曹植"极工起调",此诗就是一个很好的明证。

"借问谁家子"以下十二句是第二层。诗歌开篇即写军情紧急,可是接下来诗人没有继续描写骑白马的壮士如何在边塞冲锋陷阵,而是以"借问谁家子,幽并游侠儿"的问答宕开,缓笔插入对这位白马英雄的描述,补叙壮士的来历,造成诗篇节奏上的一张一弛。幽并,指幽州和并州,是燕、赵故地。何谓游侠儿?司马迁《史记》中说游侠"救人于厄,振人不赡。仁者有乎?不既信,不倍言,义者有取焉"。可见要想成为游侠,必须能救人于患难,助人于穷困,不失信,不背言。而到了曹植笔下,游侠却成了为国家效力的爱国壮士形象。因为曹植从小就见到父亲曹操降吕布,战官渡,败袁绍,征乌桓,下荆州,破汉中,征战不息。混战的时代,很容易让他产生为国家的统一和社会的安定而献身的爱国理想。曹植把自己建功立业的愿望,寄托到了游侠儿的身上。燕赵自古"多慷慨悲歌之士",诗中写这位白马英雄是"幽并游侠儿",以见其根基不浅、身手不一般。古人有"醉卧沙场君莫笑,古来征战几人回"的诗句,这位"少小去乡邑"的白马英雄却能久经征战而扬名边塞,何以如此?答案是显然的。接着,诗人便以饱蘸热忱的笔触描述英雄的精绝武艺:"宿昔秉良弓,楛矢何参差!控弦破左的,右发摧月支。仰手接飞猱,俯身散马蹄。狡捷过猴猿,勇剽若豹螭。""宿昔秉良弓"是说他早早晚晚弓箭不离手。"楛矢何参差"是形容他射出去的箭络绎不绝,纷纷疾驰。这两句写他长期坚持不懈地苦练骑射技术的情景,说明他精深的武艺并非一朝一夕之功。紧接着,诗人运用铺陈排比手法,展示"游侠儿"过硬的骑术,超群的武艺。诗人先选用了"破""摧""接""散"四个动词,从左到右,从上到下,全方位描绘了少年骑射技术的高超。左右开弓,仰射俯射,或动或静,箭无虚发。诗人觉得意犹未尽,又用"狡捷过猴猿,勇剽若豹螭"两个比喻句,形象地描写游侠少年的敏捷胜过猿猴、勇猛好像虎豹和蛟龙,渲染了游侠少年非凡的身手。诗人以高度凝练的笔墨、铺陈描写的手法,生动形象而又集中概括地交待了这位英雄非凡的来历和出众的本领。这就不仅回答了这位白马英雄是何等人物,他何以能"扬声沙漠垂",而且为下边写他的英雄事迹作了坚实的铺垫。

"边城多警急"以下六句是第三层。从结构上讲,这里是紧承开头"连翩西北驰"的,既是"西北驰"的原因,也是"西北驰"的继续。从内容上讲,这是把人物放在严酷的战争环境中来塑造。"边城多警急,虏骑数迁移。羽檄从北来,厉马登高堤",边城频频报警告急,匈奴、鲜卑的骑兵经常入侵。插着羽毛告急的文书不断从北方传来,游侠少年便立即策马登上防御工事,长驱直入,直捣匈奴的军营,掉转回头又制服了鲜卑的骑兵。只用了四句二十字,便写出了英雄急国家所急的侠肝义胆。在边塞紧急的关头,国家一声令下,他毫不犹豫,立即奔赴前线。"长驱蹈匈奴,左顾凌鲜卑"两句,是正面描写人物的英勇。这里用"蹈"和"凌"二字,展示了游侠少年杀敌的英勇和豪迈的气概。我们仿佛看到了游侠少年驰骋沙场的矫健身姿。"弃身锋刃端,性命安可怀?父母且不顾,何言子与妻!名在壮士籍,不得中顾私。捐躯赴国难,视死忽如归。"这里进一步揭示游侠少年的内心活动,他投身于锋利的刀刃中,把自己的性命置之度外,把自己的父母妻儿也置于脑后。他舍小家,顾大家,为了国家,他早已有了视死如归的准备。

曹植的诗作在建安时代成就最高。这主要表现在以下几个方面:第一,他注意对民歌语言的加工和提炼,能用清新明丽的词藻来强化诗的表现力,如本篇的"白马饰金羁"中"白"和"金"的运用,构成了色彩斑斓的画面,给人极强的视觉感受。第二,为了增加诗的形象性,他很擅长运用比喻和象征的手法,如本篇中的"狡捷过猴猿,勇剽若豹螭"。第三,曹植工于锤炼,讲究炼字,善为警句,如"控弦破左的,右发摧月支。仰手接飞猱,俯身散马蹄"中"破""摧""接""散"精练地写出了箭射的不同变化,恰当地表现出不同方向射箭有不同的力度。这种凝炼工整的诗歌形式,为五言诗的确立和发展起了承先启后的作用。

习 题

1.《白马篇》在铺叙中使用了对偶句、反问句,节奏鲜明,铿锵有力。反复诵读诗篇,品味其艺术效果。

2.《白马篇》是从哪几个方面来塑造少年英雄形象的?试结合作者身世,说说诗中寄托了作者怎样的思想感情。

3.品读曹植后期创作的代表作品《美女篇》,对比曹植前后期创作从内容到形式有什么不同。简要分析其后期思想的转变,并归纳曹植文学创作的总体特征。

美女篇

美女妖且闲,采桑歧路间。柔条纷冉冉,落叶何翩翩。攘袖见素手,皓腕约金环。头上金爵钗,腰佩翠琅玕。明珠交玉体,珊瑚间木难。罗衣何飘飘,轻裾随风还。顾盼遗光彩,长啸气若兰。行徒用息驾,休者以忘餐。借问女安居,乃在城南端。青楼临大路,高门结重关。容华耀朝日,谁不希令颜。媒氏何所营,玉帛不时安?佳人慕高义,求贤良独难。众人徒嗷嗷,安知彼所观。盛年处房室,中夜起长叹。

作品选读

咏 怀 诗[1]

阮 籍

夜中不能寐,起坐弹鸣琴[2]。薄帷鉴明月,清风吹我襟。孤鸿号外野,翔鸟鸣北林[3]。徘徊将何见,忧思独伤心。

注 释

[1] 选自《阮籍集校注》(中华书局1987年版)。
[2] "夜中"二句:出自王粲《七哀三首》(其二):"独夜不能寐,摄衣起抚琴。"王粲夜不能寐,起而弹琴,是为了抒发自己的忧思。
[3] 翔鸟:鸷鸟。

解题及赏析

阮籍(210—263),字嗣宗,陈留尉氏(今河南尉氏县)人,官至步兵校尉,又称"阮步兵"。其父阮瑀是"建安七子"之一。据《晋书》记载,他"容貌瑰杰,志气宏放",博览群书,尤好老庄,嗜酒能啸,擅长弹琴,"才藻艳逸",名重当世,是曹魏后期著名的思想家、文学家。

这位多才多艺的名士,偏偏生于魏末晋初的乱世。司马氏与曹魏集团的斗争日趋激烈,拥曹派大批名臣遭到迫害,司马氏掌权,社会恐怖。阮籍看出司马氏集团的伪善阴险和滥施杀戮,他既不愿屈服于权势和司马氏合作,对司马氏的拉拢利用持敷衍的态度,又畏惧政治斗争的残酷,内心极度痛苦,于是纵酒寻乐以避世,终于忧愤而卒。在诗歌方面,阮籍尤长于五言诗,其代表作《咏怀诗》八十二首的一个重要主题,就是抒写自己在这个时代找不到人生出路的苦闷。在这些记录诗人政治感慨的诗中,阮籍用隐约曲折的形式表现了寓藏于内心的无法发泄的痛苦与愤懑,情绪愤激,辞旨隐晦。

"夜中不能寐"是阮籍《咏怀诗》八十二首的第一首,内容是抒写诗人夜深难寐、孤独失意、苦闷忧愁的心境,隐晦曲折地表达了诗人对社会现实的不满和忧虑。前四句说,清冷的夜晚,时已夜半,诗人独处空堂,只见月色正浓,照在薄薄的帷幕上,寒气逼人。夜风徐徐吹来,撩动人的衣襟。诗人孤枕难眠,辗转反侧,久久不能入眠,索性起来独自弹奏,但苦无知音,那冷月清风成了唯一慰藉诗人的知心朋友。通过动作描写,诗人以简洁的笔触勾勒出孤独苦闷的自我形象,好像有一种难以名状的痛苦郁积在心头,无法排遣。两句动态描写构成一幅画面,婉曲地表达了诗人愁绪万端、忧心忡忡的心境。若是把这"夜"看成是时代之夜,在此漫长的黑夜里,"众人皆醉我独醒",这伟大的孤独者,弹唱起了具有里程碑意义的诗章,岂不"英风截云霓,超世发奇声"(《咏怀诗》六十一)呵!清人吴淇说:"'鉴'字从'薄'字生出……堂上止有薄帷……堂上帷既薄,则自能漏月光若鉴然。风反因之而透入,吹我衿矣。"(《六朝诗选定论》)由此还可以从这幅画面的表层意义上,感受到诗人的旨趣。诗人写月之明、风之清,正衬托了自己的高洁不群,写"薄帷",写"吹我襟",更让人感觉冷意透背。

"孤鸿号外野,翔鸟鸣北林。"两句明是写景,暗含寄寓。诗人着重从视觉、感觉的角度描写,从近景推到远景,增加了"孤鸿""翔鸟"的意象,而且在画面上增添了"号""鸣"的音响,野外树林中的孤鸿、翔鸟的哀鸣不时传来,更是给这个不眠之夜增添了几分凄凉迷惘的气氛。这悲号长鸣的"孤鸿""翔鸟",既是诗人的眼中之物、眼前之景,又是诗人自我的象征,它孤独地飞翔在漫漫的长夜里,唱着一曲哀伤的歌。"北林"化用《诗经·秦风·晨风》"鴥彼晨风,郁彼北林。未见君子,忧心钦钦"之典,暗含思念与忧心之意。"北林"与"外野"一起,进一步构成了凄清幽冷的境界,寄托着诗人寂寞、孤独、悲哀的情怀,并寓托着社会政治环境的险恶,隐晦曲折地表达了诗人对社会现实的不满和忧虑,透露了诗人对现实的认识。

结尾"徘徊将何见,忧思独伤心"两句诗人自问自答,"何见"意味深长,"忧思"点明题旨。读者看到的是,此时此刻在夜色中徘徊不定的,正是诗人那孤独的身影;听到的是,诗人深深而长长的悲叹:徘徊又能见到什么呢?四周满目之景色皆令人生悲,自己追寻的东西却无处可见。于是说出全诗的主旨:只有忧愁悲苦伴我孤独伤心。收尾这句,诗人的笔触从客体的自然回复到主观的自我,有如庄周梦为蝴蝶后"蘧然而觉",心里有无限感慨,却又无处诉说。他也许想到许多许多:"壮士何慷慨,志欲威八荒"(《咏怀诗》三十九),却"终身履薄冰,谁知我心焦"(《咏怀诗》三十三),"独坐空堂上,谁可与亲者"(《咏怀诗》十七)。诗人永远得不到慰藉,只有无限的忧思,孤单的徘徊,永恒的悲哀。正是末句画龙点睛,将前面诸句的意蕴一语道破,给全诗蒙上一层浓得抹不开的孤愁忧伤的氛围。

阮籍的《咏怀诗》开创了五言咏怀组诗的先河,对后世作家产生了重大影响。从陶渊明的《饮酒》、庾信的《拟咏怀》、陈子昂的《感遇》、李白的《古风》咏怀组诗中,都不难看出对阮籍《咏怀诗》的继承。他的诗歌在艺术上大量地运用比、兴、象征、用典等手法来抒情言志,又加以玄学性的创造发展,或以求仙访道、香草美人作比喻,或以自然事物象征,或用历史典籍、神话传说暗示,都是言在此而意在彼,因而形成了浑朴、洒脱、隐晦曲折、旨意遥深的艺术风格,并且创造了黑暗政治下文学斗争别具一格的形式。

习 题

1. 这首诗综合运用了哪几种表现手法?对于其深刻的寓意,你是如何理解的?诗从起句到落笔描摹出某种独特的意境,请仔细品读并结合你自身经历加以想象,说说你的感受。

2. 阮籍《咏怀诗》的主要思想内容之一是抒写孤苦寂寞和忧生惧祸之情;之二是讽刺时政,揭露社会丑恶腐败;之三是表现饮酒、求仙生活。上网选读阮籍诗《咏怀诗》八十二首中的一部分,结合阮籍生平,理解诗作的思想内容,并联系现实社会谈谈你的认识。

3. 《咏怀诗》艺术特色之一是长于抒情,之二是工于比兴,之三是精于用典,之四是善用曲笔。具体手法之一是将象征与寓意的不确定性结合起来,再加上典故的多义性,使诗作寓意深邃难明,之二是用多种比兴构成完整的意境,使寓意藏而不露,风格深隐含蓄,即所谓"阮旨遥深""厥旨渊放,归趣难求"。试品读阮籍《咏怀诗》的其他一两首,分析其艺术特色,完成一篇赏析短文。

作品选读

西洲曲[1]

忆梅下西洲[2],折梅寄江北[3]。单衫杏子红,双鬓鸦雏色[4]。西洲在何处?两桨桥头渡[5]。日暮伯劳飞[6],风吹乌臼树[7]。树下即门前,门中露翠钿[8]。开门郎不至,出门采红莲。采莲南塘秋,莲花过人头。低头弄莲子[9],莲子青如水。置莲怀袖中,莲心彻底红[10]。忆郎郎不至,仰首望飞鸿[11]。鸿飞满西洲,望郎上青楼[12]。楼高望不见,尽日栏干头。栏干十二曲,垂手明如玉。卷帘天自高,海水摇空绿[13]。海水梦悠悠[14],君愁我亦愁。南风知我意,吹梦至西洲。

注 释

[1] 选自《乐府诗集》(上海古籍出版社1998年版)。

[2] 下:往。

[3] "折梅"句:六朝人有折梅寄远以示思念的习俗。江北,长江以北,当指情人所在。

[4] 鸦雏:小乌鸦。

[5] "两桨"句:划着双桨经过桥头渡口就是西洲。

[6] 伯劳:鸟名,仲夏始鸣,喜独处。

[7] 乌臼树:落叶乔木,夏日开花。

[8] 翠钿:饰有翠玉的首饰。

[9] 莲子:谐音"怜子"。怜,怜爱。青如水:谐音"清如水",兼喻情人品格。

[10] 莲心:谐音"怜心"。

[11] 望飞鸿:望飞雁,指盼望对方书信。古有鸿雁传书的传说。

[12] 青楼:富贵人家用青漆涂饰的闺楼。曹植《美女篇》:"青楼临大路,高门结重关。"六朝以前的诗中常用来指女子居处,与后来用以指妓院不同。

[13] 海水:从上文"折梅寄江北"看,此处实指江水,因江水宽广,浩渺似海,故称。摇空绿:指海水空自摇绿。此以海水与己无干,衬写寂寞之感。一说指水天一色相接,好像一齐摇荡起来。

[14] 悠悠:渺茫貌。

解题及赏析

《西洲曲》是南朝乐府民歌中的名篇,代表了南朝乐府民歌发展的最高成就,最早著录于南朝徐陵的《玉台新咏》。北宋郭茂倩编的《乐府诗集》收入"杂曲辞类",题为"古辞"。此诗具体在何时产生,出自何人之手,千百年来没有定论。从内容和风格看,它应当是经过文人润色改定的十分精致流丽的南朝乐府民歌,一直广为后人传诵。沈德潜称其"续续相生,连跗接萼,摇曳无穷,情味愈出"(《古诗源》卷十二),陈祚明则谓之"言情之绝唱"(《采菽堂古诗选》),其艺术魅力不容置疑。

"忆梅下西洲,折梅寄江北"两句中,前句的"梅"不必实指梅花,很可能就是那位少女的名或姓。抒情男主人在忆及他心中的"梅"时,当然很想前去西洲见她,但这种想法不知何故未能如愿,他无可奈何,只好折一枝梅托人捎到江北去,以寄托他对"梅"的思念。从这两句诗可以看出,西洲是那女子居住的地方,位于长江北岸,而男子住江南也是无疑的了。折梅枝寄到江北去,的确是难以理喻却可情通的绝妙好辞,而抒情男主人公对爱情的忠诚与炽热的感情也可见一斑。

"单衫杏子红,双鬓鸦雏色"两句是写女子的仪容。诗中没有从头到脚地铺写,只是突出地写她两点:一是身着杏红色单衫,娇媚动人;二是说她一头秀发,乌黑油亮,像鸦雏的毛色,惹人爱恋。如此精巧地刻画女子的仪容,自然是经过这位男子的美学心理滤过的,这两点足见他早已对女子钟情了。可见诗一开头就提到"西洲""江北",甚至以"西洲"题篇,实因为他的爱侣住在那儿,他要"下西洲""寄江北",都因为在他的心目中,"西洲""江北"与"梅"是交织在一起的。所以"折梅寄江北",实寄给江北的女子,也就是那位"单衫杏子红,双鬓鸦雏色"的"梅"。

以上四句可看成是诗的序曲,除末四句外,中间二十四句是诗的主体,也是全诗的精华所在,具体写这位男子对"梅"的"忆"。因为欲往而不能,故很自然地引出他的"忆"来。通过"梅"的举止和景物的交织描写,十分自然地映衬出她炽热、纯洁而又微妙的思念情侣的心境,读来声情摇曳,给人以色调鲜明而情意温婉的感觉。

"西洲在何处"等六句是以女子住地为引子,先设问再作答,不得不令人沉醉以遐想。温庭筠《西洲曲》中有"艇子摇两桨,催过石头城"之语,可知"两桨桥头渡"是说摇起小艇的两桨就可直抵西洲桥头的渡口。上了码头,仲夏时节,伯劳飞鸣,连同江风吹拂洲上的乌桕,让人倍感凄清。而"梅"的家正在那乌桕树下。由"桥头渡"而及"乌桕树",由树而及门,再由门而及"梅"——那位头戴翠玉首饰的女子。这是他赴西洲约见她时的曾经之路,印象极深。此时回忆中又及这些物事,禁不住再次勾起他对"梅"的一片如海深情。

"开门郎不至"以下十八句集中写"郎不至"时"梅"的心情。可以想见,大概他俩原先有约:他要到西洲去见"她",可她开了门却不见他的影子,只是托人捎来了一枝梅。此刻的"她",百感交集:深切的思念,失意的感觉,受窘为难的心态,一起涌向心头。紧接着一连串的关于"梅"的举止的描写,便是诗人将这看不见摸不着的"情"融于读者可直接感知的具体的"形"中。"她"含羞的姿态,渴慕相思的神色,一系列巧作掩饰的动作,描绘得惟妙惟肖,跃然纸上。而这一切又都是"他"的"忆"中的想象。读到这里,读者或许会觉得费解:怎么出门采的是六月的"红莲",低头弄的却是八月的"莲子",举头望的却又是深秋时节才有的"飞鸿"呢?其实将一连续性的动作分解成几种不同场合来串写,在民歌中并非罕见,大家熟悉的《木兰诗》不是也有"东市买骏马,西市买鞍鞯,南市买辔头,北市买长鞭"的写法吗?若觉得不合生活逻辑,反问作者为什么不写成一次买齐,似乎不无道理。应该理解,诗作为文学作品,在这种情况下,往往调动各种手法专注于写出诗中主人公的"情",至于合不合生活常理,似乎无关紧要。关键还在于,这里是写抒情男主人对他情侣的"忆",既是忆念或忆想,那他"忆"中浮现的"信息"呈现某种跳跃的联缀,也是完全符合"忆"的心理特征的。这种跳跃联缀能真实反映出某种情感或情绪,却不一定符合生活逻辑。

有一个值得思考的问题是:《西洲曲》的抒情主人为什么会想象"梅"去采莲呢?这应该有两个原因:一是因为"梅"是水乡姑娘,采莲是她最喜爱的活动,那儿男女青年欢歌嬉戏,充满诗情画意,写她带着失意的心情去采莲,或许是借此聊作宽慰吧。二是"莲"与"怜"谐音,富有双关意味,那时"怜"的意思犹如今天说"爱"或"恋"。你看她对"莲"的态度是多么深情:"莲子青如水",说明她把自己的爱情视若清纯的水。"莲心彻底红",两颗相爱的心,炽热得通透底里的红,这象征手法的运用岂非更含蓄委婉,令人回味?"置莲怀袖中",亦见出她对"莲"的珍惜之情,形象生动地揭示出她在"忆郎"时的内心秘密。如此分析,诗作犹如展轴,昭示的是一幅真实动人的采莲相思图,由此传达出她那强烈、真挚、勇敢而美好的爱情。

诗到此尚未为止,"他"还进一步想象她"仰首望飞鸿""望郎上青楼"。鸿雁传书,"望飞鸿"就是盼望他的书信。其实,此时的她,即使真的接到他的信也未必使她满足,所以又想象她"上青楼"。登上高楼,目的在于写出她热切盼望见到"他"的心情。"望郎"自然是望穿秋水,但她还是望了一整天——"尽日栏杆头"。这时,天色渐晚,她罢休了吗?没有——"卷帘天自高,海水摇空绿":原来是隔帘相望,天色晚了,视野渐渐模糊了,"卷帘"正是为了继续望下去。帘子是卷起了,眼前所见,唯有高高在上的"天"和茫茫摇荡的"海",他终于没有来。下面如何?诗中没有再说,留给读者去玩味了。

"海水梦悠悠"等最后四句,是全诗的尾声。写抒情主人从"忆"中回到现实中来的情状,真是余韵无穷。"海水梦悠悠"中的"海水"只起勾接上句的作用,该句含义主要在"梦悠悠"三字。"梦"并非"梦寐"之"梦",实为上文"忆"的另一种说法。此处"梦"字应当理解为"他"对"她"的忆念,也就是中间那一大段关于"梅"的想象。既然是"忆",是"梦",那就不一定实有其事,故曰"悠悠","悠悠"正是"忆""梦"的特征。我们在前面谈到,对于"忆"中出现的物事,不能按现实中的常理去推求,原因就在"忆"同"梦"一样,原本是"悠悠"然的。"君愁我亦愁","君"与"我"对举,说明"君"是指"梅"了。"君愁"即抒情主人对"梅"的忆想,是虚写;"我亦愁"是由"忆"勾起的真情,是实写。这句诗再次证明中间二十四句是"他"对"她"的"忆"。试想,如果没有"君愁"的想象,就不致引出"我亦愁"的情感来。可见,诗的作者尽管在艺术构思上用意深微,但在诗思的关节处还是作了点染的,这关节就是先言"忆",后言"梦",再加一句"君愁我亦愁"。这三处确是揭开本诗艺术构思奥妙的关键。

"南风知我意,吹梦到西洲。"南风能吹到西洲,又证明西洲是在江北,而南风与杏红、鸦雏一样,不也是春夏之交才有的吗?这说明抒情主人"忆梅""折梅"的时节确在春夏之际。可见此诗是首尾呼应、前后统一的。总而言之,这首诗的前四句为序曲,后四句是尾声,由抒情主人诉说自己,中间二十四句为全诗主体,是抒情主人因忆念他的情侣而想象对方亦想念他,通过对"她"的种种情状的描写,生动地塑造了一位美丽轻灵、纯洁多情的少女形象。

习题

1. 在艺术鉴赏中,由于诗的含义常常并不显露,甚至于"兴发于此,而义归于彼"(白居易《与元九书》),加上鉴赏者心理、情感状态的不同,因而对同一首诗常常会有不同的解释。

所以古人说"诗无达诂",而这在后世又被引申为审美鉴赏中的差异性。分小组讨论:上面对《西洲曲》的赏析是从男子的视角来入手的,你能否从女子的视角入手理解本诗?或者你还有什么与众不同的独到见解?

2.《西洲曲》中的哪些诗句给你留下了深刻的印象?为什么?生活在现代社会中的你对古代青年男女间的这种细腻、纯真的爱情作何感想?

3. 通篇哪些修辞手法让你感到特别巧妙?妙在何处?

作品选读

别　赋[1]

江　淹

黯然销魂者,唯别而已矣。况秦、吴兮绝国[2],复燕、宋兮千里[3]。或春苔兮始生,乍秋风兮暂起。是以行子肠断[4],百感凄恻。风萧萧而异响,云漫漫而奇色。舟凝滞于水滨,车逶迟于山侧。棹容与而讵前,马寒鸣而不息。掩金觞而谁御[5],横玉柱而沾轼[6]。居人愁卧[7],怳若有亡[8]。日下壁而沈彩,月上轩而飞光。见红兰之受露,望青楸之离霜。巡层楹而空掩[9],抚锦幕而虚凉。知离梦之踯躅,意别魂之飞扬。

故别虽一绪[10],事乃万族[11]。至若龙马银鞍,朱轩绣轴。帐饮东都[12],送客金谷[13]。琴羽张兮箫鼓陈,燕、赵歌兮伤美人[14]。珠与玉兮艳暮秋,罗与绮兮娇上春。惊驷马之仰秣,耸渊鱼之赤鳞[15]。造分手而衔涕[16],感寂寞而伤神。

乃有剑客惭恩[17],少年报士[18],韩国赵厕[19],吴宫燕市[20],割慈忍爱,离邦去里。沥泣共诀[21],抆血相视[22],驱征马而不顾,见行尘之时起。方衔感于一剑[23],非买价于泉里[24]。金石震而色变[25],骨肉悲而心死[26]。

或乃边郡未和,负羽从军[27]。辽水无极[28],雁山参云[29]。闺中风暖,陌上草薰。日出天而耀景,露下地而腾文。镜朱尘之照烂[30],袭青气之烟煴[31]。攀桃李兮不忍别,送爱子兮沾罗裙。

至如一赴绝国,讵相见期[32]?视乔木兮故里[33],决北梁兮永辞[34]。左右兮魂动,亲宾兮泪滋。可班荆兮赠恨[35],唯樽酒兮叙悲。值秋雁兮飞日,当白露兮下时,怨复怨兮远山曲[36],去复去兮长河湄。

又若君居淄右[37],妾家河阳[38],同琼佩之晨照,共金炉之夕香[39]。君结绶兮千里[40],惜瑶草之徒芳[41]。惭幽闺之琴瑟[42],晦高台之流黄[43]。春宫閟此青苔色[44],秋帐含兹明月光。夏簟清兮昼不暮[45],冬釭凝兮夜何长[46]。织锦曲兮泣已尽,回文诗兮影独伤[47]。

傥有华阴上士[48],服食还山[49]。术既妙而犹学,道已寂而未传。守丹灶而不顾,炼金鼎而方坚。驾鹤上汉,骖鸾腾天。暂游万里,少别千年[50]。惟世间兮重别,谢主人兮依然[51]。

下有芍药之诗[52],佳人之歌[53],桑中卫女[54],上宫陈娥[55]。春草碧色,春水绿波,送君南浦[56],伤如之何!至乃秋露如珠,秋月如圭[57],明月白露,光阴往来。与子之别,思心徘徊。

是以别方不定,别理千名[58];有别必怨,有怨必盈,使人意夺神骇,心折骨惊。虽渊、云之墨妙[59],严、乐之笔精[60],金闺之诸彦[61],兰台之群英[62],赋有凌云之称[63],辩有雕龙之声[64],谁能摹暂离之状,写永诀之情者乎。

注 释

[1] 选自《文选》(上海古籍出版社 1994 年版)。

[2] 秦、吴:皆古国名。秦地在今陕西一带,吴地在今江浙一带。绝国:相去甚远之国。

[3] 燕、宋:古国名。燕地在今河北一带,宋地在今河南一带。

[4] 行子:出外旅行者。

[5] 掩:覆盖。觞:酒杯。御:进。

[6] 横:横持。柱:琴瑟上用以系弦之木。轼:车前横木。

[7] 居人:留于家中者,与上文之"行子"相对。

[8] 怳:恍惚貌。有亡:有所失。

[9] 层楹:原为很高的柱子,此处指房屋。

[10] 一绪:一种情绪。

[11] 族:种类。

[12] 帐饮:设帐宴饮。东都:即东都门,汉长安城之门名。

[13] 金谷:地名,在今河南洛阳西北,亦名金谷涧,晋石崇曾于此造园。

[14] "琴羽"二句:"羽"为五音之一,其声最细。张,此处谓演奏。燕,古国名,见前注。赵,亦古国名。古诗云"燕赵多佳人,美者颜如玉",所以后人诗文中凡称美人时多与燕、赵相连。

[15] "驷马"二句:言音乐极其动听,以至动物都产生了共鸣。驷马,古时四匹马驾一车称驷马。仰秣,仰头咀嚼之意。《淮南子·说山训》:"伯牙鼓琴,驷马仰秣。"高诱注:"仰秣,仰头吹吐,谓马笑也。"耸,惊动。《韩诗外传》:"昔者瓠巴鼓瑟而潜鱼出听。"

[16] 造:到。衔涕:含泪。

[17] 剑客:侠义之人。惭:感激。

[18] 报士:勇于报仇之人。

[19] 韩国:指战国时聂政为严仲子报仇,刺杀韩国权臣侠累之事。赵厕:指战国初期豫让为知伯报仇,化装埋伏在厕所里准备刺杀赵襄子之事。

[20] 吴宫:指春秋时专诸刺死吴王僚之事。燕市:指荆轲为燕太子丹刺秦王之事。以上所言之事,并见《史记·刺客列传》。

[21] 诀:分别。

[22] 抆血:即拭泪。抆,拭。

［23］衔感于一剑：谓因感知遇之恩而仗剑行刺。

［24］买价：换取声价。泉里：地下，指舍去生命。

［25］金石：指钟磬一类的乐器。此句李善注引《燕丹太子》："荆轲与武阳入秦，秦王陛戟而见燕使，鼓钟并发，群臣皆呼万岁，武阳大恐，面如死灰色。"

［26］心死：言悲哀之甚。此句指聂荣为弟（聂政）收尸，且死其旁之事（见《史记·刺客列传》）。

［27］负羽：负箭。羽，指箭。

［28］辽水：即今辽河，流经辽宁省，到营口入海。

［29］雁山：即雁门山，在今山西省境内。参云：高耸入云。

［30］镜：在此为动词，犹言照。朱尘：受日光照耀而呈现出红色的灰尘。照烂：明亮貌。

［31］青气：春天之气。烟煴：气盛貌。

［32］讵：岂、何。

［33］乔木：高树。王充《论衡·佚文》："睹乔木，知旧都。"

［34］梁：桥。

［35］班荆：布荆草于地而坐。《左传·襄公二十六年》载：伍举与声子在郑国相遇，班荆而坐，谈心话别，后人用这个典故比喻匆匆话别。赠恨：倾诉内心悲憾。

［36］怨复怨：谓伤别之情重重。

［37］淄：即淄水，在今山东省境内。右：西面。

［38］河阳：今河南孟县有河阳故城。或河阳指黄河北岸。

［39］"琼佩"二句：叙离别前的幸福生活，言清晨于阳光中同起，傍晚在香炉旁共坐。琼佩，玉佩。金炉，金质香炉。

［40］结绶：谓出仕为官。绶，官印上所系的带子。

［41］瑶草：珍贵之香草。此喻闺中之人。

［42］"幽闺"句：虽有琴瑟，但由于伤别，故无心弹奏。幽闺，深闺。

［43］"流黄"句：言高台上的织物也黯然失色。流黄，丝织品艳丽的色泽。

［44］阕：掩闭。

［45］簟：竹席。

［46］釭：灯。

［47］"织锦"二句：武则天《璇玑图·序》："前秦苻坚时，窦滔镇河阳，携宠姬赵阳台之任，断妻苏蕙音问，蕙因织锦为回文，五彩相宣，纵横八寸，题诗二百余首，计八百余言。纵横反复，皆成章句，名曰《璇玑图》以寄滔。"此二句即用此事写思妇相思之情。

［48］傥有：或有。华阴：今陕西华阴县。上士：此指道士。

［49］服食：道家炼丹合药，服用以求长生。

［50］"暂游"二句：万里之行不过是短暂的游程，千年的分离也只是小别。

［51］"惟世间"二句：世间重离别，即使是一心求仙者，一旦飞升，亦不免流出恋世情。重别，把离别之事看得很重。谢，辞别。依然，留恋貌。

［52］芍药之诗：《诗经·郑风·溱洧》："维士与女，伊其相谑，赠之以勺药。"芍药，一种香草。

[53] 佳人之歌：《汉书·外戚传》载李延年《歌》："北方有佳人，绝世而独立。一顾倾人城，再顾倾人国。宁不知倾城与倾国，佳人难再得。"

[54] 桑中：春秋时期卫国的地名。

[55] 上官：春秋时期陈国的地名。娥：美丽的女子。

[56] 南浦：指送别之地。《楚辞·九歌》："子交手兮东行，送美人兮南浦。"

[57] 圭：瑞玉。

[58] 千名：种类繁多。

[59] 渊：汉王褒，字子渊。云：汉扬雄，字子云。二人都是西汉时期的文章大家。

[60] 严：指严安。乐：指徐乐。二人均为汉武帝时代的文人。

[61] 金闺：即金马门，汉官署名，求见皇帝的人在此等候。彦：有才学者。

[62] 兰台：汉代官内藏书之处。东汉班固曾为"兰台令史"，受诏撰史，后世亦称史官为兰台。

[63] 赋有凌云之称：《史记·司马相如传》："相如既奏《大人》之赋，天子大悦，飘飘有凌云之气，似游天地之间。"

[64] 辩有雕龙之声：比喻文辞华丽，如雕镂龙文。

解题及赏析

江淹（444—505），字文通，祖籍济阳考城（今河南兰考东）。祖父和父亲都在南朝宋任县令。江淹6岁能诗，13岁丧父，家境贫寒，曾采薪养母。江淹早年以文章名世，晚年因高官厚禄而才思衰退，人称"江郎才尽"。今存《江文通集》。

《别赋》是作者心理痛苦的产物。江淹生活的时代，朝代更换频仍，社会动荡不宁，各阶层的人物大多饱受奔波流徙的煎熬，切身遭遇深深地影响并形成了他伤时忧怀的思想。《别赋》描摹了的种种惨目伤心的情景，并加以典型化、概括化，表现了一个关注时事的封建士大夫对当时国家分裂、社会纷争的不满与忧思。

《别赋》是一篇著名的抒情小赋。齐梁之际，赋摆脱传统板滞凝重的形式向抒情言志的小赋发展过渡，并用以描写日常生活中的各种感受。这篇赋便以浓郁的抒情笔调，以环境烘托、情绪渲染、心理刻画等艺术方法，通过对成人、富豪、侠客、游宦、道士、情人别离的描写，生动具体地反映出齐梁时代社会动乱的侧影。结构上，首以"黯然销魂者，唯别而已矣"定一篇之基调；中以"故别虽一绪，事乃万族"铺陈各种别离之情，状写特定人物同中有异的别离之情；末以"别方不定，别理千名"打破时空的方法归结，在以悲为美的艺术境界中，概括出人类别离的共有感情。

小赋一开始，就慨然长叹："黯然销魂者，唯别而已矣。"言语间充满了辛酸悲怆。"黯然销魂"四字，高度概括了整篇作品所要表达的种种感受，一上来就紧紧摄住了读者的心，起到了点明题意和先声夺人的效果。在一种苍凉哀婉的气氛中，作者用一个"况"字作了连接，从地理和时间上极言离别距离的遥远和景物的恼人，从而为后文的抒情创造了一个典型的环境。对离别的感受总是双方的，因此，作者首先就对行子和居人的离愁别恨作了总的镂心刻骨的描写。作者抓住行子在将行未行时的反常感觉、矛盾心理和痛苦状况，极有层次地表现了人物的百种凄恻之感。风声萧萧，云色漫漫，在出门人的耳目中，似乎都与往常不同，这种对外界事物产生的异样感觉，正是人物内心笼罩着巨大阴影的反映。风声云色在这里既是自然之物，是触发和增添人物伤感的外界因素，同时又是有情之物，它融入并体现了人物内心的哀伤。然后，作者又从事物在瞬间呈现出的微妙状态的刻画中，形象地揭示出人物复杂的心理。"舟凝滞""车逶迟""棹容与"，表面写物，写物的某种暂时状况，但也恰到好处地展示了人物内心那种欲止不可、欲行不能的矛盾状态。在近乎凝滞的静止场面中，"马寒鸣而不息"，似乎是连马也不愿离开故乡和居人，又似乎是在提醒行子：赶路的时间到了，催促主人启程。它把一阵阵凄凉和悲戚传给行子和居人，同时也传给读者。最后，作者由从旁暗示人物内心转而为直接描写人物行动：行子掩了金樽，搁了琴瑟，这时马已起步，他不觉一阵阵辛酸，点点泪珠滚落下来，沾湿了车前的横木，其状痛苦欲绝。与此不同，作者刻画居人的独处时，着重表现出人物内心"怳若有亡"的惆怅。在为主人公安排了一个日影西沉、月华初上的黄昏景况，以景托情，暗示人物从早到晚的苦苦思念之后，主要写了人物"见红兰""望青楸""巡层楹""抚锦幕"等一系列行动和由此而来的感受，这就将人物心中的愁思和感物悲时的怨情和盘托出。不但如此，这种缕缕哀思和绵绵怨情，还在清苦的梦魇中，驱使她去追随行子的游踪，去关心旅途的劳顿。

接着，作者像一位高明的画师，运用他那奇妙的彩笔，为我们绘制了一幅幅色彩斑斓、形态逼真的离别图景。

达官贵人的离别场面豪华热闹，人们乘坐着华丽的车马，从四处赶来参加筵别；筵席上宾朋如云，轻歌曼舞伴着飞觞投馔。"珠与玉兮艳暮秋，罗与绮兮娇上春"，人物的服饰姿容竟使自然景色为之添彩，其艳丽华美可以想见。"惊驷马之仰秣，耸渊鱼之赤鳞"，从动物凝神屏息的神态中，我们仿佛听到了悠扬动人的乐声。

义侠壮士的诀别场面悲壮，气氛激烈，"割慈忍爱，离邦去里。沥泣共诀，抆血相视"，几笔勾勒，就把恩主的万不得已和壮士义无反顾的音容声貌，刻画得淋漓尽致，动人心魄。

老人送子从军的景象十分凄惨，孩子还没成年，就被征赴边，要离开春光明媚的故乡，告别年已花甲的双亲，去遥远荒凉的边塞，投入到残酷的战争中去了。白发苍苍的老人将他送了一程又一程，"攀桃李兮不忍别，送爱子兮沾罗裙"，一个特写，摄下了这个生死未卜的骨肉分离的悲惨镜头，那颤巍巍的手，亮闪闪的泪，又何尝不是流淌在老人心中的血、燃烧在少年眼里的火！

宦者羁臣离乡去国时的境况悲凉、凄清。北雁南飞，白露变霜，那个远赴他方的人，站在尚能望见故乡乔木的桥上，与送别的家人亲友作最后的辞别，"左右兮魂动，亲宾兮泪滋"，前人称它"摹想尊酒泣别情状，百般呜咽，历历如绘"。作者在这里没有直接从去国者下笔，而是极力渲染送行人的悲痛，这种烘云托月的手法取得了比直接描写更好的艺术效果，它让我们借助旁人的想象，去更深刻地构思主人公的愁苦之状。"怨复怨兮远山曲，去复去兮长河湄"，它使我们看到了人物心中不断扩展和延伸的无限哀怨。

独守闺房的少妇思夫与热恋中男女双方的彼此缱绻不无相似之处。"同琼佩之晨照，共金炉之夕香"，点缀出一幅共同生活时的甜美情景，而琴瑟蒙尘，帷幕低垂，空对着春苔秋月，苦熬着夏昼冬夜，又是冷酷的现实画面，两者形成强烈的对比。同样，"春草碧色，春水绿波"，它不仅是自然景色的描绘，同时也是男女青年一见倾心，赠诗互答的记录。而分别后的秋露秋月，又使他们在天各一方的情况下，怅然伤怀，遥寄心曲。

道士骑着仙鹤，驾着青凤，在飘缈的云端与家人拱手言别，景象神幻而奇特。它与道士在修道时"守丹灶而不顾，炼金鼎而方坚"的形象，恰成鲜明的对照。

刘熙载认为"赋中宜有画"。江淹的《别赋》不独发扬了赋这种文体擅于状物和铺写的传统，表现出精湛的多面的摹写技艺，而且十分成功地融入了《诗经》的抒情特点，使所赋的景物无不带有浓厚的感情色彩，读来令人"黯然销魂"。袁枚在《随园诗话》中指出"情景有在心在物之分，而景生情，情生景"，这段话正好道出了《别赋》在艺术上的最大特点。在这篇作品中，作者把精湛的状物技巧与高超的抒情手法完美地糅合在一起，运用多变的景物描写，通过从反面映衬或由正面烘托，极有层次地抒发了人物的感情。作品用大量笔墨对富人离别场面的豪华和热闹作了渲染，目的全在于映衬人物最后的"造分手而衔涕，感寂寞而伤神"。很明显，送别的场面越气派，气氛越热烈，长宴散后的冷落和孤独也就越突出，人物内心的空虚和感伤也就越强烈。从军别中对故乡的春景作了刻意描绘："闺中风暖，陌上草薰。日出天而耀景，露下地而腾文。镜朱尘之照烂，袭青气之烟煴"，这正从反面映衬出人物对家乡眷恋的执拗和离乡背井痛苦的深沉。人们往往有这样的经验：一件东西，在我们将要失去它时，才会突然发觉它的真正价值，才会认认真真地去观察它、珍惜它。作者这段描写，无疑正符合这种心理，因此它在表达人物感情方面有着特殊的作用。至于道士修道时的坚决与仙去时的最终不能忘情，也进一步抒发了离别给人以愁苦的人之常情，即使像道士这类人，也不能完全割弃。

在用与人物心情相反的景物来反衬人物感情的同时，作者还用符合人物心情的景物从正面来烘托人物的感情。作者把宦者的去国放在秋天的自然环境中，那是由于萧瑟的秋景最能体现出这类人悲凉凄楚的心情，万物的凋残恰恰是人物在精神上遭受摧残和折磨的象征。作者对春草碧色、春水绿波的描写，自然也最能将男女青年谈情说爱的欢乐蕴含其间和诱导出来；而"秋露如珠，秋月如圭"的景色，又最宜于曲折有致地表达人物空对"良辰美景"的深憾长恨。在这种用洗练的语言和近乎白描的表现手法营造的优美诗境里，我们可以尽情地驰骋想象，在美的享受中创造出更美的世界。所以有人称这段描写"有渊涵不尽之致"，就是这个原因。再如幽闺琴瑟、高台流黄、春苔秋月、夏簟冬釭等景物，对少妇思夫那种"才下眉头，却上心头"的慵态，以及一年四季绵绵的相思之苦，作了有力的烘托，读来撼人心扉。这些都表现出作者独到的艺术匠心和出众的艺术才能，因而此文对后世许多优秀的抒情作品产生了积极的影响。

《别赋》不仅创造了生动的艺术境界，表达出动乱时代人们共同的哀感，还特别注重形式美和文辞美，是一篇"凤麟极矣"的佳作。其特点之一：既有整齐的对称美，又显出自由活泼的散文美。从整齐上看，赋作采用偶句行文，以四六句式排比交错，文辞整饬，对仗工稳。如"闺中风暖，陌上草薰。日出天而耀景，露下地而腾文。镜朱尘之照烂，袭青气之烟煴"，以四六句式行文，两句之中，词性相同的词或词组相对，并且句子一气贯通，既工美又有语势。"黯然销魂者"一段，只有两句五字句，三句四字句，其余都是六字句；青年爱侣离别一段，除了"下有芍药之诗"和"至乃秋露如珠"是六字句外，其余都是四字句，它们每两句之间的对偶也十分讲究。赋中还间杂使用散句和五字句、七字句。"故别虽一绪，事乃万族""倘有华阴上士，服食还山"是散句；"黯然销魂者，唯别而已矣"是五字句，也是散句；"珠与玉兮艳暮秋，罗与绮兮娇上春"是七字句。这些杂糅的句式，使行文错落相间，在整齐中又有变化，使文章具有对称美和散文美，"意态之间便已横生古趣"。特点之二：多用典故。全赋共用了二十多个典故,都明白易晓并能够使事无迹,无论正用、反用都灵活传神。写剑客侠士之别,作者连用聂政刺韩相侠累、豫让刺智伯、专诸刺吴王僚、荆轲刺秦王政四个典故,表现了剑客侠士"割慈忍爱,离邦去里"的悲壮气氛,扩大了赋的容量。对于夫妻之别,作者用苏蕙织回文诗的典故,表现了妻子相思的哀切,显得典雅深沉。"驷马仰秣""班荆相与食"、萧史与弄玉驾彩鸾升天、太子晋乘鹤飞升等典故,或明用或暗用,都准确、灵巧、自然,既博雅含蓄,又不难索解。最后一段中关于司马相如、雕龙赤等人的典故,是反用,"诸彦""群英"虽有非凡的才学,也无法"摹暂离之状,写永诀之情"。这样用典更宜于把主题表达得深透宛曲。

1. 通读全赋并作笔译,课余上网浏览优秀译文,取他人之长补己之短,努力提高自己的书面表达能力和阅读理解能力。

2. 《别赋》对不同类型的离别进行了分类,在各种场景中描摹了离情别绪的千差万别。熟读《别赋》,并说说赋中所描写的七种离别各有什么特点。

3. 众所周知,人生之最大悲痛莫过于生离死别。生当复来归,死当长相忆。离别的类型自然有很多,仅杜甫一人就有脍炙人口的《新婚别》《垂老别》《无家别》。三种离别,哪种才是苦痛的极致?江淹的《别赋》像一场多幕剧,让相同的芸芸众生们在不同的情境下演绎着他们各自的离别。请根据你的生活体验,或以汶川地震为素材,用文学手法,以"黯然销魂者,唯别而已矣"为造文起句,拟作一小文,以纪念那段刻骨铭心的或曾感动过你的情感。

作品选读

归去来兮辞[1](并序)

陶渊明

余家贫,耕植不足以自给。幼稚盈室,瓶无储粟,生生所资[2],未见其术。亲故多劝余为长吏,脱然有怀[3],求之靡途[4]。会有四方之事[5],诸侯以惠爱为德[6],家叔以余贫苦,遂见用于小邑。于时风波未静[7],心惮远役。彭泽去家百里,公田之利,足以为酒,故便求之。及少日,眷然有归欤之情[8]。何则?质性自然[9],非矫厉所得;饥冻虽切,违己交病[10]。尝从人事[11],皆口腹自役[12];于是怅然慷慨,深愧平生之志。犹望一稔[13],当敛裳宵逝[14]。寻程氏妹丧于武昌,情在骏奔[15],自免去职。仲秋至冬,在官八十余日。因事顺心,命篇曰《归去来兮》。乙巳岁十一月也[16]。

归去来兮!田园将芜,胡不归?既自以心为形役[17],奚惆怅而独悲?悟已往之不谏,知来者之可追[18]。实迷途其未远,觉今是而昨非。

舟遥遥以轻飏[19],风飘飘而吹衣。问征夫以前路,恨晨光之熹微。乃瞻衡宇[20],载欣载奔[21]。僮仆欢迎,稚子候门。三径就荒[22],松菊犹存。携幼入室,有酒盈樽。引壶觞以自酌,眄庭柯以怡颜[23]。倚南窗以寄傲[24],审容膝之易安[25]。园日涉以成趣,门虽设而常关。策扶老以流憩[26],时矫首而遐观[27]。云无心以出岫,鸟倦飞而知还。景翳翳以将入[28],抚孤松而盘桓。

归去来兮,请息交以绝游。世与我而相违,复驾言兮焉求[29]？悦亲戚之情话,乐琴书以消忧。农人告余以春及,将有事于西畴[30]。或命巾车[31],或棹孤舟。既窈窕以寻壑[32],亦崎岖而经丘。木欣欣以向荣,泉涓涓而始流。善万物之得时[33],感吾生之行休[34]。

已矣乎[35]！寓形宇内复几时[36],曷不委心任去留[37],胡为乎遑遑欲何之[38]？富贵非吾愿,帝乡不可期[39]。怀良辰以孤往,或植杖而耘耔[40]。登东皋以舒啸[41],临清流而赋诗。聊乘化以归尽[42],乐夫天命复奚疑！

注 释

[1] 选自《陶渊明集笺注》(中华书局 2003 年版)。

[2] 生生：犹言维持生计。前一"生"字为动词,后一"生"字为名词。

[3] 脱然：犹言豁然。有怀：有做官的念头。

[4] 靡途：没有门路。

[5] 四方之事：指出使外地的事情。

[6] 诸侯：指州郡长官。

[7] 风波：指军阀混战。

[8] 眷然：依恋的样子。归欤之情：回去的心情。语本《论语·公冶长》："子在陈曰：'归与,归与！吾党之小人狂简,斐然成章,不知所以裁之。'"

[9] 质性：本性。

[10] 违己：违反自己本心。交病：指思想上遭受痛苦。

[11] 从人事：从事于仕途中的人事交往。指做官。

[12] 口腹自役：为了满足口腹的需要而驱使自己。

[18] 一稔(rěn)：公田收获一次。稔,谷物成熟。

[19] 敛裳：收拾行装。

[15] 骏奔：急着前去奔丧。

[16] 乙巳岁：晋安帝义熙元年(405)。

[17] 以心为形役：让心灵被形体所驱使。

[18] "悟已往"二句：语本《论语·微子》："楚狂接舆歌而过孔子曰：'凤兮,凤兮！何德之衰！往者不可谏,来者犹可追。已而,已而,今之从政者殆而！'"谏,止,挽救。来者,指未来的事情。追,来得及弥补。

[19] 遥遥：漂荡。飏(yáng)：飘扬。形容船驶行轻快。

[20] 瞻：望见。衡宇：犹衡门。横木为门,形容房屋简陋。

[21] 载：语助词,有"且""乃"的意思。

[22] 三径：汉代蒋诩隐居后,在屋前竹下开了三条小路,只与隐士求仲、羊仲二人交往。

[23] 眄(miǎn)：斜视。柯：树枝。

[24] 寄傲：寄托傲世的情绪。

[25] 审：明白，深知。容膝：形容居室狭小，仅能容膝。

[26] 策：拄着。扶老：手杖。流：周游。

[27] 矫首：抬头。遐(xiá)观：远望。

[28] 景(yǐng)：日光。翳(yì)翳：阴暗的样子。

[29] 言：语助词。焉求：何求。

[30] 畴(chóu)：田地。

[31] 巾车：有篷幕的车子。

[32] 窈窕(yǎotiǎo)：山路深远曲折。

[33] 善：羡慕。

[34] 行休：将要终止。指死亡。

[35] 已矣乎：犹言算了吧。

[36] 寓形宇内：寄身于天地之间。

[37] 曷不：何不。委心：随自己的心意。去留：指生死。

[38] 遑遑：心神不定的样子。何之：到哪里去。

[39] 帝乡：天帝之乡。指仙境。

[40] 植杖：把手杖放在旁边。耘(yún)：田地里除草。耔(zǐ)：在苗根培土。

[41] 皋(gāo)：水边高地。舒啸：放声长啸。"啸"是撮口发出长而清越的声音。

[42] 乘化：随顺着大自然的运转变化。归尽：归向死亡。

解题及赏析

陶渊明(365—427)，字元亮，别号五柳先生，晚年更名潜，卒后亲友私谥靖节。东晋浔阳柴桑人(今江西九江)人。他出身于破落仕宦家庭，曾祖父陶侃是东晋开国元勋，祖父陶茂、父亲陶逸都做过太守。年幼时，家庭衰微，八岁丧父，十二岁母病逝，与母妹三人度日。孤儿寡母，多在外祖父孟嘉家里生活。孟嘉是当代名士，渊明"存心处世，颇多追仿其外祖辈者"。日后，他的个性、修养，都很有外祖父的遗风。外祖父家里藏书多，给他提供了阅读古籍和了解历史的条件，在学者以《庄》《老》为宗而黜《六经》的两晋时代，他不仅像一般的士大夫那样学了《老子》《庄子》，而且还学了儒家的"六经"和文、史以及神话之类的"异书"。时代思潮和家庭环境的影响，使他接受了儒家和道家两种不同的思想，培养了"猛志逸四海"和"性本爱丘山"的两种不同的志趣。

《归去来兮辞》是晋安帝义熙元年(405)作者辞去彭泽令回家时所作，分"序"和"辞"两节。"辞"是一种与"赋"相近的文体名称。"序"说明了自己所以出仕和自免去职的原因。"辞"则抒写了归田的决心、归田时的愉快心情和归田后的乐趣等。《归去来兮辞》通过对田园生活的赞美和劳动生活的歌颂，表明作者对当时现实政治，尤其是仕宦生活的不满和否定，反映了他蔑视功名利禄的高尚情操，也流露出委运乘化、乐天安命的消极思想。"归去"是回去的意思；"来"为助词，"兮"为语助词，"来兮"即为虚词复用。"归去来兮"就是"归去"。

这是陶渊明最重要的作品,既总结了其前半生的生活,又揭示了其归耕隐居的独特意义,对于了解陶渊明的人格和思想,有着不可忽视的价值。梁启超认为这篇赋"虽极简单极平淡,却是渊明全人格最忠实的表现"。序中坦陈为贫而仕,子多且幼,谋生无术,在生存问题的重压之下不得不违背本心,外出做官,但自己"自然"的天性和官场格格不入,难以调和。经济压迫当然痛苦,但比起官场倾轧、灵肉分离的痛苦并不算得什么。八十天的彭泽令,诗人不异于羁鸟池鱼,备受拘禁和折磨。"田园将芜,胡不归?既自以心为形役,奚惆怅而独悲?悟已往之不谏,知来者之可追。实迷途其未远,觉今是而昨非。"很显然,陶渊明归隐田园的真正原因是"心为形役",即心志被形体役使,做了许多违心悖情而又无可奈何的事情。

"心为形役"含义有二:一是诗人为口腹之计,羁身官海,折腰事人,寄人篱下,仰人鼻息,遭遇了冷眼和歧视,深感屈辱和厌倦;二是诗人质性自然,与俗相违,矫厉不得,不容于世。逆情悖性,违心违己,在诗人看来是玷污心性,扭曲灵魂,因而深感惭愧,惆怅悲伤。一旦醒悟,便觉得"往者不可谏"而"来者犹可追",觉得"迷途未远","今是而昨非"。这一"是"一"非",表面看是诗人在谴责自己走错了路,实际是表达了对现实的不满,对社会黑暗的批判。在这样一种心情的驱使下,"舟遥遥以轻飏,风飘飘而吹衣。问征夫以前路,恨晨光之熹微。乃瞻衡宇,载欣载奔",诗人归心似箭,让船儿快快地行,恨不得天快一点亮起来,看见自己的家门,欢喜之情无法言表,连奔带跑,回到家中。这里的心理描写,虽不像小说那样细腻,但它更能给读者以想象的空间,画面感极强。与官场相比,田园风光是这样的令人清爽:"僮仆欢迎,稚子候门。三径就荒,松菊犹存。携幼入室,有酒盈樽。引壶觞以自酌,眄庭柯以怡颜。"天真烂漫的小孩让诗人看到了纯洁和质朴。可以想见:悦耳又稚嫩的童音欢快不息着,没出场的娇妻一言不发,温柔的目光深情地注视着,美酒佳肴的香气弥漫着,多么温馨惬意!庭院房舍的小径、松菊、酒盏、壶觞、庭柯,一切的一切,自由自在,无拘无束。无违心事,只有悠然情,官场如何黑暗,诗中无一句交代,而田园的美好,却正好暗示出了官场的可憎。这是一种"暗比"。"云无心以出岫,鸟倦飞而知还",这其实不是在写云和鸟,而是诗人心灵的表露。字面上没有对比,只是诗人心灵的表露用眼前之景来对比罢了。宋人叶梦得评说:"非胸中实有此境,不能为此言也。"事实也确实如此。辞官后的诗人如释重负,日夜兼程,一刻不停地赶回家乡,家乡的一切都让他觉得亲切、舒心,他再也不要离开家乡了。之后,无论物质生活有多艰难,外面的世界有多大诱惑,陶渊明就再也没有离开过心爱的田园。

写完回家后的日常生活:饮酒自遣,室中之乐,后两节接着写涉园观景,园中之乐。这不是一般迁客们的闲适之情,这是真正的隐者之乐。诗人重申辞官归田之志,以"息交以绝游"进一步表示对当权者和官场生活的鄙弃,尤其是写跟乡里故人和农民的交往:"悦亲戚之情话,乐琴书以消忧。农人告余以春及,将有事于西畴。或命巾车,或棹孤舟。既窈窕以寻壑,亦崎岖而经丘。木欣欣以向荣,泉涓涓而始流。善万物之得时,感吾生之行休。"心满意足之感跃然纸上。写出游方式时,"窈窕以寻壑"正与"或棹孤舟"呼应,"崎岖而经丘"与"或命巾车"对举。写出游中所见,前两句写农村初春生机勃郁的景象,后两句触景生情。而眼前之景,重在写真,心中之景,景随情生。

诗的最后一节抒发诗人"乐天安命"的情怀。"寓形宇内复几时,曷不委心任去留,胡为乎遑遑欲何之?"诗人发出委婉自问,振起下文的自答:"富贵非吾愿,帝乡不可期。"这是从反面作答,重在说"富贵"而以"帝乡"为陪衬。"怀良辰以孤往,或植杖而耘耔。登东皋以舒啸,临清流而赋诗。聊乘化以归尽,乐夫天命复奚疑!"这里从正面作答,以自然之趣表明自己快然自足于隐居生活,最后上升到哲理的高度,以反问的语气坚定地表明了自己"乐天安命"的思想,可谓卒章显志。

不过,诵完全篇,读者获得的并非是一种轻松感,因为在诗人看似逍遥的背后是一种忧愁和无奈。陶渊明本质上不是一个只喜欢游山玩水而不关心时事的纯隐士,虽然他说"性本爱丘山",但他的骨子里是想有益于社会的。鲁迅说过:"就是诗,除论客所佩服的'悠然见南山'之外,也还有'精卫衔微木,将以填沧海。刑天舞干戚,猛志固常在'之类的'金刚怒目'式,在证明着他并非整天整夜的飘飘然。"(《题未定草》)透过"请息交以绝游""世与我而相违"这些愤激之语,越发让人感到了沉重。

汉魏六朝,文风绮靡。陶渊明的出现无异于在花团锦簇中伸出一枝青枝绿叶,又好像在珠光宝气、浓妆艳抹的贵妇人中走来一位不加修饰的清纯少女。用李白"清水出芙蓉,天然去雕饰"的名句来赞美《归去来兮辞》再恰当不过了,全文语言十分精美,以六字句为主,间以三字句、四字句、七字句和八字句,朗朗上口,韵律悠扬;句中趁以"之""以""而"等字,舒缓雅致;用叠音词六次之多,音乐感很强;疑问句式之多,不得不令人多以遐想与思索。描写和抒情、议论相结合,有景,有情,有理,有趣。还多用对偶句,或正对,或反对,句句妙不可言。

1. 认真阅读下面这首诗,结合我们学过的有关陶渊明的作品,以及大家所了解的陶渊明生平和后人对他的评价,以"我所认识的或我心目中的陶渊明"为话题,进行分组讨论,各抒己见,畅所欲言,按你自己的理解说说陶渊明是个什么样的人。

归园田居(其三)

种豆南山下,草盛豆苗稀。晨兴理荒秽,带月荷锄归。道狭草木长,夕露沾我衣。衣沾不足惜,但使愿无违。

2. 有人认为本文结尾一句"聊乘化以归尽,乐夫天命复奚疑"包含着悲观消极的思想,这种看法你是否赞同?试结合全文内容及陶渊明的生存环境、思想感情,作出你个人的判断,并分正反方进行一次班集体辩论会。

3. 陶渊明对"鸟"意象格外关注,如"飞鸟""羁鸟""倦鸟",请同学们回忆学过的诗文,利用网络搜集整理有关材料,以"陶渊明与'鸟'"为题完成800字左右的小文一篇。

作品选读

王子猷居山阴[1]

《世说新语》

王子猷居山阴,夜大雪,眠觉[2],开室,命酌酒,四望皎然。因起彷徨,咏左思《招隐诗》,忽忆戴安道[3]。时戴在剡[4],即便夜乘小船就之。经宿方至[5],造门不前而返[6]。人问其故,王曰:"吾本乘兴而行,兴尽而返,何必见戴!"

注释

[1] 选自《世说新语校笺》(中华书局1994年版)。原属《任诞》第四十七则。王子猷(yóu),即王徽之,字子猷,王羲之子。山阴,旧县名,在今浙江省绍兴市。

[2] 眠觉:睡醒。

[3] 戴安道:戴逵,字安道,谯郡铚(今安徽省宿州市)人。博学多艺,隐居不仕。

[4] 剡(shàn):今浙江省嵊州市。

[5] 经宿方至:经过一夜才到。

[6] "造门"句:到门前不进去见面就返回。造,到。前,进见。

解题及赏析

《世说新语》是一部笔记题材的小说,原名《世说》,梁陈以后,或称《世说新书》。《世说新语》之名最早见于唐刘知几《史通》一书。原为八卷,梁朝刘孝标加注解,以孔门四科德行、言语、政事、文学始,依据魏晋诸家史书、郭澄之《郭子》、裴启《语林》等文人笔记,分三十六科,分门别类地记载了魏晋名士的道德修养、才能秉赋、情感个性、日常生活和思想情趣。

全书虽然篇幅短小,仅一千一百三十余条,但述事语言高雅有韵致,抓到了时代的精髓。当时第一流人物的个性、行为,透过精彩的文字传达,得以呈现,使得后世得以一窥当时时代之风尚,常被研究者用来佐证魏晋清谈、玄学、文学等多个方面的时代面貌,为研究魏晋文化留下了丰富的材料与线索,是我国轶闻隽语的笔记小说的前驱,也是后世小品文的典范。书中不仅有诗作、诗话,还蕴藏着丰富的诗料,许多内容到今天还为人们广泛运用。

关于《世说新语》的作者,至今说法不一。一说是晋宋间临川王刘义庆召集门下文学之士编撰而成。另说很可能是刘义庆独立编撰,文学之士只是咨询的对象,而非实际参与或撰写的一帮人,也就是说,《世说新语》并非"成于众手"。究竟如何,仍待学者更完整严密之考证。

刘义庆(403—444),字季伯,彭城(今江苏省徐州市)人,南朝刘宋文学家。刘宋宗室,自幼才华出众,爱好文学。除《世说新语》外,还著有志怪小说《幽明录》。

《世说新语》虽然主要记叙了汉末、魏晋以来三百年间士族阶层的逸闻琐事,但重点在东晋一百年间。《世说新语》中的人物一般在当时被誉为名士,大都出身豪门,拥有较高的社会地位和名望,他们常常以麈尾为手中所持雅器,以清谈玄论展现风流,把纵酒放诞引为时尚,倾慕简约玄澹、超然绝俗的美,他们喜爱的是任性、自主、轻松的行为方式,推崇的是从容优游的仪态气度,这即是后人熟悉的以魏晋风度闻名的魏晋知识阶层面貌。人格气质上的个性主义、自然主义及唯美主义是魏晋名士共同的情感倾向,对应行为实践,则表现为违礼、放诞和率真旷达的举止。

纵情越礼、毁坏礼制在魏晋名士生活中是普遍现象,他们不屑于遵守传统秩序和规范,常常以极端的言行反抗常识,反抗世间习惯了的信条,采取一般人看来矫激的言语行为,甩开现实的束缚,洋洋自得于懒怠无为的生活。魏晋名士蔑视传统礼法、违背礼俗的言行相当突出。阮籍、刘伶是其中的典型代表。如《任诞》第六:"刘伶恒纵酒放达,或脱衣裸形在屋中,人见讥之。伶曰:'我以天地为栋宇,屋室为裈衣,诸君何为入我裈中?'"《任诞》第三:"刘伶病酒,渴甚,从妇求酒。妇捐酒毁器,涕泣谏曰:'君饮太过,非摄生之道,必宜断之!'伶曰:'甚善。我不能自禁,唯当祝鬼神,自誓断之耳!便可具酒肉。'妇曰:'敬闻命。'供酒肉于神前,请伶祝誓。伶跪而祝曰:'天生刘伶,以酒为名,一饮一斛,五斗解酲,妇人之言,慎不可听。'便饮酒进肉,隗然已醉矣。"刘伶带有恶作剧性质的举动明显表现了对当时社会传统规范的蔑视和戏弄之情。阮籍更是处处与礼教规范对着干,礼教规定男女授受不亲,他却偏与邻妇一起饮酒,并醉卧其侧。《礼记·曲礼》明确规定:"嫂叔不通问。"他却定要与嫂子送别。礼教又规定母丧期间不食荤,他却大啖酒肉,神色自若。魏晋名士言行中经常故意违礼而行并以此自持,阮籍本人就对礼法之士的指责针锋相对地反驳:"礼岂为我辈设也。"以前奉作金科玉律的礼教规定,在他们眼里不值一提。《世说新语》还有《伤逝》一门来专章表现名士们奇特的悼亡方式。《伤逝》第一条:"王仲宣好驴鸣。既葬,文帝临其丧,顾语同游曰:'王好驴鸣,可各作一声以送之。'赴客皆一作驴鸣。"

另外,书中记载的一批妇女形象也与传统儒家伦理纲常所规定的淑女举止明显不同。如书中以谢安夫人为代表的"妒妇"形象以及以谢道韫为代表的才女形象,或明确反击丈夫的无礼需求,或公开表示自己对丈夫的鄙薄不满,她们往往见解独到,拥有自己的独立个性。这类妇女群像的出现本身即意味着女性对礼教"三从四德"规定的背离,由此也可见当时蔑视、叛离礼法的社会风气影响的普遍、剧烈。

放诞举止无疑是名士风度中最引人注目的特色之一,其集中体现于放诞之风在士族中的盛行和名士们的种种奇特嗜好。这些放荡不羁的行为使他们的言行往往带有某种怪诞色彩,他们的名言是"使我有身后名,不如即时一杯酒!"《任诞》第八条刘注引王隐《晋书》曰:"籍邻家处子有才色,未嫁而卒。籍与无亲,生不相识,往哭,尽哀而去。其达而无检,皆此类也。"《文学》第六十九条刘注引《名士传》曰:"(刘伶)常乘鹿车,携一壶酒,使人荷锸随之,云:'死便掘地以埋。'"放诞之风主要以"竹林七贤"为发端,中朝名士把这种放诞的言行发挥到极致,他们或恒常大醉三日不醒,或动不动就脱衣裸形甚至连与猪同饮也毫不在乎。这一时期,名士们的嗜好也显得十分奇特。根据历史记载,当时的名士普遍有饮酒、服药、赌博、裸形的喜好,从《世说新语》对此的记述中不难看出名士们放荡怪异的行为之下隐藏的是对正统生存方式的厌恶和拒绝。此外,当时的名士还表现出喜爱一般习俗上忌讳事物的奇特兴趣。《任诞》第四十三条:"张湛好于斋前种松柏。时袁山松出游,每好令左右作挽歌。时人谓:'张屋下陈尸,袁道上行殡。'"从这些嗜好的特点来看,都带有一定的刺激性。在拒绝了传统的生存方式但新的方式又尚未建立起来之前,在这些富于刺激性的活动中,他们有可能获得了精神上的某种解脱和愉悦。

率真旷达更是魏晋名士们推崇的举止气度。魏晋知识阶层普遍崇尚自然之道,主张不为外物所累、随性而为,即使被指斥为"非礼非道"也毫不为意,洒脱从容的举止风度是他们追求的目标,王子猷、谢安是其中的典范。

这则"雪夜访戴"故事文字简洁,意境优美,在情景交融中,让我们体味到王子猷纯真任情的性格,足以充分显现出晋魏名士风格,刻画了王子猷任性傲达、特立独行的个性。王子猷这种不讲实务效果、但凭兴之所至的惊俗行为,十分鲜明地体现出当时士人所崇尚的"魏晋风度"的任诞放浪、不拘形迹,有窥一斑而见全豹之效。眠觉、开室、命酒、赏雪、咏诗、乘船、造门、突返、答问,王子猷一连串的动态细节均历历在目,虽言简文约,却形神毕现,气韵生动。《世说新语》里记载了有关他的许多故事,以今天的眼光看来,王子猷绝对是个怪人。比如,他偶然到别人的空宅里暂住一段时间,也要令家人种竹子,有人不解地问:"只是暂时住住,何必这么麻烦呢?"王子猷打着口哨歌吟了好久,才指着竹子说:"何可一日无此君!"又如,他去拜访雍州刺史郗恢,郗恢在卧室里还未出来,他就四处乱看,发现客厅里有一种名贵的毛毯,立马叫随从将毛毯送回家去。郗恢出来找不到毛毯,王却笑着说:"刚才有个大力士背起毛毯跑掉了。"还有一个"梅花三弄"的故事,《任诞》第四十九条:"王子猷出都,尚在渚下。旧闻桓子野善吹笛,而不相识。遇桓于岸上过,王在船中,客有识之者,云是桓子野。王便令人与相闻云:'闻君善吹笛,试为我一奏。'桓时已贵显,素闻王名,即便回下车,踞胡床,为作三调。弄毕,便上车去。客主不交一言。"透过这几个故事,王子猷标新立异的行为可见一斑。显然,魏晋名士们行为方式要达到的目标就是能够纵心调畅,使性情自得。所以,那时的人们对富有旷达气质的人物特别推崇。

实际上,《世说新语》人物群像蔑视礼法、怪诞举止、率真任性的行为特征之间,有着一定的内在联系。蔑视礼法、放诞的言行代表着对过去道德习俗的反思、批判态度和努力在现实中开拓新的人生方式的实践趋向。虽然狂热矫激的心态导致了他们举止的失衡,出现了某些变态、扭曲,但这种批判、反思促使他们对人生有了新的理解、体悟,即开始认识和强调个体的独立价值。而在对此极端的实践行为之后,名士们能够更客观冷静地看待、评估他们的新理念,最终他们以追求率真旷达的举止表达了自己新的人生取向。以此,他们呈现出一种不同于前代的全新的人生风貌,即是后人誉之为"魏晋风度"的种种表现。总之,《世说新语》中魏晋主流知识阶层——名士群体,对传统的价值观念、人生信仰采取了明显的摒弃态度。名士们更以极端放荡不羁的言行实践并强化着对过去固有人生、道德信仰的叛离,他们以率真旷达的举止建构了一种新的生命表达方式。

习 题

1. 试以《王子猷居山阴》比较宋代苏轼的《记承天寺夜游》,从其诗化笔法与内容意境两方面来谈谈你的看法。《记承天寺夜游》录于下:

   元丰六年十月十二日夜,解衣欲睡,月色入户,欣然起行。念无与为乐者,遂至承天寺,寻张怀民,怀民亦未寝,相与步中庭。

   庭下如积水空明,水中藻荇交横,盖竹柏影也。何夜无月,何处无松柏,但少闲人如吾两人者耳。

2. 据你对传统文化的了解及近年来从网络中所获信息,审视你身边人们的生存方式,分析现代人的生活、交友、娱乐等模式的得与失,并请拟用网络评述形式,简评当今不同人群的价值观。

第三章

隋唐五代文学

概 述

隋文帝于开皇九年(589)统一了全国,结束了二百七十余年南北分裂的政治局面,然而其维持时间不到三十年。隋大业十三年(617),李渊、李世民起兵太原,逐步平定隋末混乱的局势,于武德七年(624)重新统一全国,开创了我国历史上最伟大的时代之一——唐朝。

以安史之乱为分水岭,唐代文化与文学可以分为前后两期:前期为六朝文学的总结期,后期为新变期,下启两宋文学。

唐代文化是一种典型的开放型文化,不断汲取外来的文化元素,因而唐代士人对人生普遍有一种积极进取的态度,文学之外,史学、书法、绘画、雕塑、音乐、舞蹈等在唐代都得到了繁荣。漫游之风、幕府生活以及隐逸之风开拓了唐人的眼界,对文学也有重大的影响。儒、释、道诸家思想兼容的特色,对唐代文化也有巨大的推动作用。唐代文学在不同时期虽然有不同的特征,但始终保持了高度的文学水准,这在历代文学发展之中是罕见的。

一、唐 诗

唐诗是唐代文学的代表,也是整个中国文学的高峰之一。唐诗史上历来以四唐之分来说明其发展变化,即初、盛、中、晚四个时期。这种分法完成于明初高棅的《唐诗品汇》,与社会的盛衰、时局的变化密切相关,不同的时代风气影响诗人的创作倾向和艺术追求的变化。

初唐时期为唐高祖武德至玄宗先天间,时间约有90年。这是唐诗发展的第一个阶段,是盛唐诗歌繁荣的前奏。这一时期的"贞观之治"虽是中国清明政治的顶峰,但其文学成就尚不突出。最初的诗坛上仍然是以梁、陈诗风为主,只有个别作家如王绩以一种质朴平易的诗风显得迥然不同,其名作《野望》是这一风格的代表作品。初唐"四杰"登上诗坛以后,反对齐、梁的靡丽诗风,提出诗文应刚健而有气骨。其中卢照邻、骆宾王长于歌行,如卢照邻的《行路难》《长安古意》、骆宾王的《帝京篇》等作品,以宏大的气势、开阔的视野摹写对人生无常的感慨和对历史兴亡的浩叹。这一风格在稍后张若虚的《春江花月夜》、刘希夷的《代悲白头翁》等歌行作品中得到进一步的继承和发扬。"四杰"中,王勃、杨炯长于五律,以豪壮之情抒发离别之情与边塞之景,如杨炯《从军行》:

> 烽火照西京,心中自不平。牙璋辞凤阙,铁骑绕龙城。雪暗凋旗画,风多杂鼓声。宁为百夫长,胜作一书生。

在"四杰"的努力下,六朝诗风的影响逐步消退,诗歌的题材也由宫廷向广阔的江山大漠转变。而自陈子昂登上诗坛,则进一步提倡"风骨"及"兴寄",并以自己的实际创作实践了自

己的理论,完全摆脱了齐、梁以来的诗风,继承了汉、魏以来的传统,其名作《登幽州台歌》是这一风格的最好体现:

> 前不见古人,后不见来者。念天地之悠悠,独怆然而涕下。

这笼罩千古的孤独与悲哀,正体现出诗人慷慨悲歌的豪侠气概,继承了自建安时期以来的诗歌传统。

盛唐时期从玄宗开元年间至代宗大历初年,为唐诗的第二个阶段。这是我国诗歌最为繁荣的时期,这时的诗人直接继承了陈子昂、沈佺期、宋之问、杜审言的成就,达到风骨及声律兼备,所谓的唐代艺术中的"盛唐气象",乃是开元、天宝时期时代精神风貌在艺术上的反映。这一时期,诗人们在诗歌中多表现出追求理想、关心现实以及以天下为己任的精神。盛唐诗人胸襟开阔,诗歌的题材也涉及各个方面,无论是国家命运、民生疾苦还是边塞征战、山水田园、音乐舞蹈,都是诗歌所描写的对象,而各式各样的人物也同样在诗歌里有所反映。这时期的诗人都力求创新,具有非凡的创造力。

盛唐时期的边塞诗派以及山水田园诗派各自形成了自己的独特风格。以王维、孟浩然为首的山水田园诗派,以清新秀丽的语言描绘了幽美的山水景色和静谧的田园生活。王维在音乐、绘画以及诗歌等艺术领域中都达到了极高的水平,"诗中有画,画中有诗"是对王维艺术境界的最好描述。王维诗中表现出宁谧空灵之境,将自然与心境融为一体,如其几首著名的绝句《竹里馆》《鸟鸣涧》及《辛夷坞》:

> 独坐幽篁里,弹琴复长啸。深林人不知,明月来相照。(《竹里馆》)
> 人闲桂花落,夜静春山空。月出惊山鸟,时鸣春涧中。(《鸟鸣涧》)
> 木末芙蓉花,山中发红萼。涧户寂无人,纷纷开且落。(《辛夷坞》)

这一类诗,"读之身世两忘,万念皆寂"(胡应麟语),极好地代表了王维诗歌的特色和境界。孟浩然比王维更加亲近自然,诗境没有王维那么空寂,但也清旷明静,如其《夏日南亭怀辛大》:

> 山光忽西落,池月渐东上。散发乘夕凉,开轩卧闲敞。荷风送香气,竹露滴清响。欲取鸣琴弹,恨无知音赏。感此怀故人,中宵劳梦想。

以高适、岑参为代表的边塞诗派则以唐帝国的边境战争为表现对象,描写了塞外的奇丽风光,塑造了边关健儿的英雄形象,同时也表达为国立功的理想。高适的诗歌以悲壮沉厚为主要特征而文采朴素,《燕歌行》是他的代表作,既描写男儿横行天下的英雄气概,也对战争给人民带来的不幸表示同情,是对唐代边功的真切反映。高适的绝句也具有雄浑壮阔的特点,如《塞上听笛》:

> 雪净胡天牧马还,月明羌笛戍楼间。借问梅花何处落,风吹一夜满关山。

岑参的诗歌以奇丽壮美为特色,如《走马川行奉送出师西征》《白雪歌送武判官归京》《轮台歌奉送封大夫出师西征》等作品,通过对边疆风物瑰丽神奇的描写,为边塞诗拓宽了表现内容。岑参的边塞七绝也多佳作,如《逢入京使》:

> 故园东望路漫漫,双袖龙钟泪不干。马上相逢无纸笔,凭君传语报平安。

李白是"盛唐气象"最杰出的代表,他的诗歌最富有浪漫气息与理想色彩,盛唐诗歌的激情与想象在李白的诗歌之中展现无遗。李白思想复杂,他既有安时济世的儒家思想,又迷恋道教、纵横术,充满任侠的精神。他热情地讴歌现实世界中的美好事物,鄙弃世上的不合理现象。李白的乐府、歌行、绝句都取得了极高的成就,豪壮狂放,想落天外,如乐府《蜀道难》《将进酒》《行路难》《梁甫吟》《梦游天姥吟留别》《庐山谣寄卢侍御虚舟》《襄阳歌》《梁园吟》《古朗月行》等,都以浓重的自我意识和主观情感为核心,直抒胸臆,如暴风骤雨,又如行云流水,打破所有的诗歌格式,随意所之,皆成妙笔,如《宣州谢朓楼饯别校书叔云》:

　　弃我去者,昨日之日不可留;乱我心者,今日之日多烦忧。长风万里送秋雁,对此可以酣高楼。蓬莱文章建安骨,中间小谢又清发。俱怀逸兴壮思飞,欲上青天揽明月。抽刀断水水更流,举杯销愁愁更愁。人生在世不称意,明朝散发弄扁舟。

这种失意不平之感不是通过一种哀吟来表现的,而是通过一种豪壮的精神,将这种哀愁表现得酣畅淋漓。李白诗歌除了壮美的风格之外,也有优美的一面,如五绝《劳劳亭》:

　　天下伤心处,劳劳送客亭。春风知别苦,不遣柳条青。

稍事点染而意味深长。李白的七绝多有一种俊逸爽朗的格调,如《闻王昌龄左迁龙标遥有此寄》:

　　杨花落尽子规啼,闻道龙标过五溪。我寄愁心与明月,随风直到夜郎西。

　　李白以其豪放不羁的气质、傲然独立的人格、个性化的表现力,驰骋离奇变幻的想象,代表了盛唐时期积极向上的时代精神。

　　与李白齐名的杜甫以清醒的洞察力和积极的入世精神,为唐帝国由盛转衰的那一时代提供了生动的历史画卷,对黑暗的社会现实作了有力的揭露,因而其诗歌被誉为"诗史""集大成",既是儒家仁民爱物精神的体现,也是古典诗歌艺术的顶峰。

　　杜甫的青年时代是在盛唐之中度过的,经历过一段南北漫游、裘马轻狂的生活。科举落第后曾在长安十年,谙尽了人生和社会的况味。安史之乱以前,他就写出了《兵车行》《前出塞》《丽人行》以及《自京赴奉先县咏怀五百字》等反映天下将乱时社会风貌的名作;安史之乱后,杜甫落入叛军手中,写下了《春望》《哀江头》等作品;赴凤翔以后,被授以左拾遗,这时期更有《羌村三首》《北征》等名篇,反映了社会大乱下人民生活的流离,如《羌村三首》第一首:

　　峥嵘赤云西,日脚下平地。柴门鸟雀噪,归客千里至。妻孥怪我在,惊定还拭泪。世乱遭飘荡,生还偶然遂。邻人满墙头,感叹亦歔欷。夜阑更秉烛,相对如梦寐。

　　杜甫任左拾遗时,因为疏救房琯,被贬为华州司功参军,在这期间写了著名的"三吏""三别"。不久,杜甫弃官入蜀,开始了飘泊西南的晚年生活。杜甫大部分现存诗歌都是晚年所作,这时期的诗作,一方面关心国家命运和人民生活,另一方面诗中的抒情性加强,并更多地使用律诗和绝句,在艺术上达到了更为圆熟浑然的造诣。主要作品如《闻官军收河南河北》《茅屋为秋风所破歌》《诸将五首》《秋兴八首》《登高》《登岳阳楼》《八哀诗》等等,往往将个人的感慨与家国的命运结合起来,如《秋兴八首》之二、之三、之四:

　　夔府孤城落日斜,每依北斗望京华。听猿实下三声泪,奉使虚随八月槎。画省香炉违伏枕,山楼粉堞隐悲笳。请看石上藤萝月,已映洲前芦荻花。

　　千家山郭静朝晖,日日江楼坐翠微。信宿渔人还泛泛,清秋燕子故飞飞。匡衡抗疏功名薄,刘向传经心事违。同学少年多不贱,五陵衣马自轻肥。

闻道长安似弈棋,百年世事不胜悲。王侯第宅多新主,文武衣冠异昔时。直北关山金鼓震,征西车马羽书驰。鱼龙寂寞秋江冷,故国平居有所思。

李白诗歌豪放飘逸,杜甫诗沉郁顿挫,并称为唐代诗歌的双子星座,对中国诗歌史产生了广泛而深刻的影响。

中唐时期自代宗大历至穆宗长庆年间,为唐诗发展的第三个阶段。在这一阶段,唐诗发生了新变,形成了唐诗的第二个高峰。大历时期的诗人们在艺术上具有一种冷寂闲淡、低回伤感的情调,形成所谓的"大历诗风",代表诗人有韦应物、刘长卿、顾况、李益以及"大历十才子"等,诗歌格调大体相近,如韦应物《滁州西涧》、刘长卿《逢雪宿芙蓉山主人》、李益《夜上受降城闻笛》都展现了这一风格:

独怜幽草涧边生,上有黄鹂深树鸣。春潮带雨晚来急,野渡无人舟自横。(《滁州西涧》)

日暮苍山远,天寒白屋贫。柴门闻犬吠,风雪夜归人。(《逢雪宿芙蓉山主人》)

回乐峰前沙似雪,受降城下月如霜。不知何处吹芦管,一夜征人尽望乡。(《夜上受降城闻笛》)

这一时期的诗歌主要有两大诗派,即"元白诗派"与"韩孟诗派"。元稹、白居易致力于讽谕诗的写作,直接继承自《诗经》以来到杜甫的传统,认为"文章合为时而著,诗歌合为事而作",他们追求平易的风格和通俗的语言,属于这个诗派的作家还有张籍、王建、李绅等人。白居易的讽谕诗有《秦中吟》十首、《新乐府》五十首等,带有强烈的社会批判意识。但白居易的作品中,影响最大的却是《长恨歌》《琵琶行》等长篇歌行以及表现文人情调的闲适诗,如其《问刘十九》:

绿蚁新醅酒,红泥小火炉。晚来天欲雪,能饮一杯无?

元稹的新乐府成就也较高,其代表作为长篇歌行《连昌宫词》,通过描写连昌宫的兴废表现唐代政治的兴衰。其《遣悲怀》三首是为悼念亡妻所作,也是文学史上的名篇。元稹描写自我情感的诗也很有价值,如《离思》之四:

曾经沧海难为水,除却巫山不是云。取次花丛懒回顾,半缘修道半缘君。

韩愈、孟郊在艺术上刻意求新,注重构思的奇特以及造语的生涩。属于这一诗派的,还有贾岛、李贺、卢仝等人。此派诗人风格各异,或雄奇,或幽艳,或怪诞。韩愈务去陈言,追求新奇壮美,甚至以丑为美,如《石鼓歌》的酣畅粗豪,《八月十五夜赠张功曹》《谒衡岳庙遂宿岳寺题门楼》的奇崛险怪,《南山》的极尽铺陈,都表现了其独创性。《山石》一诗则是以散文游记的笔法入诗,是"以文为诗"的典范作品之一:

山石荦确行径微,黄昏到寺蝙蝠飞。升堂坐阶新雨足,芭蕉叶大栀子肥。僧言古壁佛画好,以火来照所见稀。铺床拂席置羹饭,疏粝亦足饱我饥。夜深静卧百虫绝,清月出岭光入扉。天明独去无道路,出入高下穷烟霏。山红涧碧纷烂漫,时见松枥皆十围。当流赤足蹋涧石,水声激激风生衣。人生如此自可乐,岂必局束为人鞿?嗟哉吾党二三子,安得至老不更归?

孟郊虽然有《游子吟》等平易之诗,但其主导风格仍是注重炼字,出新出奇,风格幽僻冷涩,以《秋怀》十五首为代表。李贺是这一诗派的重要诗人之一,以造语的奇特、意境的幽冷及想象的独特而独出当时,如《梦天》:

> 老兔寒蟾泣天色,云楼半开壁斜白。玉轮轧露湿团光,鸾佩相逢桂香陌。黄尘清水三山下,更变千年如走马。遥望齐州九点烟,一泓海水杯中泻。

在这两大派之外,另外的一些诗人如刘禹锡、柳宗元也有自己的独特诗风。刘禹锡之作格调明快,骨力苍健;《竹枝词》等作品清新质朴,有民歌风味;咏史诗尤其沉雄,如《西塞山怀古》:

> 王濬楼船下益州,金陵王气黯然收。千寻铁索沉江底,一片降幡出石头。人世几回伤往事,山形依旧枕寒流。今逢四海为家日,故垒萧萧芦荻秋。

柳宗元诗歌淡泊简古,继承了自陶渊明、韦应物以来的诗风,清雅幽洁,格调冷峭,如其著名的《渔翁》:

> 渔翁夜傍西岩宿,晓汲清湘燃楚竹。烟销日出不见人,欸乃一声山水绿。回看天际下中流,岩上无心云相逐。

晚唐时期自敬宗宝历初至唐亡,为唐诗的第四个阶段。这一时期以李商隐、杜牧最为重要。李商隐造语绮丽而意境朦胧,构思细密,表现出极大的创造性,诗体以七律最为著名,如《锦瑟》:

> 锦瑟无端五十弦,一弦一柱思华年。庄生晓梦迷蝴蝶,望帝春心托杜鹃。沧海月明珠有泪,蓝田日暖玉生烟。此情可待成追忆,只是当时已惘然。

杜牧诗风骏爽,以咏史题材的七绝最著,如《赤壁》:

> 折戟沉沙铁未销,自将磨洗认前朝。东风不与周郎便,铜雀春深锁二乔。

同时或稍晚的诗人有温庭筠、罗隐、韩偓、皮日休、韦庄、杜荀鹤、聂夷中等人,各有不同的风格,但在诗歌艺术上则没有很大的进步。

二、唐 文

唐代的古文运动是中国散文史上的重要事件,文体文风的变革,与当时的政治形势有密切的关系。古文运动首先是一场思想运动,唐初的陈子昂虽然提出了"风雅""兴寄",但只在诗歌领域得到较大的反响,并没有造成文章风格的普遍变化。安史之乱以后,盛唐气象一去不返,在内忧外患的形势下,一些有志之士都具有强烈的"中兴"愿望,因而在思想领域出现了儒学复兴的思潮,儒家也由章句之学转为注重大义,通经致用的观点促成了政治上的改革。在此背景下,出现了文体文风的改革。

古文运动之前,骈文是唐代最盛行的文章形式,"初唐四杰"已经开始用刚健的风格来改造骈文的靡丽,经过盛唐时期的张说、苏颋、李白的进一步努力,到中唐陆贽的奏议中,已经去除了骈文中的丽辞和典故,而以一种明白晓畅的风格取代之,为骈文的发展作出了重要贡献。中唐以来的复古宗经思想,导致了文体上以古文创作为旨归的要求,元结、李华、萧颖士、独孤及、梁肃、柳冕、权德舆等人相继从理论上进行了探讨,但创作水平尚不能与其理论相适应,古文也不能与骈文分庭抗礼。

真正在思想领域将儒学的复兴推向高峰,并影响文章创作的,是中唐时期韩愈、柳宗元提倡的古文运动。他们明确提出"文以明道"的主张。韩愈说:"愈之所志于古者,不惟其辞之好,好其道焉耳。"柳宗元说:"圣人之言,期以明道,学者务求诸道而遗其辞。"同时,他们并非不重视文辞,所以韩愈说:"愈之志在古道,又甚好其言辞。"柳宗元说:"言而不文则泥,然则文者固不可少耶!"都体现了文道并重的观念。

在创作上,韩、柳为散文创作树立了新的典范,既以散文为主体,又吸取了骈文的长处;既力去陈言、自铸伟词,同时也强调文从字顺。他们将自己的真实情感灌注到散文创作之中,即使在赠序、书信、祭文等各种实用文体中也创造了一种"艺术散文",使得散文具备与诗一样的抒情品格。

韩愈的论说文以《原道》《原性》《原人》《原毁》《师说》《讳辩》《争臣论》等为代表。此类文章笔力雄健,磅礴顿挫,而发言真率,无所畏避,敢破流俗之见。如其《讳辩》为李贺不得举进士而发。李贺父名晋肃,"晋"与"进"同音,有人认为应该避讳,而韩愈极其雄辩地破除此说:

父名晋肃,子不得举进士,若父名仁,子不得为人乎?

《师说》则是另一篇破除流俗的文章,在当时颇犯天下之不韪。当时天下不闻有师,而韩愈独抗颜为师,接纳后学,提出师道"传道、授业、解惑"的标准。

韩愈的序文是其成就颇高的一部分,如《送李愿归盘谷序》《送董邵南序》等都是传诵的名篇。他的序文往往言简意丰,不拘一格,表达了对社会各种现象的感慨。

碑志文是韩愈颇受人称道的作品。汉代以来的碑志文多谀墓之辞,而且长期以来形成套式,韩愈的墓志则能做到"篇篇不同",打破了传统碑志文死气沉沉的局面,使之成为一篇篇生动的人物传记,达到墓志创作的最高水平。如《国子助教河东薛君墓志铭》,全文选取了薛公一生中的几件事为叙述重点,体现传主的性格特征;《试大理评事王君墓志铭》极富有传奇色彩,创造了生动的人物形象;《柳子厚墓志铭》多议论之笔,批判浮薄的世风,揭露社会的弊端。在祭文中,《祭十二郎文》真情至性,而以散文笔法娓娓叙来,历来受到最高的评价。

柳宗元与韩愈并称为古文运动的主将,其成就体现在论说文、山水游记、寓言、传记等诸多方面。论说文如《贞符》《封建论》《时令论》《断刑论》《天说》等,皆贯穿了"文以明道"的观念。《贞符》驳斥了自董仲舒以来的天人感应之说,希望天子"黜休祥之奏,究贞符之奥,思德之所未大,求仁之所未备,以极于邦理,以敬于人事"。《封建论》说明"封建非圣人意",指出封建世袭制度的弊病。这些论文立意深远,见解独到。

柳宗元的寓言以其短小精巧的结构及精警的哲理意味为世所重。如《三戒》中,《永某氏之鼠》写群鼠在旧房主的纵容下横行无忌,而一旦新房主入室,立刻被消灭;《临江之麋》写一只受主人宠爱的小鹿常与家犬游戏,以犬为同类,后一出家门,马上被外面的狗吃掉;《黔之驴》写黔驴外强中干的本质,内容简质,而意义深远。《蝜蝂传》《罴说》等都具有同样的风格。

山水游记是柳宗元贬永州时所作,故称《永州八记》。在这些游记文中,作者既注重对于山水的实际描写,也寄寓了自己的凄凉之感,如《小石城山记》对小石城山之被遗弃深感惋惜。《至小丘西小石潭记》是久为传诵的名篇,文中对潭水进行了生动传神的描绘,最后以凄清的意境点题,实际上也蕴含了作者的心境:

坐潭上,四面竹树环合,寂寥无人,凄神寒骨,悄怆幽邃。以其境过清,不可久居,乃记之而去。

柳宗元的传记文及抒情文也有很高的成就,如《捕蛇者说》揭示了蒋氏三代宁可死于毒蛇,也不愿承担赋税的痛苦;《段太尉逸事状》描写了段秀实的几件侠事,史笔精练;《童区寄传》《种树郭橐驼传》等都传神地描写出传主的个性特征。《祭吕衡州温文》是柳宗元祭文中最出色的一篇,抒发了对亡友的哀悼之情。

中唐时期还有一大批创作古文的作家,如刘禹锡、白居易、元稹、李观、张籍、吕温、裴度、欧阳詹等人,成就各不相同,但都为古文的发展作出了贡献。但随着柳宗元、韩愈与其同道相继谢世,只有韩门弟子如李翱、皇甫湜、孙樵等人还在创作古文,但他们在古文的发展方向上发生了偏差,过分地追求奇异怪僻,使古文创作失去了活力。晚期只有杜牧等作家取得了一定的成就。

晚唐时期是小品文发展的繁盛时期。小品文篇幅短小,多讽刺时事,情感充实,代表性的作家有皮日休、陆龟蒙、罗隐等。皮日休的小品文如《读司马法》《原谤》等发前人所未发,立论极具锋芒,表达了对统治者的强烈不满和叛逆。陆龟蒙的小品文主要针对现实发论,如《野庙碑》对官吏的抨击,《记稻鼠》对晚唐人民沉重负担的表现等。罗隐也多愤世之言,其《蒙叟遗意》《越妇言》等作品,或寓言托意,或借古讽今,笔锋犀利而激烈。

晚唐时期一度又出现了骈文的繁荣,令狐楚、李商隐、温庭筠、段成式都长于骈文,其中以李商隐最为突出。李商隐是令狐楚之门人,为四六文大家,文章注重辞藻、典故、声韵、对偶,且显现出一种宛转流畅的风格,如《为濮阳公檄刘稹文》《为濮阳公陈情表》《上河东公启》等作品,属对精工而语意流畅;其诔文尤工,如《祭裴氏姊文》《祭小侄女寄寄文》等,情真意切,凄婉动人。但李商隐也有一部分骈文一味用典,过于注重辞采。这种文风从晚唐至北宋初期曾风行一时,形成所谓"西昆体",直至欧阳修等人发起诗文革新运动才得以改变。

三、唐传奇

唐传奇是唐代文学中的一朵奇葩,即唐代的文言小说。作家以史家笔法来记载一些奇闻异事,多以"传""记"名篇。它的出现,标志着我国文言小说发展的成熟。它的发展与唐代散文的文体、文风之发展大致同步。

初、盛唐时期为唐传奇发展的初期,是六朝志怪小说和唐传奇成熟期之间的过渡阶段。这一时期作品很少,艺术上也不够圆熟,主要有王度的《古镜记》、无名氏的《补江总白猿传》、张鷟的《游仙窟》等。其中《游仙窟》以第一人称自述奉使河源,途中投宿神仙窟(即妓院),与十娘、五嫂宴饮欢乐的情景,诗文交错,文风华丽而不避俚俗,有一定的成就。

中唐时期,唐传奇创作大盛,大部分作品都产生于这一时期,题材涉及爱情、历史、政治、豪侠、梦幻、神仙等诸多方面,而以爱情传奇成就最高,重要作品有陈玄祐的《离魂记》、沈既济的《任氏传》《枕中记》、李朝威的《柳毅传》、白行简的《李娃传》、元稹的《莺莺传》、蒋防的《霍小玉传》、李公佐的《南柯太守传》、陈鸿的《长恨歌传》等。

陈玄祐的《离魂记》是传奇步入兴盛期的标志性作品。这篇传奇写的是张倩娘为了追求自由的爱情,灵魂脱离身体,一直与爱人相伴。后来回乡时,在闺房卧病数年的倩娘身躯与灵魂又合而为一。小说以极其浪漫的手法歌颂了自由的爱情和婚姻。

沈既济的《任氏传》是继《离魂记》之后出现的另一部爱情作品。作品写贫士郑六与狐精幻化的女子任氏相爱的故事,生动地表现了任氏多情、开朗、机敏、刚烈的个性以及对爱情的忠贞，在异类人性化方面作出了开创性贡献。

李朝威的《柳毅传》在写人与神的恋爱故事方面更有成就。小说描写柳毅在泾阳遇见远嫁他乡、被逼牧羊的洞庭龙女，毅然为之千里传书。当钱塘君将龙女救归洞庭，并逼柳毅娶她时，柳毅却严辞拒绝。几经曲折之后，柳毅终于与龙女成婚。这篇小说塑造了柳毅、龙女、钱塘君、龙王等艺术形象，将灵异、侠义、爱情成功地结合到一起，具有很高的文学价值。

白行简的《李娃传》也是一篇描写爱情的传奇作品。作品写荥阳公之子荥阳生赴京应试，与名妓李娃相恋，其资财用光后，流落街头，后沦为乞丐，风雪中为李娃所救。在李娃的照顾下，荥阳生身体恢复，发愤读书，终于登第为官，李娃也受封为汧国夫人。小说中李娃的形象最为突出，她以妓女的身份出场时，是很难与贵家公子相配的，但当荥阳生流落街头时，却挺身而出帮助了他，最终使他功成名遂，此后她却理智地提出分手，给对方以重新选择的自由。这一形象闪耀着人性的光辉。

元稹的《莺莺传》则是一部动人的爱情悲剧。小说写张生在普救寺遇到表亲崔家母女，这时蒲州发生兵变，张生设法保护了崔家。崔夫人设宴答谢，并命女儿崔莺莺出拜张生。张生惊于莺莺之美，通过红娘送诗挑逗她，莺莺作诗暗约张生在西厢见面。当张生如约而来时，莺莺却以礼自防，严守礼教。在情与理的斗争中，莺莺最终为了自由的婚恋而自荐枕席。但张生赴京应试，久而不归，莺莺虽然给他寄去书信与信物，但张生仍与之决绝，并认为莺莺是"妖于人"的"尤物"，自诩为"善补过者"。小说的出色之处在于塑造了莺莺这样一个冲破礼教、争取自由爱情的叛逆女性，具有深刻的个性和社会内涵。

蒋防的《霍小玉传》是继《莺莺传》之后的又一部描写爱情悲剧的杰作。霍小玉原为霍王之女，因其母为侍婢，故小玉被众兄弟赶出王府，沦为妓女。小玉与出身望族的陇西才子李益相识欢会，她预感到自己与李益不会白头偕老，因此提出只与李益共度八年幸福时光，以后任他另选高门，自己则出家为尼。但李益一回到家就另聘卢氏为妻。小玉相思成疾，百般不得见。最后一豪士怒李益之无行，将他强拉至小玉处，小玉怒斥李益，一恸而绝。小说表现了整个社会等级制度和礼教的残酷。

沈既济的《枕中记》和李公佐的《南柯太守传》都是借寓言和梦幻以讽刺社会的作品。《枕中记》写热衷功名的卢生在邯郸道上遇到道士吕翁，并在吕翁的青瓷枕上入梦，梦中娶高门女，中进士，出将入相，享尽人间的荣华富贵，醒来方知大梦一场，而店主所蒸的黄粱尚未熟。《南柯南守传》则写淳于棼梦游"槐安国"，做了驸马，又任南柯太守，后位居台辅。公主死后，失宠遭谗，被遣返故里。一梦醒来，才发现适才所游之处为屋旁槐树下一蚁穴。这两篇作品通过梦幻的方式，说明功名富贵皆虚幻，对汲汲功名的士子予以讽刺，对官场的黑暗也予以揭露。

以历史故事为题材的作品，有《长恨歌传》《东城父老传》《高士力外传》《安禄山事迹》等，其中以陈鸿的《长恨歌传》较为突出，其情节与白居易《长恨歌》大体相同，小说颇具抒情性。

晚唐时期，传奇渐渐衰落，这时期作品的数量虽然不少，成就却较低，比较重要的作品有杜光庭的《虬髯客传》。作品以杨素宠妓红拂私奔李靖的爱情故事为线索，写二人在赴太原途中与隋末豪侠虬髯客相逢，结为知交。虬髯客志向远大，欲谋帝位，但在见到李世民之后深深折服，遂辞别李靖、红拂，退避海上，另图事业。作品刻画了红拂、李靖、虬髯客三人各不相同的性格特征，鲜明生动。

唐传奇是刻意创作的作品，不同于六朝的小说，除了对材料进行艺术加工外，作者对情节进行了大量的虚构处理,因而更有审美价值。在情节上,唐传奇多曲折动人,对人物的刻画也往往精细传神。在语言的运用上,唐传奇词汇丰富而句式多变,从多方面显示了古典文言小说的成熟。

四、唐五代词

　　词是中国诗歌的重要形式之一。初、盛唐之际,已经有一定的词体流传,到了中唐时期,词体基本确立,而到了晚唐、五代之时,词体在艺术上已经颇为圆熟,并出现了词史上的第一个高峰期。

　　词的起源与音乐密不可分,最初是配合隋唐时期兴起的"燕乐"的歌词,创作主要在民间,《敦煌曲子词》中保存了较多的民间词。中唐以来,许多文人介入词的创作,较重要的有张志和、韦应物、戴叔伦、白居易、刘禹锡等。

　　晚唐时期的温庭筠是词史上第一位重要的词人,后蜀赵崇祚所编《花间集》将其列为首位,收词66首。温词风格华丽,刻画精工,如其代表作《菩萨蛮》:

　　　　小山重叠金明灭,鬓云欲度香腮雪。懒起画蛾眉,弄妆梳洗迟。　　照花前后镜,花面交相映。新贴绣罗襦,双双金鹧鸪。

词藻艳丽,仿佛一幅仕女图。

　　五代之际,词的中心一是西蜀,一是南唐。与温庭筠齐名的西蜀词人韦庄,词风疏朗自然,不事雕饰,具有一定的叙事性,多用白描手法,真切感人。

　　南唐的代表词人有冯延巳、李璟、李煜。冯延巳的词在题材上并没有很大的突破,但着力于表现人物的心绪及情感,如其名篇《鹊踏枝》:

　　　　谁道闲情抛掷久?每到春来,惆怅还依旧。日日花前长病酒,不辞镜里朱颜瘦。
　　　　河畔青芜堤上柳,为问新愁,何事年年有?独立小桥风满袖,平林新月人归后。

　　南唐中主李璟,所存词不多,但其中表现了更为深重的忧患意识,如《浣溪沙》:

　　　　菡萏香销翠叶残,西风愁起绿波间。还与韶光共憔悴,不堪看。　　细雨梦回鸡塞远,小楼吹彻玉笙寒。多少泪珠何限恨,倚阑干。

　　南唐后主李煜是唐五代时期最伟大的词人,"词至李后主而眼界始大,感慨遂深,遂变伶工之词而为士大夫之词"(王国维《人间词话》)。作为一个"生于深宫之中,长于妇人之手"而阅历很浅的词人,其词的特点是能够保持真实的情感,无论是前期词中的享乐生活,还是后期词中的囚徒生活。如前期描写帝王生活的《玉楼春》:

　　　　晚妆初了明肌雪,春殿嫔娥鱼贯列。笙箫吹断水云间,重按霓裳歌遍彻。　　临风谁更飘香屑,醉拍阑干情味切。归时休放烛花红,待踏马蹄清夜月。

　　李煜后期的词将破家亡国之恨进一步提升为更宽广的人生悲剧,因而能够引起更为普遍的共鸣,而其情感则一泻而下,"恰似一江春水向东流,后主语也,其词品似之"(俞平伯语)。如其《相见欢》:

　　　　林花谢了春红,太匆匆。无奈朝来寒雨晚来风。　　胭脂泪,相留醉,几时重?自是人生长恨水长东。

作品选读

终南别业[1]

王 维

中岁颇好道[2],晚家南山陲[3]。兴来每独往,胜事空自知[4]。行到水穷处[5],坐看云起时。偶然值林叟[6],谈笑无还期。

注 释

[1] 选自《王右丞集笺注》(上海古籍出版社1998年版)。终南别业,作者在长安终南山的别墅。所谓别墅者,是指"家宅以外别筑的游息之所"(《辞海》)。初唐著名诗人宋之问在今陕西省蓝田县境内,终南山麓辋川流经之处筑有别墅,后来此别墅归王维所得。王维在这里住了30多年,极其喜爱它的清幽,写了不少诗篇歌咏它,其中以和裴迪共赋的《辋川集》组诗最为人所称道。

[2] 中岁:中年。道:指佛教的禅机妙道。

[3] 晚:指晚年。家:居住。南山陲:指辋川别墅所在地。陲,边境。

[4] 胜事:高兴的事。

[5] 穷处:穷尽之地。

[6] 值:遇到。林叟:乡村老人。

解题及赏析

王维(约701—761),字摩诘,原籍太原祁县(今属山西祁县),父辈迁居于蒲州(今山西永济)。玄宗开元九年(721)登进士第,任太乐丞,因伶人舞黄狮子事获罪,贬济州司库参军。回长安后得张九龄的提拔,任右拾遗、吏部郎中等官职。后由于张九龄罢相等原因,约在四十岁左右开始他"晚年惟好静,万事不关心"的亦官亦隐的生涯,先后隐居淇上、嵩山、终南山。安史之乱中,他追随玄宗不及,为安禄山所获,被迫接受伪职,两京收复后,因此被定罪入狱,但终获赦免,官复原职,最后又升至尚书右丞,卒于官,世称王右丞。

王维早年思想较为积极,向往开明政治,指责不合理的社会现象,希冀有所作为;晚年皈依佛教,无意仕途,常焚香独坐诵经。其诗作受到禅宗思想的影响,山水诗中往往包含着深远的禅意,他能够用淡定从容的闲适心情去观察大自然,抒写于笔端,凝成佳句传世。明王鏊《震泽长语》说:"摩诘以淳古淡泊之音,写山林闲适之趣……真一片水墨不著色画。"王维是盛唐山水田园诗的代表作家。他精通音乐,擅长绘画,在山水田园诗中创造出一种自然之美与心境之美融为一体的纯美诗境,宁静之美与空明境界是其山水田园诗的艺术结晶。

王维的诗,保留下来的有四百多首。前期有一些表现英雄气概和爱国热情的诗作,如

《少年行》《从军行》《老将行》等;后期诗作主要写隐居终南、辋川的闲情逸致的生活,如《渭川田家》《终南别业》等。有《王右丞集》。

"中岁颇好道,晚家南山陲",叙述诗人中年时已看破尘俗而信奉佛教,故把家安置到闲静、清幽的南山陲。"兴来每独往,胜事空自知"透露出诗人的闲情逸致:兴致来时,外出独游,赏景怡情,自得其乐。"独往",写出诗人的勃勃兴致;"自知",又写出诗人赏景时只求自悟、不求人知的平和心态。"行到水穷处,坐看云起时"是千古流传的名句,深为后代诗家赞赏。近人俞陛云在《诗境浅说》中说:"行至水穷,若已到尽头,而又看云起,见妙境之无穷。可悟处世事变之无穷,求学之义理亦无穷。此二句有一片化机之妙。"而《宣和画谱》则指出:"'行到水穷处,坐看云起时'及'白云回望合,青霭入看无'之类,以其句法,皆所画也。"可见,此句充分体现了王维诗歌的特色:在清新秀丽的山水画中蕴含着生活的哲理。"偶然值林叟,谈笑无还期"突出了"偶然"二字。其实不止遇见这林叟是出于偶然,本来出游便是乘兴而去,带有偶然性;"行到水穷处"自然又是偶然。"偶然"二字实在是贯穿上下,成为此次出游的一个特色。而且正因处处偶然,所以处处都是"无心的遇合",更显出心中的悠闲,如行云自由翱翔,如流水自由流淌,形迹毫无拘束。它写出了诗人那种天性淡逸、超然物外的风采。

纵观全篇,诗人把退隐后自得其乐的闲适情趣,写得有声有色,惟妙惟肖。兴致来了就独自信步漫游,走到水的尽头就坐看行云变幻,生动地刻画了一位隐居者的形象,如见其人。同山间老人谈谈笑笑,把回家的时间也忘了,何等自由惬意!作者善于观察,巧妙地捕捉适合表现其生活情趣的典型场景,构成诗歌独到的意境。诗语平白如话,却极具功力,诗味、理趣二者兼备。

习题

1. 赏析名句"行到水穷处,坐看云起时",完成一段300字左右的短文。
2. 宋代大文豪苏轼评王维的诗作云:"味摩诘之诗,诗中有画,观摩诘之画,画中有诗。"请结合王维的山水诗谈谈你的看法。
3. 陶渊明和王维都是山水田园诗歌创作的大家,两人也都有隐居的生活经历。请阅读王维诗作《渭川田家》,把其与陶渊明《归园田居》进行对比,比较两人诗歌意境的异同。

渭川田家

斜光照墟落,穷巷牛羊归。野老念牧童,倚杖候荆扉。雉雊麦苗秀,蚕眠桑叶稀。田夫荷锄至,相见语依依。即此羡闲逸,怅然吟式微。

归园田居(其一)

少无适俗韵,性本爱丘山。误落尘网中,一去三十年。羁鸟恋旧林,池鱼思故渊。开荒南野际,守拙归园田。方宅十余亩,草屋八九间。榆柳荫后檐,桃李罗堂前。暧暧远人村,依依墟里烟。狗吠深巷中,鸡鸣桑树颠。户庭无尘杂,虚室有余闲。久在樊笼里,复得返自然。

作品选读

长 干 行[1]

李 白

妾发初覆额[2],折花门前剧[3]。郎骑竹马来[4],绕床弄青梅[5]。同居长干里,两小无嫌猜。十四为君妇,羞颜未尝开。低头向暗壁[6],千唤不一回。十五始展眉[7],愿同尘与灰。常存抱柱信[8],岂上望夫台[9]?十六君远行,瞿塘滟滪堆[10]。五月不可触,猿声天上哀。门前迟行迹,一一生绿苔[11]。苔深不能扫,落叶秋风早。八月蝴蝶黄,双飞西园草。感此伤妾心,坐愁红颜老[12]。早晚下三巴[13],预将书报家。相迎不道远[14],直至长风沙[15]。

注 释

[1] 选自《分类补注李太白诗》(《四部丛刊》本)。长干,古金陵里巷名,在今南京市南。行,古诗的一种体裁。

[2] 初覆额:头发刚盖上额头,古时女子年十五始笄(绾起头发,加上簪子),幼时不束发。

[3] 剧:嬉戏、玩耍。

[4] 骑竹马:儿童游戏时以竹竿当马骑。

[5] 床:当指庭院中的井栏,即辘轳架,架在井上汲水的用具。

[6] 向暗壁:默然无语地向壁角暗处坐着。

[7] 展眉:眉头舒展,此指不再害羞,感情也在眉宇间显现出来。

[8] 抱柱信:《庄子·盗跖篇》:"尾生与女子期于梁(桥)下,女子不来,水至不去,抱梁柱而死。"后人用抱柱表示坚守信约。

[9] 望夫台:出自曹丕《烈异传》:"武昌新县北山上有望夫石,状若人立者。传云:昔有贞妇,其夫从役,远赴国难;妇携幼子饯送此山,立望而形化为石。"

[10] 瞿塘:峡名,长江三峡之一,在四川奉节县东,经商入蜀的道路。滟滪堆:瞿塘峡口一块巨大的礁石,每年五月江水暴涨,滟滪堆几乎全被淹没,船行容易触礁沉没,故下句称"不可触"。

[11] "门前"二句:意为丈夫久出不归,门前旧时的行迹,都被青苔覆盖。迟,旧。

[12] 坐:因。如"停车坐爱枫林晚,霜叶红于二月花"(杜牧《山行》)。

[13] 早晚:何时。下三巴:由三巴顺流而下,意谓由蜀返吴。三巴,即巴郡、巴东、巴西三郡,在今四川东部一带。

[14] 不道:不管。

[15] 直至长风沙:听到丈夫将归,不辞七百里遥远路途,愿自长干前往迎接。长风沙,

地名,今安徽安庆市东。陆游《入蜀记》说:"自金陵至长风沙七百里。"

解题及赏析

李白(701—762),字太白,号青莲居士,祖籍陇西成纪(今甘肃天水附近)。少年时代受多方面教育,使他形成儒、释、道杂糅的思想。他热衷功名,又浮云富贵,粪土王侯,不屑于科举。为实现政治抱负,李白四处漫游,欲凭借才学隐居以求仕,实现他"一鸣惊人,一飞冲天"的宏愿。曾在唐玄宗时供奉翰林三年,但其桀骜不驯的个性,蔑视权贵的作风,终招致权臣们的谗毁,被赐金放还。安史之乱中,入永王李璘幕府,璘谋乱兵败,李白受牵连获罪,下浔阳狱,后又流放夜郎,途中遇大赦得还。晚年漫游于金陵(今江苏南京)、宣城(今属安徽)一带,卒于当涂。今存诗九百八十余首,有《李太白全集》三十卷传世。

李白的诗歌内容丰富,题材广泛:有的批判现实,傲视权贵;有的歌颂保疆卫国的英雄,表达对人民疾苦的关心;有的借历史人物表达渴望建功立业,实现拯物济世的政治抱负;有的追求自由,赞美雄奇壮美的山川;有的歌唱友情和爱情……李白这些数量众多、佳作迭出的诗歌是盛唐时代的社会现实和精神风貌的表现。李白最擅长乐府歌行和五、七言古诗。他的诗歌寄自我于诗的形象之中,气势奔放,感情激越,想象奇特,夸张大胆,比喻新奇,语言率真,充满浪漫主义特色。杜甫赞其"笔落惊风雨,诗成泣鬼神"。"清水出芙蓉,天然去雕饰"是他诗歌语言最生动的形容和概括;飘逸、奔放是其最显著的诗歌风格。千百年来,李白被誉为"谪仙人""诗仙",其诗歌对后世产生了深远的影响。

《长干行》属于乐府杂曲歌辞,原为长江下游一带的民歌。江东称山冈之间空地为干。建邺(今南京)之南有山,山间平地,吏民杂居,有大长干、小长干之称。李白这首诗脱胎于古辞,但在思想性和艺术性方面进行了改造和创新,同是爱情题材,表达的却是全新的主题。它展现的不仅仅是一个充满离愁别绪的商贾思妇,也不仅仅是一个痴情于男子的江南少妇,而是一个对于理想生活执著追求和热切向往的感人的艺术形象。

全诗共十五句,可分为三个层次来进行赏析。

前七句为第一层次,是作品女主人公对往日甜美生活的追忆。诗人用极为细腻的手法、传神的笔触,生动地描述出一个女子由懵懂未开、不谙世事的少女成长为感情炽烈、信誓旦旦的少妇的过程。"折花""剧""骑竹马""弄青梅"一连串动作,惟妙惟肖地抒写出两个情窦未开、无拘无束的少年男女的快乐生活,青梅竹马、两小无猜也因此成为青年男女从小两情相悦的代词。"低头向暗壁,千唤不一回"是一个极富戏剧性的细节描写:任凭新郎官一而再,再而三地深情呼唤,新嫁娘却始终面向墙壁,娇羞不语。这里"低头"和"暗壁"并用,"千唤"同"一回"对比,细腻地刻画了初婚女子的羞涩和娇媚。随着时间的推移,表达感情的方式更直接了,由羞答答而信誓旦旦,由含而不露而炽烈奔放:"尘与灰"比喻她对丈夫的坚贞爱情和同甘苦共患难的决心。"抱柱信""望夫台"两个典故,一用于丈夫,一用于妻子,表明各自在对方心目中的牢固地位。可见,婚后的小两口感情如胶似漆,生活甜蜜美满,因而女主人公对未来充满了自信与幻想。

中间六句为第二层次,是女主人公对现实寂寞境遇的倾诉。为生计所迫,丈夫毕竟不能终日厮守身旁,而要远行经商,目的地是那遥远的天府之国,必经之路就是长江三峡那条险途。想到那哀猿长啸的环境，高浪急流下的暗礁险滩，不由得让人心惊肉跳、担惊受怕，她时时为丈夫的安全而担忧着。从"门前迟行迹"以下，触景生情，满目忧愁，如火的爱恋化为刻骨的相思，无时无刻不在煎熬着女主人公的心。门前的小路上已经长出了绿苔，覆盖了往日和丈夫共同生活时留下的足迹。"一一生绿苔"，"一一"两个字，用得非常独到，惟妙惟肖地展示了女主人公对丈夫的思念之情。她在家中，不论望到何处，仿佛都能看见丈夫在家活动时留下的足迹，而每一处"行迹"都引起她对过去美好生活的回忆，都加深她对丈夫的思念，也都触发着她的担忧。"苔深不能扫"，映衬着心头上的相思也是无法扫除的。秋风中纷纷而下的落叶，西园中翩翩双飞的蝴蝶，虽未直接写愁绪，而离愁却已触目可见。作品将客观景物同女主人公主观的感受融于一体，把她的心理活动写得错落有致：由丈夫远行而相思，见秋风落叶而生愁，睹蝴蝶双飞而感伤。层层深入，层层丰富，把那种不堪离别、不尽思念、不甘寂寞、不忍孤独的人物性格特征生动地刻画了出来。

末四句为第三层次，叙述盼望丈夫早日归来的急切心情。她忍不住无声地对远在千里之外的丈夫发出了真情的呼唤：无论你什么时候回家，一定要事先捎个信来，让我知道，哪怕是远到七百里外的"长风沙"，我也会义无反顾地前去迎接。这个"相迎不道远，直至长风沙"的告白，不是比历史上无数个伫立不动的望夫石更加让人感到她对爱情的渴望，对丈夫的真情吗？

千百年来，《长干行》一直为人们所传诵，它写南方女子温柔细腻的感情，缠绵婉转，步步深入，配合着舒徐和谐的音节和形象化的语言，生活图景的刻画，环境气氛的渲染，人物性格的描写，显示了诗歌的完整性、创造性。《唐宋诗醇》赞扬说："儿女子情事，直从胸臆中流出。萦回曲折，一往情深。"明钟惺《唐诗归》评道："古秀，真汉人乐府。"

8世纪上半叶，大唐帝国经济繁荣，工商业和城市有进一步的发展。出身商人家庭的李白，和市民一直有着密切的联系，是唐代诗人中最敢于大胆蔑视封建秩序的人物。可以说他和长干儿女，最早呼吸到一点由市民圈子中产生出来的新鲜空气。李白的《长干行》比白居易的《琵琶行》要早半个多世纪，而到《琵琶行》问世前后，在诗歌和传奇中写商妇或妓女等类人物几乎成为一种风尚。与此同时，市民文学也随之萌生和发展。因此，李白此篇可以说最早在封建正统文学中透露了一些市民气息，是《琵琶行》等一类作品的前驱。

习题

1. 分析诗中女主人公的性格发展过程。
2. 归纳本诗的写作特色，说说李白是怎样创造性地继承乐府诗"感于哀乐，缘事而发"的特点的。
3. 发挥你的合理想象，将本诗改写成一篇千字左右的小说。

作品选读

自京赴奉先县咏怀五百字[1]

杜 甫

杜陵有布衣,老大意转拙[2]。许身一何愚?窃比稷与契[3]。居然成濩落[4],白首甘契阔[5]。盖棺事则已,此志常觊豁[6]。穷年忧黎元[7],叹息肠内热[8]。取笑同学翁,浩歌弥激烈。非无江海志[9],潇洒送日月。生逢尧舜君[10],不忍便永诀[11]。当今廊庙具[12],构厦岂云缺?葵藿倾太阳[13],物性固莫夺。顾惟蝼蚁辈[14],但自求其穴;胡为慕大鲸[15],辄拟偃溟渤[16]?以兹误生理[17],独耻事干谒[18]。兀兀遂至今[19],忍为尘埃没。终愧巢与由[20],未能易其节。沉饮聊自遣[21],放歌破愁绝。岁暮百草零,疾风高冈裂。天衢阴峥嵘[22],客子中夜发[23]。霜严衣带断,指直不得结。凌晨过骊山[24],御榻在嵽嵲[25]。蚩尤塞寒空[26],蹴踏崖谷滑。瑶池气郁律[27],羽林相摩戛[28]。君臣留欢娱,乐动殷胶葛[29]。赐浴皆长缨[30],与宴非短褐[31]。彤庭所分帛[32],本自寒女出。鞭挞其夫家,聚敛贡城阙。圣人筐篚恩[33],实欲邦国活。臣如忽至理,君岂弃此物[34]?多士盈朝廷,仁者宜战栗[35]。况闻内金盘[36],尽在卫霍室[37]。中堂舞神仙[38],烟雾蒙玉质[39]。煖客貂鼠裘,悲管逐清瑟。劝客驼蹄羹,霜橙压香橘[40]。朱门酒肉臭,路有冻死骨。荣枯咫尺异[141],惆怅难再述。北辕就泾渭[42],官渡又改辙[43]。群冰从西下,极目高崒兀[44]。疑是崆峒来[45],恐触天柱折[46]。河梁幸未坼[47],枝撑声窸窣[48]。行旅相攀援[49],川广不可越。老妻寄异县[50],十口隔风雪[51]。谁能久不顾?庶往共饥渴[52]。入门闻号咷,幼子饿已卒。吾宁舍一哀,里巷犹呜咽。所愧为人父,无食致夭折。岂知秋禾登,贫窭有仓卒[53]?生常免租税,名不隶征伐[54]。抚迹犹酸辛,平人固骚屑[55]。默思失业徒[56],因念远戍卒。忧端齐终南[57],澒洞不可掇[58]。

注 释

[1] 本诗选自《杜诗详注》(中华书局1979年版)。

[2]"杜陵"二句:意谓年龄越大,越不能屈志随俗;同时亦有自嘲老大无成之意。杜陵,地名,在长安城东南,杜甫祖籍杜陵。布衣,平民。老大,杜甫此时已44岁。拙,笨拙。

[3] 稷(jì)与契(xiè):传说中舜帝的两个大臣。稷是周代祖先,教百姓种植五谷;契是商代祖先,掌管文化教育。稷与契都是古代的贤臣。

[4] 濩(huò)落:即廓落,大而无用的意思。

[5] 契阔:辛勤劳苦。

[6]"盖棺"二句：死了就算了,只要活着就希望实现理想。盖棺,指死亡。觊(jì)豁,希望达到。

[7]穷年：终年。黎元：老百姓。

[8]肠内热：内心焦急,忧心如焚。

[9]江海志：隐居之志。

[10]尧舜君：此以尧舜比唐玄宗。玄宗早期曾一度励精图治,杜甫希望能够置身朝列,加以匡辅,使之成为像尧舜一样贤明的君主。《奉赠韦左丞丈二十二韵》："致君尧舜上,再使风俗淳。"

[11]永诀：这里指避世隐居。

[12]廊庙具：喻担负朝廷重任的栋梁之臣。

[13]葵藿：葵是向日葵；藿是豆叶,其花与叶都倾向太阳。杜甫用以自比。曹植《求通亲亲表》："若葵藿之倾叶,太阳虽不为之回光,然终向之者,诚也。"

[14]蝼蚁辈：比喻那些钻营利禄的人。

[15]胡为：为何。大鲸：比喻有远大理想者。

[16]偃溟渤：游息于大海之中,喻舒展抱负,做出一番事业。

[17]以：因为。生理：生计。

[18]干谒：求见权贵。

[19]兀兀：穷困劳碌的样子。

[20]巢与由：古代传说中两位避世隐居的高士。巢,巢父；由,许由。意思是巢、由的高风自然值得仰慕,然而既自比稷、契,就不可能追从巢、由,故云"终愧"。

[21]沉饮聊自遣：姑且痛饮,自我排遣。

[22]天衢：天空。峥嵘：原是形容山势,这里用来形容阴云密布。

[23]客子：此为杜甫自称。发：出发。

[24]骊山：在今陕西临潼县南。

[25]嵽嵲(diéniè)：形容山高,此指骊山。

[26]蚩尤：传说中黄帝时的诸侯。黄帝与蚩尤作战,蚩尤作大雾以迷惑对方。这里以蚩尤代指大雾。

[27]瑶池：传说中西王母与周穆王宴会的地方,此指骊山温泉。气郁律：温泉热气蒸腾。

[28]羽林：皇帝的禁卫军。摩戛：武器相撞击,形容禁卫军多。

[29]乐动殷胶葛：这句指乐声震动山冈。殷,充满、震动。胶葛,山石高峻貌。

[30]长缨：指权贵的装饰。缨,帽带。

[31]短褐：粗布短袄,此指平民。

[32]彤庭：朝廷。

[33]圣人：指皇帝。筐篚(fěi)：两种盛帛用的竹器,方曰筐,圆曰篚。古代皇帝以筐、篚盛布帛赏赐群臣。

[34]"臣如"二句：臣子如果忽视此理,那么皇帝的赏赐难道不是白费吗？至理,最高的道理,即上文的"实欲邦国活"。

[35]战栗：惶恐不安。

[36] 内金盘:古宫廷为大内,内金盘即内府的金盘。

[37] 卫霍:指汉代大将卫青、霍去病,都是汉武帝的亲戚,这里喻指杨贵妃的从兄权臣杨国忠。

[38] 神仙:指美女。

[39] 烟雾:形容美女所穿的如烟如雾的薄薄的纱衣。玉质:指美人的肌肤。

[40] "煖客"四句:此四句极写贵族生活的豪华奢侈。煖,暖。"驼蹄羹""霜橙""香橘"都是罕见的珍品。橙和橘出产南方,在北地极为难得。压,堆在盘里。

[41] 荣、枯:繁荣、枯萎。此喻朱门的豪华生活和路边冻死的尸骨。咫尺:形容近。八寸为咫。

[42] 北辕:车向北行。杜甫自长安至蒲城,沿渭水东走,再折向北行。泾渭:二水名,在陕西临潼境内汇合。

[43] 官渡:官府设立的渡口。改辙:意指换了地方。

[44] "群冰"二句:写河流挟冰块而下的景象。举兀,危险而高峻的样子。

[45] 崆峒:山名,在今甘肃省岷县。

[46] 恐触天柱折:形容冰河汹涌,使人有天崩地塌的感觉。天柱,古代神话说,天的四角都有柱子支撑,叫天柱。

[47] 河梁:桥。坼(chè):断裂。

[48] 枝撑:桥的支柱。窸窣(xīsù):象声词,木桥振动的声音。

[49] 行旅:行人。

[50] 异县:指奉先县。

[51] 十口隔风雪:杜甫一家十口分居两地,为风雪所阻隔。

[52] 庶:希望。共饥渴:共度艰苦生活。

[53] 贫窭(jù):贫穷。仓卒:此指意料之外,秋收之后,原不该饿死人,但贫穷仍然不免,这是杜甫所不能预料的事。

[54] 名不隶征伐:杜甫出身官僚家庭,按唐代有关规定可免征赋税和兵役、劳役。

[55] 抚:反复思量。平人:平民,唐人避太宗李世民之讳,改"民"为"人"。骚屑:动荡不安。

[56] 失业徒:失去产业的人们。

[57] 忧端齐终南:忧虑的情怀像终南山那样沉重。

[58] 澒(hòng)洞:无边无际。掇:收拾,引申为止息。

解题及赏析

杜甫(712—770),字子美。他出生在一个"奉儒守官"的家庭,又有诗歌的家学渊源。其十三世祖杜预是西晋名将,杜甫常引以为荣。杜预是京兆杜陵人,故杜甫自称"杜陵布衣""杜陵野老"。其曾祖杜依艺,任巩县令,始迁居巩县。杜甫生于河南巩县瑶湾村。其祖父是初唐有名的诗人杜审言,杜甫亦常以此为自豪,称"诗是吾家事"。

杜甫的一生,根据社会和个人环境的变化,可分为四个时期:青年时代,南北漫游,裘马轻狂;长安十载,历尽辛酸,生活潦倒;安史乱起,冒险逃出长安,赴凤翔追随天子,虽授官,但很快遭贬;晚年飘泊西南,贫病交加,大历五年病逝于潭州往岳阳的一条小船上。杜甫一生,既经历了"开元全盛日",又经历了"流血川原丹"的安史之乱,还看到安史之乱后唐王朝江河日下的景象,且被卷入生活的底层。他的一生与所处的"万方多难"的时代息息相关,他的诗也正是这样一个时代的真实写照。

这首诗作于天宝十四载(755)。十月,杜甫得到右卫率府兵曹参军的任命。十一月,杜甫从京城长安去奉先县(今陕西蒲城)探望妻儿,安禄山此时在范阳起兵反叛。杜甫途经骊山时,唐玄宗和杨贵妃正在骊山华清宫避寒享乐。安史之乱的消息还没传到长安,但诗人沿途的见闻与感受,却预示着"山雨欲来风满楼",各种矛盾总爆发、社会动荡的危机已迫在眉睫。诗人忧国忧民、忠君念家、怀才不遇等思想情感,错综复杂地交织在一起,构成了这一博大浩瀚、沉郁顿挫的宏篇巨制。

全诗凡五百字,而其中叙述自京师出发,过骊山,就泾渭,抵奉先,不过数十字,其余都是议论或感慨,紧扣标题"咏怀"。作为杜甫五言古诗中的代表作,全诗所咏之怀,主题有二:一是叙说他素怀济世之志,却不得伸展,虽艰难困苦,仍不改初衷。二是对正在骊山行宫中肆意挥霍享乐的玄宗君臣提出责难,对社会上严重的贫富分化及动乱的苗头表示了沉重的忧虑。全诗以"穷年忧黎元"为主线,标志着诗人忧国忧民的现实主义创作思想已经形成,具有划时代的意义。本诗是杜甫困居长安十年生活与思想的总结,在艺术上也已达到纯熟境地。

全诗可分为三段理解。

从开始至"放歌破愁绝"为第一段,采用比喻的手法表述自己的志向:不做求其穴的蝼蚁,愿学偃溟渤的大鲸,乘风破浪,大展宏图;不学隐逸避世的许由、巢父,愿像稷、契那样与万民同哀乐。"穷年忧黎元",以热烈的衷肠,实现"致君尧舜上,再使风俗淳"的志愿,即使被嘲笑,也决不更改;明知要失败,也甘心辛苦到老,只要不盖棺,就要努力。

从"岁暮百草零"至"惆怅难再述"为第二段,叙述自京赴奉先县途中的所闻所见。在"百草零、高冈裂"的寒冬,华清宫里温泉热气蒸腾,美女翩跹起舞,仙乐凤飘处处闻,吃的是"驼蹄羹",穿的是"貂鼠裘"……执政者尽情享受着各种奇珍异品,骊山犹如仙界一般。而一墙之隔的宫外,却有平民百姓冻死在路上。在这里,作者运用对比手法,写出了咫尺之间,荣枯差别之大,社会贫富悬殊如此。"朱门酒肉臭,路有冻死骨"这一千古名句形象地反映了人民的苦难,揭露了执政集团的荒淫腐败,也预示着社会矛盾尖锐到了一触即发的危险时刻,一场风暴即将来临。

从"北辕就泾渭"至诗末是第三段。先叙路上情形:"疑是崆峒来,恐触天柱折",用共工怒触不周山的典故,暗示时势的严重。再述到家后的情景:时已秋禾登,幼子饿已卒。再由自身境遇联系时局,推想到大群,免租税免兵役的家庭尚且如此狼狈,一般平民家庭就更不用说了。

此诗历来备受评家推重,《唐宋诗醇》云:"此与《北征》为集中巨篇,攄郁结,写胸臆,苍苍莽莽,一气流转。其大段中有千里一曲之势而笔笔顿挫,一曲中又有无数曲折也。"

习 题

1. 有学者认为杜甫是儒家仁爱精神的杰出阐释者,请结合本文谈谈你的看法。
2. 杜甫诗歌的主要风格是"沉郁顿挫",请分析本诗中沉郁顿挫的情感表现。
3. 课外阅读杜甫的代表性诗作,谈谈杜诗被誉为"诗史",杜甫被尊为"诗圣"的原因。

作品选读

长 恨 歌[1]

白居易

汉皇重色思倾国[2],御宇多年求不得。杨家有女初长成[3],养在深闺人未识。天生丽质难自弃,一朝选在君王侧。回眸一笑百媚生,六宫粉黛无颜色[4]。春寒赐浴华清池,温泉水滑洗凝脂[5]。侍儿扶起娇无力,始是新承恩泽时。云鬓花颜金步摇[6],芙蓉帐暖度春宵。春宵苦短日高起,从此君王不早朝。承欢侍宴无闲暇,春从春游夜专夜。后宫佳丽三千人,三千宠爱在一身。金屋妆成娇侍夜[7],玉楼宴罢醉和春。姊妹弟兄皆列土[8],可怜光彩生门户。遂令天下父母心,不重生男重生女。骊宫高处入青云[9],仙乐风飘处处闻。缓歌慢舞凝丝竹,尽日君王看不足。渔阳鼙鼓动地来[10],惊破《霓裳羽衣曲》[11]。九重城阙烟尘生[12],千乘万骑西南行[13]。翠华摇摇行复止,西出都门百余里。六军不发无奈何[15],宛转蛾眉马前死[16]。花钿委地无人收,翠翘金雀玉搔头[17]。君王掩面救不得,回看血泪相和流。黄埃散漫风萧索,云栈萦纡登剑阁[18]。峨嵋山下少人行[19],旌旗无光日色薄。蜀江水碧蜀山青,圣主朝朝暮暮情。行宫见月伤心色,夜雨闻铃肠断声[20]。天旋日转回龙驭[21],到此踌躇不能去[22]。马嵬坡下泥土中[23],不见玉颜空死处[24]。君臣相顾尽沾衣,东望都门信马归。归来池苑皆依旧,太液芙蓉未央柳[25]。芙蓉如面柳如眉,对此如何不泪垂。春风桃李花开日,秋雨梧桐叶落时。西宫南苑多秋草[26],落叶满阶红不扫。梨园子弟白发新[27],椒房阿监青娥老[28]。夕殿萤飞思悄然,孤灯挑尽未成眠[29]。迟迟钟鼓初长夜,耿耿星河欲曙天[30]。鸳鸯瓦冷霜华重[31],翡翠衾寒谁与共[32]。悠悠生死别经年,魂魄不曾来入梦。临邛道士鸿都客[33],能以精诚致魂魄。为感君王展转思,遂教方士殷勤觅。排空驭气奔如电,升天入地求之遍。上穷碧落下黄泉[34],两处茫茫皆不见。忽闻海上有仙山,山在虚无缥缈间。楼阁玲珑五云起[35],其中绰约多仙子[36]。中有一人字太真,雪肤花貌参差是[37]。金阙西厢叩玉扃[38],转教小玉报双成[39]。闻道汉家天子使,九华帐里梦魂惊[40]。揽衣推枕起徘徊,珠箔银屏迤逦开[41]。云鬓半偏新睡觉,花冠不整下堂来。风吹仙袂飘飘举,犹似霓裳羽衣舞。玉容寂寞泪阑干[42],梨花一枝春带雨。含情凝睇谢君王[43],一别音容两渺茫。昭阳殿里恩爱绝[44],蓬莱宫中日月长[45]。回头下望人寰处,不见长安见尘雾。惟将旧物表深情,钿合金钗寄将去[46]。钗留一股合一扇,钗擘黄金合分钿[47]。但令心似金钿坚,天上人间会相见。临别殷勤重寄词,词中有誓两心知:"七月七日长生殿[48],夜半无人私语时。在天愿作比翼鸟,在地愿为连理枝[49]。"天长地久有时尽,此恨绵绵无绝期。

注 释

[1] 选自《白氏长庆集》(影宋本)。

[2] 汉皇:中唐后诗人多好以汉武帝(刘彻)代借指唐玄宗。倾国:指美女。

[3] 杨家有女:小名玉环,蒲州永乐(今山西芮城)人,早孤,养在叔父杨玄珪家。开元二十三年(735),册封为寿王(玄宗的儿子李瑁)妃。二十八年玄宗使她为道士,住太真宫,改名太真。天宝四年(745)册封为贵妃。

[4] 六宫:后妃的住处。粉黛:本是妇女的化妆品,这里用作妇女的代称。无颜色:是说六宫妃嫔和杨贵妃比较之下都显得不美了。

[5] 华清池:开元十一年(723)建温泉宫于骊山,天宝六年(747)改名华清宫,温泉池也改名"华清池"。凝脂:形容皮肤白嫩而柔滑。

[6] 步摇:一种首饰的名称,用金银丝宛转屈曲制成花枝形状,上缀珠玉,插在发髻上,行走时摇动,所以叫"步摇"。

[7] 金屋:给所宠爱的女人居住的华丽房子。

[8] 姊妹弟兄:指杨氏一家。杨玉环受册封后,她的三个姐姐分别被封为韩国夫人、虢国夫人、秦国夫人,哥哥杨国忠封为宰相,所以说"皆列土"(分封土地)。

[9] 骊宫:骊山华清宫。唐玄宗常和杨贵妃在这里饮酒作乐。

[10] 渔阳:今河北蓟县、平谷一带。鼙(pí):古代军中用的小鼓。

[11] 《霓裳羽衣曲》:唐著名舞曲名。

[12] 九重城阙:指京城。烟尘生:指发生战祸。

[13] 西南行:天宝十五年(756)六月,安禄山破潼关,杨国忠主张逃向蜀中,唐玄宗命将军陈玄礼率领"六军"出发,他自己和杨贵妃等跟着出延秋门向西南而去。

[14] 翠华:指皇帝仪仗中用翠鸟羽毛装饰的旗子。

[15] 六军:此指护卫皇帝的羽林军。

[16] 蛾眉:美女代称,此处指杨贵妃。

[17] "花钿"二句:各种各样的首饰和花钿都丢在地上。花钿,镶嵌金花的首饰。翠翘,翠鸟尾上的长毛叫"翘"。此处指形似"翠翘"的头饰。金雀,雀形的金钗。玉搔头,玉簪。

[18] 云栈:高入云端的栈道。萦纡:回环曲折。剑阁:即剑门关,在今四川省剑阁县北。

[19] 峨嵋山:在今四川省峨嵋县境。唐玄宗到蜀中,不经过峨嵋山,这里泛指蜀中的山。

[20]"夜雨"句:《明皇杂录》:"明皇既幸蜀,西南行,初入斜谷,属霖雨涉旬,于栈道雨中闻铃音,隔山相应。上(指玄宗)既悼念贵妃,采其声为《雨淋铃曲》以寄恨焉。"

[21]天旋日转:指大局转变,比喻国家从倾覆后得到恢复。回龙驭:指玄宗由蜀中回到长安。

[22]此:指杨贵妃自尽处。

[23]马嵬坡:在今陕西省兴平县西。即前"西出都门百余里"所指之地,杨贵妃缢死此处。

[24]空死处:空见死处。

[25]太液:池名,在长安城东北面的大明宫内。未央:宫名,在长安县西北。两者都是汉朝就有的旧名称。此处借指唐朝的池苑和宫廷。

[26]西宫:太极宫。南苑:兴庆宫。玄宗还京后,初居兴庆宫,因邻近大街,时常和外界接触,肃宗左右的人惟恐他有复辟的野心,将他迁入太极宫的甘露殿,加以变相软禁。

[27]梨园:指玄宗过去训练的一批艺人。

[28]椒房:宫殿名称,皇后所居,以椒(花椒)和泥涂壁,取其温暖而芳香。阿监:宫中女官名。青娥:宫女。"青娥老"和上句"白发新"对举。

[29]孤灯挑尽:古时用灯草点油灯,过一会儿就要把灯草往前挑一挑,让它好燃烧。挑尽,是说夜已深,灯草也将挑尽。

[30]耿耿:明亮。星河:银河。欲曙天:天快要亮的时候。

[31]鸳鸯瓦:屋瓦一俯一仰扣合在一起叫"鸳鸯瓦"。霜华:即霜花。重:指霜厚。

[32]翡翠衾:绣着翡翠鸟的被子。

[33]临邛(qióng):今四川省邛崃县。鸿都:洛阳北宫门名,这里借指长安。鸿都客是说临邛道士来京都为客。

[34]穷:找遍的意思。碧落:道家称天界为碧落。黄泉:指地下。

[35]五云:五色云。

[36]绰约:美好的样子。

[37]参差是:仿佛就是。

[38]叩玉扃(jiōng):叩玉作的门。扃,本指门闩或门环,这里指门扇。

[39]"转教"句:意谓仙府重深,须经过辗转通报的手续。小玉和双成都是古代传说中的女子。小玉是吴王夫差的女儿,双成是西王母的侍女。此借小玉、双成作为杨贵妃的侍婢。

[40]九华帐:用九华图案绣成的彩帐。

[41]珠箔(bó):珠帘。屏:屏风。迤逦:连接不断。

[42]阑干:流泪貌。

[43]凝睇(dì):凝视。

[44]昭阳殿:汉宫名,赵飞燕居住过的地方,此代指杨贵妃生前寝宫。

[45]蓬莱宫:传说中的海上仙山,这里代指仙境。

[46]钿合:镶嵌金花的首饰盒。寄将去:托请捎去。

[47]"钗留"二句:意思是钗留一股盒留一片,自己留下一半,寄给对方一半。擘(bò),分开。

[48] 长生殿：在骊山华清宫。
[49] 连理枝：两树根不同，而树干结合在一起。

解题及赏析

白居易(772—846)，中唐杰出的现实主义诗人。字乐天，号香山居士，原籍太原(今属山西)，后迁下邽(guī)(今陕西渭南北)。晚年官至太子少傅，谥号"文"，世称白太傅、白文公。

白居易对诗歌的独特贡献是在总结我国自《诗经》以来的现实主义诗歌创作经验的基础上，建立了现实主义诗歌理论并亲身实践。他积极倡导新乐府运动，主张"文章合为时而著，歌诗合为事而作"，写下了不少感叹时世、揭露弊政、反映人民疾苦的诗篇。艺术上，白居易的诗歌"不求宫律高，不务文字奇"，力求语言的通俗平易，音节的和谐婉转，被称为"老妪能解"，因而流传甚广。唐宣宗吊白氏诗曰："童子解吟长恨曲，胡儿能诵琵琶篇。"白居易所遗留下来的诗歌，据近人朱金城笺校之《白居易集笺校》一书统计，有2 918首，在唐代诗人中首屈一指，其中《长恨歌》《琵琶行》代表了唐代叙事诗的最高成就。《长恨歌》对后世文学也产生了很大的影响，关汉卿的杂剧《唐明皇哭香囊》、白朴的《梧桐雨》《唐明皇游月宫》、洪昇的《长生殿》都取材于它。

《长恨歌》作于唐宪宗元和元年(806)，时作者35岁，任盩厔县(今陕西周至)县尉。元和元年十月，白居易与朋友陈鸿、王质夫三人到仙游寺游玩，有感于唐明皇与杨贵妃的悲剧故事，相约以此为题材进行创作，因为是悲剧结局，故以"长恨"为题。白居易写了一首长诗，陈鸿写了一篇传记，二者相辅相成，以传后世。

从诗题看，这篇作品就是歌"长恨"，但是诗人所"恨"为何？为什么"长恨"呢？诗中并未明说，而是通过对故事的铺叙，一层层地展现出来，让读者自己去揣摩，去品味，去感受。所以，自古以来，人们对这首诗的主题就一直存在着不同的看法，观点颇为分歧，主要有三种：其一，爱情主题说。作品主要表现了李杨之间坚贞的爱情，描写二人死别后绵长的相思之"恨"。诗中所歌颂的帝王爱情，实际上已超越了历史事实而具有一定的典型意义，这种爱情与人民的生活感情是一致的。其二，政治主题说。持此观点者又有讽谕说和暴露说之别。作品通过李杨故事"暴露了统治者荒淫无耻的生活"，"展现出中唐时代中国封建统治阶级的生活面貌，统治阶级生活的荒淫糜烂和政治道德上的腐败堕落"，这是持暴露说者的主要观点。而持讽谕说者则认为，白居易作此诗的目的是揭露与讽刺李杨纵情声色，贻误国政，"引起了安禄山之乱"，"暗喻最高统治者应该以此为戒"，作品主要是对唐玄宗重色误国的讽喻，前半是写"恨"之因，后半写"长恨"本身，"恨"是"一失足成千古恨"之"恨"。其三，双重主题说。认为将此诗看成纯粹的讽喻诗或爱情颂歌都不恰当，它是暴露与歌颂的统一，讽谕和同情的交织，既为李杨的爱情悲剧一掬同情之泪，又为他们的误国失政一叹遗恨之声，二者交相融会而非机械叠加。此外，还有人认为此诗是作者借李杨悲剧来抒发诗人自己爱情失意的情怀。

相较诗歌主题的分歧，《长恨歌》在艺术上的成就和魅力得到古往今来人们的一致赞赏。诗人用回环往复、缠绵悱恻的艺术手法，描述了一个回旋曲折、宛转动人的故事。那奇特的构思、精练的语言、优美的形象，吸引和感染着千百年来的读者。

从作品结构看,全诗以"汉皇重色思倾国"作为贯穿全文的主线,依次写汉皇因重色而求色、得色、宠色、失色、念色、找色的过程;中间以"渔阳鼙鼓动地来,惊破《霓裳羽衣曲》"为界分前后两个部分。前一部分反复渲染了汉皇得到"回眸一笑百媚生,六宫粉黛无颜色"的美人后的乐:"日高起""不早朝""夜专夜""看不足",仿佛乐到了极点。这极度的乐反衬出后半部分无穷无尽的恨:马嵬坡欲救不得的无奈、入蜀途中的寂寞悲伤、还都路上的追怀忆旧、回宫以后的触景生情。从黄埃散漫到蜀山青青,从行宫夜雨到凯旋回归,从白日到黑夜,从春天到秋天,处处触物伤情,时时睹物思人,从各个方面反复渲染诗中主人公的苦苦追求和寻觅。现实生活中找不到,到梦中去找,梦中找不到,又到仙境中去找。如此跌宕回环,层层渲染,使人物感情回旋上升,达到了高潮。诗人正是通过这样的层层渲染,反复抒情,回环往复,让人物的思想感情蕴蓄得更深邃丰富,使诗歌"肌理细腻",更富有艺术的感染力。

习 题

1. 关于《长恨歌》的主题,你认为哪种说法更贴近作品实际?请阐述理由。
2. 《长恨歌》千载流传的艺术魅力何在?请作具体分析。
3. 将《长恨歌》改写成一篇小说(字数不限)。

作品选读

无 题[1]

李商隐

昨夜星辰昨夜风,画楼西畔桂堂东[2]。身无彩凤双飞翼,心有灵犀一点通[3]。隔座送钩春酒暖[4],分曹射覆蜡灯红[5]。嗟余听鼓应官去[6],走马兰台类转蓬[7]。

注 释

[1] 选自《李商隐诗歌集解》(中华书局1998年版)。诗当作于唐文宗开成四年(839),诗人时在京城任秘书省校书郎。这是一个"方阶九品,微俸五斗"的小官,诗人在政治上仍然是沉沦下僚。原题共两首,另一首是七绝,其中有"岂知一夜秦楼客,偷看吴王苑内花"之句,可知诗人怀想的当是席间的一位贵家女子。清代查为仁以为是指"王茂元家妓"(《莲坡诗话》),赵臣瑗以为是指"其闺人"(《山满楼笺释唐人七言律》),可供参考。

[2] 画楼:彩绘华丽的高楼。桂堂:用桂木构筑的厅堂。泛指富贵人家华丽的楼宇居室。

[3] 灵犀:有灵性的犀牛角。古书记载,有一种犀牛角名通天犀,有白色如线贯通首尾,被看作为灵异之物,故称灵犀。此喻相爱双方心灵的感应与暗通。

[4] 送钩：古代宴席间的游戏，又称藏钩，以猜中此钩藏于何人手中为胜。

[5] 分曹：分组。射覆：亦宴席间的游戏，将物品放在器皿下让人猜，猜不中者罚酒。

[6] 听鼓：唐时五更二点则鼓自内发，诸街鼓承振，坊市门皆启，鼓响天明，即须上班应差。

[7] 兰台：汉代藏图书秘籍的宫观，唐高宗时曾改秘书省为兰台。转蓬：蓬草无根，随风飘转，喻身不由己的处境。

解题及赏析

李商隐（813—858），字义山，号玉谿生，又号樊南生，唐怀州河内（今河南沁阳）人。十九岁以文才得到牛党令狐楚的赏识，被引为幕府巡官。二十五岁进士及第。次年李党的泾原节度使王茂元爱其才，辟为书记，以女妻之。因此他触犯了牛李朋党之争，一直遭排挤，在各藩镇幕府中过着清寒的幕僚生活，潦倒一生。

李商隐是晚唐著名诗人，与杜牧齐名，世称"小李杜"。早年诗作关心国运，敢于抨击宦官专权、藩镇割据，讽刺统治者的荒淫奢侈，反映了较为广阔的社会现实，颇有深度。由于不断遭受排挤，始终未得重用，其诗中感叹个人沦落、世运衰微的忧伤情绪越来越浓郁，"夕阳无限好，只是近黄昏"，这一片转眼就会消失的夕阳，不仅象征着他个人的沉沦迟暮，也象征着大唐帝国的奄奄一息。

李商隐的诗现存约600首。其中无题诗是李商隐的独创，最为人们广泛传诵，或写得迷离恍惚，借恋情而寄托激愤，抒发感慨；或写有情男女无法如愿之苦，刻画陷入绝境的爱情，变幻蕴藉，宛转深挚。李诗广纳前人所长，善用比兴，色彩瑰丽，辞藻典雅，精于用典，形成了深情缠绵、绮丽精工、旨趣深微的艺术风格。

此诗是"无题"诗中最有代表性的作品之一。它写出了男女双方虽然冲破重重阻力达到心灵的默契，但也带来无法实现愿望的更大痛苦，鲜明而清晰的种种细节的回忆，都和这种欢乐与痛苦有着密切的联系。首联由今宵之景触发对昨夜席间欢聚时光的美好回忆，通过星辰和风的点染，画楼桂堂的映衬，烘托出一个良辰美景、温馨美妙的环境气氛。颔联抒写今夕对意中人的思念：虽然没有彩凤般的翅膀得以飞越重重阻碍到达你身边，但我们彼此的眷恋之心当如灵异的犀角一样可以互相感应。"身无"与"心有"相互映衬，组成矛盾的统一体，既表现不能相聚的思念与无奈之感，又反映出心心相印的欣喜和欢悦之情。比喻新奇贴切，剖析深刻细致，展示了诗人抒写微妙矛盾的心理感受的高超能力。颈联追忆昨夜参与宴饮的情景：宴席之上，灯红酒暖，觥筹交错，欢声笑语，隔座送钩，分曹射覆……这种种热闹的情形反衬出诗人此时凄清寂寞的处境。在一整夜的追忆思念中，不知不觉晨鼓响起，诗人须快马加鞭奔赴兰台，开始又一天枯燥无聊的校书生涯，与意中人则后会难期。诗人感叹自己如随风飘转的蓬草，身不由己。岂独相思苦，长叹业未成。恋情阻隔的怅惘与身世沉沦的感叹交汇于诗人胸中，使此诗的内涵和意蕴得到了扩大和深化，在绮丽流动的风格中有着沉郁悲慨的自伤意味。

全诗感情深挚缠绵，诗人将身世之感融入艳情，以华艳词章反衬困顿失意情怀，营造出情采并茂、婉曲幽约的艺术境界。诗中意象的错综跳跃，诗意的朦胧含混，虚虚实实，又使其主旨带有多义性和歧义性,成为一座不易被挖掘尽的思想宝藏。

习 题

1. 结合你平时对李商隐诗歌的阅读,谈谈李商隐诗歌的艺术风格。
2. 与《长恨歌》那种内容十分明确的爱情诗相比,这种含混朦胧的作品的长处与短处各有哪些?
3. 李商隐的《无题》常被视为爱情诗的同义语,结合课文及下面补充的三首,谈谈你的看法。

无题三首

来是空言去绝踪,月斜楼上五更钟。梦为远别啼难唤,书被催成墨未浓。蜡照半笼金翡翠,麝熏微度绣芙蓉。刘郎已恨蓬山远,更隔蓬山一万重!

相见时难别亦难,东风无力百花残。春蚕到死丝方尽,蜡炬成灰泪始干。晓镜但愁云鬓改,夜吟应觉月光寒。蓬山此去无多路,青鸟殷勤为探看。

凤尾香罗薄几重,碧文圆顶夜深缝。扇裁月魄羞难掩,车走雷声语未通。曾是寂寥金烬暗,断无消息石榴红。斑骓只系垂杨岸,何处西南任好风。

进 学 解[1]

韩 愈

国子先生晨入太学[2],招诸生立馆下,诲之曰:"业精于勤,荒于嬉;行成于思,毁于随。方今圣贤相逢,治具毕张[3]。拔去凶邪[4],登崇畯良[5]。占小善者率以录[6],名一艺者无不庸[7]。爬罗剔抉[8],刮垢磨光[9]。盖有幸而获选,孰云多而不扬?诸生业患不能精,无患有司之不明[10];行患不能成,无患有司之不公。"

言未既,有笑于列者曰:"先生欺余哉!弟子事先生,于兹有年矣。先生口不绝吟于六艺之文[11],手不停披于百家之编[12];记事者必提其要[13],纂言者必钩其玄[14];贪多务得,细大不捐[15];焚膏油以继晷[16],恒兀兀以穷年[17]。先生之业,可谓勤矣。抵排异端[18],攘斥佛老[19];补苴罅漏,张皇幽眇[20];寻坠绪之茫茫[21],独旁搜而远绍;障百川而东之,回狂澜于既倒。先生之于儒,可谓有劳矣。沈浸浓郁,含英咀华[22],作为文章,其书满家。上规姚姒[23],浑浑无涯;周诰殷《盘》[24],佶屈聱牙[25];《春秋》谨严[26],《左氏》浮夸[27];《易》奇而法[25],《诗》正而葩[29];下逮《庄》《骚》[30],太史所录[31];子云相如[32],同工异曲。先生之于文,可谓闳其中而肆其外矣[33]。少始知学,勇于敢为;长通于方,左右具宜。先生之于为人,可谓成矣[34]。然而公不见信于人,私不见助于友[35]。跋前踬后[36],动辄得咎。暂为御史,遂窜南夷[37]。三年博士[38],冗不见治[39]。命与仇谋[40],取败几时[41]。冬暖而儿号寒,年丰而妻啼饥。头童齿豁[42],竟死何裨?不知虑此,而反教人为[43]?"

先生曰:"吁[44],子来前!夫大木为杗[45],细木为桷[46],欂栌侏儒[47],椳闑扂楔[48],各得其宜,施以成室者,匠氏之工也。玉札丹砂,赤箭青芝[49],牛溲马勃,败鼓之皮[50],俱收并蓄,待用无遗者,医师之良也。登明选公[51],杂进巧拙[51],纡馀为妍[53],卓荦为杰[54],校短量长,惟器是适者[55],宰相之方也。昔者孟轲好辩[56],孔道以明,辙环天下[57],卒老于行。荀卿守正[57],大论是弘[58]。逃谗于楚,废死兰陵。是二儒者,吐辞为经[59],举足为法[60],绝类离伦[61],优入圣域,其遇于世何如也!今先生学虽勤而不繇其统[62],言虽多而不要其中[63],文虽奇而不济于用,行虽修而不显于众。犹且月费俸钱,岁靡廪粟[64];子不知耕,妇不知织。乘马从徒,安坐而食。踵常途之促促,窥陈编以盗窃[65]。然而圣主不加诛,宰臣不见斥,兹非其幸欤?动而得谤,名亦随之。投闲置散,乃分之宜。若夫商财贿之有亡,计班资之崇庳,忘己量之所称,指前人之瑕疵,是所谓诘匠氏之不以杙为楹,而訾医师以昌阳引年,欲进其豨苓也[66]。"

注 释

[1] 选自《韩昌黎文集校注》(上海古籍出版社1987年版)。

[2] 国子先生:韩愈自称,当时他任国子博士。唐朝时,国子监是设在京都的最高学府,下面有国子学、太学等七学,各学置博士为教授官。太学:这里指国子监。唐朝国子监相当于汉朝的太学,古时对官署的称呼常有沿用前代旧称的习惯。

[3] 治具:治理的工具,主要指法令。《史记·酷吏列传》:"法令者,治之具。"毕:全部。张:指建立、确立。

[4] 凶邪:凶恶奸邪之人。

[5] 登崇畯良:提拔才德优良的人。畯,通"俊"。

[6] 占:有。率:都。

[7] 名一艺:指能以治一种经书著称的人。庸:用。

[8] 爬罗剔抉(jué):此指搜取人才。爬,爬梳,整理。罗,搜罗。抉,选择。

[9] 刮垢磨光:指精心造就人才。刮垢,刮去污垢。磨光,磨去毛瑕,使之光洁。

[10] 有司:古代设官分职,各有专司,所以称主管的官吏或官府为有司。此处指负责选拔人才的官吏。

[11] 六艺:指儒家六经,即《诗》《书》《礼》《乐》《易》《春秋》六部儒家经典。

[12] 披:翻阅。百家之编:指儒家经典以外各学派的著作。

[13] 记事者:指史籍一类的著作。

[14] 纂言者：指立论一类的著作。纂，编集。

[15] 捐：摒、抛。

[16] 膏油：油脂，指灯烛。晷(guǐ)：日影。

[17] 恒：经常。兀(wù)兀：辛勤不懈的样子。穷：终、尽。此两句指夜以继日，勤奋学习。

[18] 异端：儒家称儒家以外的学说、学派为异端。《论语·为政》："攻乎异端，斯害也已。"朱熹集注："异端，非圣人之道，而别为一端，如扬、墨是也。"焦循补疏："异端者，各为一端，彼此互异。"

[19] 攘(rǎng)：排除。老：老子，道家的创始人，这里借指道家。

[20] "补苴(jū)"二句：指补充完善儒学理论上的缺陷与不足，阐发光大其深奥隐微的意义。苴，鞋底中垫的草，这里作动词用，是填补的意思。罅(xià)，裂缝。皇，大。幽，深。眇，微小。

[21] 绪：前人留下的事业，这里指儒家的道统。韩愈《原道》认为，儒家之道从尧舜传到孔子、孟轲，以后就失传了，而他以继承这个传统自居。

[22] 英、华：都是花的意思，这里指文章中的精华。

[23] 规：取法。姚姒(sì)：相传虞舜姓姚，夏禹姓姒。

[24] 周诰：《尚书·周书》中有《大诰》《康诰》《酒诰》《召诰》《洛诰》等篇。诰是古代一种训诫勉励的文告。殷《盘》：《尚书》的《商诰》中有《盘庚》上、中、下三篇。

[25] 佶屈：屈曲。聱牙：形容不顺口。

[26] 《春秋》：鲁国史书，记载鲁隐公元年(前722)到鲁哀公十四年(前481)间史事，相传经孔子整理删定，叙述简约而精确，往往一个字中寓有褒贬(表扬和批评)的意思。

[27] 《左氏》：指《春秋左氏传》，简称《左传》。相传鲁史官左丘明作，是解释《春秋》的著作，其铺叙详赡，富有文采，颇有夸张之处。

[28] 《易》：《易经》，古代占卜用书，相传周人所撰。通过八卦的变化来推算自然和人事规律。

[29] 《诗》：《诗经》，我国最早的一部诗歌总集，保存西周及春秋前期诗歌三百零五篇。"《诗》正而葩"指《诗经》思想纯正，文采华美。

[30] 逮：及、到。《庄》：《庄子》，战国时思想家庄周的著作。《骚》：《离骚》，战国时大诗人屈原的长诗。

[31] 太史：指汉代司马迁，曾任太史令，也称太史公，著《史记》。

[32] 子云：汉代文学家扬雄，字子云。相如：汉代辞赋家司马相如。

[33] 闳其中：指内容博大精深。肆其外：指文辞波澜壮阔。

[34] 成：完备。

[35] 见信、见助：被信任、被帮助。"见"在动词前表示被动。

[36] 跋(bá)：踩。踬(zhì)：绊。语出《诗经·豳风·狼跋》："狼跋其胡，载疐其尾。"意思说，狼向前走就踩着颔下的悬肉(胡)，后退就绊倒在尾巴上。形容进退都有困难。

[37] 窜：窜逐，贬谪。南夷：韩愈于贞元十九年(803)授四门博士，次年转监察御史，冬，上书论宫市之弊，触怒德宗，被贬为连州阳山令。阳山在今广东，故称南夷。

[38] 三年博士：韩愈在宪宗元和元年(806)六月至四年任国子博士。一说"三年"当作

"三为"。韩愈此文为第三次博士时所作(元和七年二月至八年三月)。

[39] 冗(rǒng):闲散。见:通"现"。表现,显露。治:政绩。

[40] 谋:合。

[41] 几时:不时,不一定什么时候,也即随时。

[42] 头童齿豁:《释名》:"山无草木者曰童。"人老秃发,如山无草木,故曰童。豁,破缺,此指齿落。

[43] 为:语助词,表示疑问、反诘。

[44] 吁(xū):叹词。

[45] 宗(máng):屋梁、栋梁。

[46] 桷(jué):屋椽。

[47] 欂栌(bólú):斗栱,柱顶上承托栋梁的方木。侏(zhū)儒:梁上短柱。

[48] 椳(wēi):门枢臼。闑(niè):门中央所竖的短木,在两扇门相交处。扂(diàn):门闩之类。楔(xiè):门两旁长木柱。

[49] "玉札"二句:指四种名贵药材。玉札,地榆。丹砂,朱砂。赤箭,天麻。青芝,龙兰。

[50] "牛溲"二句:指廉价药材。牛溲,车前草。马勃,药名,菌类。

[51] 登明选公:选拔人才既明察又公正。

[52] 杂进巧拙:指聪明和拙笨的人都能得到合理录用。

[53] 纡(yū)馀:委婉从容的样子。妍:美。

[54] 卓荦(luò):突出,超群出众。

[55] 惟器是适:指各种人才都能获得合理的使用。

[56] 孟轲好辩:《孟子·滕文公下》载:孟子有好辩的名声,他说:"予岂好辩哉!予不得已也。"意思说:自己因为捍卫圣道,不得不展开辩论。

[57] 荀卿:即荀况,战国后期时儒家大师,时人尊称为卿。曾在齐国做祭酒,被人逸毁,逃到楚国。楚国春申君任他做兰陵(今山东枣庄)令。春申君死后,他也被废,死在兰陵,著有《荀子》。守正:遵循正道(指儒家思想体系)。

[58] 大论:指博大精深的理论。弘:展开。

[59] 吐辞:指言论。经:规范、经典。

[60] 举足:指行动。法:法则。

[61] 绝、离:都是超越的意思。类、伦:都是"类"的意思,指一般人。意谓超出同类,无与伦比。

[62] 繇:通"由"。其:指儒家演说。

[63] 要:求。中(zhòng):要害。

[64] 靡:浪费,消耗。廪(lǐn):粮仓。

[65] "踵常途"二句:疲劳不休地随俗行事而无特殊表现,看旧籍是窃取前人陈言而无新的见解。踵(zhǒng),脚后跟,这里是跟随的意思。促促,拘谨局促的样子。窥,从小孔、缝隙或隐僻处察看。陈编,古旧的书籍。

[66] "若夫"七句:意思说:自己小材不宜大用,不应计较待遇的多少、高低,更不该埋怨主管官员的任使有什么问题。财贿,财物,这里指俸禄。亡,通"无"。班资,等级、资格。

庳(bēi),通"卑",低。量,指才识。称,相符。前人,指职位在自己前列的人。瑕疵,比喻人的缺点。如上文所说"不公""不明"。杙(yì),小木桩。楹(yíng),柱子。訾(zǐ),毁谤非议。昌阳,昌蒲。药材名,相传久服可以长寿。豨(xī)苓,又名猪苓,利尿药。

解题及赏析

韩愈(768—824),字退之,河阳(今河南孟县)人。唐代大姓韩氏出自昌黎郡(今辽宁义县),韩愈虽然不居昌黎,却常据先世郡望自称昌黎人,所以世称韩昌黎。韩愈三岁而孤,由伯兄韩会及嫂子郑氏抚养成人,故自幼懂事,刻苦学习。贞元八年(792)中进士。贞元十八年(802)调授四门博士,成了文坛领袖。韩愈一生仕途坎坷,两度贬官南方,四入国子监任职。长庆四年(824),韩愈去世,终年57岁,谥"文",故世称韩文公。

韩愈是唐代古文运动的倡导者。他在思想上推崇儒家,反对佛教和道教;在文学上主张"文以载道",提倡散体而反对六朝以来的骈俪文风。他的散文,内容丰富,形式多样,文笔遒劲,气势雄伟,务去陈言,语言精练。他是继司马迁之后我国古代最优秀的散文作家之一,有"文起八代之衰,实集八代之成"的美称,列"唐宋八大家"之首。有《昌黎先生集》。

《进学解》作于唐宪宗元和八年(813),当时韩愈担任国子博士之职。据《旧唐书·韩愈传》记载,此年"复为国子博士,愈自以才高,累被摈黜,作《进学解》以自喻"。文章写成后,"执政览其文,以为有史才,改比部郎中,史馆修撰"。了解韩愈"累被摈黜"的经历,有利于理解本文的内容和作者的感情。

全文三个段落,第一段为论——假借国子先生的教诲引出全篇的议论,为下文师生辩论张本,进学的道理给学生反驳树起了一个靶子。第二段为驳——假借太学生的嘲笑反驳先生的议论,尽力推倒进学正意,借学生之口发泄牢骚不平。第三段为解——以先生自嘲的口吻对学生的驳难进行辩解,是对第二段的引申和深化,曲折含蓄地表达了题旨。

封建社会的统治阶级喜欢标榜选贤授能,唯才是举,并以此举作为政治清明的标志之一。韩愈以自己的亲身经历,揭露了当权者在用人方面不明不公的事实,发泄了内心的愤慨不平,具有批判现实的积极意义。作者在文章中不仅指责了时弊,也从正面表明了自己对培养选拔人才的一些看法,至今尚有一定的参考价值。

韩愈的散文,以立意新警、气势宏肆、语言奇崛而在中唐文坛上独树一帜。这篇《进学解》,艺术上也有显著的创新出奇之处。一是将辞赋的对话形式与反话正说的讽刺手法糅为一体。二是将辞赋与散文的长处融于一篇。此文是用赋的形式写成的,但作者又杂用了许多散句,不刻意追求骈偶,是用写散文的方法来写赋,因此读起来生动流畅,毫不板滞。三是语言方面的锤炼。作者务去陈言,创造了不少既有概括性又有形象性的新词警语。尽管有的词义已有转化,但仍有生命力,至今还活在人们口头。

习 题

1. 整理摘抄出自本文的成语十至十五条,掌握其意义并灵活使用。
2. 作者为什么把牢骚不平之语借弟子之口说出,而自己却心平气和地自慰自责?说说

3. 韩愈《进学解》一文哪些地方谈到了学习问题？这些话对你有什么启示？

作品选读

李 娃 传[1]

白行简

汧国夫人李娃[2]，长安之倡女也。节行瑰奇，有足称者，故监察御史白行简为传述。

天宝中，有常州刺史荥阳公者，略其名氏，不书。时望甚崇，家徒甚殷。知命之年[3]，有一子，始弱冠矣[4]；隽朗有词藻，迥然不群，深为时辈推伏。其父爱而器之，曰："此吾家千里驹也。"应乡赋秀才举，将行，乃盛其服玩车马之饰，计其京师薪储之费[5]，谓之曰："吾观尔之才，当一战而霸。今备二载之用，且丰尔之给，将为其志也。"生亦自负，视上第如指掌[6]。自毗陵发[7]，月余抵长安，居于布政里。

尝游东市还，自平康东门入，将访友于西南。至鸣珂曲，见一宅，门庭不甚广，而室宇严邃。阖一扉，有娃方凭一双鬟青衣立，妖姿要妙，绝代未有。生忽见之，不觉停骖久之，徘徊不能去。乃诈坠鞭于地，候其从者，敕取之。累眄于娃，娃回眸凝睇，情甚相慕。竟不敢措辞而去。

生自尔意若有失，乃密征其友游长安之熟者，以讯之。友曰："此狭邪女李氏宅也[8]。"曰："娃可求乎？"对曰："李氏颇赡。前与通之者多贵戚豪族，所得甚广。非累百万，不能动其志也。"生曰："苟患其不谐，虽百万，何惜。"

他日，乃洁其衣服，盛宾从而往。扣其门，俄有侍儿启扃。生曰："此谁之第耶？"侍儿不答，驰走大呼曰："前时遗策郎也！"娃大悦曰："尔姑止之[9]。吾当整妆易服而出。"生闻之私喜。乃引至萧墙间[10]，见一姥垂白上偻[11]，即娃母也。生跪拜前致词曰："闻兹地有隙院，愿税以居[12]，信乎？"姥曰："惧其浅陋湫隘[13]，不足以辱长者所处，安敢言直耶！"延生于迟宾之馆[14]，馆宇甚丽。与生偶坐[15]，因曰："某有女娇小，技艺薄劣，欣见宾客，愿将见之。"乃命娃出。明眸皓腕，举步艳冶。生遽惊起，莫敢仰视。与之拜毕，叙寒燠[16]，触类妍媚，目所未睹。复坐，烹茶斟酒，器用甚洁。久之，日暮，鼓声四动。姥访其居远近，生绐之曰[17]："在延平门外数里。"冀其远而见留也。姥曰："鼓已发矣。当速归，无犯禁。"生曰："幸接欢笑，不知日之云夕。道里辽阔，城内又无亲戚。将若之何？"娃曰："不见责僻陋，方将居之，宿何害焉。"生数目姥。姥曰："唯唯。"生乃召其家童，持双缣[18]，请以备一宵之馔。娃笑而止之曰："宾主之仪，且不然也。今

夕之费,愿以贫窭之家,随其粗粝以进之。其余以俟他辰。"固辞,终不许。俄徙坐西堂,帷幕帘榻[19],焕然夺目;妆奁衾枕[20],亦皆侈丽。乃张烛进馔,品味甚盛。彻馔[21],姥起。生娃谈话方切,诙谐调笑,无所不至。生曰:"前偶过卿门,遇卿适在屏间。厥后心常勤念,虽寝与食,未尝或舍。"娃答曰:"我心亦如之。"生曰:"今之来,非直求居而已,愿偿平生之志。但未知命也若何?"言未终,姥至,询其故,具以告。姥笑曰:"男女之际,大欲存焉。情苟相得,虽父母之命,不能制也。女子固陋,曷足以荐君子之枕席[22]?"生遂下阶,拜而谢之曰:"愿以己为厮养[23]。"姥遂目之为郎,饮酣而散。

及旦,尽徙其囊橐[24],因家于李之第。自是生屏迹戢身[25],不复与亲知相闻。日会倡优侪类,狎戏游宴。囊中尽空,乃鬻骏乘,及其家童。岁余,资财仆马荡然。迩来姥意渐怠,娃情弥笃。

他日,娃谓生曰:"与郎相知一年,尚无孕嗣。常闻竹林神者,报应如响[26],将致荐酹求之[27],可乎?"生不知其计,大喜。乃质衣于肆,以备牢醴[28]。与娃同谒祠宇而祷祝焉,信宿而返[29]。策驴而后,至里北门,娃谓生曰:"此东转小曲中,某之姨宅也。将憩而觐之,可乎?"生如其言。前行不逾百步,果见一车门[30]。窥其际,甚弘敞。其青衣自车后止之曰:"至矣。"生下,适有一人出访曰:"谁?"曰:"李娃也。"乃入告。俄有一妪至,年可四十余,与生相迎,曰:"吾甥来否?"娃下车,妪逆访之曰[31]:"何久疏绝?"相视而笑,娃引生拜之。既见,遂偕入西戟门偏院[32]。中有山亭,竹树葱茜,池榭幽绝。生谓娃曰:"此姨之私第耶?"笑而不答,以他语对。俄献茶果,甚珍奇。食顷,有一人控大宛[33],汗流驰至,曰:"姥遇暴疾颇甚,殆不识人。宜速归。"娃谓姨曰:"方寸乱矣!某骑而前去,当令返乘,便与郎偕来。"生拟随之。其姨与侍儿偶语,以手挥之,令生止于户外,曰:"姥且殁矣。当与某议丧事以济其急,奈何遽相随而去?"乃止,共计其凶仪齐祭之用。日晚,乘不至。姨言曰:"无复命,何也?郎骤往觇之[34],某当继至。"生遂往,至旧宅,门扃钥甚密,以泥缄之。生大骇,诘其邻人。邻人曰:"李本税此而居,约已周矣。第主自收。姥徙居,而且再宿矣。"征徙何处,曰:"不详其所。"生将驰赴宣阳,以诘其姨,日已晚矣,计程不能达。乃弛其装服[35],质馔而食,赁榻而寝。生惋怒方甚,自昏达旦,目不交睫。质明,乃策蹇而去[36]。既至,连扣其扉,食顷无人应。生大呼数四,有宦者徐出。生遽访之:"姨氏在乎?"曰:"无之。"生曰:"昨暮在此,何故匿之?"访其谁氏之第。曰:"此崔尚书宅。昨者有一人税此院,云迟中表之远至者[37]。未暮去矣。"

生惶惑发狂,罔知所措,因返访布政旧邸。邸主哀而进膳。生怨懑,绝食三日,遘疾甚笃[38],旬余愈甚。邸主惧其不起,徙之于凶肆之中[39]。绵缀移时[40],合肆之人共伤叹而互饲之。后稍愈,杖而能起。由是凶肆日假之,令执缞帷[41],获其直以自给。累月,渐复壮。每听其哀歌,自叹不及逝者,辄呜咽流涕,不能自止,归则效之。生,聪敏者也。无何,曲尽其妙,虽长安无有伦比。

初,二肆之佣凶器者[42],互争胜负。其东肆车舆皆奇丽,殆不敌,唯哀挽劣焉。其东肆长知生妙绝,乃醵钱二万索顾焉[43]。其党耆旧[44],共较其所能者,阴教生新声,而相赞和。累旬,人莫知之。其二肆长相谓曰:"我欲各阅所佣器于天门街,以较优劣。不胜者罚直五万,以备酒馔之用,可乎?"二肆许诺。乃邀立符契,署以保证,然后阅之。士女大和会[45],聚至数万。于是里胥告于贼曹[46],贼曹闻于京尹[47]。四方之士,尽赴趋焉,巷无居人。自旦阅之,及亭午[48],历举輂舆威仪之具[49],西肆皆不胜,师有惭色。乃置层榻于南隅,有长髯者,拥铎而进[50],翊卫数人。于是奋髯扬眉,扼腕顿颡而登[51],乃歌《白马》之词[52]。恃其夙胜,顾眄左右,旁若无人。齐声赞扬之;自以为独步一时,不可得而屈也。有顷,东肆长于北隅上设连榻,有乌巾少年,左右五六人,秉翣而至[53],即生也。整衣服,俯仰甚徐,申喉发调,容若不胜。乃歌《薤露》之章[54],举声清越,响振林木。曲度未终,闻者歔欷掩泣。西肆长为众所诮,益惭耻。密置所输之直于前,乃潜遁焉。四坐愕眙[55],莫之测也。

先是,天子方下诏,俾外方之牧[56],岁一至阙下,谓之"入计"。时也适遇生之父在京师,与同列者易服章窃往观焉。有老竖[57],即生乳母婿也,见生之举措辞气,将认之而未敢,乃泫然流涕。生父惊而诘之。因告曰:"歌者之貌,酷似郎之亡子。"父曰:"吾子以多财为盗所害,奚至是耶?"言讫,亦泣。及归,竖间驰往,访于同党曰:"向歌者谁?若斯之妙欤?"皆曰:"某氏之子。"征其名,且易之矣。竖凛然大惊;徐徐,迫而察之。生见竖色动,回翔将匿于众中[58]。竖遂持其袂曰:"岂非某乎?"相持而泣。遂载以归。至其室,父责曰:"志行若此,污辱吾门。何施面目,复相见也?"乃徒行出,至曲江杏园东,去其衣服,以马鞭鞭之数百。生不胜其苦而毙。父弃之而去。

其师命相狎昵者阴随之,归告同党,共加伤叹。令二人赍苇席瘗焉[59]。至,则心下微温。举之,良久,气稍通。因共荷而归,以苇筒灌勺饮,经宿乃活。月余,手足不能自举。其楚挞之处皆溃烂,秽甚。同辈患之,一夕,弃于道周。行路咸伤之,往往投其余食,得以充肠。十旬,方杖策而起。被布裘,裘有百结,褴褛如悬鹑[60]。持一破瓯,巡于闾里,以乞食为事。自秋徂冬,夜入于粪壤窟室,昼则周游廛肆。

一旦大雪,生为冻馁所驱,冒雪而出,乞食之声甚苦。闻见者莫不凄恻。时雪方甚,人家外户多不发。至安邑东门,循里垣北转第七八,有一门独启左扉,即娃之第也。生不知之,遂连声疾呼:"饥冻之甚!"音响凄切,所不忍听。娃自阁中闻之,谓侍儿曰:"此必生也。我辨其音矣。"连步而出。见生枯瘠疥疠[61],殆非人状。娃意感焉,乃谓曰:"岂非某郎也?"生愤懑绝倒,口不能言,颔颐而已。娃前抱其颈,以绣襦拥而归于西厢。失声长恸曰:"令子一朝及此,我之罪也!"绝而复苏。姥大骇,奔至,曰:"何也?"娃曰:"某郎。"姥遽曰:"当逐之。奈何令至此?"娃敛容却睇曰:"不然。此良家子也。当昔驱高车,持金装,至某之室,不逾期而荡尽。且互设诡计,舍而逐之,殆非人。令其失志,不得齿于人伦。父子之道,天性也。使其情绝,杀而弃之。又困踬若此。天下之人尽知为某也。生亲戚满朝,一旦当权者熟察其本末,祸将及矣。况欺天负人,鬼神不佑,无自贻其殃也。某为姥子,迨今有二十岁矣。计其资,不啻直千金。今姥年六十余,愿计二十年衣食之用以赎身,当与此子别卜所诣[62]。所诣非遥,晨昏得以温凊[63],某愿足矣。"姥度其志不可夺,因许之。给姥之余,有百金。北隅四五家税一隙院。乃与生沐浴,易其衣服。为汤粥,通其肠;次以酥乳润其脏。旬余,方荐水陆之馔。头巾履袜,皆取珍异者衣之。未数月,肌肤稍腴;卒岁,平愈如初。

异时,娃谓生曰:"体已康矣,志已壮矣。渊思寂虑,默想曩昔之艺业[64],可温习乎?"生思之,曰:"十得二三耳。"娃命车出游,生骑而从。至旗亭南偏门鬻坟典之肆[65],令生拣而市之,计费百金,尽载以归,因令生斥弃百虑以志学,俾夜作昼,孜孜矻矻[66]。娃常偶坐,宵分乃寐[67]。伺其疲倦,即谕之缀诗赋[68]。二岁而业大就,海内文籍,莫不该览。生谓娃曰:"可策名试艺矣。"娃曰:"未也。且令精熟,以俟百战。"更一年,曰:"可行矣。"于是遂一上登甲科,声振礼闱[69]。虽前辈见其文,罔不敛衽敬羡[70],愿友之而不可得。娃曰:"未也。今秀士[71],苟获擢一科第,则自谓可以取中朝之显职[72],擅天下之美名。子行秽迹鄙,不侔于他士[73]。当砻淬利器[74],以求再捷,方可以连衡多士[75],争霸群英。"生由是益自勤苦,声价弥甚。其年,遇大比[76],诏征四方之隽,生应直言极谏科,策名第一,授成都府参军。三事以降[77],皆其友也。将之官。娃谓生曰:"今之复子本躯,某不相负也。愿以残年,归养老姥。君当结媛鼎族[78],以奉蒸尝[79]。中外婚媾[80],无自黩也[81]。勉思自爱。某从此去矣。"生泣曰:"子若弃我,当自刭以就死!"娃固辞不从,生勤请弥恳。娃曰:"送子涉江,至于剑门,当令我回。"生许诺。

月余,至剑门。未及发而除书至[82],生父由常州诏入,拜成都尹,兼剑南采访使。浃辰[83],父到。生因投刺[84],谒于邮亭。父不敢认,见其祖父官讳,方大惊,命登阶,抚背恸哭移时,曰:"吾与尔父子如初。"因诘其由,具陈其本末。大奇之,诘娃安在。曰:"送某至此,当令复还。"父曰:"不可。"翌日,命驾与生先之成都,留娃于剑门,筑别馆以处之。明日,命媒氏通二姓之好,备六礼以迎之,遂如秦晋之偶。

娃既备礼,岁时伏腊[85],妇道甚修,治家严整,极为亲所眷。尚后数岁,生父母偕殁,持孝甚至。有灵芝产于倚庐,一穗三秀。本道上闻[86]。又有白燕数十,巢其层甍[87]。天子异之,宠锡加等[88]。终制[89],累迁清显之任。十年间,至数郡。娃封汧国夫人。有四子,皆为大官;其卑者犹为太原尹。弟兄姻媾皆甲门,内外隆盛,莫之与京[90]。

嗟乎！倡荡之姬,节行如是,虽古先烈女,不能逾也。焉得不为之叹息哉！

予伯祖尝牧晋州[91],转户部,为水陆运使,三任皆与生为代,故谙详其事。贞元中,予与陇西李公佐话妇人操烈之品格,因遂述汧国之事。公佐拊掌竦听,命予为传。乃握管濡翰[92],疏而存之。时乙亥岁秋八月,太原白行简云。

注 释

[1] 选自《唐宋传奇选》(人民文学出版社1997年版)。

[2] 汧(qiān)国夫人：汧,汧阳,古代郡名,治所在今陕西省陇县。国夫人,《新唐书·百官志一》："文武官一品,国公母、妻,为国夫人。"

[3] 知命之年：五十岁。《论语》："五十而知天命。"

[4] 弱冠：称二十岁左右的男子。

[5] 薪储之费：学、杂费用。

[6] 视上第如指掌：认为考取功名易如反掌。

[7] 毗陵：常州之旧名。

[8] 狭邪女：妓女、烟花女子。

[9] 尔姑止之：你暂且招呼他一下。

[10] 萧墙：照壁,屏风。

[11] 垂白：发将白。上偻(lǚ)：驼背。

[12] 税：租。

[13] 湫(jiǎo)隘(ài)：指居处低湿狭小。

[14] 迟宾：接待宾客。

[15] 偶坐：同坐。

[16] 叙寒燠(yù)：问候起居的应酬话。燠,暖。

[17] 绐(dài)：哄骗。

[18] 缣(jiān)：重绢而色微黄者。汉以后,多用以赠遗赏赉,或以代货币。

[19] 帏幕：垂挂的帏帐。

[20] 妆奁：指女子之胭脂镜盒等化妆用品。衾枕：即被子、枕头等寝具。

[21] 彻：通"撤"。

[22] 荐枕席：女子献身侍寝。

[23] 厮养：奴仆,供使役的人。

[24] 囊橐(tuó)：此指行李。

[25] 屏迹戢(jí)身：深居不出。屏、戢,都是隐藏的意思。

[26] 报应如响：很灵验。如响,如声音之有回响,喻有求必应。

[27] 致荐酹：以酒食祭祀。

[28] 牢醴：泛指祭品。牢,指牛、羊、猪三牲。醴,甜酒。

[29] 信宿：连宿两夜。再宿曰"信"。

[30] 车门：大门旁专供车马出入的门。

[31] 逆访：迎问。

[32] 戟门：唐制，三品以上的官员可立戟于门，故称贵显之家为戟门。

[33] 控大宛：骑骏马。古大宛出良马，此为快马的代词。

[34] 觇：察看。

[35] 弛：解除。

[36] 策蹇：骑驴。蹇，驴的别称。

[37] 迟：等候。

[38] 遘(gòu)疾：导致生病。

[39] 凶肆：专售丧事用品并为丧家办理殡葬礼仪的店家。

[40] 绵缀：病势垂危。病入膏肓，奄奄一息。移时：一段时间。

[41] 繐(suì)帷：用细疏的布制成的灵帐，亦作繐帐、灵帐。

[42] 佣：出租。凶器：指棺材、棺中服器，以及操办丧葬事宜所需各式器物。

[43] 醵(jù)：大家凑钱。

[44] 其党耆旧：指东肆中唱挽歌极富经验且有名的老前辈。

[45] 和会：集会，欢会。

[46] 里胥：里长。贼曹：官名，掌盗贼之事。

[47] 京尹：官名，京师地区的行政长官。

[48] 亭午：正午。

[49] 辇舆威仪：谓出丧时之丧车仪仗之类。

[50] 铎：指唱挽歌时用的大铃。

[51] 扼腕：握持手腕，表示振奋的情绪。顿颡(sǎng)：叩头。颡，前额。

[52] 《白马》之词：谓挽歌，古以"素车白马"为送葬之词。

[53] 翣(shà)：古时棺木两旁形状像扇子的饰物。

[54] 《薤(xiè)露》之章：古挽歌，喻人生如薤上之露，易晞灭也。

[55] 愕眙(chì)：瞠目。

[56] 俾(bǐ)：使。牧：各州刺史。

[57] 竖：仆人。

[58] 回翔：转过身去。

[59] 赍(jī)：送。瘗(yì)：埋葬。

[60] 褴褛如悬鹑：褴褛、悬鹑，皆喻衣之破旧不堪。

[61] 疥疠：一种皮肤病。

[62] 别卜所诣：另外择地而居。

[63] 温凊：冬温夏凊的省称。冬天温被使暖，夏天扇席使凉。侍奉父母之礼。

[64] 曩昔：从前。艺业：指科举文章。

[65] 坟典：三坟五典，传说中上古时代的书籍。泛指以备试艺之用的重要典籍。

[66] 孜孜矻(kū)矻：勤奋不倦。

[67] 宵分：夜半。

[68] 缀诗赋：写诗作赋。缀，联缀辞句。

[69] 礼闱：指古代科举考试之会试，因其为礼部主办，故称礼闱。

[70] 敛衽(rèn)：整理衣襟，肃敬之意。

[71] 秀士：应试者的通称。

[72] 中朝：朝廷，即中央政府。

[73] 侔：相等。

[74] 砻(lóng)淬(cuì)：磨砺刀刃。比喻刻苦锻炼。

[75] 连衡：结交之意。

[76] 大比：周代乡大夫三年考试一次，称为大比。后泛称三年举行一次的科举考试。

[77] 三事：即三公（太尉、司徒、司空），此指品级最高的官吏。

[78] 鼎族：大族。

[79] 蒸尝：本指秋冬二祭，后泛指祭祀。

[80] 婚媾：结婚。

[81] 自黩：自降身份。

[82] 除书：任命、调动官吏的文书。

[83] 浃(jiā)辰：自子至亥十二辰为一周，即十二日。

[84] 投刺：具姓名履历请见。刺，名片。

[85] 伏腊：古代的节日，伏日在夏，腊日在冬，此指逢年过节。

[86] 本道：此当指剑南道。《旧唐书·地理志》："开元二十一年，分天下为十五道。"剑南道治益州，天宝元年改益州为蜀郡，督剑南三十八郡。

[87] 甍(méng)：屋梁。

[88] 锡：通"赐"。

[89] 终制：三年守制期满。制，指居丧的制度。

[90] 莫之与京：没有比拟得上、与之齐等的了，言无人能比。京，大。

[91] 予伯祖尝牧晋州：白行简有从兄弟白敏中，敏中之曾祖辈有白知慎，尝为户部郎中（《新唐书·宰相世系表》十五下）。

[92] 握管濡翰：执笔、蘸墨。

解题及赏析

本文为唐传奇代表作品之一，为白居易之弟白行简所撰。白行简，唐代文学家，字知退，华州下邽（今陕西渭南东北）人。元和二年（807）登进士第，授秘书省校书郎。九年，入剑南东川节度使卢坦幕府为掌书记。官至左拾遗，又曾任度支郎中、膳部郎中等职。白行简以传奇著称，《旧唐书》本传说他的"文笔有兄风，辞赋尤称精密，文士皆师法之"。白行简去世后，白居易整理其诗文，编成《白郎中集》20卷，今不传。

《李娃传》，一名《汧国夫人传》。有研究者认为系据当时民间流传的"一枝花"故事写成。关于本文主题，学界有不同的看法。传统观点认为，作品写妓女李娃与荥阳公子的爱情故事。李娃是一个感情真挚的妇女形象。她最初虽顺从鸨母的意旨，被迫抛弃了荥阳生，但当她看到荥阳生在风雪中饥寒交迫的惨状时，就痛自谴责，与鸨母斗争，挽救了荥阳生。作者有意在荥阳生沦落为丐与高第得官两种截然不同的情境下,安排了李娃与荥阳公的出场,通过客观对比,表现了出身于两个不同阶级的人物的鲜明对立的精神面貌。在荥阳生沦落时,荥阳公为了家族门第的尊严,不惜置亲子于死地,而李娃却在其最艰危的时刻救了他。荥阳生富贵后,李娃有感于封建门阀的压力,为了不妨碍荥阳生的仕宦前途,忍痛割爱,悄然欲去,而荥阳公却立刻认儿认媳,前倨后恭。人们从这场景中看到:一个被人贱视的妓女却有比较高尚的品格,而一个道貌岸然的老爷,其灵魂却虚伪狠毒到可怕的地步。作品通过荥阳生与李娃的结合,表现了一对社会地位不同的青年男女经历千辛万苦,赢得爱情幸福的主题,具有强烈的反对封建伦理和门阀制度的意义。现代观点认为,李娃形象既优美也不优美。如其对爱情的真挚追求,对落难书生的真诚搭救和含辛茹苦的扶持,以及大功告成而不求所得等,都表现了她光彩照人的一面;而她把资财仆马荡然无存,甚至已面临生存危机的荥阳公子无情抛弃,使之困顿交加几致死地,所暴露出的则是人格卑劣的一面。善与恶、高尚与卑鄙都是李娃之人格的真实存在和真实体现,它们在李娃身上的对立统一,反映的是一个平凡人的平凡性,作品揭示了人性的复杂性。

《李娃传》构思精巧独特,情节曲折离奇。首先,作者善于设置悬念,用悬念来激起读者的好奇心。其次,作品以荥阳生的生活经历为线索来展开,其发展顺序是"院遇—计逐—鞭弃—护读",其结构模式是"喜—悲—喜",这样的安排使情节的发展跌宕起伏,扣人心弦,产生了强烈的审美魅力。第三,对人物的描写,能与其身份、经历切合,其形象较有个性;对某些具体场景如计逐郑生、凶肆斗胜等的描绘颇为细致逼真,体现了唐代传奇创作中写实手法的高度成就。

李娃的故事曾广为传播。白行简之友元稹作有《李娃行》诗,今有佚句留存。后世将《李娃传》故事演为戏曲,如元石君宝的杂剧《李亚仙花酒曲江池》、明传奇戏曲《绣襦记》等。

习 题

1. 关于本文的主题,有学者认为是爱情主题,有学者认为是人性主题,也有学者认为这是一曲女性的颂歌,你的看法呢?
2. 《李娃传》以李娃命篇,但作者却以荥阳生作为贯穿始终的人物,李娃时常隐退到幕后,请谈谈作者这样构思的妙处。
3. 缩写全文故事情节,限300字以内。

作品选读

女冠子[1](二首)

韦 庄

四月十七,正是去年今日,别君时。忍泪佯低面,含羞半敛眉。不知魂已断,空有梦相随。除却天边月,没人知。

昨夜夜半,枕上分明梦见,语多时。依旧桃花面,频低柳叶眉。半羞还半喜,欲去又依依。觉来知是梦,不胜悲。

注 释

[1] 本词选自《花间集评注》(人民文学出版社 1993 年版)。

解题及赏析

韦庄(836—910),字端己,长安杜陵(今陕西西安市东南)人,唐末五代诗人。韦庄一生经历可分前后两期。前期为仕唐时期,广明元年(880)他在长安应举,适值黄巢起义军攻占长安,未能脱走,至中和二年(882)春始得逃往洛阳,次年作《秦妇吟》。唐昭宗乾宁元年(894)应试及第,为校书郎。后又在朝任左、右补阙等职。这一时期的创作主要是诗歌,今存《浣花集》。后期为仕蜀时期。天复元年(901),他应聘为西蜀掌书记,自此在蜀达十年。天祐四年(907),朱全忠灭唐建梁,韦庄劝王建称帝,与之对抗,遂建立蜀国,史称前蜀。他被王建倚为心腹,任左散骑常侍、判中书门下事,制定开国制度,后官至吏部侍郎平章事(宰相)。在蜀时,他曾于成都浣花溪畔杜甫旧居重建草堂作为住所。这一时期的创作主要是词。今存韦词大部分作于后期。

韦庄是花间派中成就较高的词人,与温庭筠齐名,号称"温韦",《花间集》收其词四十八首。与温词绵密艳丽、语言雅致不同的是,韦词清丽疏朗,语浅情深,寓浓于淡。王国维《人间词话》认为韦词高于温词,指出"端己词情深语秀","要在飞卿之上";"温飞卿之词,句秀也。韦端己之词,骨秀也"。作为花间词派的代表作家,韦庄对后世词坛创作有深远的影响。

《女冠子》二首属联章词,所谓联章词就是以两首或多首同调的词组合成一个套曲,用以歌咏某一类题材。据说这两首词是作者为悼念亡姬而写的。这位美人姿质艳丽,亦擅诗词,是韦庄家里的宠姬。王建知道了,便说请她去"教内人为辞",从韦庄身边夺走了她。韦庄心情非常抑郁,作了许多情意凄怨的词,人相传播,盛行于时。当这些动人的词传进王建宫中以后,这位美人便开始绝食,终于郁郁而死。

前首上阕回忆去年离别情景,点明具体时间和心理苦况;下阕由回忆而渐入梦境,"空有梦相随"一句是关键,不仅写明了思极入梦的自然发展,而且统摄后一首,加紧了前后首之间的逻辑关系。结句"除却天边月,没人知"语极简而情极深。

后首通篇记忆梦境,对梦中相见情景记述尤为真切,相见的时间,相语的长短,对方的长相神态以及临别依依不舍之情,均缓缓叙述,足见情之深思之切,亦可从中窥见去年此日两情缱绻的情形。"觉来知是梦,不胜悲"将梦境点明,遂使实处皆空,由大喜而堕入大悲。

纵观这两首词,由忆而梦,由梦而醒,叙事情节自然合理,而且语言本色,不假修饰,带有明显的唐代民间词的痕迹。

习 题

1. 名词解释：花间词派　　联章体
2. 读温庭筠词《菩萨蛮》，比较温、韦词风格的异同。

菩 萨 蛮

　　小山重叠金明灭，鬓云欲度香腮雪。懒起画娥眉，弄妆梳洗迟。　　照花前后镜，花面交相映。新贴绣罗襦，双双金鹧鸪。

3. 陈廷焯《白雨斋词话》说："韦端己词，似直而纡，似达而郁，最为词中胜境。"你是否认同这一说法？请举例加以说明。

作品选读

清 平 乐[1]

李　煜

　　别来春半，触目愁肠断。砌下落梅如雪乱，拂了一身还满。　　雁来音信无凭，路遥归梦难成。离恨恰如春草，更行更远还生。

注 释

[1] 本词选自《李璟李煜词》（人民文学出版社1958年版）。

解题及赏析

　　李煜（937—978），字重光，初名从嘉，五代时期南唐中主李璟第六子，公元961年继位于金陵（今江苏南京），历史上称他为南唐后主。他在位十五年，不修政事，屈辱苟安，沉湎于奢靡逸乐的生活。公元975年，宋灭南唐，他被俘虏到汴京（今河南开封），过了两年多"日夕以眼泪洗面"的屈辱生活，于公元978年的七夕被宋太宗派人毒死。

　　李煜多才多艺，工书善画，通晓音律，在唐五代词人中成就最高。李煜词今存约35首，后人把他和中主李璟的词合辑为《南唐二主词》。

　　这是一首代离人抒发愁恨的名作。公元971年秋，李煜派弟弟李从善去宋朝进贡，被扣留在汴京。974年，李煜请求宋太祖让从善回国，未获允许。据说李煜非常想念他，常常痛哭。有学者认为这首词是从善入宋的第二年春天，李煜为思念他而作的。

　　首句"别来春半，触目愁肠断"统摄全篇："别来"与"愁肠"交代了所抒发的情感内容——离愁别恨，"春半"点明季节，后面的景物描写与生动比喻都由"触目"二字生发，而

"断"字更夸张地形容别情之浓,为全篇笼罩上哀婉凄绝的抒情基调。"砌下落梅如雪乱,拂了一身还满"用眼前实景来渲染满怀愁苦:空中纷纷扬扬地飘落着白梅的残英,一个面容憔悴的人痴立在这雪白的世界中,身上落满着拍拂不尽的残梅,这落不尽、拂不尽的白梅,恰如他心中驱不尽、挥不去的离愁……

下阕极有层次地抒写他的离愁别恨。别来"音信无凭"是第一层悲哀,别来"归梦难成"是第二层悲哀,两层悲哀相纠结,抒情主人公那不胜翘首远望之苦的形象已隐然现于字里行间。结句春草之喻既贴切生动,又意蕴丰富,春草之一望无际象征离愁之绵绵无尽,春草之细碎浓密象征离愁之盘曲郁结……

在这首词里,李煜采用了白描与比兴相结合的手法,用形象鲜明、生动清新的艺术语言,准确而又生动地表现出最普遍最抽象的离愁别恨,表现出了弱小者在痛苦绝望中的心理状态,所以读来令人震颤、催人泪下。

习 题

1. 背诵这首词,赏析名句"离恨恰如春草,更行更远还生"。
2. 王国维《人间词话》说:"词至李后主而眼界始大,感慨遂深,遂变伶工之词而为士大夫之词。"谈谈你对这段评论的理解。
3. 李后主是个没落的封建帝王,为什么他的词却能赢得广大读者的喜爱?请结合作品谈谈你的看法。

第四章

宋代文学

 概 述

宋代文化是我国文化史上的重要时期，也是整个文化史上的重要分野。文化史上所谓的"唐型文化"与"宋型文化"的区别，实代表了中国文化的剧烈转型。唐型文化开拓进取，具备一种包容的精神；宋型文化含蓄内敛，为中国近代的民族性格奠定了基础。宋代文学的发展继承中唐以来的方向，诗歌方面注重现实题材，风格趋于通俗化，形成了与唐诗风貌迥然不同的宋调；宋词则是最具典型意义的宋代文学样式，其成就达到了巅峰；宋文继唐代古文运动，将文统与道统更加紧密地结合在一起，使其成为更加具有政治功用的实用性文体。

一、宋 诗

就宋诗的发展脉络而言，大致可以分为六个时期。

从北宋初到真宗末年是宋诗的初期，诗坛上有三个流派，即白体、晚唐体和西昆体，它们分别以白居易、贾岛、李商隐为学习对象，诗风仍然是晚唐五代诗风的延续，并未体现出一代新风。其中较为杰出的有白体诗人王禹偁，以平易古淡的风格独出于当时，其名作《村行》则体现了对白体诗的超越：

> 马穿山径菊初黄，信马悠悠野兴长。万壑有声含晚籁，数峰无语立斜阳。棠梨叶落胭脂色，荞麦花开白雪香。何事吟馀忽惆怅，村桥原树似吾乡。

晚唐体诗人中最为杰出的是林逋，其咏梅诗最为知名，《山园小梅》中的名句"疏影横斜水清浅，暗香浮动月黄昏"一向被称为咏梅绝唱。

西昆体因宋初馆阁文臣的唱和诗集《西昆酬唱集》而得名，以杨亿、刘筠、钱惟演等人为代表，题材以咏史咏物、流连光景为主，辞藻华丽，音韵铿锵，又好用典实，总体成就不高。

宋仁宗时期，伴随着诗文革新运动的兴起，诗坛上出现了以欧阳修、梅尧臣、苏舜钦为代表的诗人。他们以革除五代诗歌萎靡的流弊为目标，而以梅尧臣成就最高。欧阳修诗歌的主要内容是表达个人的情怀和生活经历，以及对历史的吟咏，如《戏答元珍》：

> 春风疑不到天涯，二月山城未见花。残雪压枝犹有橘，冻雷惊笋欲抽芽。夜闻归雁生乡思，病入新年感物华。曾是洛阳花下客，野芳虽晚不须嗟。

欧阳修在咏史诗中长于议论，这是自韩愈以来"以文为诗"笔法的发展，如《再和明妃曲》中以"红颜胜人多薄命，莫怨春风当自嗟"作结，议论颇为警悟。梅诗继承了杜甫、白居易反映民生疾苦的题材，也写日常生活中的琐事，开辟了宋诗贴近日常生活的题材走向。在艺

上,梅诗追求平淡之美,他说:"作诗无古今,唯造平淡难。"如《鲁山山行》及《东溪》两首名作:

  适与野情惬,千山高复低。好峰随处改,幽径独行迷。霜落熊升树,林空鹿饮溪。人家在何许,云外一声鸡。(《鲁山山行》)

  行到东溪看水时,坐临孤屿发船迟。野凫眠岸有闲意,老树着花无丑枝。短短蒲茸齐似剪,平平沙石净于筛。情虽不厌住不得,薄暮归来车马疲。(《东溪》)

苏舜钦的诗歌真率豪放,意境开阔,如《淮中晚泊犊头》:

  春阴垂野草青青,时有幽花一树明。晚泊孤舟古祠下,满川风雨看潮生。

  欧、梅、苏的诗歌创作在艺术上还没有达到一个圆熟的地步,但对改革宋初的诗风起了很大的作用,为宋诗的进一步发展奠定了基础。

  以宋神宗、宋哲宗时代为主的北宋后期,成为宋代也是整个中国诗歌史的高峰之一。北宋诗坛三大家——王安石、苏轼、黄庭坚以极高的艺术成就和鲜明的艺术风格代表了宋诗的最高水平。王安石早期的诗歌注重反映社会现实,咏史抒怀的作品中也常寄托着政治情感。其诗长于议论,如《明妃曲》以其议论之精警而成为诗歌史上的名篇:

  明妃初出汉宫时,泪湿春风鬓脚垂。低徊顾影无颜色,尚得君王不自持。归来却怪丹青手,入眼平生几曾有?意态由来画不成,当时枉杀毛延寿。一去心知更不归,可怜著尽汉宫衣。寄声欲问塞南事,只有年年鸿雁飞。家人万里传消息,好在毡城莫相忆。君不见咫尺长门闭阿娇,人生失意无南北!

此诗与前人相比,另出新意,充分体现了宋诗长于议论的特色。王安石晚年作品以写景抒情为主,体现出向唐诗复归的倾向,黄庭坚称"荆公暮年作小诗,雅丽精绝,脱去流俗",如《书湖阴先生壁》:

  茅檐长扫净无苔,花木成畦手自栽。一水护田将绿绕,两山排闼送青来。

  苏轼通常被视为最伟大的宋代文人,其诗歌也代表了北宋诗歌的最高成就。他继承并超越了欧、梅、苏等前辈诗人,诗歌题材丰富,形式多样,风格多变,既体现了宋诗的主要特色,如以文为诗、以学问为诗、以议论为诗等等,同时又避免了宋诗生硬枯槁的流弊,如《题沈君琴》:

  若言琴上有琴声,放在匣中何不鸣?若言声在指头上,何不于君指上听?

此诗的典故出自《楞严经》:"譬如琴瑟、箜篌、琵琶,虽有妙音,若无妙指,终不能发。汝与众生,亦复如是。"所说的是"因缘"的道理。诗中富有"理趣",虽然是说理,但并不枯燥,既体现了诗人的才学与议论,也蕴含着极深的韵味。苏轼的很多诗作都在极平常的事物或生活中体现出深刻的道理,如《题西林壁》《和子由渑池怀旧》等都是。苏轼的诗歌始终具有批判精神,如《荔支叹》:

  十里一置飞尘灰,五里一堠兵火催。颠坑仆谷相枕藉,知是荔支龙眼来。飞车跨山鹘横海,风枝露叶如新采。宫中美人一破颜,惊尘溅血流千载。永元荔支来交州,天宝岁贡取之涪。至今欲食林甫肉,无人举觞醉伯游。我愿天公怜赤子,莫生尤物为疮痏。雨顺风调百谷登,民不饥寒为上瑞。君不见武夷溪边粟粒芽,前丁后蔡相笼加。争新买宠各出意,今年斗品充官茶。吾君所乏岂此物?致养口体何陋邪!洛阳相君忠孝家,可怜亦进姚黄花!

苏轼一生经历荣辱沉浮,而心境乐观旷达,其坚毅的人生信念使他在逆境之中也能傲笑河山,如其晚年被贬儋州,遇赦而还时所写的《六月二十日夜渡海》:

参横斗转欲三更,苦雨终风也解晴。云散月明谁点缀?天容海色本澄清。空馀鲁叟乘桴意,粗识轩辕奏乐声。九死南荒吾不恨,兹游奇绝冠平生。

苏轼对于诗歌艺术技巧的掌握达到了无所不可的境界,比喻生动新奇,用典浑然天成,对仗精工活泼,不见斧凿之痕。其诗歌风格多样,不拘一格,体现出多元化的倾向。

黄庭坚的诗歌最能代表宋人的诗歌特征。就题材而言,黄庭坚喜咏书画、亭台、笔墨纸砚等物品,诗歌中显示出更多的书卷气。就风格而言,其诗呈现出生新瘦硬、奇峭老健的特征。在艺术上,黄庭坚更追求戛戛独造的境界,语言新奇生动,结构转折陡急,音调拗峭挺拔,表现了与唐诗明显不同的特性。如《题落星寺》:

落星开士深结屋,龙阁老翁来赋诗。小雨藏山客坐久,长江接天帆到迟。宴寝清香与世隔,画图绝妙无人知。蜂房各自开户牖,处处煮茶藤一枝。

这一时期较重要的诗人还有陈师道,其诗风自成一家,以朴实无华为基本特征,但其中往往有深长的意味,如《示三子》:

去远即相忘,归近不可忍。儿女已在眼,眉目略不省。喜极不得语,泪尽方一哂。了知不是梦,忽忽心未稳。

诗中写与儿女长期离别之后,忽然见面而出现的悲喜交加的心情,虽至情无文,却感人肺腑。但总体上而言,陈师道的成就尚不足与王、苏、黄相抗衡。

元祐时期以后,诗坛上崇尚黄、陈诗风,并形成了"江西诗派",其取材更多地局限于书斋生活。但在靖康之变之后,严峻的政治形势使诗人们由书斋转向社会,以国事民生为主要题材,爱国成为这一时期最重要的题材之一。代表诗人有吕本中、陈与义、曾几等,他们上承元祐诗人,下启南宋诗风,成为具有转折意义的诗人。如陈与义的《伤春》:

庙堂无策可平戎,坐使甘泉照夕烽。初怪上都闻战马,岂知穷海看飞龙。孤臣霜发三千丈,每岁烟花一万重。稍喜长沙向延阁,疲兵敢犯犬羊锋。

后期的陈与义着力学习杜甫,风格雄浑深沉,成为南北宋之交最杰出的诗人。

南宋前期,诗坛上出现了陆游、杨万里、范成大、尤袤"南宋四大家"。其中陆游的成就最高,抗金复国是其最重要的题材之一,并将这一主题达到了前所未有的高度。陆游也长于写田园风光及闲情逸致的作品,其《游山西村》是著名的写农家生活的作品,而其《临安春雨初霁》则表现了书斋的闲适生活:

世味年来薄似纱,谁令骑马客京华?小楼一夜听春雨,深巷明朝卖杏花。矮纸斜行闲作草,晴窗细乳戏分茶。素衣莫起风尘叹,犹及清明可到家。

杨万里是南宋的理学家之一,但他的诗风并无理学气息,而是注重描写自然景物以及日常生活的情趣,以其活泼风趣的风格自成一家,形成所谓的"诚斋体",如《小池》:

泉眼无声惜细流,树阴照水爱晴柔。小荷才露尖尖角,早有蜻蜓立上头。

范成大的诗歌继承了唐代杜甫、白居易以来的新乐府传统,反映的生活面较广阔,以描写农村题材及沦陷区的风土人情著称,如《州桥》:

州桥南北是天街,父老年年等驾回。忍泪失声询使者,几时真有六军来?

范成大的田园诗以《四时田园杂兴》最为著名,范成大第一次将农家生活与田园风光结合起来,真切地反映了农村生活的场景,如《四时田园杂兴》第三十及三十五首:

昼出耕田夜绩麻,村庄儿女各当家。童孙未解供耕织,也傍桑阴学种瓜。
采菱辛苦废犁锄,血指流丹鬼质枯。无力买田聊种水,近来湖面亦收租。

四大家之后,宋诗的发展进入尾声,此时诗坛上先出现了"永嘉四灵",即徐照、徐玑、赵师秀、翁卷,其诗以贾岛、姚合为宗,诗体以五律为主,注重锻炼字句,但成就不高,只偶尔有一些清丽浑融之作,如赵师秀《约客》:

黄梅时节家家雨,青草池塘处处蛙。有约不来过夜半,闲敲棋子落灯花。

稍晚出现的"江湖诗派",江湖诗人成分复杂,并无宗主,只是诗风相近。受"四灵"影响,这一派诗人较长于写景抒情,如叶绍翁《游园不值》:

应怜屐齿印苍苔,小扣柴扉久不开。春色满园关不住,一枝红杏出墙来。

江湖诗人中,刘克庄、戴复古等诗人继承了陆游的精神,艺术上有一定的成就,如刘克庄《国殇行》:

官军半夜血战来,平明军中收遗骸。埋时先剥身上甲,标成丛冢高崔嵬。姓名虚挂阵亡籍,家寒无俸孤无泽。呜呼诸将官日穹,岂知万鬼号阴风!

戴复古也继承了杜甫、陆游等诗人的优秀传统,沉郁豪放,感慨时事之作尤佳,如《江阴浮远堂》:

横冈下瞰大江流,浮远堂前万里愁。最苦无山遮望眼,淮南极目尽神州。

宋末大部分诗人沉溺于吟风弄月,诗坛总体风格不振。直到南宋将亡,文天祥、谢翱、汪元量等爱国诗人才以悲愤慷慨之声为宋诗画上了光辉的句号。文天祥是宋末民族英雄,其千古传诵之作《过零丁洋》也是他爱国精神的杰出代表:

辛苦遭逢起一经,干戈寥落四周星。山河破碎风飘絮,身世浮沉雨打萍。惶恐滩头说惶恐,零丁洋里叹零丁。人生自古谁无死?留取丹心照汗青!

谢翱和汪元量都是"遗民诗人",隐居守节,拒不出仕。谢翱的诗多反映异族统治下的悲痛心情,如《西台哭所思》:

残年哭知己,白日下荒台。泪落吴江水,随潮到海回。故衣犹染碧,后土不怜才。未老山中客,惟应赋《八哀》。

汪元量目睹了宋亡的过程,创作了大型的组诗如《醉歌》10首、《湖州歌》98首、《越州歌》20首等,继承杜甫"诗史"的传统,生动而真切地记载了这一时期的历史,如《醉歌》之五:

> 乱点连声杀六更,荧荧庭燎待天明。侍臣已写归降表,臣妾佥名谢道清。

宋末的这些爱国诗歌一扫南宋后期诗坛的衰弱习气,以慷慨悲歌表现了民族的气节与尊严。

与南宋对峙的金朝,初期诗人主要是由宋入金的宇文虚中、吴激、蔡松年等,其诗颇多故国之思;中期诗人则有蔡珪、王庭筠、党怀英、周昂等,多为文学侍从;后期则有赵秉文、李纯甫等,而成就最高的则是元好问。

元好问是金代最重要的诗人,亲历亡国之悲,故其诗以描写金亡前后的"纪乱诗"为最佳,风格悲壮雄浑,如《壬辰十二月车驾东狩后即事五首》之二:

> 惨淡龙蛇日斗争,干戈直欲尽生灵。高原水出山河改,战地风来草木腥。精卫有冤填瀚海,包胥无泪哭秦庭。并州豪杰知谁在,莫拟分军下井陉。

元好问长于各种诗体,五言诗浑融含蓄,平淡隽永;而犹以七律最佳,在风格上深受杜甫的影响,意境沉郁。

二、宋　词

晚唐五代时期的词已经达到了一个相当高的水平,及至宋初,文教未盛,而词学亦未有进一步的发展。直至宋仁宗之际,国家已经比较稳定,而社会经济也逐渐繁荣,为适应社会娱乐的需要,曲子词渐渐得到士大夫的注意。北宋前期的主要词人有柳永、范仲淹、张先、晏殊、欧阳修等,其中柳永对于词体的贡献最为杰出。

晏殊被称为"北宋倚声家初祖",其政治地位颇为显赫,词作温润雍容,以时光的无奈描写生命中淡淡的悲哀,如其名作《浣溪沙》:

> 一曲新词酒一杯,去年天气旧亭台。夕阳西下几时回?　　无可奈何花落去,似曾相识燕归来。小园香径独徘徊。

平淡的悲哀之中蕴藏着理性的深思。

欧阳修是北宋文坛的盟主,词作似乎只是他遣兴时的偶作,但他懂得欣赏生活,懂得用词来表达自己的人生感受。

范仲淹较早地从题材和风格上开拓了词的境界,如其著名的《渔家傲》:

> 塞下秋来风景异,衡阳雁去无留意。四面边声连角起。千嶂里,长烟落日孤城闭。
> 浊酒一杯家万里,燕然未勒归无计。羌管悠悠霜满地。人不寐,将军白发征夫泪。

通过对边塞生活的描写,以悲凉壮阔的风格为后来豪放词的发展开辟了道路。

张先也是较早对词体进行改造的词人之一。张先词以长于景物描写知名,但他的实际贡献是将词大量用于赠别酬唱之中,扩大了其实用功能,同时率先在词中用题序,多为后人所仿效。王安石也是具有开创性的作家之一,他的词脱离晚唐五代以来的柔靡之风,转而抒发个人怀抱,或以怀古词的形式出现,如《桂枝香·金陵怀古》。

柳永是北宋词发展过程中的重要词人之一。柳永是第一个大力创作慢词的作家,打破了晚唐五代以来小令的主流体式。自柳永而后,慢词始能与小令分庭抗礼。慢词的长处在于篇幅较大,因而能够扩充词的内涵,提高词的表现力,如可以用叙事的方法,或者用"赋"的方法来铺衍等。如其名作《雨霖铃》:

> 寒蝉凄切。对长亭晚,骤雨初歇。都门帐饮无绪,留恋处,兰舟催发。执手相看泪眼,竟无语凝噎。念去去、千里烟波,暮霭沉沉楚天阔。　　多情自古伤离别,更那堪、冷落清秋节。今宵酒醒何处?杨柳岸、晓风残月。此去经年,应是良辰好景虚设。便纵有、千种风情,更与何人说。

词作具有很强的叙事性和情节性,有送别的环境,有别前的帐饮,有别后的思念,也有人物的动作、心绪的刻画等,这样的情景,在小令的空间里是无法充分表达的。

柳永词的题材更趋向于下层市民,如表现平民妇女的心声甚至妓女的生活,以及都市的繁华生活和市井风情,在语言上常常运用一些口语和俚语。《望海潮》是描写都市生活的代表作:

> 东南形胜,三吴都会,钱塘自古繁华。烟柳画桥,风帘翠幕,参差十万人家。云树绕堤沙,怒涛卷霜雪,天堑无涯。市列珠玑,户盈罗绮,竞豪奢。　　重湖叠𪩘清嘉,有三秋桂子,十里荷花。羌管弄晴,菱歌泛夜,嬉嬉钓叟莲娃。千骑拥高牙,乘醉听箫鼓,吟赏烟霞。异日图将好景,归去凤池夸。

柳永创制了一百多个词调,为宋词体制的完备作出了重要贡献。作为第一个对宋词进行全面革新的词人,柳永的影响是巨大的。他在词调的创制、章法的运用、题材的拓展上都给后来的词人以极大的启示。

苏轼是继柳永之后又一个对词体进行全面改革的作家。通过苏轼的努力,词最终提升了品格,从"艳科"的传统格局中突破出来,"以诗为词",使词成为一种独立的抒情诗体,为词体的发展奠定了进一步发展的方向。

在苏轼之前,词体虽有发展,但始终被视为"小道",其地位远不及诗歌重要。苏轼首先提高词的品格,从文体上认为词和诗一样可以表现个人情怀,在内容上几乎将其延伸到咏怀、言志、咏史、描写田园风光等各个方面,在风格上则开创了"豪放词"。如《念奴娇·赤壁怀古》:

> 大江东去,浪淘尽、千古风流人物。故垒西边,人道是、三国周郎赤壁。乱石穿空,惊涛拍岸,卷起千堆雪。江山如画,一时多少豪杰。　　遥想公瑾当年,小乔初嫁了,雄姿英发。羽扇纶巾,谈笑间、强虏灰飞烟灭。故国神游,多情应笑我,早生华发。人生如梦,一尊还酹江月。

苏词的最大特色是"以诗为词",词不仅可以表现诗中所能表现的各种题材和风格,也可以运用诗的表现手法,如在词中用题序、用典故等等,如《江城子·密州出猎》即用了孙权、冯唐等典故:

> 老夫聊发少年狂。左牵黄,右擎苍。锦帽貂裘,千骑卷平冈。为报倾城随太守,亲射虎,看孙郎。　　酒酣胸胆尚开张。鬓微霜,又何妨。持节云中,何日遣冯唐。会挽雕弓如满月,西北望,射天狼。

苏轼的出现,为词坛树立了新的美学典范,进一步强化了词的文学性,并深刻地影响了后来的南渡词人和辛派词人。在苏轼的影响下,苏门学士如黄庭坚、晁补之等在题材和风格上都对苏轼的词风有所发扬。

贺铸也受到苏轼的影响,并且成就高于黄、晁,如其《六州歌头》(少年侠气)表现了豪壮

的气概,情怀激烈,个性鲜明。贺铸也长于写柔情,如著名的《青玉案》:

> 凌波不过横塘路。但目送,芳尘去。锦瑟年华谁与度?月桥花院,琐窗朱户,只有春知处。　　碧云冉冉蘅皋暮,彩笔空题断肠句。试问闲愁都几许?一川烟草,满城风絮,梅子黄时雨。

这一类词语言绮丽,风格柔媚,是贺铸词风的另一面。贺铸前承《花间》之丽、柳永之调以及苏氏之壮,后启辛弃疾以至吴文英等人,是一位不可忽视的词人。

北宋中后期的词坛上,晏几道和秦观是两位杰出的词人。晏几道继承的仍是花间词的传统,以小令来写男女之情,但晏几道词中的描写对象都有确切所指,因而感情更加真挚,加上其涉世不深,故其词风可与李煜相比拟,如其为怀念歌女小蘋而作的《临江仙》:

> 梦后楼台高锁,酒醒帘幕低垂。去年春恨却来时。落花人独立,微雨燕双飞。
> 记得小蘋初见,两重心字罗衣。琵琶弦上说相思。当时明月在,曾照彩云归。

秦观之词最能体现词体之本色。他虽为苏门学士,但词风与苏轼并不相同,其词感情真挚,语言优雅,意境凄美,如《满庭芳》:

> 山抹微云,天粘衰草,画角声断谯门。暂停征棹,聊共引离尊。多少蓬莱旧事,空回首,烟霭纷纷。斜阳外,寒鸦数点,流水绕孤村。　　销魂。当此际,香囊暗解,罗带轻分。谩赢得、青楼薄倖名存。此去何时见也?襟袖上、空染啼痕。伤情处,高城望断,灯火已黄昏。

北宋后期最重要的词人是周邦彦。周邦彦更多地继承了柳永的传统,善于创作慢词,注重章法结构,讲求音律和谐,并善于融化前人诗句入词,如《兰陵王·柳》:

> 柳阴直,烟里丝丝弄碧。隋堤上、曾见几番,拂水飘绵送行色。登临望故国,谁识,京华倦客?长亭路,年去岁来,应折柔条过千尺。　　闲寻旧踪迹。又酒趁哀弦,灯照离席,梨花榆火催寒食。愁一箭风快,半篙波暖,回头迢递便数驿,望人在天北。　　凄恻,恨堆积。渐别浦萦回,津堠岑寂,斜阳冉冉春无极。念月榭携手,露桥闻笛。沉思前事,似梦里,泪暗滴。

全词之中有眼前描写,有回忆,有设想,有抒情,有叙事,有写景,虽结构繁复,但丝丝入扣,极尽回环之妙。铺叙之中,又与柳永多平铺直叙不同,而是体现出了精心设计的结构。

周邦彦之词最讲求法度,故也被称为"词中老杜",在句法、章法、炼字、音韵等方面,周邦彦都为后世词人提供了一个创作的规范。

南北宋之际的靖康之变导致了词风的转变,苏轼所开创的豪放词风在这一时期得到了发扬。在南渡词人群体中,以李清照、朱敦儒、张元干、陈与义、岳飞等人最为杰出。

李清照向来被推为婉约词人的代表,其词内容及风格以南渡为界,体现出较大差异。前期词主要描写其生活情趣以及爱情经历,风格细腻真切,如其写别后相思的《一剪梅》:

> 红藕香残玉簟秋。轻解罗裳,独上兰舟。云中谁寄锦书来,雁字回时,月满西楼。
> 花自飘零水自流。一种相思,两处闲愁。此情无计可消除,才下眉头,却上心头。

李清照后期的作品多从侧面反映国破家亡的故园之思,风格凝重,体现了一个时代的悲哀,如《永遇乐》:

落日镕金，暮云合璧，人在何处？染柳烟浓，吹梅笛怨，春意知几许？元宵佳节，融和天气，次第岂无风雨？来相召、香车宝马，谢他酒朋诗侣。　　中州盛日，闺门多暇，记得偏重三五。铺翠冠儿，撚金雪柳，簇带争济楚。如今憔悴，风鬟雾鬓，怕见夜间出去。不如向、帘儿底下，听人笑语。

这是李清照晚年流寓临安时所作，通过今昔对比，展现了时代的盛衰。

朱敦儒继承了苏轼的词风，多写自我的情怀，表现个性。靖康之难后，朱敦儒避难东南，更多地表达中原沦陷后的忧愤，如《相见欢》：

　　金陵城上西楼，倚清秋。万里夕阳垂地、大江流。　　中原乱，簪缨散，几时收？试倩悲风吹泪、过扬州。

张元干在南渡前后的词风变化最为显著，前期之词取法花间，词风绮艳；后期之词则步武苏轼，慷慨悲凉，如《贺新郎·送胡邦衡待制赴新州》：

　　梦绕神州路。怅秋风、连营画角，故宫离黍。底事昆仑倾砥柱，九地黄流乱注，聚万落千村狐兔？天意从来高难问，况人情老易悲难诉。更南浦，送君去！　　凉生岸柳催残暑。耿斜河，疏星淡月，断云微度。万里江山知何处？回首对床夜语。雁不到，书成谁与？目尽青天怀今古，肯儿曹恩怨相尔汝！举大白，听《金缕》。

陈与义的作品不多，常常通过对往事的怀念，从一个侧面表达这种流离之苦，如其著名的《临江仙·夜登小阁忆洛中旧游》：

　　忆昔午桥桥上饮，坐中多是豪英。长沟流月去无声。杏花疏影里，吹笛到天明。
　　二十余年如一梦，此身虽在堪惊。闲登小阁看新晴。古今多少事，渔唱起三更。

李纲、赵鼎、李光、胡铨、岳飞等人都是著名的抗金名臣将帅，他们的词作不多，但都从不同的侧面表达了永不屈服的抗金精神，其中以岳飞的《满江红》最为传颂：

　　怒发冲冠，凭栏处、潇潇雨歇。抬望眼、仰天长啸，壮怀激烈。三十功名尘与土，八千里路云和月。莫等闲、白了少年头，空悲切。　　靖康耻，犹未雪。臣子恨，何时灭。驾长车踏破，贺兰山缺。壮志饥餐胡虏肉，笑谈渴饮匈奴血。待从头、收拾旧山河，朝天阙。

这是一曲由热血和生命谱写的豪壮悲歌，也是南渡词人中的最强音。

南宋中后期，词坛上大家辈出，名作纷呈。以辛弃疾为首的辛派词人和以姜夔、吴文英为主的"雅词"作家双峰并峙，各有一批杰出的词人群体。

辛弃疾是宋代词人中作品最多的词人，成就也极高，进一步开拓了苏轼所开创的豪放词风，在"以诗为词"的基础上，进一步"以文为词"，彻底地解放了词体，词的艺术表现力也进一步增强，使词最终成为可与诗歌分庭抗礼的文学样式。

辛弃疾词中有强烈的民族忧患意识和历史使命感，表现军人的英勇气概，也有较强的社会批判意识，故辛词之中多英雄形象，如其在闲居退隐之时所作的《破阵子·为陈同甫赋壮语以寄》表现了军人的豪侠精神：

　　醉里挑灯看剑，梦回吹角连营。八百里分麾下炙，五十弦翻塞外声，沙场秋点兵。马作的卢飞快，弓如霹雳弦惊。了却君王天下事，赢得生前身后名，可怜白发生。

辛弃疾也写隐居田园的逸趣以及传统的婉约题材,如《清平乐》(茅檐低小)、《西江月》(明月别枝惊鹊)、《祝英台近》(宝钗分)、《青玉案·元夕》等作品,表现了作者多元的艺术才能。

在艺术上,辛弃疾"以文为词",将古文中常用的章法以及议论、对话等手法移植到词中,语言上多用经史词汇入词,扩大了词体的用语范围,如《贺新郎》:

甚矣吾衰矣!怅平生、交游零落,只今余几?白发空垂三千丈,一笑人间万事。问何物能令公喜。我见青山多妩媚,料青山见我应如是。情与貌,略相似。　　一尊搔首东窗里。想渊明、停云诗就,此时风味。江左沉酣求名者,岂识浊醪妙理?回首叫云飞风起。不恨古人吾不见,恨古人不见吾狂耳。知我者,二三子。

辛弃疾以其词境之多样性、表现手法的创造性以及语言的丰富性,对词体进行了极大的开拓,独创"稼轩体",确立豪放一派,影响极其深远。

苏辛一派词人之中,张孝祥是一位过渡性的词人,其风格上继东坡,后为稼轩之先导。张孝祥的《六州歌头》(长淮望断)痛快淋漓,具有强烈的现实批判精神,而《念奴娇·过洞庭》则表现了其词飘逸旷达的一面:

洞庭青草,近中秋,更无一点风色。玉鉴琼田三万顷,著我扁舟一叶。素月分辉,明河共影,表里俱澄澈。悠然心会,妙处难与君说。　　应念岭表经年,孤光自照,肝胆皆冰雪。短发萧骚襟袖冷,稳泛沧溟空阔。尽挹西江,细斟北斗,万象为宾客。扣舷独啸,不知今夕何夕!

陆游是辛派词人的中坚之一,其词风格悲壮豪放,如《诉衷情》:

当年万里觅封侯,匹马戍梁洲。关河梦断何处?尘暗旧貂裘。　　胡未灭,鬓先秋,泪空流。此身谁料,心在天山,身老沧州!

陈亮是辛弃疾的密友,议论是陈亮词的重要特色,其词气势逼人,风格雄放,在艺术上则讲求较少。刘过词多壮语,词风效法辛弃疾,风格也近似稼轩。

南宋末期的辛派后劲词人中,以刘克庄、陈人杰、刘辰翁、文天祥较为杰出,但辛派词人在其后期作家中,在艺术上的讲求都嫌不足,其中以刘克庄成就最大。刘克庄所处的时代,其国势之危更过于辛弃疾之时,因此词中也表现出更强烈的忧患感和现实感。

辛派词人之外,另一派词人在风格上迥然不同。这一类词人追求意境的典雅,注意雕琢字句,严守词体的音律,从题材上看多为咏物词,讲求寄托。这类词人以南宋中期的姜夔为宗主,追随者有吴文英、史达祖、高观国、陈允平、周密、王沂孙、张炎等。

姜夔是与辛弃疾同时代的大词人,他以江西诗派的诗法入词,改变了词的柔靡特色,使词显得清刚瘦硬,在意境上则营造一种冷色调,故其词的风格是"幽韵冷香""清空"。如其写恋情的《踏莎行·自沔东来,丁未元日至金陵,江上感梦而作》,以健笔抒写柔情,别具一格:

燕燕轻盈,莺莺娇软,分明又向华胥见。夜长争得薄情知?春初早被相思染。　　别后书辞,别时针线,离魂暗逐郎行远。淮南皓月冷千山,冥冥归去无人管。

姜夔继周邦彦之后进一步创作了较多的咏物词,词中往往别有寄托,这一类词中最为著名的是咏梅词《暗香》《疏影》,其既有怀人之意,也寄托了对于国事的感慨。姜词也喜用典故,进一步"雅化"了词体。在音律上,姜夔精通音乐,常作自度曲,故其词往往音调和谐。姜夔词的另一个特色是词中往往有较长的小序,序文本身的艺术价值也较高,与词作相辅相成,如其《念奴娇》(闹红一舸)的序文有一百多字,比词还长,意境甚佳:

> 予客武陵,湖北宪治在焉。古城野水,乔木参天,予与二三友日荡舟其间,薄荷花而饮,意象幽闲,不类人境。秋水且涸,荷叶出地寻丈。因列坐其下,上不见日,清风徐来,绿云自动,间于疏处,窥见游人画船,亦一乐也。揭来吴兴,数得相羊荷花中,又夜泛西湖,光影奇绝,故以此句写之。

史达祖受姜夔的影响较大,注重炼句,而以咏物词最佳,其自度曲《绮罗香·咏春雨》《双双燕·咏燕》都是咏物名作,如后一首:

> 过春社了,度帘幕中间,去年尘冷。差池欲住,试入旧巢相并。还相雕梁藻井,又软语商量不定。飘然快拂花梢,翠尾分开红影。　芳径,芹泥雨润。爱贴地争飞,竞夸轻俊。红楼归晚,看足柳昏花暝。应自栖香正稳,便忘了、天涯芳信。愁损翠黛双蛾,日日画阑独凭。

吴文英一生致力于词的创作,作品较多,也是继姜夔之后有较大成就的雅派词人。其词在表现手法上注重感性,长于幻想,往往不是通常的思维习惯所能欣赏的,如其怀古词《八声甘州·灵岩陪庾幕诸公游》:

> 渺空烟四远,是何年青天坠长星?幻苍崖云树,名娃金屋,残霸宫城。箭径酸风射眼,腻水染花腥。时靸双鸳响,廊叶秋声。　宫里吴王沉醉,倩五湖倦客,独钓醒醒。问苍天无语,华发奈山青。水涵空、阑干高处,送乱鸦斜日落渔汀。连呼酒,上琴台去,秋与云平。

继周邦彦之后,吴文英在词的章法上进一步打破叙述的顺序,词体绵密曲折,往往给人以时空交错之感,造成了词的多义和晦涩,如其著名的长篇词作《莺啼序》。此词并没有一个完整的逻辑结构,而是用跳跃性的思维将全词连缀起来,类似于现代的意识流手法,因此古人说它"如七宝楼台,眩人眼目,碎拆下来,不成片断"(张炎语)。与此相适应,吴文英的语言也同样以感性为主,色彩华丽而具有象征意味,如以"腻涨红波"写池水,以"倩霞艳锦"写云彩,以"剪红情,裁绿意"来写情绪等等;又喜用典故,语义深晦,这一点颇类似于诗人李贺。

王沂孙工于咏物,善用拟人手法,糅合典故,往往有寄托之概。张炎最推尊姜夔,其词风也多受姜夔影响,词作中有身世之感及亡国之痛,亦以咏物词著称。张炎和姜夔对于清初词人影响甚大。张炎的名作如《解连环·孤雁》:

> 楚江空晚,怅离群万里,恍然惊散。自顾影、欲下寒塘,正沙净草枯,水平天远。写不成书,只寄得、相思一点。料因循误了,残毡拥雪,故人心眼。　谁怜旅愁荏苒。谩长门夜悄,锦筝弹怨。想伴侣、犹宿芦花,也曾念春前,去程应转。暮雨相呼,怕蓦地、玉关重见。未羞他、双燕归来,画帘半卷。

词借孤雁之失群喻国破之后的流离之感。

宋末词人中,蒋捷独具特色,其词风流畅而含蓄,不主于一家,如《虞美人·听雨》:

> 少年听雨歌楼上,红烛昏罗帐。壮年听雨客舟中,江阔云低,断雁叫西风。　而

今听雨僧庐下,鬓已星星也。悲欢离合总无情,一任阶前,点滴到天明。

金代词人以元好问最为杰出,词作众多,词风与其诗风相近,气象雄浑,意境博大,如《木兰花慢·游三台》《水调歌头·赋三门津》等;也不乏深婉之作,如广为传诵的《摸鱼儿》:

问世间、情是何物,直教生死相许。天南地北双飞客,老翅几回寒暑。欢乐趣,离别苦,就中更有痴儿女。君应有语。渺万里层云,千山暮雪,只影向谁去。　横汾路,寂寞当年箫鼓。荒烟依旧平楚。招魂楚些何嗟及,山鬼暗啼风雨。天也妒。未信与,莺儿燕子俱黄土,千秋万古。为留待骚人,狂歌痛饮,来访雁丘处。

三、宋　文

宋初承晚唐五代的遗风,为文多用骈体,五代入宋之臣,如李昉、徐铉等人,文风浮艳,虽有柳开、梁周翰等人提倡古文,但未有创作上的实绩,影响不大。宋初散文成就较高的是王禹偁,其文如《黄州新建小竹楼记》《待漏院记》《唐河店妪传》,语言平易而流畅,初显宋文的特色。在理论建设上,宋初的柳开重新提出复古的主张,强调道统的重要性,反对文体的华丽:"文恶辞之华于理,不恶理之华于辞也。"穆修与柳开同调,但他们的创作水平都不高。

伴随着范仲淹、欧阳修等人政治改革的开展,儒学逐步得到复兴,而与此相关的古文传统也渐渐得到重视,因而欧阳修所领导的诗文革新运动无论在政治上、学术上,还是文学本身,条件都已经成熟。欧阳修等人最初所打击的是当时流行的"西昆体",后来也包括险怪的"太学体"古文。宋仁宗嘉祐二年,欧阳修利用主持贡举的机会,打击了"太学体",数年之后,这种文风基本上消失了。

宋代的诗文革新运动是唐代古文运动的延续。宋初提倡复古的学者,多偏重于"道"的阐发,而欧阳修则认为当文道并重:"道纯则充于中者实,中实充则发为文者辉光。"将"文"与"道"并提,这无疑提高了"文"的地位,从根本上继承了韩愈的文学传统。

欧阳修在散文的创作上取得了卓越的成就。他的散文多是有为而作,如其论文多与时事有关,《朋党论》是其与保守势力作论争的结果,《与高司谏书》义正辞严地揭露高若讷在政治上的卑劣行径,《五代史》中的史论则是其历史观与政治观的集中表达。欧阳修的记叙文如《丰乐亭记》《醉翁亭记》等文内容充实,抒情性很强;《泷冈阡表》追忆父母,细腻逼真,声情并茂。这也是他大部分散文的共同特性,即感情充沛,言之有物。

欧阳修对文体的发展也有很大的贡献。他在前代骈赋、律赋的基础上开创了文赋,著名的《秋声赋》既保留了骈赋的优点,又融入散文的因素,对赋体的发展变化影响很大。欧阳修对四六文也进行了改造,常常在四六文中融入古文笔法,如《上随州钱相公启》《蔡州乞致仕第二表》等都有这样的特点。

在语言风格上,欧阳修的散文创造了一种平易自然的文风,这是唐代以来散文领域的重要变化,也为宋代文风的变化开启了一代风尚。

稍晚于欧阳修,文坛上出现了一大批优秀的散文作家,如王安石、曾巩以及苏洵、苏轼、苏辙。

王安石以政治家自命,因此对散文实用性的重视超过其艺术性。他的散文也大多数直接为政治服务,因此论点鲜明,逻辑性强,如《上仁宗皇帝言事书》《本朝百年无事劄子》等。王安石的短文最具个性特征,如《答司马谏议书》,文笔简洁明了,旨意分明;如果将它与司马光的来书比较，极明显地就可以看出这一特色。《读孟尝君传》被人称为"尺幅千里"之作，文虽不足百字，但层次迭出，论证周密。逻辑性、议论性强以及简洁是王安石的典型特色，甚至游记也是如此，如《游褒禅山记》游记之笔很少，倒是议论的内容占了较多的笔墨。

曾巩是与王安石同时的古文名家，其文以平正古雅为主要风格，文字简练，结构严谨，长于议论，如《墨池记》《唐论》等。

苏轼继承韩愈、欧阳修以来文、道并重的思想，认为文章本身有独立的价值，道也不限于儒家之道，而文章的写作也应该有各种形态，不必拘于一格，根据文章的需要而变化，"随物赋形"，"常行于所当行，常止于不可不止"。

苏轼的议论文如史论、政论等颇有纵横家的习气，喜作翻案文章，见解新颖独到而能自圆其说，典型的如《贾谊论》《留侯论》等，成为宋代士子竞相仿效的范文，甚至有"苏文熟，吃羊肉；苏文生，吃菜羹"的说法。

苏轼的记叙文以及游记文艺术价值更高。在这些文章中，苏轼将散文的记叙、抒情、议论等功能发挥得淋漓尽致，如《石钟山记》以简洁的笔调记载了自己的一次考察游历，这种游历中包含了作者所营造的一个优美意境，而文章的结尾却是要说明"事不目见耳闻，而臆断其有无，可乎"这样的道理，叙事、抒情、说理三者浑然一体。其他如《喜雨亭记》《凌虚台记》《超然台记》《墨妙亭记》《放鹤亭记》这些对亭台楼阁的记述，或偏于议论，或偏于叙事，但都给人以浓郁的抒情意味。

苏轼的杂文则多表现出他文无定法、随事点染的艺术特征，如《日喻》《文与可画筼筜谷偃竹记》《记承天寺夜游》等，或长于比喻，或夹叙夹议，或短小精致，从不同的侧面体现了苏轼行云流水的文章风格。

在辞赋和四六文方面，苏轼也以其高妙的笔端取得了极高的成就。在欧阳修的基础上，苏轼进一步发挥了"文赋"的特色，在辞赋中更多地融入散文笔法和抒情意味，创造出了《赤壁赋》和《后赤壁赋》这样的名作。苏轼的四六文也具备这样的特色，如其制诰文典雅雄浑，甚至在表、启等套式很强的文章中也舒卷自如地表现自己的性情。就散文的文学成就而言，苏轼在宋代散文家中达到了最高水平。

苏洵的大部分文章是议论文，其特色近于孟子的论辩文以及《战国策》风格的纵横文，上继韩、欧，下开苏轼、苏辙兄弟。其总体特点是纵横恣肆、气势磅礴，其中以《权书》《衡论》及史论最有特色，政论多有为而发。

苏辙的散文与父兄并称，自成一家。在文章的奇峭处不如其父，雄伟处不如其兄，但"汪洋澹泊，一唱三叹"，以平和冲淡为其主要特色，代表作为《历代论》，虽偶有翻空出奇之处，但多立论平稳。其记叙文如《武昌九曲亭记》《黄州快哉亭记》等，叙事及议论生动自然，清新明快，也颇有特点。

南宋时期没有出现像欧、苏那样的散文大家，但散文的总体成就仍然达到了一个较高的水准。

南渡之初的散文以议论文为主，主题多与当时国事有关，文章多以实用为主，并不注重文章的技巧表达，如宗泽的《乞毋割地与金人疏》、李纲的《请立志以成中兴疏》、陈东的《上高宗第一疏》等，其中以岳飞的《五岳盟祠记》以及胡铨的《戊午上高宗封事》最为著名。《五岳盟祠记》为抗金檄文，辞气慷慨；《戊午上高宗封事》怒斥秦桧的卖国行径，并将锋芒指向高宗，文章一出，立刻广为流传。

南宋中期仍以政论文为主,这时的代表作家是陈亮和辛弃疾。陈亮的政论文多是陈时弊、力图恢复之作,如《中兴五论》《上孝宗皇帝书》等,河奔海聚,气势极盛。其史论《酌古论》以论兵事为主,有纵横气,也好出奇论,受到苏轼较大的影响。辛弃疾的政论《美芹十论》《九议》,对当时的形势进行了全面的分析,风格与陈亮相近,也受到三苏较大影响,"有《权书》《衡论》之风"。

笔记文是南宋时期较为发达的文章形式,其中不少小品文也达到了较高的文学成就,如陆游的《入蜀记》《老学庵笔记》、洪迈的《容斋随笔》、罗大经的《鹤林玉露》等。这些笔记文中的小品文,有的清新隽永,有的妙趣横生,可视为晚明小品文的先驱。

理学家对南宋散文的发展有较大的影响,朱熹、吕祖谦、叶适、真德秀等人的文论或编选的散文集都在当时产生了重要作用。朱熹虽然将"道"放在第一位,但并不完全抹杀"文"的价值,为散文的发展留下了一席之地。朱熹的思想自南宋末期成为官方的主导思想,对南宋以及后世散文发展有重要影响。吕祖谦身为古文家,曾写《论作文法》来讨论文章技巧,并编选《吕氏家塾增注三苏文选》《宋文鉴》,又创作《东莱博议》来指导士子的散文创作。叶适的散文流畅峻洁,为南宋重要的散文家之一,与其学术相关,他主张文章为事功而作。南宋后期的真德秀编选的《文章正宗》及《续文章正宗》遵从朱熹的观点,为文要求"明义理,切世用",以理学观念指导散文创作,对文章发展有一定的消极影响。

四六文在南宋时期有一定的发展,前期的主要作家有汪藻、孙觌、洪适、周必大等,而以汪藻最为突出,其著名的《皇太后告天下手书》《建炎三年十一月三日德音》等曲尽情事,真切感人。陆游、杨万里等人的四六文也颇有特色。南宋中后期的四六名家有李刘、李廷忠等,其中李刘最为著名,他的不少作品语言工丽、用典贴切,颇为人称道,但大多数作品过分追求辞藻,气格较弱。

和子由渑池怀旧[1]

苏　轼

人生到处知何似,应似飞鸿踏雪泥。泥上偶然留指爪,鸿飞那复计东西。老僧已死成新塔[2],坏壁无由见旧题[3]。往日崎岖还记否,路长人困蹇驴嘶[4]。

注　释

[1] 选自《苏轼诗集合注》(上海古籍出版社2001年版)。子由,苏轼弟苏辙,字子由。渑池,今河南渑池县。这首诗是次苏辙《怀渑池寄子瞻兄》原韵而作。苏辙原诗为:"相携话别郑原上,共道长途怕雪泥。归骑还寻大梁陌,行人已度古崤西。曾为县吏民知否?旧宿僧房壁共题。遥想独游佳味少,无方骓马但鸣嘶。"

[2] 老僧:指僧人奉贤。新塔:僧人死不用墓葬,常是火葬后造一小塔以藏其骨灰。

[3] "坏壁"句:苏辙原诗云"昔宿僧房壁共题",并于其下自注:"昔与子瞻应举,过宿县

中寺舍,题老僧奉闲之壁。"

[4]蹇驴:跛脚的驴。苏轼自注:"往岁,马死于二陵(即崤山,在渑池西),骑驴至渑池。"

解题及赏析

苏轼(1037—1101),字子瞻,号东坡居士,眉州眉山(今四川眉山县)人。宋仁宗嘉祐二年(1057),受欧阳修赏识,考中进士。苏轼一生仕途坎坷,多次遭贬。他在政治上主张慎重,注重政策的实际效果,在王安石推行新法时,苏轼持反对态度,并主动要求外放,先通判杭州,后转知密州、徐州、湖州。元丰二年(1079),苏轼因作诗讽刺新政,被捕下狱,这就是有名的"乌台诗案"。后经营救出狱,被贬为黄州(今湖北黄冈)团练副使。哲宗即位后,反对新法的司马光等旧党入朝任要职,苏轼被召还朝。但他对司马光废除一切新法的做法持不同意见,结果又受到旧党的多次排斥打击,相继出任杭州、颍州、扬州等地。到他五十九岁时,新党再度执政,他先后被贬到惠州和儋州。徽宗即位,他因大赦内徙,次年七月卒于常州。谥号文忠。著有《东坡全集》《东坡乐府》,留有二千七百多首诗、三百多首词以及许多优秀的散文。

苏轼是北宋文坛继欧阳修之后的又一位文坛领袖,他才华横溢,学识渊博,在文、诗、词各领域都取得了卓越成就,使宋代文学发展到了一个新的高峰。而在诗歌方面,苏轼更是博采众长,开有宋一代诗歌的新风气。清人赵翼曾如此评价苏诗:"天生健笔一枝,爽如哀梨,快如并剪,有必达之隐,无难显之情,此所以继李、杜后为一大家也。"(《瓯北诗话》)

在苏轼所有的诗歌里,数量最多也最为人所称道的是那些从日常生活小事和寻常遭遇出发,抒发人生感受甚至由此总结出人生哲理的诗。这首《和子由渑池怀旧》便是一首脍炙人口的理趣诗。嘉祐六年(1061),作者赴任凤翔府(今属陕西)签判,其弟苏辙送他至郑州,然后返回京城开封,写了一首《怀渑池寄子瞻兄》寄赠。此诗为作者依原韵而写的和诗。

"人生到处知何似",首联一个问句劈空而来,突兀不凡,直奔人生之要宗,豪放飘逸,气势凌厉,发人深省。在诗人的眼里,人生四处漂泊,到底像什么呢?问题如此抽象、阔大,要答好它着实不易,尤其是用诗歌这样短小精悍的艺术体裁来作答。试看苏轼的回答:"应似飞鸿踏雪泥"。他说,这一切就像飞翔的鸿雁停踏在雪泥之上罢了。清人查慎行《苏诗补注》中记载,这个比喻化用了《景德传灯录》中天衣义怀禅师之语"雁过长空,影沈寒水。雁无遗迹之意,水无留影之心"。苏轼据此提炼生发出一个精妙的比喻来作答,既深刻精练,又新颖形象,给人以无穷的遐想。

"泥上偶然留指爪,鸿飞那复计东西",颔联紧承首联诗意,继续从喻体的角度对此答案进行详解,进一步拓展诗意。字面上是说:人生来来去去,留下了许多回忆,就像鸿雁偶然驻足暂栖,在雪泥之上留下了指爪的印记。待到鸿雁飞去,哪里还会计较这些曾经的一痕半爪呢?由于苏辙在原诗中略带感伤地追忆了与苏轼一起经历过的往事,苏轼正借此在劝慰弟弟:人生亦是如此啊,风云际遇,离合无常,往事不过是时间的痕迹,何必念念不忘、缠绕于心呢?这二联譬喻精当,意蕴丰富,而且浑然一体,如行云流水般一气直下,显示了作者雄健的才力。苏轼天性超脱旷达,他既看到了人生的虚无与偶然,又指出不必太过执著于过往,悲欢得失都只是生命的常态,要胸怀坦荡、随遇而安。

　　苏轼以哲人的睿智从日常生活中总结出哲理,增添了诗歌的内涵;同时他又以文学家的才情,创造出"雪泥鸿爪"这样一个新颖、生动的意象,使哲理与形象有机融为一体,保持了诗歌的意趣。而"雪泥鸿爪"面世后即作为成语而流传于世。苏轼的《题西林壁》《琴诗》等诗作,也都属于这种理趣诗,寄理于象、寓理于形,意在言外,余味无穷。正所谓"出新意于法度之中,寄妙理于豪放之外"(《书吴道子画后》),苏轼对吴道子画作的这句评价也适用于概括他的诗歌追求。

　　作为和诗,颈联紧扣苏辙原诗,并通过现实物事进一步诠释前二联哲理,使之形成回环呼应的效果。苏辙诗中云"旧宿僧房壁共题",指的是宋仁宗嘉祐元年(1056),苏轼父子三人离别家乡去京城应试一事。途中经过渑池县,曾投宿佛寺,并题诗于老僧奉闲的墙壁上。而如今苏轼首次赴任外省官职,再次经过渑池。"老僧已死成新塔,坏壁无由见旧题",他告诉弟弟:当年见过的老僧已然圆寂,只有新砌的墓塔高高耸立;而禅房的墙壁早已破损,无从寻找当年的题诗。不过短短五年时间,就事过境迁、物是人非。而世事之难料、人生之无定,就如同鸿飞雪化后,一切都会泯然无存,所以不用计较偶然留下的指爪痕迹。苏轼以其超拔的识见,表达出对人生的偶然性、虚无性及种种妄念的超越。

　　苏辙原诗尾联云"遥想独游佳味少,无方骓马但鸣嘶",寄托了对哥哥孤身远游的思念。作为回答与呼应,苏轼最后两句以白描手法回忆了兄弟俩当年一起骑跛驴过崎岖山道的往事。当年进京应试,路遥道险,马匹累死后,不得不骑驴而行,一路颠簸,人困驴嘶。但苏轼的高妙之处还在于他超拔出原作的立意,用睿智与豁达化解了人生的悖论,指出一种更为乐观向上、积极进取的人生态度。往日的崎岖早已成为如今的温暖回忆,从前为求取功名而跋涉道中的无名士子如今已赴任就职,人生之顺逆、穷达又怎可预料? 所以,在人生的漫漫长途之上,不可一味执著,而应始终以一颗平常心看待万事万物,做到随缘自适。

　　这首诗融叙事、说理、议论于一体,内蕴深厚,却又诗意盎然,语言流畅明快。宋诗一般长于说理却通常显得枯燥乏味,而苏轼此作则避免了这个缺点,是哲理诗中的佳作。

　　从诗歌的艺术技巧上而言,此诗的前两联也颇富特色。纪昀曾评道:"前四句单行入律,唐人旧格;而意境恣逸,则东坡之本色。"严格说来,律诗的第二联要求对仗,在诗意上要两两相对。苏轼此诗颔联虽于字面上可算对仗,但诗意却承上直说,一气呵成,此即"单行入律"。苏轼天资高妙,不循常规,使全诗动荡有致,恣肆流利,气势非凡。

习题

　　1. 成语"雪泥鸿爪"就出自苏轼的这首诗歌,请查检相关资料,看看还有哪些与苏轼有关的成语? 并说出其中的典故。(提示:夜雨对床、不合时宜、明日黄花、水落石出、冰肌玉骨等)

　　2. 苏轼在这首诗中借助生动的形象表达了人生的某种感悟,其实这也是宋代哲理诗的一个普遍特色,如王安石《登飞来峰》"不畏浮云遮望眼,自缘身在最高层",朱熹《观书有感》"问渠那得清如许,为有源头活水来"等,都是如此。请简析如此说理的妙处。

　　3. 苏轼有许多精妙、深刻的理趣诗。请仔细阅读这首诗作《正月二十日与潘、郭二生出郊寻春,忽记去年是日同至女王城作诗,乃和前韵》,写一篇赏析文章。

东风未肯入东门,走马还寻去岁村。人似秋鸿来有信,事如春梦了无痕。江城白酒三杯酽,野老苍颜一笑温。已约年年为此会,故人不用赋招魂。

作品选读

寄黄几复[1]

黄庭坚

我居北海君南海[2],寄雁传书谢不能。桃李春风一杯酒,江湖夜雨十年灯[3]。持家但有四立壁[4],治病不蕲三折肱[5]。想见读书头已白,隔溪猿哭瘴溪藤[6]。

注释

[1] 选自《黄庭坚诗集注》(中华书局2003年版)。黄几复,名介,南昌(今江西省南昌市)人,与作者少年交游。

[2] "我居北海"句:此句指二人相隔之遥。《左传》僖公四年:"齐侯以诸侯之师侵蔡,蔡溃,遂伐楚。楚子使与师言曰:'君处北海,寡人处南海,唯是风马牛不相及也。……'"春秋时齐国处于北方近海之地,楚国处于南方近海之地,故一称北海,一称南海。作者曾有跋云:"几复在广州四会(今属广东省),予在德州(治所在今山东省德州市)德平镇,皆海滨也。"

[3] 十年:据《黄几复墓志铭》所载,黄庭坚与黄几复于熙宁九年(1076)同科出身。此处谓京师欢聚后,一别就是十年。

[4] 四立壁:即家徒四壁,贫无所有。《史记·司马相如列传》:"文君夜奔相如,相如驰归成都,家居徒四壁立。"

[5] 蕲(qí):通"祈",求。三折肱(gōng):喻阅历多。《左传》定公十三年:"三折肱,知为良医。"这句是称道黄几复有治世的才能,不待阅历丰富,已有良好政绩。

[6] 瘴溪:旧传广东一带多瘴气,故云。

解题及赏析

黄庭坚(1045—1105),字鲁直,自号山谷道人,又号涪翁,江西分宁(今江西修水)人。他于英宗治平年间中进士,以诗为苏轼所称赏。元丰八年(1085)旧党执政后,被擢作国史编修官,参与编写《神宗实录》,与苏轼等人唱和,来往密切。从哲宗绍圣元年(1094)开始,新党又被复用,黄庭坚先后被贬谪到黔州(今四川彭水)、戎州(今四川宜宾),最后卒于荒远的宜州

(今广西宜山)。著有《山谷集》。

在宋代诗坛上,黄庭坚以诗负盛名,与苏轼并称"苏黄"。他强调要写好诗,必须多读书,只有"胸中有万卷书",才能"笔下无一点尘俗气",主张在熟读大量典籍的基础上,巧妙化用前人诗词典故,"以俗为雅,以故为新"、"以腐朽为神奇",从而摒弃陈词滥调,推陈出新,这就是著名的"点铁成金"与"夺胎换骨"说。此外,在具体的表现手法上,他不循常规,多用拗句,押险韵,声律拗峭,语言奇崛,形成瘦硬奇拗的艺术风格。他曾言"文章最忌随人后"(《赠谢敞王博喻》),"随人作计终后人,自成一家始逼真"(《以右军书数种赠丘十四》)。本着这种自觉的求新求变的艺术宗旨,通过大量的诗歌写作实践,黄庭坚概括并总结出一系列诗歌写作理论及方法,为许多青年诗人提供了作诗的法度,在宋代诗坛上独树一帜,后人称为"黄庭坚体"或"山谷体"。

这首《寄黄几复》是黄庭坚的代表作之一,较好地体现了其诗歌独特的艺术风貌。

首联"我居北海君南海,寄雁传书谢不能",直接切题,指出二人空间相距之遥,互通音信之难。作者曾有跋云:"几复在广州四会,予在德州德平镇,皆海滨也。"而用"北海""南海"来指称二人所在地,是化用《左传》典故,极言距离之遥远。一北一南,虽同为海滨,却"相思迢递隔重城"(李商隐《宿骆氏亭寄崔雍崔衮》),相聚更是茫茫无期。"寄雁传书"用的是《汉书·苏武传》"鸿雁传书"的熟典。而"谢不能"三字则在此典的基础上使诗意更翻进一层,写出一定新意,指出万里关山的阻隔甚至使得平日间彼此的寄信问候都极为不便。陈衍《宋诗精华录》评曰:"次句语妙,化臭腐为神奇也。"起首两句皆用典,既丰富了诗句的内涵,体现了作者"无一字无来处"(《答洪驹父书》)的艺术主张,又有推陈出新之妙。

颔联是千古名句。黄庭坚曾自注此诗:"乙丑年德平镇作。"乙丑年即宋神宗元丰八年(1085),距熙宁九年(1076)作者与黄几复京师相聚后,一别已是十年。上句回忆了当年同科好友在京师意气风发、诗酒流连的快意生活,下句则描绘了而今孤灯相伴、天各一方的凄凉境况。此联与白居易的"春风桃李花开日,秋雨梧桐叶落时"(《长恨歌》)同一机杼,但黄庭坚的诗句在意境上显得更为深沉、阔大。《王直方诗话》云:"张文潜谓余曰:黄九云:'桃李春风一杯酒,江湖夜雨十年灯',真奇语。"从字面上看,此联用字浅近直白,所用意象也极为平易通俗,然而组成诗句后的意境却十分新奇高妙。一是上下句意象形成鲜明的对照,烘托出思念之深切。上句以"桃李、春风、酒"三个意象,概括了人生的美景良辰。作者与黄几复当年都刚刚考中进士,对仕途对人生无不充满了美好的期待与渴盼,有着"春风得意马蹄疾,一日看尽长安花"(孟郊《登第》)的骄傲与自得,如今回忆起来往事历历在目,欢乐永铭于心。而下句则以"江湖、夜雨、灯"三意象作对,描绘了今日江湖漂泊、风流云散的图景。这三个意象在历代诗文中本颇为习见,如"江湖多风波,舟楫恐失坠"(杜甫《梦李白》)、"君问归期未有期,巴山夜雨涨秋池"(李商隐《夜雨寄北》),但将之组合到一句诗中,却十分新颖而富有深意,使人顿兴人生如寄、世事多艰之感,画面感极强。从前的"乐景"反衬出今日"哀景"的深切难熬,今日的"哀景"又更显出从前"乐景"的短暂可贵,而以数量词"一杯"对"十年",则进一步加强了哀乐分明之感。二是上下句纯用名词堆叠,无一动词连缀,却丝毫不妨碍文气的连贯通畅,构思新巧、奇警。温庭筠的"鸡声茅店月,人迹板桥霜"(《商山早行》),陆游的"楼船夜雪瓜洲渡,铁马秋风大散关"(《书愤》)也是此种手法。

颈联"持家但有四立壁,治病不蕲三折肱",写黄几复生活清贫如洗,并赞誉他是治国良材,指出其境遇和才华的不相匹配。其中"四立壁"用的是司马相如"家居徒四壁立"(《史记·司马相如列传》)的典故,其实也暗示了黄几复为官的清正廉洁;"三折肱"则反用《左传》"三折肱,知为良医"的典故,暗喻黄几复是治国良材,无需久经磨砺,便有突出政绩,言外之意则是感叹他政途不顺,久沉下僚。

尾联"想见读书头已白,隔溪猿哭瘴溪藤",荡开一笔,切入对黄几复现实生活环境的想象。上句化用了杜甫"匡山读书处,头白好归来"(《不见》)之诗意。广西属南蛮之地,旧传多瘴气毒雾,不宜久居。黄几复在这样恶劣荒凉的环境之中仍勤读不辍,直至白头,这越发证明其操守品行之坚定不移;而猿猴的哀鸣似乎也在为他的遭遇鸣不平。全诗最终以如此凄凉的意境收尾,使得诗风更显苍劲深沉、古朴老辣。

整首诗中,作者多处用典,蕴藉丰富,并巧妙变化,翻新出奇,体现了作者深厚的学养和精深的诗歌技巧。黄庭坚特别推崇杜甫,他曾说:"老杜作诗,退之为文,无一字无来处,盖后人读书少,故谓韩、杜自作此语耳。古之能为文章者,真能陶冶万物,虽取古人之陈言入于翰墨者,如灵丹一粒,点铁成金也。"(《答洪驹父》)这首诗便有力地体现出其诗歌主张。

习 题

1. 作者在第二联中巧妙运用了"意象叠加"的方式来创造意境,表达情感。请说一说在你学过的诗词曲中,有哪些作品也同样运用了这种方式,这样构思的好处在哪里。

2. 古诗词中有许多脍炙人口的描写友情的名句,请至少举出五句,并谈谈你对友情的看法。

3. 请阅读黄庭坚的这首《登快阁》,写一篇文学鉴赏文章。

　　痴儿了却公家事,快阁东西倚晚晴。落木千山天远大,澄江一道月分明。朱弦已为佳人绝,青眼聊因美酒横。万里归船弄长笛,此心吾与白鸥盟。

书　愤[1]

陆　游

早岁那知世事艰[2],中原北望气如山。楼船夜雪瓜洲渡[3],铁马秋风大散关[4]。塞上长城空自许[5],镜中衰鬓已先斑。《出师》一表真名世[6],千载谁堪伯仲间[7]。

注　释

[1] 选自《剑南诗稿校注》(上海古籍出版社1985年版)。

[2] 世事艰:指恢复中原之事不断受到投降派的阻挠和破坏。

[3] 瓜洲：即瓜洲镇，在今江苏省邗江县南长江滨，与镇江斜相对峙，是江防要地。宋高宗绍兴三十一年(1161)，金主完颜亮率数十万大军渡淮南侵。宋将刘锜、虞允文等在瓜州、采石一带拒守，结果，完颜亮被部下所杀，金兵溃退。《剑南诗稿》卷十《过采石有感》："快心初见万楼船。"楼船，指战船。据《史记·平准书》记载，汉武帝曾于昆明池中治楼船，高十余丈，以习水战。

[4] 铁马秋风：形容军容壮盛，兼有失去恢复良机的感慨。铁马，披着铁甲的战马。大散关：在今陕西宝鸡市西南。当时南宋与金，西以大散关为界。绍兴三十一年(1161)秋，金人占据大散关。第二年春，抗金名将吴璘在前线率师反攻，以主力进击大散关。另外，陆游还在此句中自述宋孝宗乾道八年(1172)在南郑(今陕西省汉中县)参加王炎军幕事。王炎与陆游积极筹划进兵长安，曾强渡渭水，与金兵在大散关发生遭遇战。这年九月，王炎被调回临安，反攻计划未能实现。《剑南诗稿》卷三《归次汉中境上》："良时恐作他年恨，大散关头又一秋。"

[5] 塞上长城：南朝刘宋名将檀道济，自称为"万里长城"(《南史·檀道济传》)。

[6] 出师一表：蜀汉后主建兴五年(227)三月，诸葛亮率大军由汉中北伐曹魏，上《出师表》，其中有"兴复汉室，还于旧都"之语。这也正是陆游生平的抱负所在。

[7] 伯仲间：意指可以相提并论。伯仲，原指兄弟间长幼的次序，引申为衡量人物差等之词。杜甫《咏怀古迹》第五首咏诸葛亮，有"伯仲之间见伊吕"语，此翻用其意，是说无人可与诸葛亮相比。

解题及赏析

陆游(1125—1210)，字务观，号放翁，越州山阴(今浙江绍兴)人。陆游出生的第二年正是靖康元年，适逢金兵南侵，父亲陆宰携家眷离开中原南归。成年后陆游的生活与创作经历大致可分为三个时期：一、四十五岁以前，他任镇江通判等职，后因赞助张浚北伐而罢职家居；二、自四十六岁入蜀从军至六十五岁被劾罢官；三、六十六岁以后在山阴农村闲居二十年。其中第二个阶段是陆游诗歌臻于成熟的关键时期。嘉定二年(1209)年底，八十五岁的陆游一病不起，临终留下了著名的《示儿》诗，抱着"但悲不见九州同"的遗恨与世长辞。陆游一生创作甚富，其《剑南诗稿》八十五卷，收诗九千余首，另有《渭南文集》五十卷，包括词二卷。

陆游最突出的成就在诗歌，其内容极为丰富，几乎涵盖了社会生活的各个方面。其中，表现爱国主题的作品又占了绝大多数，表达了积极抗战、收复失地的抱负，谴责并揭穿了投降派的卖国行径，抒发壮志难酬、烈士暮年的悲慨。

陆游的诗歌在思想性和艺术性方面都取得了较高的成就。他早年学诗于曾几，深受江西诗派影响；后又转益多师，中年以后广泛汲取他人所长，以屈原、陶谢、李杜、元白乃至宋代的梅苏等人为学习榜样，最终形成了以现实主义为主，同时又具有浓郁浪漫主义色彩的这样一种多样化的艺术风格。作为一位杰出的爱国主义诗人，陆游始终关心国家民族的命运，他将自己的豪情壮志和悲愤忧愁都化为诗篇，使得诗歌风格兼具杜甫的沉郁顿挫和李白的豪放飘逸，形成了独特的奔放雄浑的诗风。陆诗风格的多样性还表现在：他善于根据诗歌表现内容的差异,灵活运用诗风,如在表现山水景物和日常生活的诗歌中,表现出清丽素朴、平和冲淡的风格。此外,在诗歌语言上,陆诗呈现出晓畅平易、自然简朴的特色。他认为"好诗如灵丹,不杂膻荤肠"(《夜坐示桑甥十韵》),追求"无一语不天成"(方回《跋遂初尤先生尚书诗》)的境界,反对雕琢和追求奇险,认为"雕琢自是人间病,奇险尤伤气骨多"(《读近人诗》),一定程度上纠正了江西诗派的弊端。在体裁方面,陆游各体皆工,而尤擅七律、七绝,七古亦颇具特色。

这首《书愤》是宋孝宗淳熙十三年(1186)春,六十二岁的陆游在山阴时所作。其时陆游才得到朝廷起用他为严州知州的任命,此前他已赋闲乡居六年。诗人虽新得职守,却并无欣喜之情,因为在坎坷抑郁、壮志难酬的大半生过去后,他对南宋小朝廷的苟安投降姿态已失望透顶。在此诗中,他抚今追昔,追述壮岁意气,又自伤老大迟暮,感慨世事多艰,小人误国,恢复中原的良机一去而不可复得。诗句流露出几许辛酸和万千感慨,笔调激昂悲壮,乃是"忠愤气填膺"之作。

首联"早岁那知世事艰,中原北望气如山",诗人从对早年心情的追忆起笔,既是对世事艰难的慨叹,也写出了回首当年如山豪气时的自豪。诗人早年那天真勇敢、乐观进取的风发意气与朝廷软弱及小人用事造成的艰难时局形成了鲜明的对立。"那知"一词以反问的语气深沉真切地吐露了时过境迁之后,有志之士的辛酸失望、忧愤创痛之感。

颔联描写宋兵在东南和西北两大战线上抗击金兵的史事,同时骡绘了诗人戎马生涯的踪迹。"楼船夜雪"句,系指宋高宗绍兴三十一年(1161)冬,金主亮南侵,拟从瓜州渡江,宋将虞允文等造战船拒守,终使金兵溃退之事。用"夜雪"一词来描写瓜州渡,更增添了战争的肃穆气氛及庄严感,同时又可使人联想到唐代李愬雪夜入蔡州,出奇制胜,一举擒灭叛将吴元济的故事。而在此次大捷的两年后即隆兴元年(1163)的冬天,正赞助张浚北伐的陆游出任镇江府通判,曾与韩元吉等踏雪登焦山,"置酒上方,烽火未息,望风掊战舰,在烟霭间,慨然尽醉"(陆游《焦山题名》石刻)。

"铁马秋风"句,描绘了大散关之战:绍兴三十一年秋,金人占据大散关,吴璘部与之激战,大散关失而复得。此处描写也融入了诗人在乾道八年(1172)参加王炎军幕的经历。所谓"我昔从戎清渭侧,散关嵯峨下临贼"(《江北庄取米到作饭香甚有感》),当时陆游还曾向王炎"陈进取之策","以为经略中原必自长安始,取长安必自陇右始,当积粟练兵,有衅则攻"(《宋史·陆游传》)。然而,王炎不久另调,诗人的北征志愿又一次在"良时恐作他年恨"(《归次汉中境上》)的叹息中落空。"铁马秋风"是颇富豪壮意味的意象,"铁马"形象劲健昂扬,为陆游所喜用,如"铁马冰河入梦来"(《十一月四日风雨大作》)、"空怀铁马横戈意"(《次韵季长见示》)等,而"秋风"一词使人联想到"沙场秋点兵"的雄伟场面。此外,这一联上下两句都用名词叠加,一连串意象的连用,在读者面前展现出一幅波澜壮阔的战争图卷,具有强烈的感染力。

颈联转入对如今年华老大、报国无门的忧愤。"塞上长城"典出《南史·檀道济传》。南朝时刘宋名将檀道济北伐有功,却因遭猜忌被宋文帝冤杀,死前曾怒叱:"自坏汝万里长城!"诗人化用此典,不仅表达了"自许"自信,更表达了对昏庸的统治者的愤慨。一个"空"字,展现了诗人内心的无比悲怆之情。"镜中衰鬓已先斑",写出了英雄老去的徒然伤悲。陆游《闻雨》"慷慨心犹壮,蹉跎鬓已秋",表达的也是这种含义。诗人"位卑未敢忘忧国"(《病起抒怀》),而以老大迟暮的悲伤语表现其激愤之情。

所以，尾联"《出师》一表真名世，千载谁堪伯仲间"，就不仅是在呼唤、盼望如诸葛亮般的旷世英才挺身而出，挽狂澜于既倒，并且意在说明，只要统治者锐意恢复、任用贤良，饮马黄河之志是定能实现的。这里无疑包含着对统治者腐败软弱的谴责和批判，也表达了作者恢复失地、驱逐残虏的强烈愿望和不屈之志。"《出师》一表通今古，夜半挑灯更细看"（《病起抒怀》），同样表达了诗人矢志不渝的爱国情怀。

这首《书愤》是陆游的七律名篇之一。全诗豪放雄浑，沉郁悲怆，充分显示了其诗歌风格。整首诗的气韵格调与杜甫诗风一脉相承，清人李慈铭在《越缦堂读书记》中评说此诗："全首浑成，风格高健，置之老杜集中，直无愧色。"

习 题

1. 如何理解诗题"书愤"之"愤"？作者在这首诗中是通过哪种写作手法来表现这"愤"的？

2. 梁启超曾盛赞陆游："诗界千年靡靡风，兵魂销尽国魂空。集中十九从军乐，亘古男儿一放翁。"请结合南宋的历史，谈谈你对陆游爱国主义精神的理解。

3. 陆游在当时就有"小李白"的称号，请阅读二人的同题诗作《关山月》，比较这两首诗在题材、情感、表现手法等方面的异同。

明月出天山，苍茫云海间。长风几万里，吹度玉门关。汉下白登道，胡窥青海湾。由来征战地，不见有人还。戍客望边色，思归多苦颜。高楼当此夜，叹息未应闲。（李白《关山月》）

和戎诏下十五年，将军不战空临边。朱门沉沉按歌舞，厩马肥死弓断弦。戍楼刁斗催落月，三十从军今白发。笛里谁知壮志心，沙头空照征人骨。中原干戈古亦闻，岂有逆胡传子孙。遗民忍死望恢复，几处今宵垂泪痕。（陆游《关山月》）

作品选读

八声甘州[1]

柳 永

对潇潇、暮雨洒江天，一番洗清秋。渐霜风凄紧[2]，关河冷落[3]，残照当楼。是处红衰翠减[4]，苒苒物华休[5]。惟有长江水，无语东流。　　不忍登高临远，望故乡渺邈[6]，归思难收。叹年来踪迹，何事苦淹留[7]？想佳人、妆楼颙望[8]，误几回、天际识归舟[9]。争知我，倚阑干处，正恁凝愁。

注释

[1] 选自《乐章集校注》(中华书局1994年版)。

[2] 凄紧：形容寒气逼人。

[3] 关河：山河。关，山关，关塞。

[4] 是处：处处，到处。红衰翠减：红花枯萎，绿叶凋零。李商隐《赠荷花》诗："此荷此叶常相映，翠减红衰愁煞人。"

[5] 苒苒物华休：此句谓景物逐渐衰残。苒苒，形容时光消逝。物华，美好的景物。

[6] 渺邈：遥远。

[7] 淹留：久留。

[8] 颙(yóng)望：抬头凝望。

[9] "误几回"句：多少回错把远处驶来的船当做爱人的归舟。谢朓《之宣城郡出新林浦向板桥》："天际识归舟，云中辨江树。"温庭筠《望江南》："过尽千帆皆不是。"

解题及赏析

柳永(987？—1053？)，原名三变，字景庄，后改名永，字耆卿，崇安(今福建武夷山市)人，世称柳七、柳屯田。柳永一生于仕途上不得志，为人放荡不羁，终身潦倒。卒于润州(今江苏镇江)。著有《乐章集》。其词自成一派，世称"屯田蹊径""柳氏家法"。柳永的词作流传广泛，受到社会各阶层欢迎，加之他长期生活于社会底层，与民间艺人关系密切，当时教坊乐工"每得新腔，必求永为辞"，以致"凡有井水饮处即能歌柳词"(《避暑录话》)，推动了词的普及，同时也影响了后世的众多词人。

陈振孙《直斋书录解题》评柳永"尤工于羁旅行役"，这首《八声甘州》就是柳永此类此作的代表。上阕写景。首句"对潇潇、暮雨洒江天，一番洗清秋"，描写暮秋傍晚的雨景。一个"对"字领起全句。"潇潇"形容秋雨的细密疏爽之声，"洒"写出了秋雨从天而降，顷刻间便笼罩天地的势态，从听觉、视觉两方面形象地刻画出了秋日雨景的风貌。雨后江天一色，澄澈如洗。在词人的眼里，正因这一场雨的到来，才洗去了天地的尘埃，洗去了夏日的浮躁，带来了秋天特有的清爽、邈远的风味。起笔不凡，用语凝练，"洒""洗"两动词尤为传神。而雨洗清景之境在历代大家之作中亦颇习见，如韩愈的"长安雨洗新秋出"(《酬司门卢四兄云夫院长望秋作》)，苏轼的"雨洗东坡月色清"(《东坡》)等。

接下来仍是个"一字逗"，用"渐"字领起第二句，侧重于雨后暮景的描绘，写出了天地景物的变化。秋雨过后，迎面寒风倍增凄冽，满目山河倍增寂寥，更兼残阳映照高楼，秋之气韵被渲染得浓烈至极。作者寥寥数笔，便勾勒出了秋景的苍茫浑厚、绮丽悲壮，笔力雄健而奇伟。赵令畤《侯鲭录》卷七曾引苏轼语"世言柳耆卿曲俗，非也。如《八声甘州》云：'霜风凄紧，关河冷落，残照当楼。'此语于诗句不减唐人高处"。

"是处红衰翠减，苒苒物华休。惟有长江水，无语东流"，这几句分别刻画秋之近景与远景。细观近处，红花凋残翠叶枯败，自然界的美好事物正逐渐地衰残，这是讲世间有情生命的短暂。同时"苒苒"一词亦与上句"渐"字形成呼应，写出时间流逝之感。而远眺天边，江水滔滔,依旧东流,这是大自然亘古不变的永恒。"无语东流",用拟人化的手法显示江水之无情,使词意委婉含蓄。近景与远景恰好形成了鲜明的对照,以短暂对永恒,突出了天地的无情。

下阕写情。"不忍"二字写出内心的百转千回。词人登高望远,却望不见千山万水之外的家山,反使归乡之思一发难以收拾。一个"叹"字,写出了词人的心声,年年漂泊,岁岁辗转,羁旅之愁苦萦绕不散。"何事苦淹留",一个问句发人深省。明明归心似箭,却浪迹天涯而不归,到底所为何事?词人此处虽未给予明确回答,其实亦无须作答了。从字里行间我们可以感受到词人欲有所作为而不成,欲归家而不能的矛盾与苦闷。

接着词人转换写作角度,"想佳人、妆楼颙望",推己及人,设想家中亲人此刻也正在抬首凝望,忧思郁结。此处乃一虚笔,不写自己思念之深,反写对方翘首相盼。杜甫《月夜》诗"今夜鄜州月,闺中只独看",韦庄词"夜夜相思更漏残,伤心明月凭栏杆,想君思我锦衾寒"(《浣溪沙》),都从对方着手,婉转道尽心中思念,使得情致回环往复,诗意跌宕生姿。柳永此处亦用此法。"误几回,天际识归舟",此处反用谢朓"天际识归舟"(《之宣城郡出新林浦向板桥》)之诗意,而比温庭筠"过尽千帆皆不是"(《望江南》)词意来得更加委婉曲折。"误几回"写出了佳人思念之深沉与渴盼之迫切,而颇富戏剧性的细节描写进一步反衬了佳人的失望惆怅之感。

"争知我"几句,又再度将视角转回到词人自身,虚实相生,从多重角度反复渲染思念之情,一唱三叹,余音袅袅。此种多重空间结构的写法,在词的创作上具有开拓性意义。梁启超曾评价此处摹写的意境,颇似温庭筠在《菩萨蛮》中所描绘的"照花前后镜,花面交相映"(梁令娴《艺蘅馆词选》)。由此亦可见作者构思之精巧、用笔之细腻。末句明确点出"倚阑干处、正恁凝愁",则与上下阕起句"对潇潇、暮雨洒江天""不忍登高望远"等处相呼应,使读者可知眼前所绘之秋景、望远思归之心情皆是作者凭栏时的所见所感,结构动荡开合而又浑然严密。末句的"愁"字更是点明题旨,有力收束全篇,也成为贯穿整首词的情感基调。

郑文焯《大鹤山人词论》评柳永"长调尤能以沉雄之魄、清劲之气,寄奇丽之情,作挥绰之声"。这首《八声甘州》就是柳永长调的典型代表。全词结构缜密细致,前后浑然一体。同时以白描手法来写景,景物大气清劲,风神毕现;以铺叙手法来抒情,情思细腻曲折,力透纸背;更兼情景交融,极富感染力。陈廷焯赞此词为"古今杰构",是"耆卿集中仅见之作"(《词则·大雅集》),王国维更以此与苏轼《水调歌头》媲美,认为此二作皆"格高千古,不能以常调论也"。

习题

1. 此词上阕纯是写景,柳永笔下的秋景具有何种格调?作者写景的特色是什么呢?
2. "是处红衰翠减"运用了何种修辞手法?你能举出类似的词句吗?
3. 仔细体会下阕"主客倒置"艺术手法的运用,说说这样的艺术构思对于表情达意的好处。
4. 请以第一人称的手法将这首词改编成一篇500字左右的散文。

定风波[1]

苏 轼

三月七日,沙湖道中遇雨[2],雨具先去。同行皆狼狈,余独不觉,已而遂晴,故作此词。

莫听穿林打叶声,何妨吟啸且徐行[3]。竹杖芒鞋轻胜马[4],谁怕?一蓑烟雨任平生[5]。　料峭春风吹酒醒[6],微冷。山头斜照却相迎。回首向来萧瑟处[7],归去。也无风雨也无晴。

注 释

[1] 选自《苏轼全集》(上海古籍出版社2000年版)。
[2] 沙湖:《东坡志林》卷一《游沙湖》:"黄州(指治所黄冈)东南三十里为沙湖,亦曰螺师店。"
[3] 吟啸:吟诗,长啸。表示意态闲适。陶渊明《归去来辞》:"登东皋以舒啸,临清流而赋诗。"
[4] 芒鞋:草鞋。
[5] "一蓑"句:此句谓自己对披蓑衣冒风雨的生活向来处之泰然。
[6] 料峭:形容风寒。
[7] 萧瑟处:指遇雨的处所。萧瑟,风雨吹打树林的声音。

解题及赏析

在词的发展史上,苏轼被目为具有分水岭作用的重要作家。他开拓了词的题材,将大量在诗中出现的怀古伤今、抒怀叙志、咏物记事、感悟哲理等题材内容都写入词中,突破了"词为艳科"的传统,拓展了词境。在风格上,苏轼开创了与婉约词派并举的豪放词派,以其高洁人格、阔大胸襟入词,形成了雄壮豪放、开阔高朗的艺术风格,使词风不再局限于绮丽柔美的传统风格。在表现手法上,苏轼"以诗入词",将大量诗语、文语、口语入词,挥洒自如,增强了词的语言表现力,一定程度上解放了音乐对词体的严格束缚。苏词对后世影响巨大,宋人王灼在《碧鸡漫志》中说,词到了苏轼,才"指出向上一路,新天下耳目,弄笔者始知自振"。南宋辛弃疾等继承了苏轼的豪放词风,将这一路发扬光大。著有《苏东坡集》《东坡乐府》。

元丰二年(1079),御史中丞李定、舒亶等人摘取苏轼《湖州谢上表》中语句和他此前所作诗句,以谤讪新政的罪名逮捕苏轼,这就是有名的文字狱"乌台诗案"。后经多位正直之士上书求情,饱受牢狱之灾的苏轼才被释放。出狱后被贬为黄州(今湖北黄冈)团练副使,一住四年,这首《定风波》即是作者谪居黄州时所作。

词前小序交待了写作此词的时间、地点、缘起等。在黄州期间,苏轼躬耕劳作,生活艰苦。他在城东东坡的数十亩营防废地上垦荒耕种,自号"东坡居士"。在政治前途黯淡,朝廷起用无望的情况下,为作长久安身计,苏轼在黄冈东南三十里的沙湖新买了一块农田。元丰五年(1082)春天,在去相看新买农田的归途之中遇雨,同行的人都狼狈不堪,只有苏轼一人从容不迫、泰然自若,因此写下此词。序文介绍了词作的写作背景,与词的内容形成互补,有助于读者进入词境,加深理解。

上阕描绘作者不畏风雨、吟啸徐行的情景。"莫听穿林打叶声,何妨吟啸且徐行",首二句气势如虹,意气高昂,振起全篇。漫天风雨,从天而降,穿林打叶,声威气赫,同行之人皆因此措手不及,狼狈不堪,惟苏轼特立独行,在狂风暴雨面前,不但未有丝毫畏惧退缩,反而恣意吟啸,缓步徐行。"竹杖芒鞋轻胜马",此句叙事形象自然,语言畅快流利,词人执竹杖、穿芒鞋冒雨前行,安步当车、轻快胜马的形象跃然纸上。在寓居黄州期间,苏轼自甘淡泊,生活素朴,"竹杖芒鞋"的形象经常出现在其诗词之中,如在另一首诗中有"芒鞋竹杖自轻软,蒲荐松床亦香滑"(《自兴国往筠宿石田驿南二十五里野人舍》)句,同样写出其身居逆境而犹能从容自适之性情。

"谁怕"二字更是直抒胸臆,写出作者豪情满怀、傲然风雨的潇洒英姿。同时,也与首二句的"莫听""何妨"两个二字逗前后形成呼应,读来顿挫有力,衬托其傲岸情性。"一蓑烟雨任平生",于诗意上更进一层,可见这一次的冒雨吟啸之行为并不是作者一时之兴起,而是其毕生坚定不移之信念的一种体现。而此处的节奏由前几句的慷慨、激越渐转为舒缓、坚定,仿佛在我们面前徐徐展开了作者一生经历的画面,有力地表达了其平生志向。

除从字面理解外,还需联系作者生平遭际及写作背景,进而深度挖掘词意。"乌台诗案"对苏轼打击巨大。可以说,对于一向积极进取,希望实现经世济民、"致君尧舜"理想的苏轼而言,这一场突如其来的牢狱之灾以及随之而来的贬谪之祸,无异于人生的一场暴风骤雨。词人在此运用比兴手法,触景生情,有感而发。人生的道路本就不是一番坦途,无论是自然的风雨还是政治的风雨,随时都可能侵袭而来,但只要拥有阔大的胸襟和开朗的性格,"不以物喜,不以己悲"(范仲淹《岳阳楼记》),坦然面对一切艰难险阻,就可以笑傲人生。这里充分表现了苏轼乐观向上、豁达不羁的人生态度。

过片转入写景,描绘雨过天晴的景色。"料峭春风吹酒醒,微冷,山头斜照却相迎",这是山间阴晴无定的天气的如实写照。迎面春风,犹带凉意,吹去了词人身上的酒意,在倍觉清醒之际,感到了春日的轻寒。雨后山林如洗,空气清新,抬首间,雨过天晴,夕阳斜挂。"却相迎"三个字,以拟人化的手法生动地写出词人看到斜阳时的惊喜之情。从风雨到阳光,从狂暴到静谧,词人且行且感,始终以平常心对待自然界的阴晴变化。人世间又何尝不是如此?成功与失败,得志与失意,荣显与落魄,这些相互矛盾的对立面,其实都是人生的常态。即如苏轼的一生,便交织了荣耀与耻辱,经历过数次大起大落。"小舟从此逝,沧海寄余生"(《临江仙》),尽管苏轼的心中也曾有过出世的情怀,但他从未真正彻底消极过。他在另一首《定风波》(常美人间琢玉郎)词中云"此心安处是吾乡",一语道尽心声。

结句"回首向来萧瑟处,归去。也无风雨也无晴",有感而发,由叙事转入抒怀。回望刚才风雨萧瑟之处,一切都平静如初。作者信步归去,无所谓风雨,也无所谓天晴。至此,苏轼的内心境界又精进一层,由先前的傲然风雨到如今的超然物外、随缘自适。苏轼曾在《超然台记》中云:"予弟子由适在济南,闻而赋之,且名其台曰'超然'。以见予之无所往而不乐者,盖游于物之外也。"更是明确写出他的这种超拔、脱俗的人生态度。

同时,末两句亦可称是苏轼的得意之妙句。苏轼《独觉》诗:"倏然独觉午窗明,欲觉犹闻醉鼾声。回首向来萧瑟处,也无风雨也无晴。"作者在诗、词中反复写到这两句话,可见对其厚爱之至。可以说,这是苏轼对于人生的一次总结。无论世事浮沉,无论顺境抑或逆境,作者都能固守内心的淡泊、宁静,不为外物所撼。与上阕豪俊昂扬、意气风发的风格不同,下阕的情感则显得平缓而深沉。

这首《定风波》是一首哲理词。刘熙载《艺概·词曲概》评曰:"东坡词颇似老杜诗,以其无意不可入,无事不可言也;若其豪放之致,则与太白为近。"途中遇雨,本是日常生活中的一件寻常小事,作者却由景生情,寓情于理,以其豪迈俊逸之笔力,抒发具有普遍意义的生活哲理,语浅而意深。郑文焯在《手批东坡乐府》中评此词曰:"此足征是翁坦荡之怀,任天而动。琢句亦瘦逸,能道眼前景。以曲笔直写胸臆,倚声能事尽之矣!"洵为的评。

习 题

1. "回首向来萧瑟处,归去。也无风雨也无晴",作者在这里想表达的是哪种人生感悟?请说说你的理解。

2. 宋代俞文豹《吹剑录》中记载:东坡在玉堂日,有幕士善歌,因问:"我词何如柳七?"对曰:"柳郎中词,只合十七八女郎,执红牙板,歌'杨柳岸、晓风残月'。学士词,须关西大汉,铜琵琶、铁绰板,唱'大江东去'。"东坡为之绝倒。请结合苏轼和柳永的相关词作,简述二者词风的不同。

3. 苏轼在这首词中表现出的人生态度对你有启发吗?在现实生活中,挫折和困难无处不在,我们该以怎样的人生态度去面对呢?请围绕这个话题,写一篇800字左右的议论文。

作品选读

摸 鱼 儿[1]

辛弃疾

淳熙己亥[2],自湖北漕移湖南[3],同官王正之置酒小山亭[4],为赋。

更能消、几番风雨[5],匆匆春又归去。惜春长怕花开早,何况落红无数。春且住,见说道[6],天涯芳草无归路。怨春不语。算只有殷勤,画檐蛛网,尽日惹飞絮[7]。　长门事,准拟佳期又误。蛾眉曾有人妒。千金纵买相如赋,脉脉此情谁诉[8]?君莫舞,君不见、玉环飞燕皆尘土[9]!闲愁最苦。休去倚危栏,斜阳正在,烟柳断肠处[10]。

注　释

[1] 选自《稼轩词编年笺注》(上海古籍出版社 2007 年版)。

[2] 淳熙己亥：即孝宗淳熙六年(1179)。

[3] "自湖北"句：此句谓由湖北(荆湖北路)转运副使调任湖南(荆湖南路)转运副使。漕，漕司的简称。漕司即转运司，掌财赋及谷物转运等事务。移，调任。

[4] 同官：同僚。王正之：即王正己，字正之。为辛弃疾的旧交。此时王接替辛的职务，故曰同官。小山亭：在湖北转运副使官署内。府署在鄂州(今湖北省武汉市)。

[5] "更能消"句：意谓花朵再也经不起几番风雨的吹打了。

[6] 见说道：听说。

[7] "算只有"二句：意谓算来只有画檐的蜘蛛网，在那里整天地粘惹飞絮，想殷勤地挽留住春天。

[8] "长门事"五句：司马相如《长门赋序》："孝武皇帝陈皇后，时得幸，颇妒。别在长门宫，愁闷悲思。闻蜀郡成都司马相如，天下工为文，奉黄金百斤，为相如、文君取酒，因于解悲愁之辞。而相如为文以悟主上，皇后复得幸。"长门，汉代宫名。准拟，这里是约定的意思。佳期，指汉武帝和陈皇后相会的日子。蛾眉，借指美女。

[9] 玉环：杨贵妃小名玉环，唐玄宗宠幸的妃子。安禄山叛乱，玄宗幸蜀途中，赐死于马嵬坡。赵飞燕：汉成帝宠幸的皇后。后废为庶人，自杀而死。杨玉环和赵飞燕都善舞，并以妒忌著称。

[10] "斜阳"二句：比喻国势衰微。

解题及赏析

辛弃疾(1140—1207)，字幼安，号稼轩，历城(今山东济南)人。虽出生于金人统治的沦陷之地，但他豪气干云，智勇过人，二十二岁时便率领两千余人投奔耿京的抗金起义军。南渡后，曾担任江西提点刑狱、湖北转运副使、湖南安抚使等地方职务。因南宋朝廷一味妥协投降，主张积极抗金、锐意进取的辛弃疾并不受重用，其出色的政治、军事才华难以得到施展，四十二岁起便落职赋闲于信州上饶(今江西上饶市)，几达二十年。晚年一度被起用，但仍未受重视，含愤而死。著有《稼轩词》。

辛弃疾是南宋伟大的爱国词人，一腔忠愤，无以发泄，都寄之于词，词这一艺术形式在他笔下进一步焕发了蓬勃的生命力。他一生创作了大量词作，迄今存词六百多首，在数量上远远超过他前辈和同时期的文人。辛弃疾词作内容丰富多彩，题材广阔，涉及当时尖锐的民族矛盾和社会矛盾，展现了一幅恢宏、深刻的社会生活图景。

在艺术特色上，辛词继往开来，成就斐然。《四库全书总目》卷一九八《稼轩词提要》说："其词慷慨纵横，有不可一世之概，于倚声家为变调，而异军特起，能于剪红刻翠之外，屹然别立一宗。迄今不废。"辛弃疾继承了苏轼的豪放词风，创造了雄奇阔大、雄深雅健的艺术风格，在词史上进一步奠定了豪放词派的地位，与苏轼并称"苏辛"。同时，辛风格多样，刚柔相济，以豪放为主，兼有沉郁悲壮、清新妩媚，不拘一格。他进一步扩充了词的题材范围，写景绘物、抒情言志、议论说理等,"无意不可入,无事不可言",举凡可以写入其他各种文体的内容都可入词,大大增强了词的表现力。在语言表现上,辛弃疾以文为词,大量引用经、史、子各种典籍及前人诗词中的语汇、成句和历史典故等,并以其如椽巨笔加以巧妙处理,或比兴,或寄托,使得词作意象密集,蕴藉丰富。

这首《摸鱼儿》写于淳熙六年(1179)三月间。此时作者南归已有十七年,虽相继担任一些地方职务,但一直未受重用。朝廷既未派他到抗战前线杀敌抗金,也不让他参与军国大事,辛弃疾南渡初期所抱有的收复失地、统一祖国的远大志向更是渺茫得难以实现。此次由湖北转运副使调往湖南,依旧是掌管钱粮方面的事务。对于心忧天下的辛弃疾而言,这种无关紧要的闲职的频繁调动,再一次挫伤了他的锐气和斗志,其心情十分悲愤、抑郁。正所谓"自怜幽独,伤心人别有怀抱"(梁启超评辛弃疾《青玉案·元夕》语),词人借景抒怀,寄兴遥深。

上阕通过描写暮春风物,表达伤春、惜春、怨春的复杂心理。"更能消几番风雨",首句奇警,以设问起笔,慨叹风雨无情,春光易逝。春花娇妍,怎禁得起几番风吹雨打?清陈廷焯在《白雨斋词话》中评曰:"起处三字,是从千回万转后倒折出来,真是有力如虎。""匆匆春又归去",转眼之间花谢花飞,春踪难觅,这一切怎不令人伤怀?词人以敏感之心感受到了世间美好珍贵事物的短暂。其实,此处的风雨富有多层意蕴,既指摧折花朵的风雨,也指催促流年的风雨,同时这也是南宋王朝风雨飘摇的一种象征。朝廷偏安江南,对外屈膝投降,对内昏庸腐败,残酷的社会现实令词人忧国忧民,无限伤怀。

"惜春长怕花开早",词意新颖独特,感情丰富细腻。春花早开自然就早谢,一个"怕"字足见其恋恋惜春之情,而用"长"修饰"怕"更可见出担忧之深之久。"更何况,落红无数",笔触深入,推进一层,眼前的无数落花,打破了词人的梦想,更加剧了内心的忧愁。

接下来,词人运用拟人手法,以对话的形式深情劝阻春的离去。春天啊,请停下你匆匆的脚步,听说,天涯长满了芳草,阻断了你的归路。词人一番深情化作痴语。"怨春不语",换来的只有春天的沉默无言,词人的情感再次转入低谷,由惜春变为怨春。辛弃疾看到了国势的日益衰微,警醒南宋王朝的危险处境,指出只有积极抗金、统一河山,才是唯一的希望和出路;同时也表现了自己年华老去、一事无成的悲凉心情。"算只有"句,通过描绘檐头蜘蛛织网粘絮,挽留春天的细节,写出了自己的徒然欣美,反衬出报国无门、有志难申的愤慨。

下阕继承《离骚》开创的"香草美人"的传统,通过引用宫女失宠的历史典故来比拟自己的失意。"长门事"句,指的是汉代陈皇后因妒失宠后被打入冷宫一事。"蛾眉曾有人妒",点出失宠根源。此句源于《离骚》"众女嫉余之蛾眉兮,谣诼谓余以善淫"句,"千古离骚文字,芳至今犹未歇"(辛弃疾《喜迁莺》),语意一脉相承。陈皇后听说司马相如善写文辞,不惜重金购得一篇《长门赋》,她希望以此打动君心,重新博得汉武帝的宠爱。需要说明的是,司马相如的赋虽然写得幽咽哀怨、如泣如诉,极尽感伤之能事,但并未能替陈皇后真正挽回君心。《〈长门赋〉序》中"皇后复得幸"云云,亦与史实有所悖谬。佳期难逢,幽会无望,"脉脉此情谁诉",不过是一场空欢喜,留给她的依旧是无穷无尽的悲愁孤苦。而此类心情,正与辛弃疾一心报国却到处受排挤的悲观失落是一致的。

"君莫舞",正是对朝廷小人的严厉抨击与控诉。"玉环、飞燕皆尘土",连用两个历史典故,进行有力的铺叙论证。杨玉环、赵飞燕都曾宠极一时,但最终都死于非命,前者被赐死于马嵬坡,后者被废后自杀而亡,二人结局都很悲惨。作者借此来警告那些得志便猖狂、专以打击忠臣良将为能事的小人。"闲愁最苦"三句,则以景语作结,以凄凉的意境收束全词,韵味无穷,正如张炎在《词源》中云:"辛稼轩词皆景中带情而存骚雅。"所谓"闲愁",表面上是指美人失宠后无处排遣时光的寂寞,实则是写作者内心忧愤交加的深切痛苦。"休去倚危栏",江河破碎,危栏难倚,词人触景伤情,不免肠断魂消。此处作者直抒胸臆,展现内心的愤懑与忧愁。而"斜阳正在,烟柳断肠处"则被目为南宋国势衰微、日薄西山的真实写照。宋人罗大经在《鹤林玉露》中云"闻寿皇(指宋孝宗)见此词颇不悦",可见辛弃疾抨击之真切、深刻。

辛弃疾虽是豪放派大家,但其词作风格多样,不拘一格,这首词作即近于婉约词风。上阕描写春愁,下阕叙写闺怨,而贯穿全词的是作者忧国忧民之心及自伤身世之慨。作者叙事抒情,多用比兴和典故,使全词蕴藉、深沉、哀婉。语句幽怨缠绵,却又刚柔相济、沉郁悲壮,别具惊心动魄、感人至深的力量。夏承焘曾用"肝肠似火,色貌如花"八字概括其独特词风,梁启超评此词"回肠荡气,至于此极,前无古人,后无来者"(梁令娴《艺衡馆词选》),可见其高超的艺术成就。

习 题

1. 这首《摸鱼儿》主要表达了作者什么样的思想感情?他又是通过哪种艺术手法表现出来的?请结合词作简要阐析。

2. 辛弃疾在这首词中运用了哪些典故?它们的作用是什么?在诗词中用典有哪些好处?

3. 苏轼和辛弃疾都是豪放派词人的代表,但他们各自形成了自己的风格。请查阅相关资料,结合苏辛二家的生平和相关词作,简要分析他们的不同之处,并尝试写出一篇论文。

暗 香[1]

姜 夔

辛亥之冬[2],予载雪诣石湖[3]。止既月[4],授简索句,且征新声,作此两曲。石湖把玩不已,使工妓隶习之[5],音节谐婉,乃名之曰《暗香》《疏影》[6]。

旧时月色,算几番照我,梅边吹笛。唤起玉人,不管清寒与攀摘。何逊而今渐老[7],都忘却、春风词笔。但怪得、竹外疏花,香冷入瑶席。　　江国,正寂寂。叹寄与路遥[8],夜雪初积。翠尊易泣[9],红萼无言耿相忆[10]。长记曾携手处,千树压[11]、西湖寒碧。又片片、吹尽也,几时见得?

注释

[1] 选自《姜白石词编年笺校》(上海古籍出版社1998年版)。

[2] 辛亥:宋光宗绍熙二年(1191)。

[3] 石湖:在苏州西南。南宋著名诗人范成大晚年退居于此,自号石湖居士。

[4] 既月:一月有余。

[5] 肄习:学习。

[6] 暗香、疏影:语出林逋《山园小梅》诗句:"疏影横斜水清浅,暗香浮动月黄昏。"

[7] 何逊:南朝梁代诗人,曾任扬州法曹,其《咏早梅》很有名:"兔园标物序,惊时最是梅。衔霜当路发,映雪拟寒开。枝横却月观,花绕凌风台。朝洒长门泣,夕驻临邛林。应知早飘落,故逐上春来。"

[8] 寄与路遥:南朝宋陆凯与范晔交善,陆凯自江南寄赠梅花一支,给在长安的范晔,并赠诗曰:"折梅逢驿使,寄与陇头人。江南无别信,聊赠一枝春。"见《荆州记》。

[9] 翠尊:碧绿的酒樽。

[10] 红萼:指红梅。

[11] 千树:指梅林,语出苏轼《和秦太虚梅花》诗:"江头千树春欲暗,竹外一枝斜更好。"

解题及赏析

姜夔(1155—1209)字尧章,号白石道人,鄱阳(今江西波阳)人。屡试不第,一生未入仕途,是浪迹江湖、寄食官宦之家的游士。青年时代,曾北游淮楚,南历潇湘,后客居合肥、湖州和杭州等地。他甘于淡泊,寄情于艺术创作,精于书画,擅长音乐,能诗善文,具有多方面艺术才能,很受当时士大夫的赏识。有《白石道人诗集》《白石道人歌曲》。

在题材内容上,姜夔虽然也有一些慨叹国事的作品(如《扬州慢》等),但绝大多数词作仍不出传统文人词记游咏物、伤怀抒情的范围。作为南宋中期向后期过渡时期的代表性词人,姜夔以其独特的艺术成就而闻名词史。

首先,他继承苏轼、辛弃疾以诗入词的传统,在遣词运意上进一步雅化词风,形成了清空骚雅的艺术风格,开拓了婉约词的一种新境界。其次,在表现手法上,姜夔擅长于运用比喻、想象、联想等手法,使所描绘的事物具有种种动人情致;他善化实为虚,从侧面入手描绘事物,其笔触很少质实粗重,使词作显得空灵蕴藉。再次,在语言上,姜夔多以幽冷、淡雅的词语入词,同时又注意锻字炼句,使之符合词作整体的氛围和色彩效果。此外,姜夔还精通音律,注重词的音乐性,除严格按词律填词之外,还能修正旧谱,并创制了不少新曲来填词,使词作音节谐婉动听。姜夔词作对当时及后世词坛影响深远。在南宋中后期,形成了以姜夔为典范的"骚雅派",代表词人有吴文英、史达祖、张炎、王沂孙、周密等。至清代,浙西词派更是奉姜词为圭臬,曾形成"家白石而户玉田"的盛况。

光宗绍熙二年(1191)冬,姜夔到苏州石湖寻访旧友范成大,一住月余。二人留连于诗酒歌席之间,兴会非浅。姜夔应石湖之索,自度新声,写下了千古传诵的《暗香》《疏影》二词。

这最能代表白石"清空骚雅"风格的两首词,充溢着良玉生烟般淡而深永的迷惘情味。词牌名取自林逋《山园小梅》中的名句"疏影横斜水清浅,暗香浮动月黄昏",已给人以幽邃朦胧之感。而词中意象的多义性、画面的流动性和跳跃感,进一步造成了主旨的晦然难明,带来赏读理解的不确定性,致使历代评论者对词之寄托所在聚讼纷纭,至今莫衷一是。

就此词的主题而言,历代的解释意见大概有如下几种:一是表现怀才不遇的身世之感;二是表达家国之恨(多从《疏影》词连而及之);三是无寄托的咏物词;四是表达对往昔恋人的怀念。

以上几种意见见仁见智,似乎都甚有可取之处,但又都不无偏颇。在更确凿的材料发现之前,若综合上述几种观点来欣赏这首词,或许不失为一个较为稳妥的办法。我们知道,文学作品的欣赏和接受是一个多层次的过程,一般来说可分为语言层面、情感层面、哲学层面三个阶段。如果仅从语言层来看,可以认为《暗香》(包括《疏影》)是用典故和意象连串组合起来的咏梅之作,谈不上有什么寄托。但读竟全篇,再细玩词味,会觉得词中隐约吐露出一种惘然若有所失之感。正是这些意象与情境所构成的优美微妙的迷惘意趣,吸引着读者去探究其言外之旨。这也正是白石词的魅力所在,诚所谓"词之为体,要妙宜修"也。

"旧时月色,算几番照我,梅边吹笛",词作逆锋下笔,起语便是回忆旧事,不同流俗。清刘体仁《七颂堂词绎》云:首句落笔得"旧时月色"四字,"便欲使千古作者,皆出其下"。词人追忆道:在月光的映照下,我曾有过几次在"梅边吹笛"的清趣呢?铺陈之笔而以疑问出之。着一"算"字,见出一往情深之致。不论吹笛于月下梅边的情景此时能记得几回,词人既一一屈指细算,可见他正沉浸在对美好往事的回忆中不能自拔了。

"唤起玉人,不管清寒与攀摘"两句从贺铸"玉人和月摘梅花"(《浣溪沙》)一句化出。"玉人",不论是当日被词人自绣榻上唤起,还是被笛声惊醒,总之与词人有着一样的奇情逸致,不顾天寒地冻,在月夜同去攀摘梅花。这无疑是对一种美好图景的幻想式表述,体现了词人以诗性来超越现实人生的企图。

接下来,词人笔锋顿转,自比何逊,慨叹起今日的岁月迟暮,百虑莫消,早已失去当年的清兴和才华了。何逊与白石一样是爱梅至深的诗人,杜甫曾有诗云"东阁官梅动诗兴,还如何逊在扬州"(《和裴迪登蜀州东亭送客逢早梅相忆见赠》)。

"但怪得、竹外疏花,香冷入瑶席"三句谓本以为"何逊"已老,不但失却了春风词笔,赏梅的雅怀也早已不复有了,此时却有竹林之外的几株疏梅把冷香送入歌席,词人才蓦然察觉寒梅已经盛开。"竹外"和下阕的"千树",用苏轼《和秦太虚梅花》诗:"江头千树春欲暗,竹外一枝斜更好。""怪得"二字则饱含了惊叹欣喜的情味。此处又扣合了《暗香》的词牌名,正如《疏影》以"等恁时、重觅幽香,已入小窗横幅"扣名。盖此二调为白石自度,故词牌可同词题,无足怪也。然此等处也可见白石的技巧高妙、匠心独运。

过片转入对远人的思念,却宕开一笔,自"寂寂"的"江国"写起,时空感阔大。亦正见"路遥"之叹不为无因,而一叹之后,再以"夜雪初积"补叙江国的寂静冷清。词笔从容婉转,别饶摇曳之致。在这样清冷的雪夜,远隔江湖思念远人,音问难通,徒增寂寞的感慨而已。此处用寄梅的熟典,显系承上阕的摘梅而来。而当日相与攀摘的温馨场景与今日的飘零不偶相比,更增更显情思的深挚与情怀的落寞。同为摘梅,易安的词句"一枝折得,人间天上,没个人堪寄"(《孤雁儿》),也正是词人此时情怀的写照。

"翠尊易泣,红萼无言耿相忆"两句谓酒樽与梅花,都似有情之物,映衬出词人的满腔眷念,难以释怀。清谭献《谭评词辨》云:"石湖咏梅,是尧章独到处。'翠尊'二句,深美有骚、辨意。"既耿耿相忆,词笔自然逆行,再度回到昔日的场景。

"长记曾携手处,千树压、西湖寒碧"三句是说千树红梅掩映着一泓碧波。"压"字道尽了花事的繁盛。然而欢愉的回忆稍纵即逝,结句以哀伤凄切之语将之一笔抹煞:"又片片、吹尽也,几时见得?"随着料峭春风将梅花片片吹尽,词人摘梅的回忆、寄梅的尝试也都如同一场温柔的幻梦,被春风轻轻一吹便荡然无存了。

综观全篇,词人的情感包孕在一片迷离感伤的气氛中,即便是回忆往日的欢愉之情,其背景环境也是凄清肃穆、惝恍如梦的。词作的主旨晦而不明,看作纯粹的咏梅词似亦不为错;其寄托若有若无,但无疑又打入了词人的生命体验,盖词人心底沉淀凝结的身世之感、家国之痛,以及往日经历的柔情缱绻等都已自然而然地融会在了作品的意象语境之间。大概白石制词也如定庵作诗,"下笔情深不自持"也。我们可以用一种不确定性的鉴赏眼光来领略、体味词中的美感,但不宜字摘句求,一一坐实。我们在欣赏白石词时,"清空""骚雅"不可偏废。"清空"是"野云孤飞,去留无迹";"骚雅"却是芳馨悱恻,忠爱缠绵。缺其一,便不是白石词的完整风貌。

1. 你认为本词的主旨是什么,简要说明理由。
2. 这首词作在语言运用上有哪些特色?
3. 题咏梅花的诗词名作有很多,试举出几首佳作,并加以仔细涵咏。
4. 结合本词阅读姜夔的《疏影》,写一篇文学赏析文章。

苔枝缀玉,有翠禽小小,枝上同宿。客里相逢,篱角黄昏,无言自倚修竹。昭君不惯胡沙远,但暗忆、江南江北。想佩环、月夜归来,化作此花幽独。　　犹记深宫旧事,那人正睡里,飞近蛾绿。莫似春风,不管盈盈,早与安排金屋。还教一片随波去,又却怨、玉龙哀曲。等恁时、重觅幽香,已入小窗横幅。

作品选读

风 入 松[1]

吴文英

听风听雨过清明,愁草瘗花铭[2]。楼前绿暗分携路[3],一丝柳,一寸柔情。料峭春寒中酒[4],交加晓梦啼莺[5]。　　西园日日扫林亭,依旧赏新晴。黄蜂频扑秋千索,有当时纤手香凝。惆怅双鸳不到[6],幽阶一夜苔生。

注　释

［1］选自《吴梦窗词笺释》(广东人民出版社1992年版)。
［2］草：起草，拟写。瘗(yì)：埋，葬。铭：文体的一种。古代常把铭文刻在墓碑或器物上，内容多为歌功颂德，表示哀悼，申述鉴戒。庾信有《瘗花铭》。
［3］绿暗：绿叶成阴。分携：分手，分别。
［4］中酒：醉酒。
［5］"交加"句：此句谓黄莺争鸣，惊醒晓梦。
［6］双鸳：鸳鸯履，指女鞋。此指行迹。

解题及赏析

吴文英(1207?—1269?)，字君特，号梦窗，又号觉翁，四明鄞县(今浙江宁波)人。他一生游历于江浙之间，于苏州、杭州、越州三地居留最久，游踪所至，每有题咏。吴文英毕生不仕，以布衣终老，但同时又以清客的身份出入当时权贵之家，如与宰相吴潜、荣王赵与芮、南宋宰相史弥远之子史宅之等，皆过从甚密，与奸相贾似道等亦有交往。在他留下的三百余首词作中，与朝官唱酬的作品达八十余首之多。著有《梦窗词》。

吴文英一生倾力作词，取得了较高的艺术成就。他精通音律，注重词的音乐性，创作了不少自度曲，如《莺啼序》《西子妆慢》《霜花腴》等。此外，他独辟蹊径，自成一家，在姜夔的清空和周邦彦的工丽之外，形成了其独特的典雅协畅、密丽深幽的风格。

在具体的艺术技巧上，吴文英也有较大突破。他擅长利用想象和联想，创造虚实相生、如梦似幻的艺术境界；在章法结构上，他经常打破时空的正常次序，跳跃性地处理各种人、景、物的关系，增强了词意的朦胧、多义性。此外，他还善用典故，讲究词藻格律，色彩秾丽华艳，意象密集繁复。这在一定程度上使词风生新出奇，但有时堆砌过多则使语意含蓄晦涩，不易理解。后人对他的这种艺术风格褒贬不一。当然，吴文英的词风并不完全局限于此，他亦有轻灵、疏快的作品，如这一首《风入松》。

陈洵《海绡说词》云，此词乃"思去妾也"。据夏承焘先生在《吴梦窗系年》中考证，词人约于理宗绍定五年(1232)至淳祐五年(1245)寓居苏州达十余年之久，其间曾纳一妾，后不知何故而遣去。吴文英曾多次在词作中抒发对这位苏州去妾的思念之情，可见二人曾有过一段旖旎往事，彼此感情真挚而深厚。

"听风听雨过清明"，首句点明季节、气候，也渲染出一片凄凉、感伤的意境。"清明时节雨纷纷，路上行人欲断魂"(杜牧《清明》)，在中国传统节令之中，清明是一个悼念亲人的特殊日子，富有特定的历史文化意蕴。如今又过清明，更兼满城风雨，词人倍感孤独、凄清。此处不用"看"，却连用两个"听"字，既增强了节奏感，又写出作者惜春的细腻情怀。窗外风雨交加，词人不忍心面对一地残花，徒增伤感，所以不说"看"而说"听"；但风声雨声，声声入耳，又不能充耳不闻，所以词人不禁思绪纷飞。孟浩然的"夜来风雨声，花落知多少"(《春眠》)，晏殊的"落花风雨更伤春"(《浣溪沙》)，表达的也都是这种伤春之情。

"愁草瘗花铭"，五字用得密丽深情。在愁绪无可排遣之际，词人忧伤地写下关于葬花的铭文。此处"草"为动词,起草之义。"愁"修饰"草",写出词人此时的心情。瘗花,即葬花之意。因庾信写有《瘗花铭》,此处借用。懂得葬花之人,必有颗纤弱敏感之心,如《红楼梦》里的林黛玉,不但将落花收之锦囊,埋之香冢,更为之吟唱了一首哀婉凄绝的《葬花吟》,"花谢花飞花满天,红消香断有谁怜",唱出普天下爱花怜花之人的心声。词人借花喻人,表达了浓浓的怀念之情。

"楼前绿暗分携路,一丝柳,一寸柔情",接下来三句,词人回忆当年分别的往事。犹记当年分手处,杨柳依依,春色浓郁。词人折柳送别,伤怀无限。以柳枝的柔软修长,喻示二人的深情缱绻,难舍难分。可如今又是一年春归,伊人却在何处?只道是"往事只堪哀,对景难排"(李煜《浪淘沙》)。一个"暗"字,既写出了柳阴的浓密,又衬托出作者心情的黯淡。

"料峭春寒中酒,交加晓梦啼莺",两句对偶,言简意丰,由回忆转入对现实处境的描绘。春寒料峭之中,词人孤身一人,借酒消愁,却酒入愁怀容易醉,而醉入梦乡却依旧不得安稳,梦境纷杂更兼窗外黄莺频啼,早早惊醒梦中人,而醒来则倍觉怅惘,倍增思念。

过片写景。西园位于苏州阊门外,是吴文英寓居苏州时的住所,这里既是作者和情人寓居之所,也是二人分别之处。吴文英词中多次提到"西园",如"往事一潸然,莫过西园"(《浪淘沙》),"暮烟疏雨西园路,误秋娘浅约宫黄"(《风入松》)等,可见西园在词人心中乃一深情之所,西园的一草一木无不充满了美好的回忆,正所谓"看山不是山,看水不是水",词人心中念念不忘的是曾与佳人共处的静好岁月。"西园日日扫林亭,依旧赏新晴",佳人虽已远去,词人却仍"日日"洒扫园林,"依旧"欣赏春光,表面看似无情,实则感情至深至浓。词人的内心似乎仍在苦苦期盼着佳人的归来,所以要一如既往地去洒扫;而西园之中似乎仍弥漫着佳人的气息,所以忍不住地要去故地重游。这些习惯性的动作仿佛都能带给人一丝慰藉,以及一些希望。词人情思之深婉厚重,于此可见一斑。

"黄蜂频扑秋千索,有当时纤手香凝",此两句接过片描绘西园风景,由整体描绘转入特写。见园中秋千轻悬,黄蜂频扑,词人竟痴望之而入幻境,幻想当日佳人手扶秋千,香凝其上,至今仍存芬芳,乃至蜂扑蝶恋。此处由视觉联想到嗅觉,由现实之景联想到梦幻之人,大胆发想象之语,却入情入理,丝毫不显唐突,创造出一片梦幻轻柔、迷离惝恍的意境。此种写法大胆新奇,为人所称道。陈洵《海绡说词》中云:"见秋千而思纤手,因蜂扑而念香凝,纯是痴望神理。"这种时空交叠、结构错乱的写作手法在吴文英的词中常可见到。

结句"惆怅双鸳不到,幽阶一夜苔生",写出词人面对寂寞空庭的无限忧伤。"双鸳"既指绣鞋,又借代佳人踪迹,同时也委婉道出词人内心双宿双飞的期冀。"幽阶一夜苔生",以景作结,意境幽深凄凉,而又含蓄空灵。正因佳人不来,所以空庭才人迹罕至,幽阶之上才遍生青苔。而用"一夜"形容青苔生长的速度,是用夸张的手法写出了词人心中无处诉说的惆怅与孤独,以及对佳人刻骨铭心的思念。李白《长干行》"门前迟行迹,一一生绿苔",意境与此相类。谭献云:"此是梦窗极经意词,有五季遗响。'黄蜂'二句,是痴语,是深语。结处见温厚。"(谭献《谭评词辨》)可谓点出其中佳妙。

词作秀丽精工,缠绵深婉,想象奇特,虚实相融,既充分展现了梦窗词作的长处,又一反其讲究词藻、堆砌典故之弊病,细密中又含疏快,是梦窗词中的别调。正如陈廷焯在《白雨斋词话》中赞曰:"情深而语极纯雅,语中高境也。"

> ## 习题
>
> 1. 首句"听风听雨过清明"中"听"字有何妙处?
> 2. 这首词中运用了时空交错的艺术手法,具体体现在何处?请谈谈这种写法对创造词境的作用。
> 3. 阅读吴文英的这首《唐多令》,写一篇文学鉴赏文章。
>
> 　　何处合成愁?离人心上秋。纵芭蕉,不雨也飕飕。都道晚凉天气好,有明月、怕登楼。　　年事梦中休,花空烟水流。燕辞归,客尚淹留。垂柳不萦裙带住,谩长是、系行舟。

丰乐亭记[1]

欧阳修

　　修既治滁之明年,夏,始饮滁水而甘。问诸滁人,得于州南百步之近。其上则丰山,耸然而特立[2];下则幽谷,窈然而深藏[3];中有清泉,滃然而仰出[4]。俯仰左右,顾而乐之。于是疏泉凿石,辟地以为亭[5],而与滁人往游其间。

　　滁于五代干戈之际[6],用武之地也。昔太祖皇帝[7],尝以周师破李景兵十五万于清流山下,生擒其将皇甫晖、姚凤于滁东门之外[8],遂以平滁。修尝考其山川,按其图记,升高以望清流之关,欲求晖、凤就擒之所,而故老皆无在者,盖天下之平久矣。自唐失其政,海内分裂,豪杰并起而争,所在为敌国者,何可胜数。及宋受天命,圣人出而四海一[9]。向之凭恃险阻,铲削消磨[10]。百年之间,漠然徒见山高而水清。欲问其事,而遗老尽矣[11]。

　　今滁介江淮之间,舟车商贾,四方宾客之所不至。民生不见外事,而安于畎亩衣食[12],以乐生送死[13];而孰知上之功德,休养生息,涵煦于百年之深也[14]!

　　修之来此,乐其地僻而事简,又爱其俗之安闲。既得斯泉于山谷之间,乃日与滁人仰而望山,俯而听泉。掇幽芳而荫乔木,风霜冰雪,刻露清秀[15],四时之景,无不可爱。又幸其民乐其岁物之丰成,而喜与予游也。因为本其山川,道其风俗之美,使民知所以安此丰年之乐者,幸生无事之时也。夫宣上恩德,以与民共乐,刺史之事也[16]。遂书以名其亭焉。庆历丙戌六月日[17],右正言知制诰知滁州军州事欧阳修记。

注释

[1] 选自《欧阳修全集》(中华书局2001年版)。丰乐亭,在今安徽滁州西丰山北麓,是欧阳修被贬滁州后建造的。苏轼曾将这篇《丰乐亭记》书刻于碑。亭东有紫薇泉。

[2] 耸然:高高矗立的样子。特立:独立。

[3] 窈然:幽暗深远的样子。

[4] 滃(wěng)然:水势盛大的样子。仰出:由地面向上涌出。

[5] "于是"二句:欧阳修《与韩忠献王书》:"山川穷绝,比乏水泉。昨夏秋之初,偶得一泉于州城之西南,丰山之谷中,水味甘冷。因爱其山势回抱,构小亭于泉侧。"

[6] 五代:公元907年,唐朝灭亡,我国中原地区相继建立了后梁、后唐、后晋、后汉、后周五个短命王朝,共历时五十三年,历史上称为"五代"。

[7] 太祖皇帝:指宋太祖赵匡胤,后周时任殿前都点检。公元960年发动陈桥兵变,即帝位,国号宋。

[8] "尝以周师"二句:周师,指周世宗柴荣的部队。李景,南唐中主,原名璟,避周庙讳改景。当时赵匡胤为周殿前都虞候,领严州刺史。周显德三年(956)春,周世宗征淮南,南唐将领皇甫晖、姚凤退保清流关(在滁州西北清流山上,是江淮地区重要关隘)。交战时,赵匡胤突阵而入,剑斩皇甫晖,生擒姚凤。

[9] 圣人:对帝王的尊称,此指宋太祖赵匡胤。

[10] "向之"二句:意谓以前凭险割据称雄的人,一一被诛杀或征服。

[11] 遗老:经历世变的老人。

[12] 畎(quǎn)亩:田地。畎,田间小沟。

[13] 乐生送死:即养生送死,指过太平日子。《孟子·离娄》:"养生者不足以当大事,惟送死可以当大事。"养生,养活父母。送死,为父母送终。

[14] 涵煦(xù):滋润教化。此处颂扬宋王朝功德无量,养育万物。

[15] "掇(duō)幽芳"三句:掇幽芳写春,荫乔木写夏,风霜写秋,冰雪写冬。掇,拾取,刻骨,指秋冬草枯叶落,山石毕露。

[16] 刺史:唐代称一州的最高行政长官为刺史,和宋代的知州地位相等,所以用作代称。

[17] 庆历丙戌:即庆历六年(1046)。

解题及赏析

欧阳修(1007—1072),字永叔,号醉翁,晚年又号六一居士,庐陵(今江西吉安)人。天圣八年(1030)中进士后,任西京(洛阳)留守推官,开始提倡和写作古文。景祐三年(1036),因写文为主张革新内政的范仲淹辩护,一度被贬。仁宗庆历年间,积极参与范仲淹领导的"庆历新政"。新政失败后,又被贬为滁州(今安徽滁州)知州。至和元年(1054),召回京城,历任枢密副使、参知政事等职。熙宁三年(1070)任蔡州知州时,更号"六一居士",次年告老退休。熙宁五年逝世,谥号"文忠"。著有《欧阳文忠公集》。

欧阳修博学多才,在学术、文学等方面成就卓越而全面。在学术上,他是著名的经学家、史学家、目录学家、金石学家;在文学上,他诗、词、文各方面都能自出机杼,斐然成家。其中,尤以散文方面的成就最大。

本文作于庆历六年(1046),与《醉翁亭记》作于同一时期,时作者被贬为滁州知州。这篇文章紧扣"丰乐"二字,叙述了修建丰乐亭的始末,通过对滁州历史和现状对比的描述,突出人民的安居乐业,歌颂了大宋王朝一统天下、恩泽世代的功德,也含蓄表达了居安思危、思德报恩之义。

首段以写景为主,描绘了丰乐亭四周美景,并简述了丰乐亭的修建经过。先写作者因饮滁水之甘甜而寻访到泉源,恰在州南不远处。接着通过视角的变化,写出泉源附近的山景。上有"耸然而特立"的丰山,下有"窈然而深藏"的幽谷,中有"潏然而仰出"的清泉,寥寥数笔,作者便绘出一幅清幽绝俗的江南山水图。此处行文简洁优美,井然有序。于是"疏泉凿石,辟地以为亭",自然引出丰乐亭的修建。欧阳修担任滁州地方官时,关心人民疾苦,治理有方,政绩显著,老百姓都能安居乐业。末句云"而与滁人往游其间",正写出了与民同乐、其乐融融的景象。

第二段抚今追昔,回顾滁州历史,歌颂宋太祖结束五代战乱、平定天下的至伟功绩。在五代时期,滁州扼南据北,乃兵家必争之地。宋太祖曾率兵在此大破敌兵,生擒敌将,铸下烈烈战功。欧阳修按图索骥,欲寻百年前的古战场遗迹而终不可得。"故老皆无在矣""遗老尽矣",数语写出人世变迁,旧迹难寻。"盖天下之平久矣","百年之间,漠然徒见山高而水清",则进一步明确指出这一切都有赖于大宋王朝的一统江山、励精图治,从而"享国百年,天下无事"(王安石《我朝百年无事札子》)。欧阳修忠君爱民,清醒地看到了天下安定、百姓安居这一局面的来之不易,在此追思先王的盖世功业,则暗含告诫世人务必要珍惜和平、维护统一之义。

第三段则通过今昔对比,为我们展现了一个世外桃源般的滁州现状。"今滁介于江淮之间,舟车商贾,四方宾客之所不至",写出滁州地理位置上的特点,地僻人稀,与世无争;"民生不见外事,而安于畎亩衣食,以乐生送死",则概括了滁州百姓丰衣足食、乐天知命的美好生活。段末再次强调这一切都源于"上之功德,休养生息,涵煦于百年之深也"。正是宋朝立国以来近百年的休养生息,才有了今日的富足安定。此处与上段相呼应,突出宋王朝长治久安的无上功德。"孰知"二字则含蓄透露作者内心的担忧,警醒人们应居安而思危。范仲淹《岳阳楼记》云"先天下之忧而忧,后天下之乐而乐",其实这也是古代每一位慨然以天下为己任的优秀士大夫的处世准则。欧阳修此时虽因诬陷而身遭贬逐,但始终不改其忧国爱民之心、胸怀天下之志。

第四段作者收束思绪,承接第一段,转回对与民同乐、共赏山水的描绘。滁州"地僻而事简",且"俗之安闲",更兼欧阳修施政有道,所以"民乐其岁物之丰成,而喜与予游也"。孟子云"古之人与民偕乐,故能乐也"(《梁惠王上》),此也正是作者在《醉翁亭记》中所云"人知从太守游而乐,而不知太守之乐其乐也"的本义。"掇幽芳而荫乔木,风霜冰雪,刻露清秀",对四时之景的描绘洗练而生动。文末则指出自己身为地方官的职责,"使民知所以安此丰年之乐者,幸生无事之时也","宣上恩德,以与民共乐",再次点明主旨。

这篇文章共五百多字,围绕丰乐亭的修建,逐层展开叙述,内容翔实,有对历史的追忆,有对现实的反思,也有作者情感的流露,融叙事、写景、抒情于一体。全文主旨鲜明突出,语言晓畅简洁,语气从容舒缓。正如苏洵对欧阳修文章的评价:"纡徐委备,往复百折,而条达舒畅,无所间断,气尽语极,急言竭论,而容与闲易,无艰难劳苦之态。"

习　题

1. 解释下列加点的字。
① 升高以望清流之关　　　② 遂书以名其亭焉

2. 翻译下列句子。
① 其上则丰山,耸然而特立;下则幽谷,窈然而深藏;中有清泉,滃然而仰出。俯仰左右,顾而乐之。
② 掇幽芳而荫乔木,风霜冰雪,刻露清秀,四时之景,无不可爱。

3. 结合《醉翁亭记》,说说作者借这两篇文章表达了何种政治理想。

4. 宋人李涂在《文章精义》中曾这样评价韩柳欧苏的文风:"韩如海,柳如泉,欧如澜,苏如潮",结合你所学过的以上四位大家的古文,谈谈你的理解。

作品选读

读《孟尝君传》[1]

王安石

世皆称孟尝君能得士,士以故归之;而卒赖其力,以脱于虎豹之秦[2]。嗟乎!孟尝君特鸡鸣狗盗之雄耳[3],岂足以言得士?不然,擅齐之强[4],得一士焉,宜可以南面而制秦[5],尚何取鸡鸣狗盗之力哉?夫鸡鸣狗盗之出其门,此士之所以不至也。

注　释

[1] 选自《王安石全集》(上海古籍出版社1999年版)。孟尝君,姓田,名文,战国时齐国公子,靖郭君田婴之子。封于薛(今山东滕县南),曾长期担任齐相。他与当时赵国的平原君、楚国的春申君、魏国的信陵君,都以"好养士"著称,并称"战国四公子"。

[2] 虎豹之秦:残暴的秦国。

[3] 鸡鸣狗盗:《史记·孟尝君列传》:"(秦昭王)囚孟尝君,谋欲杀之。孟尝君使人抵昭王幸姬求解。幸姬曰:'妾愿得君狐白裘。'此时孟尝君有一狐白裘,值千金,天下无双,入秦献之昭王,更无他裘。孟尝君患之,偏问客,莫能对。最下坐有能为狗盗者,曰:'臣能得狐白裘。'乃夜为狗,以入秦宫藏中,取所献狐白裘至,以献秦王幸姬。幸姬为言昭王,昭王释孟尝君。孟尝君得出,即驰去,更封传,变名姓以出关。夜半至函谷关。秦昭王后悔出孟尝君,求之,已去。即使人驰传逐之。孟尝君至关,关法鸡鸣出客,孟尝君恐追至,客之居下坐者有

能为鸡鸣,而鸡齐鸣,遂发传出。"

[4] 擅:据有,占据。

[5] 南面:古代以坐北朝南为尊位,故帝王诸侯见群臣,或卿大夫见僚属,皆面向南而坐,因用以指居帝王或诸侯、卿大夫之位。《易·说卦》:"圣人南面而听天下,向明而治。"

解题及赏析

　　王安石(1021—1086),字介甫,晚号半山,抚州临川(今属江西)人,庆历二年(1042)进士。宋神宗熙宁二年(1069),起用王安石为参知政事,次年拜相,主持历史上著名的熙宁变法。但由于变法的政策措施颇为激烈,流弊甚多,遭到了保守派以及主张稳健改革的苏轼等人的反对。后来屡次罢相,屡次起用,熙宁九年(1076),王安石罢相退居江宁。宋哲宗元祐元年(1086),旧党司马光担任宰相,废除了全部新政,实际上也就宣告了变法的失败。王安石忧愤成疾,不久病卒,年六十六。有《临川集》。

　　王安石以政治家自许,他一生都在为实现自己的政治理想而奋斗。他特别强调文学的济世功能,提出以适用为根本,辞采为修饰的实用主义文学观。他所创作的诗文大多与现实政治、社会和人生具有密切关系,其散文的政治色彩尤为浓厚。如《上仁宗皇帝言事书》《本朝百年无事札子》等政论文名篇,都是在深刻分析现实形势的基础上,直接阐述与变法有关的政治见解。而另一些短小精悍的小品文,如《读〈孟尝君传〉》《伤仲永》等,也都具有明确的现实用意,或针砭时弊,或总结人生哲理,总之都不是为文造情,而是为现实服务的。王安石的散文立论鲜明、说理严密、结构清晰、语言简练犀利,具有极强的说服力。作为"唐宋八大家"之一,王安石形成了自己的独特文风,清人刘熙载曾用"瘦硬通神"(《艺概·文概》)四字来概括其个性。

　　这篇《读〈孟尝君传〉》是文学史上著名的古文篇目,在千百年来的古今读者中引起过很大的争议,褒贬不一。褒之者多为其气势笔力所折服,誉之为"千秋绝调";而贬之者多从史实与逻辑的角度出发,认为此文在逻辑上偷换概念,是攻其一点、不计其余的片面观点。由于此文是一篇史传的读后感,涉及对具体历史人物的评价,因此要评析此文,也应从它所议论的历史人物与相关背景入手。

　　《孟尝君传》即《史记·孟尝君列传》一文。孟尝君继其父为薛公时,全力延揽宾客,"倾天下之士",门下有"食客数千人",且"无贵贱一与文等",其养士之名可谓不虚。正因门下食客太多,既有"诸侯宾客",也有"亡人有罪者",难免泥沙俱下,良莠不齐,其中有几个鸡鸣狗盗之徒,也就不奇怪了。"鸡鸣狗盗"是此文议论的一个关键词,在短短八十八字的文章中,出现凡三次,用意正是突显出要攻击的标靶。鸡鸣狗盗的具体史实可详见本文的注释部分。不可否认,孟尝君能安然逃离秦国,鸡鸣狗盗之辈居功至伟。但王安石显然瞧不起鸡鸣狗盗之辈,认为他们根本够不上"士"的标准。虽然他也承认孟尝君"卒赖其力,以脱于虎豹之秦",但言下之意是:如果孟尝君真能得士,那也就完全不必仓皇狼狈地逃亡,依靠鸡鸣狗盗之力才捡回一条性命了。除此之外,荆公通过议论孟尝养鸡鸣狗盗之失,辨析孟尝君得士与否,寄寓了更深层次的人才得失事关国家安危的思考。

　　王安石一向反对华而不实的文风。《读〈孟尝君传〉》正表现了其实用主义的文学观,谋

第四章

篇布局严谨自然,遣词造句也极其简练,文简意深,完全符合其不事浮华、"以适用为本"的行文原则。王安石的文风刚健峭拔,这当然跟他果敢决断、坚毅倔强的个性有关。其行事雷厉风行,行文也就简劲峭厉,不用缓笔,决不拖沓。故而在唐宋八大家中,王荆公的短篇最享盛誉,有"短章圣手"之称。其文腾空而来,段与段之间不用过渡,急转急接,步步紧逼,峭厉峻刻,刚猛无匹。这一点在本文的语气笔法上表现得尤为突出,也最为历代的文论家所激赏。沈德潜曰:"语语转,笔笔紧,千秋绝调。"《古文观止》评曰:"文不满百字,而抑扬吞吐,曲尽其妙。"

从结构上具体分析,本文短短八九十字,仅四个长句。而每句一层意思,都可看作一段。若借用近体诗结构上常用的"起、承、转、合"的分析法,则本文也可分为"立、破、证、合"四层结构。

"世皆称孟尝君能得士,士以故归之;而卒赖其力,以脱于虎豹之秦"为一立,开门见山,摆出世人通常认可的观点,作为驳论的标靶。接下来马上继之以一破,"嗟呼!孟尝君特鸡鸣狗盗之雄耳,岂足以言得士?"陡然一转,并无多余的分析与过渡,直接提出自己的论点,精强有力。"不然,擅齐之强,得一士焉,宜可以南面而制秦,尚何取鸡鸣狗盗之力哉",是正面论证,从孟尝君亲历的困境证明孟尝君之未能得士、鸡鸣狗盗之非士。这是全文的关键所在,故意以"大言"把"士"的标准无限拔高,因此在气势上居高临下,几令人无可置辩。最后得出论断"鸡鸣狗盗之出其门,此士之所以不至也",并将意思更引申一层,斩钉截铁,铿锵有力。

统观全篇,语势一波三折,擒纵自如,迂曲而又畅达。这种结构上的精严曲折也是本文最为人称道之处。金圣叹在《天下才子必读书》卷十五评论此文道:"凿凿只是四笔,笔笔如一寸之铁,不可得而屈也。读之可以想见先生生平执拗,乃是一段气力。"李刚己《古文辞约编》评曰:"此文笔势峭拔,辞气横厉,寥寥短章之中,凡具四层转变,真可谓尺幅千里者矣。"

但若抛开艺术上的独特魅力,本文在逻辑和观点上确也存在一定的漏洞和偏颇之处。

首先,开篇的"世皆称孟尝君能得士"这一说法,便有些不尽不实。如司马迁在《孟尝君列传》中即对孟尝君的得士颇有微词,他认为正由于其中有大量奸人存在,才致使薛地民风暴桀;而司马光在《资治通鉴》卷二对孟尝君的养士也提出尖锐的批评,称孟尝君为"奸人之雄",此与荆公"鸡鸣狗盗之雄"的断语不无相通之处。可见,"世皆称"三字便落在了虚处。但孟尝君能得士这一观点仍是中肯的,鸡鸣狗盗是否为士且不论,孟尝君门下亦不乏冯谖之类有才能的人。这一点史笔凿凿,恐怕不易凭空推翻。

而其关键论点"擅齐之强,得一士焉,宜可南面而制秦",更是罔顾历史形势的论断。当孟尝君之时,秦国正呈鼎盛上升之势,其志非并吞八荒、混一宇内而不可。当时天下杰出之士所在皆有,却都未能阻止秦灭六国的步伐。而当秦败乱之际,陈涉等草泽豪杰也能将之一击而溃。这一点,贾谊的《过秦论》所论甚详,兹不赘述。

问题的焦点就在荆公对"士"之标准的设置上与世人不同,他大约认为定国安邦、经天纬地之才才能算得上"士",同时也隐有以此自许之意。但荆公或许忘记了,即便是大名垂宇宙的诸葛亮,终其一生六出祁山、九伐中原,却也未能完成匡复汉室的理想,最终只落得"长使英雄泪满襟"的凄凉结局。在孟尝君之时,又有谁能够轻易地南面而制秦呢?何况孟尝君还非一国之君,只是一个屡遭国君猜忌的宰相而已。所以,归根结底,这恐怕还是王安石一厢情愿的想法而已。

其实天下事之难，荆公也未必不知。只是他那刚毅执拗的性格造成了他天下沮之而不顾、一往无前的人生态度。他的变法运动最终失败，与这种"拗相公"的性格也不无关系。

习 题

1. 解释下列句子中"之"的用法。
   ① 士以故归之　　② 孟尝君特鸡鸣狗盗之雄耳　　③ 夫鸡鸣狗盗之出其门
2. 结合本文，谈谈你对王安石刚健峭拔的实用主义文风的认识。
3. 课后阅读《史记·孟尝君列传》《过秦论》等相关文章，讨论本文论点的得失，说说你的看法。

第五章

元明清文学

一、元曲与明清传奇

自元代起,叙事性文学(戏曲、小说)第一次在中国文学史上居于主导地位。这时的作家更多地与社会底层相关联,文学创作也产生了更大的社会影响。

元代是我国历史上第一个由少数民族建立的统一政权,终元之世,始终奉行民族压迫政策,国民分为蒙古人、色目人、汉人、南人四个等级,民族之间的矛盾虽然一直持续,但在民族融合的过程中,汉文化对各少数民族也产生了深刻的影响,涌现了许多少数民族作家,如回纥人贯云石,蒙古人萨都剌、李景贤、李直夫等都是元代的著名作家。

在思想领域,程朱理学虽然获得官方的承认,但信仰的多元化,如佛教、道教、伊斯兰教以及基督教等多种宗教并存,削弱了儒学的影响;科举也时行时废,儒生仕进的机会越来越少,知识分子地位下降,这也使他们更接近民间,促成了元代戏曲的繁荣。

元代戏曲包括两个主要的戏曲圈,北方戏曲圈以大都为中心,包括长江以北的大部分地区,流行杂剧,作家云集,主要作家作品有关汉卿《窦娥冤》《救风尘》、王实甫《西厢记》、白朴《梧桐雨》《墙头马上》、马致远《汉宫秋》《黄粱梦》、纪君祥《赵氏孤儿》、杨显之《潇湘雨》、尚仲贤《柳毅传书》、戴善甫《风光好》、郑廷玉《看钱奴》、康进之《李逵负荆》、高文秀《双献功》、李好古《张生煮海》、石君宝《秋胡戏妻》《曲江池》、李潜夫《灰栏记》等,题材以水浒故事、公案故事、历史传说为主,更多地抨击黑暗的社会现实。其中以关汉卿、王实甫、白朴、马致远最为著名,并称为元剧的"四大家"。

关汉卿的《窦娥冤》是元杂剧中悲剧的典范。剧中写窦娥因其父窦天章无力偿还高利贷而被迫将她典押给蔡婆做童养媳,成婚后不久,窦娥又做了寡妇。恶棍张驴儿企图将蔡婆毒死,从而霸占窦娥,不料弄巧成拙,反而将自己的父亲毒死。张驴儿嫁祸窦娥,与之对簿公堂,而州官昏愦,竟诬窦娥以杀人之罪,判处斩决。在刑场上,窦娥悲愤地控诉社会现实的黑暗、人间的不平,她怀疑天理的存在:"地也,你不分好歹何为地? 天也,你错勘贤愚枉做天!"三年后,窦天章任肃政廉访使,奉命查核楚州案件。窦娥的鬼魂向父亲申诉了冤屈,窦天章逮捕了真凶,案情得以昭雪。全剧通过感天动地的描写,希望唤醒世人的良知,促使世人为争取公平合理的社会而抗争。

王实甫的《西厢记》代表了元代戏曲创作的最高水平,明初的贾仲明说《西厢记》天下夺魁",充分肯定了它在文学史上的崇高地位。元人杂剧一般一本四折,但《西厢记》以五本二十折的篇幅,突破了杂剧的定式,借鉴并吸取了院本、南戏的长处,更完美地安排戏剧冲突,更细腻地塑造了人物形象，提高了戏剧艺术的表现力。剧中写书生张珙与相国小姐崔莺莺在普救寺一见钟情，却因为礼教的阻隔而无法接近。这时正好有叛将孙飞虎率兵围寺，索取崔莺莺。老夫人亲口许婚以后，张生在友人白马将军杜确的帮助下，解救了危难。不料老夫人食言赖婚，张生因此相思成病。在红娘的帮助下，崔莺莺终于冲破礼教的束缚，与张生自由结合。可是老夫人以门第为由，迫使张生上京应试。最后张生考中状元，实现了与莺莺团聚的愿望。

《西厢记》成功地塑造了莺莺、张生、红娘等艺术形象，人物具有鲜明的个性。崔莺莺是一个向往并大胆追求自由爱情的女性，但长期受到礼教的熏陶，内心热情而表面冷静，有时一本正经，有时狡黠多智。张生则是情种的形象，对爱情执著而诚挚。红娘活泼机智，一方面想玉成崔、张二人的爱情，另一方面却不得不顾及莺莺的小姐自尊，在困境之中巧妙周旋，处于一个十分微妙的地位。

《西厢记》的语言艺术达到戏曲创作中的最高水平，所谓"字字当行，言言本色"，语言具有强烈的个性化特点，其风格随着角色的不同而变化，如张生的文雅、惠明的粗豪、郑恒的鄙俗、莺莺的委婉、红娘的活泼等，各具面目。大量唱词吸取了诗词的精华，使整部作品具有强烈的抒情性，如《长亭》一折即是叙事文学中抒情艺术的代表篇章。

白朴的《梧桐雨》从唐玄宗与杨贵妃的爱情故事出发，描写了李、杨恩爱缠绵的爱情。全剧文笔优美，意境深沉，具有浓郁的诗味。

马致远号为"曲状元"，《汉宫秋》是其杂剧的代表作。剧本以昭君出塞为题材，通过汉元帝与王昭君的生离死别，赞颂他们真挚的爱情，也表现了王昭君出塞以后的民族气节以及对于祖国的深刻怀念。全剧意境凄美，表达了作者对历史、人生的体悟。

南方戏剧圈以杭州为中心，既演南戏，也演由北方传来的杂剧，重要杂剧作家作品有郑光祖《倩女离魂》《王粲登楼》、乔吉《两世姻缘》、宫天挺《范张鸡黍》、金仁杰《追韩信》、杨梓《敬德不伏老》、秦简夫《东堂老》等；南戏有高明的《琵琶记》以及著名的"四大南戏"（《荆钗记》《白兔记》《拜月记》《杀狗记》）等。这些作品注重表现爱情婚姻、家庭伦理等社会问题以及抒发个人情怀。

郑光祖是南方戏剧圈中成就最高的杂剧作家，代表作为《倩女离魂》。此剧取材于唐代陈玄祐的传奇《离魂记》，情节是张倩女与王文举自小指腹为婚，王文举长大后上京赴试，路经张家，欲申旧约。但张倩女之母嫌其功名未就，不许二人成婚。王文举独自上京应试，张倩女思念成疾，卧病在床，其灵魂则离开身体，追随文举而去，一同赴京，相随多年。文举状元及第后，衣锦还乡，携倩女至张家。正当众人惊疑之际，倩女的魂魄与病躯合而为一，于是欢宴成婚。全剧以富于浪漫色彩的描绘，歌颂了自由的爱情。剧本文笔优美，人物刻画细致入微。

高明的《琵琶记》代表了南戏艺术的最高成就。全剧共四十二出，描写了赵五娘与蔡伯喈的故事。蔡伯喈考虑到父母年老，无人照顾，决意暂时放弃功名。但在其父蔡公的强迫之下，进京赴试。伯喈得中状元之后，得到牛丞相的青睐，执意招其为婿，皇帝也玉成其事，由于君命难违，伯喈不得已入赘牛府。而伯喈赴京之后，全家由赵五娘一人支撑，家乡屡遭天灾人祸，蔡公蔡婆衣食无着，最后家破人亡。公婆去世之后，赵五娘祝发买葬，罗裙包土，将他们安葬。随后五娘带着琵琶进京寻夫，备受艰苦，全剧以大团圆的结局告终。此剧在人物刻画上颇为成功，蔡伯喈是一个典型的古代知识分子的形象，在"忠""孝"观念的节制之下，优柔寡断，委曲求全，造成了自己的人生悲剧。赵五娘的形象体现了中国古代妇女的优秀品格，贞烈守节，侍奉公婆。在剧作的结构上，剧本采用双线结构，一方面以蔡伯喈离家后的遭遇为线索，另一方面以赵五娘在家中所受的种种苦难为线索，摆脱了单线描写的类型化结构。在语言上，赵五娘一线语言本色，蔡伯喈一线词藻华丽，展现了两种不同的语言风格。此剧被后人称为"词曲之祖"，既是元代剧坛的殿军，也为明代剧坛开启了新风。

除杂剧及南戏之外，元代还出现了继诗、词之后兴起的新诗体——散曲。其体制主要有小令、套数以及处于两者之间的带过曲等。与诗词不同，散曲句式自如，语言口语化、散文化，在古代诗体中独具特色。前期散曲的主要作家有关汉卿、白朴、马致远等。关汉卿的著名套数[南吕]《一枝花·不伏老》夸张地描绘了一个"浪子"的形象，风格豪放，音韵铿锵，句式舒卷自如，将散曲的衬字技巧发挥到极致。关汉卿散曲题材集中在男女恋情方面，如《四块玉·别情》：

  自送别，心难舍，一点相思几时绝。凭阑袖拂杨花雪。溪又斜，山又遮，人去也！

白朴的创作多以叹世归隐为主题，也涉及男女恋情及写景咏物，风格或本色，或清丽。

马致远是元代创作最丰的散曲作家之一，文人气息比其他作家浓厚，其套数如[双调]《夜行船·秋思》、[般涉调]《耍孩儿·借马》等名作情感奔放、意境旷达，是豪放派的代表作。其小令则俊逸疏宕，如著名的《天净沙·秋思》：

  枯藤老树昏鸦，小桥流水人家，古道西风瘦马。夕阳西下，断肠人在天涯。

元代后期的散曲创作风格逐步由豪放转为清丽，代表作家有张可久、乔吉、张养浩、睢景臣、贯云石、徐再思等。张可久为元人中专攻散曲而存世作品最多的作家，其散曲取材广泛，而以其写景之作最具代表性，如[黄钟]《人月圆·春晚次韵》：

  萋萋芳草春云乱，愁在夕阳中。短亭别酒，平湖画舫，垂柳骄骢。一声啼鸟，一番夜雨，一阵东风。桃花吹尽，佳人何在，门掩残红。

全曲典雅工丽，意境优美。这一类散曲显示了它逐渐向雅化发展的趋势，代表了元代后期曲风的转变。

乔吉与张可久齐名，曲风清丽婉约，讲求句式的齐整，但也不避俗趣，如其[中吕]《满庭芳·渔父词》：

  秋江暮景，胭脂林障，翡翠山屏。几年罢却青云兴，直泛沧溟。卧御榻弯的腿痛，坐羊皮惯得身轻。风初定，丝纶慢整，牵动一潭星。

张养浩的散曲多寄兴林泉之作，而其关心民生之作以[中吕]《山坡羊·潼关怀古》最为人所传诵：

  峰峦如聚，波涛如怒，山河表里潼关路。望西都，意踌蹰，伤心秦汉经行处，宫阙万间都作了土。兴，百姓苦；亡，百姓苦。

明代的戏剧样式有杂剧和传奇，传奇是明代戏剧的主流形式。明代杂剧的成就不及元代，也远逊于明传奇。明初的主要作家作品有朱权《卓文君私奔相如》、朱有燉《小桃红》《香囊怨》、贾仲明《萧淑兰》、杨讷《西游记》、刘东生《娇红记》等。明代中后期的杂剧出现转型，题材扩大，其艺术体式大多为南北合套或纯为南杂剧，北杂剧的体式已经终结，代表作品有王九思的《杜甫游春》、康海的《中山狼》、徐复祚的《一文钱》等,而以徐渭的《四声猿》最为知名,风格活泼,具有民间文学色彩。

传奇是明清两代戏剧的主要形式,它起源于宋元南戏,但又融合了北曲声腔和元杂剧的精华,逐渐成为不包括杂剧在内的明清中长篇戏剧的总称。

明初传奇的道德教化意味浓重,其中较好的如姚茂良的《精忠记》、苏复之的《金印记》、沈采的《千金记》及王济的《连环记》等。

明代中期出现了三大传奇,即李开先的《宝剑记》、梁辰鱼的《浣纱记》以及署名王世贞等人的《鸣凤记》。《宝剑记》共五十二出,取材于《水浒传》,描写林冲落草梁山的故事,突出体现了林冲刚正不阿、嫉恶如仇的性格,也是作者自浇块垒之作。《浣纱记》通常被认为是第一部用改革后的昆山腔谱曲并演出的传奇剧本,在昆曲史上具有重要意义。全剧写范蠡与西施的爱情悲剧,也夹杂了吴越争霸的政治悲剧,表达了作者对于历史兴衰和政治沉浮的深刻思考。《鸣凤记》相传为王世贞或其门人所作,批判和揭露了奸相严嵩的罪恶。与前两者不同,它是第一部以当代政治为题材的悲剧,具有重要的现实意义。

明代后期的传奇进入了繁荣时期,涌现了数百种传奇作品,其中比较突出的有高濂的《玉簪记》、孙钟龄的《东郭记》、周朝俊的《红梅记》、孟称舜的《娇红记》等。

汤显祖是明后期最重要的传奇作家,其代表作《牡丹亭》已成为不朽的经典。全剧五十五出,描写南安太守之女杜丽娘,不满于礼教的束缚,游园后在梦中与柳梦梅相遇,因而相思成疾,一病而逝。后托梦于柳梦梅,在柳梦梅的调护下,因情之所至,杜丽娘死而复生,最终两人结为夫妇。作品通过杜丽娘和柳梦梅生死离合的爱情故事,热情歌颂了反对礼教、追求自由和爱情的个性解放精神。

《牡丹亭》塑造了众多成功的艺术形象。杜丽娘是继崔莺莺之后文学作品中出现的最动人的女子形象之一。她出身仕宦之家,却为了追求自由而发展成为极具反抗和献身精神的痴情女子,其性格的发展推动了戏剧冲突的升级,人物形象显得更加丰满。同时,柳梦梅的坚贞不渝,春香的活泼可爱,与太守杜宝和塾师陈最良的迂腐、固执形成鲜明的对照。

《牡丹亭》在艺术上的最大特色是浪漫手法的运用。作者在题词中说:"情不知所起,一往而深。生者可以死,死可以生。生而不可与死,死而不可复生者,皆非情之至也。"作者主观精神的追求可以超越现实,作者通过"梦而死""死而生"的奇幻情节表现了理想和现实的矛盾。剧作曲文典雅绚丽,具备极浓郁的抒情意味。

《牡丹亭》在明代理学盛行的情况下,以情反理,崇尚个性,具有强烈的时代意义。汤显祖的另外几部作品《紫钗记》《南柯记》《邯郸记》与《牡丹亭》合称为"临川四梦",也达到了较高的水平。

明代后期剧坛出现的"沈汤之争"是以沈璟为代表的"吴江派"与以汤显祖为代表的"临川派"在戏剧创作上的争论。前者强调伦理,主张语言的通俗,讲求声律,但创作成就不高;后者主情,反对礼教,语言绮丽,创作成就极高。

清初的戏剧继承晚明以来的风格,并进一步文人化,在康熙一朝出现了《长生殿》与《桃花扇》两部杰作。但此后戏曲的发展却衰落下去,逐步成为宣说教化的案头读物,失去了其艺术生命力。

清初的戏剧作者包括了一些著名的文人,如吴伟业、尤侗、王夫之等,此类文人的创作抒情性较强,但忽视其舞台特色,多成为案头之作。

以李玉为代表的苏州剧作家则将作品与舞台表演相结合。李玉从明末开始创作,早期的传奇作品有《一捧雪》《人兽关》《永团圆》《占花魁》等,强调戏剧冲突,感染力很强。入清以后,其剧作多寄托易代之感,代表作为《清忠谱》,表现晚明天启年间魏忠贤迫害东林党周顺昌等人而引发苏州市民暴动的事件。

在清初剧作家中,李渔长于写风情喜剧,有《笠翁十种曲》,代表作为《风筝误》,以放风筝为主线,构造了一部以阴差阳错的喜剧情节为特色的婚恋故事。剧作富有生活气息,滑稽风趣,成为当时的流行剧目。

康熙剧坛上最杰出的两部作品是洪昇的《长生殿》和孔尚任的《桃花扇》。

《长生殿》敷演的是唐明皇与杨贵妃的故事。前半部写唐明皇因宠幸杨妃而政事荒殆,安禄山乘机作乱,逼近长安。明皇仓皇幸蜀,途中将士逼杀丞相杨国忠,并令杨妃自尽。后半部写唐明皇于安史之乱平定后回长安,思念杨妃不已,最终两人在天上得以团圆。《长生殿》的戏剧结构颇为严谨,前半写实,后半写虚,注重安排场面的轻重缓急,极具匠心,将传奇的创作推上了艺术的更高峰。全剧曲文优美,兼具唐诗与元曲之长,多化用名句,风格清丽流畅。

《桃花扇》是一部借复社文人侯方域与秦淮歌妓李香君悲欢离合的爱情故事为线索,描写南明小朝廷兴亡始末的历史剧,展现了明清之际的社会生活。作品歌颂了坚守民族气节的史可法,对马士英、阮大铖等败类予以严厉谴责。全剧的艺术构思及人物塑造都非常成功,是一部思想性与艺术性完美结合的作品。

清代中期以后,戏剧创作已经进入衰落时期,戏剧作品以标举伦理道德以及描写男女风情之作为主。此时的剧作家以蒋士铨较有代表性,他以诗人之才写剧作,语言优美,人物刻画细腻。乾隆时期出现的神话剧《雷峰塔传奇》是一部优秀的悲剧作品,塑造了善良多情的白娘子形象。杂剧作品以杨潮观《吟风阁杂剧》为代表,作品构思新颖,曲词生动,但文人气息较重。其他如桂馥、舒位、周乐清、张声玠等人的作品,都是脱离舞台的案头之作。戏剧艺术的发展,此后进入了地方戏和京剧的繁荣阶段。

二、明清小说

明清时期,小说成为最重要的文学体裁之一。明代的《三国演义》《水浒传》《西游记》《金瓶梅》等长篇小说,以及以"三言""二拍"为代表的短篇小说,成为明代市民文学的主流之一。清初众多的白话小说以及蒲松龄的文言小说集《聊斋志异》、长篇小说《儒林外史》《红楼梦》,清代中晚期小说《镜花缘》,侠义公案小说、社会批判小说《官场现形记》《二十年目睹之怪现状》等,以及《老残游记》《孽海花》等作品,标志着小说已经由古典走向现代。

明代小说中,罗贯中的《三国演义》是我国第一部长篇章回体小说,也是历史演义类小说的开山之作。《三国演义》以儒家的政治伦理观念为核心,以一种独特的文学样式,"七分事实,三分虚构",描写了自东汉末年黄巾之乱到西晋重新统一近百年间的历史故事。

《三国演义》以蜀汉为正统,在政治上以"仁政"为目标,在人格上以"忠义"为标准,在才能上则更重视"智勇",塑造了刘备、诸葛亮、关羽、张飞、曹操、司马懿、周瑜、赵云等一个又一个生动的人物形象。如刘备是"仁君"形象的代表;诸葛亮智慧超群,是一代忠臣的形象;曹操则是一个精于权术、阴险狡诈的人物形象。

《三国演义》多条线索并进,叙事有条不紊,主次分明,表现了作者高超的叙事才能。全书从汉亡开始,以魏、蜀、吴三国的兴衰为主体,以西晋统一为结局;主体之中以蜀汉为重点,蜀汉之兴衰以诸葛亮为中心,诸葛亮的隆中对策又为情节的发展奠定了伏笔,小说的发展也就是隆中决策之具体演绎。在此格局之上,小说从多重角度,以顺叙、倒叙、插叙、补叙等各种叙述方法将全书连缀成一个整体。小说叙述之中以战争描写最多,在决定历史进程的重大战役如官渡之战、赤壁之战中,又将战争与政治、外交等各种背景错综地连成一体,展现了一幅既波澜壮阔又有血有肉的历史画卷。

《三国演义》以浅近文言为主要的叙述语言,以极其成功的人物塑造、气势恢弘的叙事手法,成为后世演义体小说的典范。

《水浒传》最早称《忠义水浒传》,其作者一般认为是施耐庵。这部小说的基本观念虽然仍包括了"忠孝节义"等儒家的道德范畴,但从其内容来看,它更多地描绘了一些英雄的传奇故事,塑造了一大批神态各异、性格鲜明的英雄形象,如鲁智深、李逵、武松、林冲、杨志、史进、宋江等。

宋江是书中的主角,在其"杀惜"之后,他不愿去梁山落草,以免"做了不忠不孝之人",希望青史留名,但他一步一步地被逼上梁山,成了"反贼";当他坐了第一把交椅之后,又将"聚义厅"改为"忠义厅",最后接受招安。这一形象是矛盾的统一体,也是作者所要表彰的形象。

《水浒传》作为一部英雄体传奇的典范,其成功之处在于它塑造了一大批英雄形象。小说中有几十个单独描写的人物,人物性格各不相同,作者对每一个人物都进行了多层次的刻画。如写鲁智深的粗豪,同时也写他的精细和机智;写李逵的莽撞,同时也写他的可爱真率;写林冲由忍气吞声的软弱到愤然而起的刚烈,完成了性格的转变;等等。

《水浒传》仍以单线结构为主,这在前半部表现得最为典型,以人为单元,每几回集中描写一个人物,当这个人物的塑造基本完成后,就逐渐淡化,另一个人物接着出场,这样有利于将一个个人物表现得淋漓尽致。因此,全书的精妙之处皆在前半部。

《水浒传》影响深远,出现了许多续书,也有大量小说模仿其风格。不仅如此,它也有重大的社会影响,一些民间社团如天地会、小刀会、义和团等都曾受到此书的影响。

《西游记》出现于明代后期,是中国神怪小说的代表。这部书也是在不断积累的基础上创造出来的。唐僧、孙悟空、猪八戒、沙僧师徒四人取经的故事在元代逐渐定型,这为《西游记》作为一部长篇通俗小说而出现打下了坚实的基础。

《西游记》的作者一般认为是吴承恩。这部小说与晚明的"心学"发展有较大关联,故小说中发扬"明心见性"的主题。在结构上,小说用主要篇幅描写唐僧师徒四人取经过程中的八十一难,但有不少叙事模式给人以雷同之感。

在艺术上,《西游记》以一种奇幻的笔调,创造了一个光怪陆离的世界,突破时空、生死、人神的界限,展现了奇幻之美。作者将小说中的神魔形象置于日常的社会角度下来描写,如孙悟空神通广大,但同样有争强好胜、容易冲动等凡人的弱点;猪八戒则具有更多的"人"的特征,尤其是"食""色"两大特征体现得最为充分,故小说给人以真实之感。全书具有喜剧色彩,"以戏言寓诸幻笔",书中穿插了大量的游戏笔墨,给全书加上了一层轻松诙谐的情调。

《西游记》对其他的神魔小说有较深的影响,除了有众多的续书外,《封神演义》等较好的神魔小说也深受《西游记》的影响,但这些小说的艺术成就皆不及《西游记》。

《金瓶梅》是明末世情小说的代表作。与其他三部书不同,这部小说并没有经历长期积累的创作过程,而是属于文人的独立创作。一般认为它成书在万历年间,作者"兰陵笑笑生"

生平不可考。

《金瓶梅》的书名取自小说中潘金莲、李瓶儿、庞春梅三个人的名字,全书从《水浒传》中"武松杀嫂"的情节衍生开来,写潘金莲与西门庆皆未被武松杀死,潘金莲得以嫁给西门庆作妾。书中大部分篇幅写西门庆的行历以及其众妾之间争风斗宠的故事,最后写西门庆死后"树倒猢狲散"的衰败。

这部小说以势家的兴衰来表现当时社会的普遍情形,当时朝政的腐败可以从方方面面得到体现,如官商勾结、贪赃枉法、淫人妻女、杀人害命,都在小说中得到了深刻的体现,所以无论从广度上还是从深度上,这部小说都具有较高的价值。贪财、好色是《金瓶梅》所着力表现的人性的两大特征。毋庸讳言,这部小说的缺陷也是明显的,如其中有大量的色情描写,文字鄙俗粗陋,艺术价值不高。

《金瓶梅》的几部续书,都没有什么价值,但它本身为其他世情小说的发展奠定了基础,如《红楼梦》以及《儒林外史》等小说都曾受到它的启发。

除了长篇白话小说之外,明代的白话短篇小说也得到了长足的发展,代表作品是冯梦龙所编的"三言"(《喻世明言》《警世通言》《醒世恒言》)和凌濛初所编的"二拍"(《初刻拍案惊奇》《二刻拍案惊奇》)。

"三言""二拍"是明代市民社会的风俗画卷。明代社会处于商业社会发展繁荣的时期,故这些小说表现了许多商人形象,大多是正直善良的正面形象,如《卖油郎独占花魁》中的卖油郎秦重、《施润泽滩阙遇友》中的施复等。商人地位的提升,代表了晚明社会一种新的价值取向。这类小说中的女子形象是另一个表现重点,晚明社会对于"情"的尊重,与传统上男女之间的观念已经不一样,所以小说中着力歌颂婚恋自主、男女平等的主题,具有鲜明的时代性,如《杜十娘怒沉百宝箱》就表现了作者对于下层女性尊严的维护。官场腐败以及社会黑暗面在小说中可以有不少表现,体现了新兴市民的愿望。

在小说的艺术上,这一类小说所描写的多是市民的平凡故事,但情节细腻,有的小说还用一些"小道具"贯穿起整个故事,如《蒋兴哥重会珍珠衫》中的"珍珠衫"、《陈御史巧勘金钗钿》中的"金钗钿",使小说得得曲折而扣人心弦。小说在很大程度上突破了单线的结构,而是采用复式结构,将多种场面交织到一起,这些都增加了小说的趣味性和传奇性。

在"三言""二拍"的影响和推动下,明末清初白话短篇小说的创作极其丰富,如《石点头》《西湖二集》《型世言》《欢喜冤家》等,盛极一时。

明代的文言小说以明初瞿佑的《剪灯新话》最重要,书中大多写元末乱世的故事,有志怪作品如《华亭逢故人记》,有爱情婚姻故事如《联芳楼记》《翠翠传》《秋香亭记》等。世俗的平民以及商人开始成为小说的主人公,他们大胆追求自由的婚恋。但这部小说模仿前人的痕迹较重。总体而言,明代的文言小说在文学成就上还没有达到一个很高的地位。

清代的小说进一步繁荣。清代前期,各类小说的发展达到了一个最高峰。文言小说如《聊斋志异》,白话小说如《儒林外史》《红楼梦》,都是中国小说史上最优秀的作品。

蒲松龄的《聊斋志异》是以文言创作的志怪传奇中成就最高的小说。与六朝以来的志怪小说相比,《聊斋志异》不仅在叙事模式上超越了它们,而且在创作的性质上也与它们不同。《聊斋志异》绝大部分是蒲松龄精心创造的结果,而不是道听途说以供读者娱乐的简单记述,它们都是作者心中的寄托,有明确的题旨。

《聊斋志异》虽主题多样,但这些主题实质上与蒲松龄所处的时代及其个人遭遇都有密切联系。他笔下的狐鬼故事大部分渗透了自己个人的生活感受,表现了他对社会以及人生的思考和憧憬。他一生在科举上历尽艰难,这在小说中有多处反映,如《司文郎》讽刺考官的昏庸、《叶生》则寄寓了作者个人的悲痛等。小说中大量的妖狐与书生间的交往故事,多与作者寂寞心情所产生的一种幻想式的安慰相关,如《绿衣女》《连琐》《香玉》等,这一类作品讲的都是摆脱了道德理性禁忌下的男女情爱,是对现实中的婚姻乃至伦理的思考。《聊斋志异》也有许多内容是对当时社会的直接批判,如《促织》即是对当时官场的激烈讽刺。

《聊斋志异》在艺术上有多方面的成就。与以前的文言小说相比,《聊斋志异》中许多优秀篇章在人物行动、心理的描写方面更加细致入微,如《婴宁》《聂小倩》等。小说有的注重情节,有的则体现出一种抒情化以至诗化的倾向,如《连琐》《白秋练》等;而且,小说许多篇章都有不同程度的诗意特征,如叙事的含蓄性、人物性格的朦胧性等等。《聊斋志异》虽用文言创作,但较一般的文言浅近,语言或俗或雅,也符合不同人物的性格。

在《聊斋志异》之后,文言小说再度复兴,如袁枚《子不语》、纪昀《阅微草堂笔记》等,它们都在不同程度接受了《聊斋志异》的影响。

吴敬梓的《儒林外史》是我国古代讽刺文学中最杰出的代表作品。小说取材于现实生活,所以它反映的实是清代中叶的社会风俗,其核心内容是反映科举制度下知识分子的形态和命运。

小说的命意在于对科举制度进行批判。开篇写了王冕这个摆脱科举羁绊的人物之后,塑造了两个深受科举之害的人物——周进和范进。周进考到60多岁,还是个童生,受尽了他人的奚落,但命运忽然发生了转折,于是曾经奚落过他的人冒称是他的学生,他在村塾中写下的对联也被揭下来裱好,薛家集还供了他的长生禄位。"范进中举"是小说中著名的段落,范进中举之后,竟然发了疯,清醒过来之后,他的丈人、乡绅以及邻里立刻变鄙视为谄媚,范进的母亲也因为欣喜过度而跌倒归天。这里,作者通过极其深刻的笔法辛辣地讽刺了科举制度。

在这种制度下,文人的人性也极度扭曲,如第五回描写匡超人如何从一个纯朴的青年堕落成一个无耻的势利之徒。一些所谓的"名士"完全是沽名钓誉之徒,因为科举的失败,表面上风流潇洒,骨子里却全是功名富贵。

吴敬梓也描写了一些真儒名贤,以寄托自己的理想。杜少卿是作者着力歌颂的人物,他淡泊功名,对于朝政有深刻的认识;他傲视权贵,也乐于助人;他注重传统的个人道德,也心怀忧国忧民之心,并尊重个性,追求自由。这些思想与清初的实学有关,也是作者所赞同的社会改造的方法。

小说在结构上并没有主干线索,而是通过一些片断的连缀,淡化情节,传奇性也变弱,真正达到了对世俗生活的真实描写。语言直白,富有口语化的特征;讽刺委婉而犀利,通过精确的白描手法达到这一效果。吴敬梓将中国的讽刺小说提升到一个前所未有的高度。

《红楼梦》也许是中国古典小说中最伟大的一部,这部作品展示了一个多层次的内涵丰富的悲剧世界。贾宝玉和林黛玉、薛宝钗的爱情婚姻悲剧是全书的主线。贾宝玉是贾氏家族的希望所在,本应该科举入仕,光宗耀祖,找一个贤淑有德的妻子,但他对此毫无兴趣。林黛玉个性强烈而富有才华,性情孤高耿介,在贾府中,宝玉是她唯一的知音。薛宝钗才貌两全,遵循传统道德,是贾府人眼中理想的妻子。虽然贾宝玉只爱林黛玉,但最终的结局却是宝玉与宝钗成亲,从而造成宝黛的爱情悲剧。围绕这一核心,悲剧延及"大观园"中所有的女子,她们的悲剧也是传统伦理道德之下大部分女子的共同命运,并与家族的兴衰紧密相连。全书以贾府的兴衰为主,贯穿着史、王、薛等家族的没落,反映了广阔的社会历史空间。

《红楼梦》中塑造了大量典型的人物形象。小说中有名有姓的人物达四百八十多人,而能够给人留下深刻印象的,至少也有几十人,至于贾宝玉、林黛玉、薛宝钗、王熙凤等人物则是中国文学史上不朽的艺术形象。

贾宝玉"天分中生成一段痴情",除了对黛玉的痴情,也表现为对一切女子的美丽与聪慧的欣赏:"女儿是水作的骨肉,男人是泥作的骨肉。我见了女儿,我便清爽;见了男子,便觉浊臭逼人。"因此,他对女儿们总是关心备至,这种"似傻如狂""行为乖张"的性格,实际上是对仕途经济的人生道路以及男尊女卑的礼教观念的蔑视和反抗。因此,以宝玉这样的性格,在礼教社会中,随着大观园中的女子一个个地离去,他的幻灭感和孤独感是必然的。

林黛玉早年父母双亡,家道中落,来到贾府,过着寄人篱下的生活,但她才华横溢,孤标傲世,以其高傲的性格与环境对抗。她的死,是用自己的生命来捍卫自己人格的尊严和宝黛之间的纯洁爱情。

薛宝钗是才学出众而美貌温顺的女子,城府很深,对传统的道德观念信奉不移,"女子无才便是德",如她劝黛玉不要看一些闲杂书,"看了这些杂书,移了性情,就不可救了"。她也劝宝玉要多注意些"仕途经济",而对下人的生死甚至表现出一种冷漠的态度。无论从她的家庭背景还是从她的品格才干来说,她都是传统社会中上层女子的典范,但她也是一个迷失自我的悲剧的象征。

《红楼梦》中的人物,完全改变了前代小说中类型化的描写,呈现在读者眼前的是一大批有血有肉的鲜活人物形象,而且书中有不少对人物心理矛盾的描写,这是传统小说的一大突破。

《红楼梦》极大地丰富了中国古典小说的传统,对古典乃至现代小说都有深刻的影响。它将中国抒情文学"诗化"的传统在小说中发挥到极致,除了大量诗词歌赋的点缀外,小说中充满了优美的意境、朦胧的象征。在叙事上采取了多线的网状结构以及多视角的复合叙述,虽然互相影响与制约,但层次分明,有条不紊。在语言方面,《红楼梦》也达到了极高的水平,人物的语言高度个性化,生动传神而有立体感。

《红楼梦》的影响是深远的,它问世后,除了相继出现了一大批续书以及大量模仿小说之外,现当代众多的小说家也继续受到它的影响。《红楼梦》本身也逐渐发展成为一种专门的学问——"红学",并成为世界人民的共同财富。

清代中叶的小说成就不如前期,创作虽然繁荣,但有较高文学价值的作品不多,其中比较好的是《绿野仙踪》和《镜花缘》。李百川的《绿野仙踪》是对世态人情的深刻揭露,寄托作者的愤慨之情,但描写有时比较粗俗低级,境界不高。

李汝珍的《镜花缘》成就更高些,这是一部藉学问以发挥想象,寄托自己的理想并讽谕现实的小说。其中最富有特色的是小说前半部描写唐敖游历海外诸国的经历和见闻,这些国名多采自《山海经》和六朝志怪之书,如无肠国、君子国、女儿国等,或通过对这些国度的描写,或将其国中发生的事情用来隐喻现实,或将其理想化以与现实相对照,从而实现对现实的嘲讽。后半部则主要是将学问罗织进小说之中,文学价值不高。这部小说以其敏锐的思想以及幽默的笔法,在中国小说史上有一定的地位。

近代小说的初期主要有侠义公案小说和人情世态小说两类,前者受《水浒传》影响较大,后者则多继承《红楼梦》的遗风。

　　侠义公案小说主要体现了在政治腐败的情形下人们对侠客以及清官的向往,反映了大部分民众的心态,其中比较突出的是《三侠五义》和《儿女英雄传》。《三侠五义》前半部写包公断案和诸侠归属包公的过程及其协助包公除暴安良的故事,后半部则主要写剪除谋叛的襄阳王及其党羽。此书具有民间评话的艺术特色,显示了市井文化的品位。文康的《儿女英雄传》是一部熔侠义、公案、言情于一炉的雅俗共赏之作。书中成功地塑造了十三妹这一艺术形象。她出身宦门,身怀绝技,遁迹深山,蔑视权臣。小说着重刻画了她救人危困、除暴安良的侠义情怀。全书采用了民间喜闻乐见的评话形式,语言浅白风趣,俏皮传神,对其后京味小说的创作有很大影响。这一类小说还有《荡寇志》《施公案》以及《绿牡丹》《彭公案》《七剑十三侠》《小五义》等。

　　人情世态小说在这时也很繁荣,主要作品有《品花宝鉴》《花月痕》《海上花列传》等。陈森的《品花宝鉴》围绕京城的狎优习气,表现同性恋爱中扭曲的人际关系与性爱心理,同时也成功地描绘了一幅都市生活的风情画。魏秀仁的《花月痕》是一部自叙式的抒情小说,以韦痴珠与并州城的名妓刘秋痕的爱情为主干,塑造了两个超出流俗的人物形象,在风格上继承了《红楼梦》的抒情特性。韩邦庆的《海上花列传》以描写妓院为核心,反映了社会底层人各式各样的生活状态,仿佛一个以南方半殖民地化的城市为背景的都市生活万花筒;以吴语为对白用语,具有浓郁的地方色彩。其他同类作品还有《蜃楼志》《风月梦》《青楼梦》等。

　　近代晚期的小说与时代风气紧密相接,"小说界革命"勃然兴起,出现了著名的"谴责小说"作品,如《官场现形记》《二十年目睹之怪现状》《老残游记》《孽海花》等。1902年梁启超发表《论小说与群治之关系》,成为小说界革命的纲领。新小说大多与政治关系紧密,有的成为政治宣传品,大部分成就不高。而此时林纾等人翻译小说的大量出现,对中国现代小说的发展有重大的影响。

　　这时所出现的最有影响力的小说是"谴责小说"。这类小说抨击腐败,直抉时弊,形成了批判小说的潮流。李宝嘉的《官场现形记》是第一部取得轰动效应的长篇章回小说,首开谴责小说风气。小说以相对独立的短篇故事蝉联而成,对中国封建社会崩溃时期的官僚政治进行了全面揭露,体现了这一机制的腐朽本质。吴沃尧的《二十年目睹之怪现状》,反映了旧家庭中的罪恶以及道德的沦丧,同时也反映了作者追求的幻灭;笔锋凌厉辛辣,以第一人称叙述,这在中国小说史上也是开风气之先的。刘鹗的《老残游记》揭露了"清官能吏"的罪恶,他们表面的清廉掩盖了其野心与权欲。这部小说在艺术上颇多可取之处,具有较强的主观色彩,叙事方法由全知叙事转变为第三人称限制叙事,心理分析的手法也得到较多的运用,代表了古典小说向现代的转变。曾朴的《孽海花》具有热切的爱国精神与激进的革命倾向,这使得小说在思想上比其他几部作品更加激烈。这部小说的"珠花"式结构颇具个性,而语言的明丽也是其重要特色。

　　民国初年的小说以"鸳鸯蝴蝶派"为主,是一种新才子佳人小说,以徐枕亚的《玉梨魂》、李涵秋的《广陵潮》等为代表。苏曼殊则以其哀情小说而显得别具一格,主要作品如《断鸿零雁记》《绛纱记》《焚剑记》《碎簪记》《非梦记》等,其浪漫的气质和抒情小说的格调无疑对"五四"作家产生了不小的影响。

三、元明清的诗词文

诗、词、文相对于戏曲和小说而言,属于较传统的文学样式,这在元、明、清三代也各有不同的发展,而三代相较,以清代的总体成就最高。

元代诗文的成就远不能与戏曲相比,也大大逊于前代。

元初诗文作家或由金入元,如元好问;或由宋入元,如方回、戴表元;或为元代开国元勋,如耶律楚材。其中,方回诗宗江西诗派,戴表元则近于江湖诗派,两人对元代诗坛有较大的影响。理学家中以刘因文学成就较高,诗宗韩愈、元好问,也有一定的影响。

元代中期出现了"元诗四大家",即虞集、杨载、范梈、揭傒斯,其中以虞集成就最高,他长于律诗,意境较为深沉。

元代后期的诗坛,以长于写实的王冕、创造了"铁崖体"的杨维桢以及回族诗人萨都剌成就较高,其中杨维桢吸取了汉魏乐府以及唐代诗人李白、杜甫及李贺的优点,以气势雄健的奇思幻想在元代诗坛独树一帜,最具有艺术个性。

明初诗坛以高启、杨基、袁凯等人为代表,而以高启的成就最大。高启生活在元明易代之际,诗歌反映了当时战乱给民生带来的灾难。入明以后,他仕于新朝,但这种仕途生活与诗人的个性不相适应。高启的个性在早年的《青丘子歌》中已经有鲜明的反映,主体意识强烈。高启的登临之作也较有特点,《登金陵雨花台望大江》最为典型,豪放中有苍凉。杨基在明初诗坛也较有影响,他少有诗名,有反映自己情怀之作,不少作品也有元末诗风的纤巧艳丽。袁凯反映个人身世的作品情感真切,也有一定的成就。

明初散文领域以宋濂、刘基的影响较大。宋濂有名于时,其为文继承韩愈、欧阳修"文以明道"的观点,文章有道学气。他的一些记人记事之文,刻画生动,如《秦士录》《王冕传》《记李歌》《竹溪逸民传》等,成功地塑造了各式各样的艺术形象;其写景之文也颇有特色,如《环翠亭记》等,文字简淡清雅。刘基的散文创作与宋濂并称,寓言集《郁离子》最有特色,吸取了先秦以来的寓言传统,以寄托的形式反映时弊,如《卖柑者言》。刘基的其他散文也有一定特色,写景叙事之文颇具匠心,如《活水源记》。

明永乐至成化年间,"台阁体"的创作居于主导地位,以当时的馆阁名臣杨士奇、杨荣、杨溥等为代表。他们的作品内容贫乏,多应制酬答之作,艺术上追求平正典丽,成就不高。随着台阁体影响的逐步消退,诗坛上出现了以李东阳为代表的"茶陵派"。李东阳提出了向汉唐学习的复古主张,在当时的诗坛有较大的影响,是明代中期"前七子"的先声。

明代中期的诗文有较高的成就。在诗歌领域,有以李梦阳为首的"前七子"与以王世贞为首的"后七子"所倡导的复古运动,而散文中则出现了以归有光、王慎中、唐顺之、茅坤为代表的唐宋派。

李梦阳提出文学应重视真情,贬斥宋儒理学对诗歌的损害,主张"真诗在民间",体现了庶民化的气息。因而,李梦阳、何景明等人一方面有大量的拟古诗,另一方面也将视线转向民间生活,还有一定的社会批判意识。王世贞等"后七子"继"前七子"而起,但在学习古人的方法上更加具体化。王世贞在理论上更是集其大成,提倡"格调":"思即才之用,调即思之境,格即调之界。""后七子"的创作过分注重对古体的模拟,导致大量作品难脱古人窠臼。"后七子"中的谢榛以五言律诗著名,气韵高古,较有成就。

唐宋派的古文家王慎中、唐顺之、茅坤等,总体上推尊韩愈、柳宗元、欧阳修、曾巩等人,创作方法上也重视"文以明道",但取法有所不同,如王、唐诸人独尊曾巩、欧阳修,而茅坤则兼取诸家。就实际创作而论,文学成就最高的是稍后的归有光。归有光的取法对象比王、唐、茅等人更加宽广,其散文长于描写日常生活中的平凡琐事,情深意切,摹画入微,极为感人,《先妣事略》《见村楼记》《寒花葬记》及《项脊轩志》等都是其代表作。

晚明在诗文方面出现了一些新的特点。李贽思想激进,受到左派王学的影响,抨击道学,主张个性,有离经叛道的色彩,标举"童心说",对晚明的文坛有启蒙作用。以袁宏道为代表的公安派,接受了李贽的理论,提倡"性灵说"。其后,以钟惺、谭元春为代表的竟陵派,在继承公安派的基础上,又将文学导向幽僻苦寒之境。晚明的小品文在这一时期颇为兴盛,具有一定的代表性。

李贽的思想极具叛逆色彩,大力批判程朱理学"存天理,灭人欲"的理论,肯定人的生活和生理欲望;标举"童心说",即不假修饰的纯真之心,这些对于后来的文学观念有很大的启发作用。

公安派是晚明重要的文学流派之一,以袁宗道、袁宏道、袁宗道三兄弟为主要人物,其中袁宏道影响最大。"性灵说"是公安派提出的著名口号,肯定人们"性灵"中所本有的合理情感和欲望,主张在文学中表现自由的情欲,因而反对拟古,主张直抒胸臆。但其弊端也很明显,即由于过分强调自由抒写胸臆,一些作品中出现了浅俗的特征,或者夹杂大量俚俗之语,破坏了作品的美感。

竟陵派是继公安派之后有较大影响的文学流派,他们接受公安派"性灵"之说,主张写"真诗",但同时也主张向古人学习,从而达到"灵"而"厚"的境界,其审美情趣体现在对于幽僻孤清的诗境的追求,导致诗歌境界的狭隘化。

小品文的发展是晚明文学中的重要一环。小品文在题材上更加生活化和个性化,反映自己日常生活中的趣味以及文人情调。公安"三袁"是这方面的代表作家,如袁宏道有《晚游六桥待月记》等。张岱在表现个性化情调时最为突出,其《陶庵梦忆》《西湖梦寻》《琅嬛文集》中有大量此类作品,如《西湖七月半》《湖心亭看雪》等都是名篇。

明末具有政治特色的文社表现了时代特色,如张溥等人的复社、陈子龙等人的几社,他们互相呼应,在文学上主张复兴传统,以挽救明朝的危亡。陈子龙是其中的重要代表,其诗歌多表达自己建功立业的志向与失意的情怀,风格雄浑。明亡后,他的作品多反映亡国之痛,如《秋日杂感》。夏完淳师事陈子龙,诗格高古,如其为悼念陈子龙而作的《细林夜哭》等;其散文也有一定成就,如《狱中上母书》笔法细腻而悲壮。

清代诗、词、文在总体上达到了一个较高的水平,连同其他文学体裁一起,呈现出一种"集大成"的气象。

古典诗歌在唐宋之时已经确立了典范,元、明人未能有所开拓,清人在总结前人创作的基础上,超越元、明,开创了一个新的局面。

清初的诗坛有一部分是遗民诗人,以顾炎武、黄宗羲、王夫之、吴嘉纪、屈大均等较为突出。顾炎武诗风雄浑悲壮,有时近于杜甫;吴嘉纪注重写实;屈大均则富于幻想。遗民诗人的共同特色是抒发国破家亡的悲哀和对民生疾苦的同情。

钱谦益为清诗开国宗匠,虽然由于其降清而人格受损,但就诗歌成就而言,则超过了遗民诗人。钱谦益致力于诗歌的批评和建设,对明代的各流派都进行了批判,主张转益多师,为清诗的发展奠定了基础。其七律以杜甫为宗,如其《后秋兴》是一组大型七律,八首一组,十三组诗浑然一体,是前所未有的巨制。在钱谦益的影响下,产生了"虞山诗派",如冯班、冯舒、钱曾等人。钱谦益也好提携后辈,王士禛、施闰章、宋琬等著名诗人都曾经过他的引进,王士禛继钱谦益主盟康熙诗坛,与钱氏的揄扬是分不开的。

吴伟业与钱谦益齐名,也因失节仕清而为人所病,其诗歌以感慨兴亡和悲叹失节为主题内容。吴伟业力图以诗存史,或慨吟宫廷改换的悲欢,或描写明清之际的重大事件,或抒写民生在易代之际的苦痛,如《永和宫词》《洛阳行》《雁门尚书行》《圆圆曲》《捉船行》《鸳湖曲》等,可称为一代诗史。吴伟业以唐诗为宗,其最大贡献在于七言歌行,在继承元、白的基础上,自成一格,号为"梅村体",突出叙事写人,加上情节的传奇化,将古代的叙事诗推到了一个新的高峰,《圆圆曲》是其代表作。吴伟业对清代的歌行有重要的影响。

康熙诗坛的重要诗人有王士禛、朱彝尊、施闰章、宋琬、赵执信、查慎行等人,其中以王士禛最负盛名。王士禛论诗讲求"神韵",以王维、孟浩然为宗,追求含蓄空灵、幽静淡泊,对当时诗人有很大影响,如《秦淮杂诗》第一首:

年来肠断秣陵舟,梦绕秦淮水上楼。十日雨丝风片里,浓春烟景似残秋。

朱彝尊早年经历丧乱,诗歌多亡国之悲和民生之苦;晚年诗格调平雅,追求恬淡,诗也以学力见长,体现了从宗唐到宗宋的变化过程,反映了清初诗坛风气的转变。施闰章比较关心民瘼,诗宗唐人,尤工五言诗,以平淡温和为主要风格。宋琬的题材、风格与施闰章较接近,而更长于七言诗。

查慎行诗学苏轼、陆游,而尤得力于苏轼,是清初宗宋诗人中成就最高的一位。他的诗歌题材广泛,如描写民生、登临怀古的作品;查氏诸体诗皆擅,风格清新畅达,如其传诵的绝句《舟夜书所见》:

月黑见渔灯,孤光一点萤。微微风簇浪,散作满河星。

赵执信也注意反映社会现实,诗取法晚唐,自写性情,不求含蓄,与当时流行的神韵派诗风不同。

清代中期的诗坛出现了多元化的格局,流派众多,面目各异。沈德潜主格调说,翁方纲主肌理说,厉鹗为浙派后劲,袁枚、赵翼、郑燮标榜性灵,黄景仁则独出一格,写个人之穷愁。

沈德潜倡导"格调",尊唐抑宋,要求诗歌的创作归于平和中正,以诗教的"温柔敦厚"为准则,以古诗为源头,以唐人为标准,编选《古诗源》《唐诗别裁集》《明诗别裁集》等,在诗坛上有广泛的影响。

厉鹗继朱彝尊、查慎行后而成为浙派诗人的领袖,诗以宋人为宗,以学问为诗,题材集中在山水诗上,其影响延续到清末。

翁方纲提倡"肌理说",思想上主张合乎六经的道德规范,艺术上讲求以考据、训诂等内容融入诗中,其诗学问化的倾向更强,由此产生了清代后期的学人之诗和宋诗运动,影响深远。

袁枚论诗以"性灵"为宗,强调写男女的真情,表现出个性解放的特征,"作诗不可无我",对当时诗坛上各派诗人都有较大的冲击作用,为清诗另辟新境。袁枚作诗,注重个人的才情,感情丰厚,笔意清新,语言晓畅,如《马嵬》其二:

>莫唱当年长恨歌,人间亦自有银河。石壕村里夫妻别,泪比长生殿上多。

袁枚诗歌的题材也相当广泛,或关心民生,或写景抒情,或表现个人志趣,从多方面显示出清诗向近代文学演变的特征。

赵翼与蒋士铨、袁枚并称"乾隆三大家"。赵翼也宗性灵,主张创新,诗歌议论精警。蒋士铨之"性情"中包括忠孝节义及温柔敦厚的品格,与袁枚有所不同。性灵派的诗人还有"后三家":舒位、王昙、孙原湘,前二人是龚自珍的直接先导。

郑燮提倡"真气""真意""真趣",大胆描写民生疾苦,在当时有独特的风格。

黄景仁作语凄苦,博采众长而独出机杼,唱出寒士的不平之声,深得士大夫的共鸣,在乾隆诗坛名噪一时。

在近代诗坛上,龚自珍是首开风气的杰出诗人,他的诗对于当时的社会政治现实有深刻的描写和揭露,对历史与现实有清醒的认识,如其《咏史》诗中所说:"避席畏闻文字狱,著书都为稻粱谋。"清廷对人才采取压制的策略,故其在《己亥杂诗》中呼吁:"我劝天公重抖擞,不拘一格降人才。"表现出对于国家、民族命运的高度关注。

龚自珍在诗歌艺术上有独到的创获,能够融会唐音宋调,以生动的隐喻、浪漫的情思表现极其现实的思想,如《秋心》之一:

>秋心如海复如潮,但有秋魂不可招。漠漠郁金香在臂,亭亭古玉佩当腰。气寒西北何人剑,声满东南几处箫。斗大明星烂无数,长天一月坠林梢。

近代诗歌领域之中,"宋诗派"是一个有较大影响的流派。这一派诗人以程恩泽、祁寯藻为领袖,主要包括何绍基、郑珍、莫友芝、曾国藩等人,诗歌主要以杜甫、韩愈、苏轼、黄庭坚为宗,其题材多以描写具体的生活情况为主,其中以郑珍成就较为突出。郑珍的诗歌所表现的是他的贫士生活状态,语言洗练,音律顿挫坚劲,如《溪上水碓成》《武陵烧书叹》《下滩》等。郑珍不仅对宋诗派的壮大有重要作用,而且对后来的"同光体"诗歌也有较大的影响。

近代后期诗坛上的突出现象是以黄遵宪为首的"诗界革命"。黄遵宪亲自接触过西方资产阶级文明以及日本明治维新的成功。在这种新思想的影响下,黄遵宪对诗歌的创作也开始了革新。在诗歌内容上,黄遵宪对当时的历史有广泛的反映,如反映中日战争的《哀旅顺》《哭威海》《台湾行》等。随着当时科学的发展,一些新的形象如轮船、火车、电报、照相等在其诗中也有反映;与诗人的阅历相联系,一些异国情调在其诗中也屡见不鲜,如《樱花歌》《伦敦大雾行》《登巴黎铁塔》《锡兰岛卧佛》等。故黄遵宪的诗"以旧风格含新意境",体现了诗歌由旧到新的转变。

在"诗界革命"的影响下,康有为、梁启超、夏曾佑、谭嗣同、蒋智由、丘逢甲等人,都体现出诗歌改良的作风,其中以康有为、丘逢甲较为突出。康有为的诗富于浪漫的色彩,风格雄奇壮丽;丘逢甲是台湾人,故其诗较集中地反映了失台的悲痛以及光复的信念,诗风刚健凌厉。

在资产阶级革命派的发展过程中,出现了一大批革命派诗人,如章太炎、秋瑾、柳亚子、陈去病、高旭、苏曼殊、黄节、马君武、周实、宁调元等,其中以秋瑾、柳亚子、苏曼殊较为突出。秋瑾是近代妇女解放及民主革命的先锋,诗歌激荡着救国的豪情,如《黄海舟中日人索句并见日俄战争地图》《宝刀歌》等;柳亚子是南社的代表作家,诗中充满对革命的期待和捍卫,如《孤愤》是对袁世凯的讨伐;苏曼殊则以小诗见长,风格缠绵而感伤,更具诗人气质。

与革命派诗人相颉颃,近代晚期诗坛上"同光体"、汉魏六朝诗派、晚唐诗派等诗人也非常活跃,其中以同光体诗人影响最大。"同光体"代表作家有沈曾植、陈三立、陈衍、郑孝胥等,其中陈衍的贡献主要在理论上,如其提倡诗歌的"三元说"。陈三立被推为近代宋诗派诗人的宗师,诗宗黄庭坚,追求奇倔出俗而自然的境界,如其《十一月十四夜发南昌月江舟行》:

露气如微虫,波势如卧牛。明月如茧素,裹我江上舟。

但陈三立的大多数诗歌显得晦涩难读。沈曾植是"同光体之魁杰",学识渊博,诗歌艰深奇奥,力避流俗,为学人之诗的典型;郑孝胥主张兴象与才思的统一,诗歌风格清苍幽峭,也是同光体的重要诗人之一。

王闿运是汉魏六朝诗派的代表诗人。他的诗取法汉魏六朝,主张"托物寄兴",但过于墨守古法,开拓性不大。他的一些反映时事的作品则能达到思想与艺术的高度统一,如其名篇《圆明园词》。

晚唐诗派的代表诗人是樊增祥和易顺鼎,以学晚唐香艳体为主,注重对仗、辞藻,喜用事。

清代是词体艺术的复兴时期,词人众多,名家辈出,词作在数量上远远超过唐宋以来的任何一朝。清词出现了许多流派,如云间派、浙西派、阳羡派、常州派等,各领风骚,相互辉映。清代词学的理论研究、对前代词集的整理等也达到了前所未有的高度,确实体现出一种"中兴"的气象。

清初的词坛首先出现的是以陈子龙为首的"云间词派",论词推尊五代北宋之词,其《湘真词》多有家国之悲。遗民词人中,则以王夫之、屈大均、释澹归等为代表,其风格各有不同,但都以故国之思和身世之慨为主题。清初更具代表性的词人则是阳羡词派的领袖陈维崧、浙西词派的代表朱彝尊、满族词人纳兰性德等。

陈维崧才情豪迈,诗风近于苏、辛,推尊词体,作品宏富。他在词中发扬了自《诗经》以来的现实主义精神,反映了明末清初的国事,有"词史"之称。在风格上,陈维崧以豪情抒写悲愤,慷慨激烈,如《点绛唇·夜宿临洺驿》:

晴髻离离,太行山势如蝌蚪。稊花盈亩,一寸霜皮厚。　赵魏燕韩,历历堪回首。悲风吼,临洺驿口,黄叶中原走。

朱彝尊标举醇正高雅,与陈维崧齐名,取法南宋,以姜、张为宗,其"醇雅"的风格与陈维崧形成鲜明的对照,如《桂殿秋》:

思往事,渡江干,青娥低映越山看。共眠一舸听秋雨,小簟轻衾各自寒。

纳兰性德是清初的杰出词人,词作以体现真情为主,婉转自然,不事雕琢,词风以婉约为主,多有忧伤凄凉的情调,如其悼念亡妻的《浣溪沙》:

谁念西风独自凉,萧萧黄叶闭疏窗,沉思往事立残阳。　被酒莫惊春睡重,赌书消得泼茶香,当时只道是寻常。

与纳兰性德并称为"京华三绝"的曹贞吉、顾贞观也有一定的成就,他们共同造就了清初词坛的辉煌。

清代中期,词坛上有以厉鹗为首的浙派词人,有以张惠言、周济为首的常州词派,也有各派之外的著名词人项鸿祚、蒋春霖等,他们各有重要的成就。

厉鹗进一步推衍朱彝尊的"醇雅"词风,推崇姜、张以及周邦彦,词作以记游、写景、咏物等为主要题材,风格幽隽清冷。

张惠言与其兄弟张琦合编的《词选》,成为他们开宗立派的旗帜。在《词选》的序言中,张惠言标举比兴寄托,倡导意内言外,对当时的词风变化起了很大的作用。

继张惠言之后,周济将常州词派发扬光大。在理论上,周济阐明词"非寄托不入,专寄托不出"的观点,标举宋代周邦彦、辛弃疾、吴文英、王沂孙四家。常州词派在晚清词坛产生了很大的影响,但周济在创作上的成就不如其理论上的贡献。

项鸿祚是当时较著名的词人之一,词多空灵,意多哀怨。蒋春霖的词作有较强的时代感,如《台城路》(惊飞燕子魂无定)反映了对太平天国运动的感受,其词多写一己之愁情与身世之悲,有较强的感染力,艺术成就也较高。

近代词坛上,以"清季四大词人"王鹏运、朱祖谋、况周颐、郑文焯及爱国志士文廷式最为突出。

王鹏运年辈较早,虽然他继承了常州词派"寄托"的特色,但总体风格疏宕豪健,也有不少感慨时事之作,其词体物写景往往物我相融,境界浑成。

朱祖谋词以吴文英为宗,早年词风颇晦涩,晚年渐取法苏词,转而苍劲沉着。

况周颐的《蕙风词话》是常州词派的系统词论和批评著作,主张"重、拙、大"为词的最高审美境界,其填词则主于性灵,工于炼字而不留斧凿之痕。

郑文焯在诸家之中最精音律,辞藻繁密,近于吴文英,也有部分作品与姜夔的疏逸气相似,晚年以遗老身份吟唱"故国之思"。

同时代的诗人中,文廷式也较为重要,其词作富有时代气息。他是"帝党"人物之一,心系国事而不容于朝廷,故词的内容也以反映时事为主,风格主要近于辛弃疾。在晚清的词坛上,像文廷式这样忧国悲怆的情调是不多见的。

王国维以《人间词话》知名于世,标举词的"境界",其创作实践也多能与理论相契合。作为清词发展的殿军,王国维在词史上应有一定的地位。

清代散文的发展同样经过了几个阶段。唐宋古文的传统在明代小品文的发展下受到了一定的冲击,清初的散文则在经世致用的要求下又逐步回到"载道"的传统之上。

清初号为"古文三大家"的是侯方域、魏禧、汪琬,以侯方域影响最大。侯方域有《壮悔堂文集》,体裁多样,论体文如《朋党论》《王猛论》《太子丹论》等,取法唐宋史论,笔势纵横。其记事文颇有特色,"以小说为古文辞",如《马伶传》写艺人马伶为学艺而投身为仆三年之事,《李姬传》写风尘女子李香的事迹,曲折生动;《任源邃传》写平民出身的任源邃抗清被捕、宁死不屈的事件。魏禧强调为文有用于世,文章兼有欧、苏之长,传记《大铁椎传》写身怀绝艺的剑侠的遭遇,耐人寻味;议论文则善出新意,如《蔡京论》《续朋党论》等。汪琬主张散文原本六经,观念较为保守,以纯正为宗,叙事有法,长于碑志文,其记苏州市民反暴政的《周介忠公遗事》描写真实生动,为人所称道。

桐城派是清代影响最大的散文派别,自方苞开创,由刘大櫆、姚鼐等进一步发展,影响深远。

方苞首先提出"义法"的理念。"义"是"言有物",以儒家经典为宗旨;"法"是"言有序",讲求文章的作法,包括形式及技巧。这一理论受到普遍遵奉。方苞的古文创作以凝练雅洁见长,其论说文如《汉文帝论》《辕马说》简洁明快,记叙文如《狱中杂记》《左忠毅公逸事》取材繁简得当,描写动人,为古文名篇。

刘大櫆继方苞而起,对"义法"的理论进行了拓展,将"言有物"扩展为"义理、书卷、经济",将"言有序"突破为"神、气、音节"等要素,操作性更强。刘大櫆的《游晋祠记》《游大慧寺记》《游万柳堂记》等文气弘阔,《书荆轲传后》《送姚姬传南归序》等音节优美,都体现了他的文章理论。

姚鼐在桐城派中影响最大,对古文理论的贡献最多,成就也高。他主张"道与艺合,天与人一",提出"义理、考据、辞章"的统一,区分散文中的"阳刚"与"阴柔",并将散文中的艺术要素概括为"神、理、气、味"以及"格、律、声、色"八个字,由粗及精,构造了桐城派散文的系统理论。他还编选了《古文辞类纂》,以为古文示范,被桐城派古文家奉为圭臬,影响极其深远。

姚鼐个人的创作达到了很高的艺术水平,其游记作品如《登泰山记》《游灵岩记》《泰山道里记序》,语言简洁生动,议论文如《李斯论》严谨有序,都是久为传诵的作品。

阳湖派是桐城派散文的分支,代表人物为恽敬、张惠言,他们虽与桐城派有一定关系,但并不局限于桐城派的古文理论,其取法的范围更为广泛,因此文风显得更为恣肆从容,如恽敬的《游庐山记》《游庐山后记》及张惠言的《书山东河工序》《吏难》等文章,都表现出这样的特色。

明代小品文的风格在清代仍有袁枚、郑燮、沈复等作家发扬。袁枚的散文与其诗歌一样,讲究感情的真挚与个性的张扬,其文如《郭巨论》《随园记》《所好轩记》等,多表现出其才情;祭文也极具抒情色彩,如《祭程元衡文》《韩甥哀词》等;而《祭妹文》尤其动人,于琐事中回忆兄妹之情,为祭文中可与韩愈《祭十二郎文》、欧阳修《泷冈阡表》相媲美的名作。郑燮的散文以浅白随意为特征,不拘一格,颇有特色。沈复的《浮生六记》是自传体散文的名作,其中的《闺房记乐》《闲情记趣》《坎坷记愁》等篇,描写其与妻子陈芸之间的感情,不假雕饰,完全出于一己之性情,真切感人。

清代的骈文一度复兴,并在清代中期达到极盛时代,作家有袁枚、邵齐涛、洪亮吉、孙星衍、汪中、李兆洛等,其中以汪中的成就最高。汪中的骈文取材于现实,风格雅丽,属对精工,《哀盐船文》为其代表作,描绘仪征盐船失火,船毁百余,死伤千人的人间惨剧,真切动人,得六朝文的神气,曾轰动一时。其他作品如《吊黄祖文》《经旧苑吊马守真文》《广陵对》《汉上琴台之铭》等,都是广为传诵的佳作。

与骈文复兴的情形相适应,李兆洛编选了《骈体文钞》,对推动骈文的发展以及散文中骈文因素的运用,都有较大的作用。

近代散文仍以桐城派为主,重要的古文家有姚门弟子管同、梅曾亮、方东树、姚莹、刘开等。他们坚守桐城派的文统、道统,同时受到时局的影响,比较重视经世致用,其中以管同、梅曾亮的成就较高。管同《拟言风俗书》《拟筹积贮书》两篇政论文通达政体,深切时弊;《饿乡记》也有为而发。梅曾亮论文主于"因时""真",其游记如《游小盘谷记》清隽传神,《赠孙秋士序》因他人而抒发胸臆,《惜字纸说》颇有抒愤之慨。

姚门弟子之后,以曾国藩为核心,桐城派一度复兴。曾国藩进一步强调义理、考据、辞章、经济,并扩大古文传统,上推至先秦两汉,主张骈散兼容,从而使桐城派古文进入了一个新的阶段,后人称其所创立的文派为"湘乡派"。在创作上,曾国藩作为"中兴名臣",特重"经济",如《原才》,乃为时而发,要求陶铸人才而移风易俗;又如《家书》,为世所传诵,出语自然而真切。

曾国藩门下,张裕钊、吴汝纶、黎庶昌、薛福成并称为四大弟子,张、吴二人在思想上较保守,为文风格雅洁,最为桐城派所推崇;黎、薛二人则颇给桐城文派带来了一些新思想和新气象,如黎庶昌的《游盐原记》《卜来敦记》,薛福成的《观巴黎油画记》《白雷登海口避暑记》等,文风朴实,以异国的新奇风物给人以新鲜感。

这时,散文风气也出现新的转变,如龚自珍的散文,大胆地抒写自己的见解和感情,开创经世散文的新风,如《明良论》《古史钩沉论》《京师乐籍说》《乙丙之际箸议》《尊隐》等作品,从多方面反映了时代的重大问题,其中讥切时政的内容最为突出。

新体散文的萌芽,也体现在冯桂芬、王韬、郑观应等人不复讲究文章义法的散文中,如冯桂芬《校邠庐抗议》、郑观应《盛世危言》等作品,都体现出古文经由报章文体向近代散文演变的趋势。

在新文体的产生过程中,梁启超占据重要的地位。梁启超文体通俗,行文畅达,思想新颖,笔锋中情感外露,如其《少年中国说》《过渡时代论》《呵旁观者文》《说希望》《变法通议》《自由书》《新民说》等都是这种"新文体"的代表作。它们比古文更加平易,词汇丰富,句法灵活,将散文的表现力大大提高,影响了整整一代人,也是白话文的先导。梁启超而外,康有为的政论文如《上清帝第二书》《上海强学会后序》,谭嗣同的《仁学》等,都是新文体的羽翼。

严复和林纾都是坚守桐城派古文准则的作家和翻译家。严复的《论世变之亟》《原强》《救亡决论》《辟韩》以及译作《天演论》《原富》等作品,代表了其政论文的爱国热情以及译文"信、雅、达"的标准。林纾推崇《左传》《史记》《汉书》,其译文不尽忠于原文,但简洁传神,颇能得原著的风味。林纾的文章风格近于归有光,强调"意境",如《先妣事略》《苍霞精舍后轩记》《冷红生传》《徐景颜传》都如此。

章炳麟最推崇魏晋文,其鼓吹革命以及批判改良的文章如《客帝匡谬》《正仇满论》《驳康有为论革命书》《代议然否论》《革命军序》等文,言辞明快犀利,尖锐透辟,发挥了魏晋文的长处。章氏也有一些论学之文过于闳雅深晦,体现出另一种风格。

作品选读

[中吕]卖花声·怀古[1]

张可久

美人自刎乌江岸[2],战火曾烧赤壁山[3],将军空老玉门关[4]。伤心秦汉,生民涂炭,读书人一声长叹。

注　释

[1] 选自隋树森《全元散曲》(中华书局1964年版)。

[2] 美人自刎乌江岸：指公元前202年项羽在楚汉之争中被困于垓下，在乘夜突围前与虞姬悲歌诀别，虞姬自刎而死。后项羽被汉军逼至乌江岸边，因无颜见江东父老，亦拔剑自刎。

[3] 赤壁：今湖北省境内，公元208年，周瑜在这里指挥孙刘联军，以少胜多，以火攻大破曹军，赢得了最后的胜利。

[4] 将军空老玉门关：指东汉班超的故事，班超出使西域前后长达三十一年。

解题及赏析

张可久（约1270—1348以后），元代散曲作家，字小山，庆元（治所在今浙江宁波）人。张可久出身于书香门第，四十岁时尚未进入仕途，四十岁后先为绍兴、衢州等地路吏，后转任酒税都监，晚年隐居浙江杭州。有散曲集《苏堤渔唱》《小山北曲联乐府》，今存散曲、小令共八百五十五首，套数九套，其数量在元代散曲作家中属于较多的。张可久的散曲，描写的大多是隐居和游荡江湖的生活，一部分作品流露出他对人生失意的愤懑不平，但大多写隐居生活的闲适，描摹自然山水的风光，以及吟咏男女风情。张可久的散曲感情凄婉，语言华美，显示出简淡清雅、委婉蕴藉的韵致。

这首曲子是张可久的借古喻今之作。在这首曲子中，作者以慨叹秦汉时统治者之间的战争和各民族间的战争给老百姓造成的深重灾难，怀古伤今，表达了同情人民的思想感情。

曲子先用三个典故，列出了秦汉历史上的三位英雄及其人其事：一是楚汉相争，霸王别姬，乌江自刎；二是三国之时，曹操被蜀吴联军大败于赤壁；三是班超空老玉门关外。紧接着用"伤心秦汉"一句点出：三位曾经各自建立了功业的英雄，依然不能改变"生民涂炭"的现实。作者对百姓深切同情的情感水到渠成地流露出来：在历史的画卷中最值得同情的是苦难的百姓，最令人痛心的是天下的百姓。最后作者用"读书人一声长叹"写出了内心的无奈和悲哀。

作品的结尾意义深刻且耐人回味，"读书人"可泛指当时有文化的人，也可特指作者本人。作者此时的含蓄是要表达这样的含义：其一，用文化人的口吻去感慨历史与现实，寄寓着丰富的感情，有对"风流总被雨打风吹去""大江东去，浪淘尽，千古风流人物"的叹惋，有对"兴，百姓苦；亡，百姓苦"的责难，有对"争强争弱，天丧天亡，都一枕梦黄粱"的感伤。其二，用文化人的思想眼光去理解、看待历史与现实，能加深作品的思想深度，显得真实准确。最后的一个"叹"字含义丰富：一是叹国家遭难，二是叹百姓遭殃，三是叹读书人无可奈何。

这首怀古元曲在创作风格上与张可久的其他曲子典雅有异，风格近于豪放，直抒胸臆，语言浅显质朴，称得上一篇佳作。

习 题

1. 分析张可久在[中吕]《卖花声·怀古》中表达的忧国忧民情怀。
2. [中吕]《卖花声·怀古》中三个典故的使用起到了什么作用？
3. 阅读欣赏张可久曲[正宫]《醉太平·叹世》：

人皆嫌命窘,谁不见钱亲?水晶环入面糊盆,才沾粘便滚。文章糊了盛钱囤,门庭改造迷魂阵,清廉贬入睡馄饨。葫芦提倒稳。

作品选读

[般涉调]哨遍·高祖还乡[1]

睢景臣

【哨遍】 社长排门告示[2],但有的差使无推故[3]。这差使不寻俗[4]。一壁厢纳草也根[5],一边又要差夫[6],索应付[7]。又言是车驾,都说是銮舆[8],今日还乡故[9]。王乡老执定瓦台盘[10],赵忙郎抱着酒葫芦[11]。新刷来的头巾[12],恰糨来的绸衫[13],畅好是妆么大户[14]。

【耍孩儿】 瞎王留引定火乔男女[15],胡踢蹬吹笛擂鼓[16]。见一彪人马到庄门[17],匹头里几面旗舒[18]:一面旗白胡阑套住个迎霜兔[19],一面旗红曲连打着个毕月乌[20],一面旗鸡学舞[21],一面旗狗生双翅[22],一面旗蛇缠葫芦[23]。

【五煞】 红漆了叉,银铮了斧[24],甜瓜苦瓜黄金镀[25]。明晃晃马镫枪尖上挑[26],白雪雪鹅毛扇上铺[27]。这几个乔人物,拿着些不曾见的器仗,穿着些大作怪衣服。

【四煞】 辕条上都是马,套顶上不见驴,黄罗伞柄天生曲。车前八个天曹判[28],车后若干递送夫[29]。更几个多娇女[30],一般穿着,一样妆梳。

【三煞】 那大汉下的车,众人施礼数,那大汉觑得人如无物[31]。众乡老展脚舒腰拜[32],那大汉挪身着手扶。猛可里抬头觑[33],觑多时认得,险气破我胸脯。

【二煞】 你须身姓刘,你妻须姓吕,把你两家儿根脚从头数。你本身做亭长耽几杯酒[34],你丈人教村学读几卷书。曾在俺庄东住,也曾与我喂牛切草,拽坝扶锄。

【一煞】 春采了桑,冬借了俺粟,零支了米麦无重数[35]。换田契强称了麻三秤,还酒债偷量了豆几斛。有甚胡突处[36]?明标着册历[37],见放着文书[38]。

【尾声】 少我的钱,差发内旋拨还[39];欠我的粟,税粮中私准除[40]。只道刘三,谁肯把你揪摔住[41],白甚么改了姓,更了名,唤做汉高祖。

注　释

[1]选自隋树森《全元散曲》(中华书局1964年版)。般涉调,宫调名。属于北曲,北曲有六宫十一调。哨遍,曲牌名。高祖还乡,汉高祖刘邦回故乡。刘邦,江苏沛县人。刘邦回故乡的故事见于《史记·高祖本纪》。汉高祖十二年(前195)七月,刘邦平定淮南王英布叛

乱,归途中路过沛县,留住故乡十余日。本曲写的是刘邦回故乡的一个场面。

[2] 社长排门告示:社长挨门挨户通知。元朝时二十家为一甲,五十甲为一社。

[3] 推故:借故推脱。

[4] 寻俗:寻常,一般。

[5] 一壁厢:一边,一方面。纳草也根:供给马饲料。也,衬字,无义。

[6] 差夫:做差事的人。

[6] 索应付:必须照办。索,须,得。

[7] 銮(luán)舆:皇帝坐的车。銮,古代皇帝所驾车用的铃。舆,车。

[8] 乡故:故乡。

[9] 执定:端着,拿着。瓦台盘:陶器制作的捧盘,上面可以放盛酒具,也可摆礼品。

[11] 忙郎:对农民的称呼。

[12] 新刷来:刚洗过的头巾。刷,洗。

[13] 恰糨(jiàng):方才浆过。恰,刚才。

[14] 畅好是妆么大户:正好是装模作样的财主。畅好是,简直是,正好是。妆么,装模作样。

[15] 瞎王留引定火乔男女:胡闹的王留引着一伙不三不四的人。"瞎"和"胡"都是胡闹的意思。火,同"伙"。乔男女,骂人的话,指不三不四的人。乔,宋元时的口语用词,意思是恶劣、怪模怪样。

[16] 胡踢蹬吹笛擂鼓:胡踢蹬在那里瞎折腾,又吹笛又擂鼓。

[17] 一彪:一大队,一伙。

[18] 匹头里:当头里。舒:招展,飘扬。

[19] 胡阑:环,圆圈。迎霜兔:指传说中月亮中的兔。

[20] 红曲连:红圈。毕月乌:乌鸦,金色的乌鸦。

[21] 一面旗鸡学舞:这里指凤凰旗。

[22] 一面旗狗生双翅:这里指飞虎旗。

[23] 一面旗蛇缠葫芦:这里指二龙戏珠旗。

[24] 叉:这里指的是"戟"。铮:镀。

[25] 甜瓜苦瓜黄金镀:这里指大大小小不同形状的金瓜锤。

[26] 明晃晃马镫枪尖上挑:明光闪亮的朝天镫,这里指皇帝的仪仗。

[27] 白雪雪鹅毛扇上铺:指仪仗队打着的鹅毛宫扇。

[28] 曹判:判官,古代分科办事的官署叫曹。

[29] 递送夫:递送东西的差役。

[30] 娇女:嫔妃宫女。

[31] 觑(qù):这里是轻视的意思。

[32] 展脚舒腰:劈开脚,伸开腰。

[33] 猛可里:土语,猛然间,忽然间。

[34] 耽:好。

[35] 零支了米麦无重数:零零散散借了我的米麦数不清。无重数,数不清。

[36] 有甚胡突处:有什么糊涂的呢?意思是不要装糊涂。胡突,糊涂。

〔37〕册历：账簿。

〔38〕见放着文书：现时你借钱借物的字据还保留着。见，同"现"。文书，这里指借钱物的字据。

〔39〕少我的钱，差发内旋拨还：欠我的钱，你可以在以后的摊派官差时扣。

〔40〕欠我的粟，税粮中私准除：欠我的粮食，可以在缴税的粮中偷着扣除。

〔41〕只道刘三，谁肯把你揪捽住：直说你是刘老三，谁还能紧紧抓住你不放。

解题及赏析

套数是元散曲的一种体制，又称"套曲""散套""大令"，是从唐宋大曲、宋金诸宫调发展而来的。套数的体式特征最主要的有三点：第一，由同一宫调的若干首曲牌联缀而成；第二，各曲同押一部韵；第三，通常在结尾部分还有"尾声"。

〔般涉调〕《哨遍·高祖还乡》套数是睢景臣的代表作，也是历来传诵的元曲名篇，是作者在扬州和曲友们一起以"高祖还乡"为题而写的。

睢景臣，字景贤，扬州人，元后期曲家。一生著有杂剧三种，词一卷，均不传世，惟散曲存三套，其中《高祖还乡》为代表作，也是元散曲套数中的名篇。睢景臣自幼读书刻苦，心性聪明，尤其酷好音律。他同关汉卿等人一样，也是勾栏瓦肆中的常客，因而对社会下层人民的思想感情深有体会。

元戏曲家钟嗣成在《录鬼簿》中提到"维扬诸公俱作《高祖还乡》套数，公《哨遍》制作新奇，皆出其下"，可见当时已负声望。《高祖还乡》是元散曲中现实性最强的作品，是同类题材中的新奇之作，是元代散曲中的珍品。曲子的艺术风格粗犷朴野，幽默泼辣；唱词中蕴含着对天子、皇权的怀疑和嘲讽；第一人称叙事的运用展现紧凑集中的戏剧冲突，嬉笑怒骂中蕴含丰富的潜台词，精练地传达叙事容量，彰显作者锋芒毕露的反抗精神。

汉高祖刘邦衣锦还乡，是《史记》中记载的真人真事。公元前195年，刘邦御驾亲征，平定了英布叛乱。据《史记·高祖本纪》记载："高祖还归，过沛，留。置酒沛宫，悉召故人父老子弟纵酒，发沛中儿得百二十人，教之歌。酒酣，高祖击筑，自为歌诗曰：'大风起兮云飞扬，威加海内兮归故乡，安得猛士兮守四方！'令儿皆和习之。高祖乃起舞，慷慨伤怀，泣数行下。"写出了刘邦荣归故里，豪饮高歌，手舞足蹈，踌躇满志而又隐忧在怀的情景，这是正史中描绘的场面。这段史实是汉代以来文人雅士们一直津津乐道的题材，一般的诗歌都是着眼于刘邦还乡高歌的《大风歌》中表现出来的豪情与壮志进行抒写，但睢景臣却能翻空出奇，别具机杼。他选择了一个有趣的视角和一个独特的场面，让一切景象由作为观者的刘邦乡民的眼中看出，以诙谐嘲谑的口吻勾画出刘邦衣锦还乡时装腔作势的面目。

全套共八曲，以感情变化为主线，有场景、有情节、有人物，构思巧妙。前五曲用细腻的笔触铺陈景象，集中描绘出刘邦还乡时宏大浩荡的排场和耀武扬威的派头，突出其装腔作势、令人发笑的面目。后三曲用辛辣的语言抒发感情，在对往事的提及中嬉笑怒骂，极尽讽刺，抒发了内心的不满与愤怒。

套曲《高祖还乡》是在"社长排门告示"的呼喊声中揭开幕帷的。皇帝要回家探亲，社长亲自挨门拉夫派款、索粮要草，闹得鸡犬不宁。更有王乡老和赵忙郎等一班人，戴上"新刷来的头巾",穿着"恰糨来的绸衫",手执粗糙的"瓦台盘",怀抱土气的"酒葫芦",装作可笑的"大户"士绅。胡闹的王留还引着一伙不三不四的人,胡踢蹬在那里又吹笛又擂鼓地瞎折腾。一队人马,打着招摇的彩旗,一面月旗成了白环套兔子,一面日旗成了红圈套乌鸦,一面凤凰旗成了跳舞的鸡,一面飞龙旗成了生翅的狗,一面蟠龙旗成了缠住葫芦的蛇,又斧成了漆红镀银的玩具,金瓜锤成了黄色的甜瓜苦瓜,朝天镫成了倒挂着的马镫,仪仗队的宫扇成了铺鹅毛的稀奇货,狐假虎威的一群人身穿"大作怪"的衣服,在村口招招摇摇。紧接着,一队人马走进我们的视线:高头大马车边套,曲柄的黄罗伞罩在车上,前有"天曹"判官八个,后有若干"递送夫",还有众多的嫔妃宫女簇拥在前前后后,这一个"大汉"在众人的簇拥下下车来了。众人一起顶礼膜拜,而大汉却傲慢相向,好像视而不见。众乡老"展脚舒腰"表示敬意,刹那间,猛抬头,仔细看,险些气破胸脯。原来是你啊!乡民们不禁愕然:你家本姓刘,你老婆原姓吕,你的底细谁不知,你做亭长迷恋酒色,你丈人挂名教书,与我们"喂牛切草"拿耙耕作,就住在我村东。当年你刘三采过我的桑、借过我的粟、零支过我的米、强称过我的麻、盗窃过我的豆、白喝过我的酒,你耽酒、好色、贪财、欠债、敲诈、明抢、暗偷,我这里有借据一张张、账簿一本本,都记得清清楚楚。至此,我们看到了一个表面"光彩照人",内里"肮脏不堪",表面"耀武扬威",实则"不堪回首"的还乡高祖。最后,乡民们郑重申明:"少我的钱,差发内旋拨还;欠我的粟,税粮中私准除。"看在同乡的份上,还不起也没关系,谁还能揪住你刘三不放?但你刘邦大可不必改名换姓叫做什么"汉高祖"啊!绝妙的讽刺,淋漓尽致。

全曲谐趣而又锋利,幽默而又深刻,一反歌功颂德的路数,把一个至高无上的皇帝写成了一个装腔作势、面目可憎的"得志小人",表现出了作者强烈的反抗精神。

习 题

1. 什么是套数?套数的体式特点是什么?
2. 《高祖还乡》套数的叙述手法独特,请分析本文的叙述主人公。
3. 课外阅读《史记·高祖本纪》,对比其内容,体会《高祖还乡》套数诙谐讽刺的语言艺术。

作品选读

牡丹亭·惊梦[1]

汤显祖

【绕池游】〔旦上〕梦回莺啭,乱煞年光遍[2]。人立小庭深院。〔贴〕炷尽沉烟[3],抛残绣线,恁今春关情似去年?

【乌夜啼】〔旦〕晓来望断梅关[4],宿妆残。〔贴〕你侧着宜春髻子[5],恰凭阑。〔旦〕剪不断,理还乱[6],闷无端。〔贴〕已分付催花莺燕借春看。〔旦〕春香,可曾叫人扫除花径?〔贴〕分付了。〔旦〕取镜台衣服来。〔贴取镜台衣服上〕云髻罢梳还对镜,罗衣欲换更添香[7]。镜台衣服在此。

【步步娇】〔旦〕袅晴丝[8],吹来闲庭院,摇漾春如线。停半晌、整花钿[9]。没揣菱花[10],偷人半面,迤逗的彩云偏[11]。〔行介〕步香闺怎便把全身现!

〔贴〕今日穿插的好。

【醉扶归】〔旦〕你道翠生生出落的裙衫儿茜[12],艳晶晶花簪八宝填[13],可知我常一生儿爱好是天然[14]。恰三春好处无人见[15]。不堤防沉鱼落雁鸟惊谊[16],则怕的羞花闭月花愁颤[17]。

〔贴〕早茶时了,请行。〔行介〕你看:画廊金粉半零星,池馆苍苔一片青。踏草怕泥新绣袜,惜花疼煞小金铃[18]。〔旦〕不到园林,怎知春色如许!

【皂罗袍】 原来姹紫嫣红开遍,似这般都付与断井颓垣。良辰美景奈何天,赏心乐事谁家院!恁般景致,我老爷和奶奶再不提起。〔合〕朝飞暮卷[19],云霞翠轩;雨丝风片,烟波画船。锦屏人忒看的这韶光贱[20]!

〔贴〕是花都放了,那牡丹还早。

【好姐姐】〔旦〕遍青山啼红了杜鹃,荼蘼外烟丝醉软[21]。春香呵,牡丹虽好,他春归怎占的先[22]!〔贴〕成对儿莺燕呵。〔合〕闲凝眄,生生燕语明如翦[23],呖呖莺歌溜的圆。

〔旦〕去罢。〔贴〕这园子委是观之不足也。〔旦〕提他怎的!〔行介〕

【隔尾】 观之不足由他缱[24],便赏遍了十二亭台是枉然[25]。到不如兴尽回家闲过遣。

〔作到介〕〔贴〕开我西阁门,展我东阁床。瓶插映山紫[26],炉添沉水香[27]。小姐,你歇息片时,俺瞧老夫人去也。〔下〕

注释

[1] 选自《牡丹亭》(人民文学出版社1963年版)。

[2] 乱煞年光遍:使人眼花缭乱的春光到处都是。

[3] 沉烟:这里是指沉香燃烧的烟。

[4] 梅关:这里是虚指,大庾岭上的梅关。

[5] 宜春髻子:古代妇女在立春时梳的发髻,上面有宜春采燕。

[6] 剪不断,理还乱:这是李煜《乌夜啼》中的词句,这里用来比喻杜丽娘无法摆脱由于长期禁锢而产生的苦闷。

[7] "云髻"二句:这两句诗出自唐代诗人薛逢的《宫词》。

[8] 晴丝:晴朗的日子里飘荡在空中的游丝。

[9] 花钿:泛指妇女戴在头上的、嵌有金花珠宝的首饰。

[10] 没揣:不料。菱花:镜子。

[11] 迤逗:牵引,因惹。

[12] 翠生生:色彩鲜亮艳丽。出落得:显得。茜:鲜明。

[13] 艳晶晶:光彩绚丽灿烂。花簪:用珠宝嵌饰的簪子。八宝:泛指各种珍宝。

[14] 爱好：爱美。

[15] 三春好处：譬喻自己的美丽。

[16] 谊：同"喧"，喧嚣，吵闹。

[17] 颤：抖。

[18] 惜花疼煞小金铃：为惜花驱鸟而勤于掣铃，使小金铃被拉疼。

[19] 朝飞暮卷：取自王勃《滕王阁诗》"画栋朝飞南浦云，珠帘暮卷西山雨"。

[20] 锦屏人：幽居深闺不能领略自然美景的人。韶光：春光。

[21] 烟丝：游丝。

[22] "牡丹虽好"二句：牡丹虽美，但花开太迟了，怎能占春花中第一呢？这里寓意杜丽娘对美丽青春被耽误的幽怨和伤感。

[23] 生生燕语明如翦：形容燕语明快如剪。

[24] 缱：留恋不舍。

[25] 十二：这里是虚指，可以理解为所有。

[26] 映山紫：映山红的一种。

[27] 沉水香：沉香的别名。

解题及赏析

汤显祖(1550—1616)，字义仍，号若士，又号海若，别署清远道人，临川(今江西临川)人。明代杰出的戏剧家，著有《玉茗堂集》等。

《牡丹亭》是我国戏曲史上浪漫主义的杰作。作品通过杜丽娘和柳梦梅生死离合的爱情故事，热情歌颂了反对封建礼教、追求自由幸福的爱情和强烈要求个性解放的精神。《惊梦》是《牡丹亭》中最精彩的一折，低回婉转地描摹出了杜丽娘"纵有万种风情更与何人说"的那种自伤自怜自怨自艾的情绪。

《惊梦》是《牡丹亭》的第十出戏，主要描写杜丽娘青春的觉醒。这出戏是杜丽娘性格发展的重要转折，是她从名门闺秀走向封建叛逆道路的第一步。这一出戏包括"游园"和"惊梦"两部分。"游园"的背景是：杜丽娘终日在闺中刺绣，难耐寂寞。迂腐可笑的老学究陈最良是她的教书先生，他讲的《诗经》中"窈窕淑女，君子好逑"的诗句，触动了丽娘的情思，适逢父亲杜宝外出，她便由丫鬟春香带路去后花园散心。

"旦"和"贴"都是剧中女性角色，旦的分类很多，一般有十二旦的说法，这里指杜丽娘。贴是丫鬟，此处指春香。"介"相当于元杂剧中的"科"，描写人物的神态、体态。

青春年少、被隔绝在深闺大院内心苦闷的杜丽娘在丫鬟春香的鼓动下，来到自家的花园游玩。

第一曲[绕池游]抒发杜丽娘清晨醒来百无聊赖的情绪，奠定了整折戏幽怨感伤的基调。正因为这微妙复杂的心理，引出了下文的"伤春"。"梦回莺啭，乱煞年光遍"，面对这大好春光，杜丽娘感叹自己被禁锢在深深的庭院当中，生活在狭小天地("人立小庭深院")，心情怎能不烦恼忧郁？只能百无聊赖地"抛残绣线"；无奈"今春关情似去年"。紧接着在"乌夜啼"这组人物对话中，用"宿妆残"说明丽娘心情烦闷，无意于打扮自己，实际上暗写了伤春之幽怨；又借用李煜《乌夜啼》中的诗句突出了丽娘闺居的寂寞，这烦闷是封建礼教对青年女子的长期束缚，是完全与世隔绝的深闺生活造成的，而这都与杜丽娘青春少女的本性——向往自由美好的幸福生活相抵触，于是丽娘带着"剪不断，理还乱"的烦闷，想去游园，排遣自己的无奈。

[步步娇]写杜丽娘怀着难以名状的烦闷和自我欣赏的心情开始对镜梳妆打扮，沉醉于自我的美丽之中，她要使自己和美丽的春光相映衬。"袅晴丝，吹来闲庭院"，春风吹动的一缕游丝也被丽娘发觉了，突出了丽娘内心对春的关切渴望之情。穿戴好的丽娘美丽得使"菱花""偷人半面"，丫鬟的赞美使丽娘情思起伏不定。

[醉扶归]集中表现了杜丽娘妆成出闺。面对丫鬟的赞美，丽娘道出了自己的心里话："可知我常一生儿爱好是天然"，一语道破自己对美的追求。无奈杜丽娘只能自怜与自叹"三春好处无人见"，沉鱼落雁无人识，闭月羞花无人赏。

以上三支曲子，把一个欣赏自己的美丽而又抱怨幽居深闺无人赏识的贵族小姐的神态展现在读者面前。

[皂罗袍]是本折的高潮，丽娘到园中游玩，姹紫嫣红的鲜花引出了她的无限感慨，刻画了杜丽娘由喜而转悲、由叹而转怨的千回百转的心态变化。良辰美景更映衬出了杜丽娘的无限伤感，使她内心起伏跌宕。

[好姐姐]进一步渲染了春天的美丽，也进一步表现了杜丽娘对自己美丽的青春被耽误了的幽怨和感伤。在园中看到杜鹃、荼蘼早开花了，而牡丹却因花开得太迟而没能占先。杜丽娘因而为花鸟伤情，实际上是为自己伤情，为自己青春年华被耽误而伤感幽怨。

最后一曲[隔尾]"便赏遍了十二亭台是枉然"概括出了杜丽娘一番游园后的惆怅。本因为寂寞、单调的闺中生活使她感到烦闷、窒息而到花园里去散心，不料，那朦胧的无端的"闷"非但没有解除，却因为姹紫嫣红的鲜花和"生生燕语""呖呖莺歌"反而感发了她青春的觉醒。丽娘回到闺中的一段道白，就是游园之后青春觉醒的内心独白，就是她对爱情、幸福与自由的渴望，然而这一切在现实生活中都无法实现，她只能在梦中与情人相会。

这套曲词绚丽多彩，情景相互交织，春光与青春、花与人相互映衬，淋漓尽致地表现了一个青春少女内心的苦闷与期盼。

习 题

1. 分析[步步娇]一曲表现了杜丽娘怎样的内心矛盾。
2. 分析这几段唱曲中"花"的意象在表达人物情感中的作用。
3. 课外阅读汤显祖《牡丹亭》全文。

作品选读

金缕曲·赠梁汾[1]

纳兰性德

德也狂生耳[2]！偶然间、缁尘京国，乌衣门第[3]。有酒惟浇赵州土,谁会成生此意[4]？不信道、遂成知己。青眼高歌俱未老,向樽前、拭尽英雄泪[5]。君不见,月如水。　　共君此夜须沉醉。且由他、蛾眉谣诼,古今同忌[6]。身世悠悠何足问,冷笑置之而已。寻思起、从头翻悔。一日心期千劫在[7],后身缘恐结他生里[8]。然诺重[9],君须记。

注 释

[1] 选自《纳兰词笺注》(上海古籍出版社1995年版)。梁汾,即顾贞观(1637—1714),字华峰,号梁汾,江苏无锡人。清康熙五年(1666)顺天举人。著有《积书岩集》及《弹指词》。清康熙十五年(1676)与纳兰相识,从此交契,直至纳兰病殁。

[2] "德也"句:作者自指,意为我本是个狂放不羁的人。

[3] "偶然间"二句:缁尘,风尘。京国,京城。乌衣门第,东晋时王导、谢安等名门望族居住乌衣巷(今南京市内),后以"乌衣"借指高门贵族之家。此二句意思是说自己生长在豪门望族之家,又在京城里供职,实属偶然。

[4] "有酒"二句:李贺《浩歌》:"买丝绣作平原君,有酒唯浇赵州土。"平原君好养士,死后虽未葬赵州,但他是赵国公子,又是赵相,故称他的墓为"赵州土"。这里借用此典表明作者仰慕平原君的人品,并有平原君那样礼贤下士、喜好交游的品格,但如此的性格又有谁能理解？成生,纳兰自指。纳兰原名成德,故云。

[5] "青眼"二句:《晋书·阮籍传》中说:阮籍能为青白眼,见礼俗之人为白眼,见高人雅士、与己意气相投者则为青眼。杜甫《短歌行赠王郎司直》:"青眼高歌望吾子,眼中之人吾老矣。"这里化用杜诗之意,是说你我结为莫逆,年龄都不算老(梁汾时年四十,纳兰二十二),彼此青眼相对,互相器重,而今正当大有可为之年,不须伤悲,应拭去悲慨之泪,振作精神。

[6] "且由他"二句:意谓姑且由那些小人去造谣中伤,要知这种卑鄙的事自古以来就是这样。蛾眉谣诼,谣言中伤之意。屈原《离骚》:"众女嫉余之蛾眉兮,谣诼谓余以善淫。"

[7] "一日"句:意为你我一日心期相许,成为知己,即使横遭千劫,情谊也会长存的。劫,佛家语,谓天地一成一毁为一劫。

[8] 后身缘:佛家以为人死后还能来世再生。这里是说来生你我还有交契的因缘。

[9] 然诺重:意思是守信义,不食言。然诺,答应。

解题及赏析

纳兰性德（1655—1685），原名成德，字容若，号楞伽山人，满洲正黄旗人。大学士明珠之子。自幼天资颖慧，博通经史，擅书法，写一手漂亮的褚遂良体字，也精于绘画和书画鉴赏，又精骑射。十七岁为诸生，十八岁举乡试，二十二岁康熙殿试赐进士，后官晋一等侍卫，常伴康熙出巡边塞。是清初较有成就的词人。二十四岁时，词集《饮水词》问世，形成了"家家争唱饮水词"的局面。纳兰的词以小令见长，多感伤情调，间有雄浑之作。有《纳兰词》。

人们常用纳兰性德的两句词"我是人间惆怅客""断肠声里忆平生"来形象地说明纳兰词的感伤色彩。据说明珠罢相后（其时纳兰已殁），在家中读起纳兰的《饮水词》，忍不住老泪纵横。因为明珠不知道，不是所有人的心都可以用权势、显赫、物质的丰裕来填满来抚平的，明珠不能深切地理解儿子的悲哀，纳兰虽身在官场、富贵之家，但心境气质却几近落魄文人，其心必定别有所寄，那就是他的传世之词。"冷处偏佳，别有根芽，不是人间富贵花。"（《采桑子·塞上咏雪花》），纳兰的心胸见识是超越世俗的浮华与喧嚣之上的。

《金缕曲·赠梁汾》这首曲子作于清康熙十五年（1676），是纳兰与梁汾相识不久的题赠之作。据顾贞观记云："岁丙辰，容若年二十有二，乃一见即恨识余之晚，阅数日，填此曲为余题照。"（见《弹指词》卷下所附纳兰赠词后贞观自注）

纳兰没有相国公子的骄矜和浮华，对朋友最是宽厚忠实。他的朋友中没有王公贝勒和达官子弟，那些人来奉承他也是被冷在一边。他交的朋友是一帮有文名没钱财的汉族布衣，如严绳孙、朱彝尊、陈维崧、姜宸英等。他们的年纪足以做他的父亲，其中最年轻的顾贞观也大他近二十岁，但与他们把酒论诗吟咏唱和，纳兰会感到快乐。

纳兰于二十二岁那年，在他的业师徐干学家认识了顾贞观，两人一谈就投缘，相见恨晚。顾贞观也像其他友人初见时一样，口口声声称他为"公子"。据顾贞观说，吴兆骞被诬流放，纳兰性德看了顾给吴的两首《金缕曲》，异常感动，决心参与营救吴兆骞的活动，并且给顾贞观写了这首披肝沥胆的词作。

这是一首慢词，既是词人为交游的写照，也是为自己的写照。

第一句高声呐喊"德也狂生耳"，还带着颇为不屑的语气，提领全词，成为自己人生总的写照，也为全词定下了情感基调。接着词人直抒胸臆，巧妙化用了七个典故：乌衣巷中高门贵族，平原君礼贤下士喜好交游，阮籍为人青白眼，屈原不怕蛾眉谣诼，佛家人死后能来世再生，辛稼轩词云"揾英雄泪"，《史记·季布传》"一诺千金"之典；从身世到志向追求，再到为人处世，逐层表达出复杂深厚的感情：对人生的执著、对友情的执著，同时也显现出特立独行的个性，而这些又在回应第一句，句句尽出肺腑，不假雕饰。最后一句"然诺重，君须记"以示结友之忠挚情谊。全词情真意切，真切自然地表达了诚挚朴素的友情。

这首词写得豪情万丈，甚至有一些东坡的影子，显示了不同于纳兰以往词作的另一种风格。纳兰对自己的定位乃是一介狂生，对于自己高贵的身份也认为只是世间的偶然，对于与朋友之间地位的差异，他也可以"身世悠悠何足问，冷笑置之而已"，全然没有当时八旗子弟的优越感和盛气凌人。从顾贞观等今古才人的遭遇中，诗人想到自己。在污浊的社会中，过去的生涯毫无意趣，将来的命运也不值一哂，因而他发出了"寻思起，从头翻悔"的感叹。从中可以看到纳兰对现实生活和森严的等级制度的不满与愤懑。

有人说纳兰词"豪放是外放的风骨,忧伤才是内敛的精魂",这话算是进入了纳兰的内心深处,也是纳兰在这首豪放地表现自己个性的词中内隐的伤感。透过这首词,我们看到,在纳兰心里,功名、富贵,他表面上拥有的,都是轻的;他真正看重的都是脆弱的、易逝的、人生难求的,都是充满了悲剧性的。所以他才会如此忧伤感怀,即使是在慷慨豪放的高歌中,依然让我们透视到一个孤寂忧伤的心灵。即使身在荣华富贵之中,凄婉与哀婉之声在他的心中总是不绝如缕。

这首词中多处用典。纳兰主张诗词当抒写性灵,平易自然,注重白描,但他也主张恰当地"用事",他说,如果"句句用事,固不灵动",如果"一事不用,故遂至于淡薄空疏,了无意味"。所以本篇中的几处典故运用,义深辞约,增加了词的内容含量,也使词增加了特殊的韵味,取得了更好的美学效果。

习 题

1. 理解"君不见,月如水"这句在本词中作用。
2. 分析多处用典对这首词表达的作用。
3. 阅读欣赏顾贞观给纳兰性德词的答词《金缕曲·酬容若见赠》。

且住为佳耳。任相猜、驰笺紫阁,曳裾朱第。不是世人皆欲杀,争显怜才真意。容易得、一人知己。惭愧王孙图报薄,只千金、当酒平生泪。曾不直,一杯水。　　歌残击筑心逾醉。忆当年、侯生垂老,始逢无忌。亲在许身犹未得,侠烈今生已已。但结记、来生休悔。俄顷重投胶在漆,似旧曾、相识屠沽里。名预籍,石函记。

己亥杂诗[1](一三〇)

龚自珍

陶潜酷似卧龙豪[2],万古浔阳松菊高[3]。莫信诗人竟平淡[4],二分《梁甫》一分《骚》[5]。

注 释

[1] 选自《龚自珍己亥杂诗注》(中华书局1980年版)。
[2] "陶潜"句:作者在句后自注:"语意本辛弃疾。"辛词《贺新郎》中有"看渊明,风流酷似,卧龙诸葛"。
[3] 浔阳:郡名,辖治柴桑。陶潜是柴桑人。
[4] 平淡:指古代诗评家对陶诗的评价。

[5]《梁甫》：古乐府《梁父吟》，内容多感慨世事之作。《骚》：屈原的《离骚》，慷慨激昂地表达了屈原的理想与抱负。

解题及赏析

龚自珍(1792—1841)，清末思想家、文学家。字尔玉，又字璱人，号定庵，浙江仁和(今杭州)人。近代著名的诗人、学者，近代文学的开山祖，改良主义的先驱者，在散文和诗词方面都有很高的成就。

龚自珍是位"横放杰出"的诗人，同时也是我国近代史上一位启蒙时期的大思想家。他的诗，不独能醒人耳目，更能使人心灵为之震动，就像梁启超所说的那样："若受电然"(《清代学术概论》)。

嘉庆、道光之际，封建政治的腐败使社会矛盾不断积累，新旧思想的冲突也愈益激烈。天才的龚自珍在这一时期的文坛上，以傲岸的姿态发出极具穿透力与震撼力的声音，把清中期的文学推上更具有自觉的抗争性的高度。龚自珍的诗歌现存约600首，这些诗紧紧围绕现实政治这一中心，或批判现实，或寄托感慨，思想深邃，寄慨遥远，具有喻世、醒世和警世的进步作用。龚自珍的诗歌闪烁着民主主义思想的光辉，大胆表现了要求个性自由解放的美好愿望。

《己亥杂诗》是龚自珍晚年所写的诗歌，是他去世前以自叙形式写成的组诗，尤其富有特色，受到世人的称誉。这组诗由三百一十五首七言绝句组成，占龚氏今存诗六百多首的一半，内容丰富，思想深刻，艺术手法多样，在近代中国诗歌发展史上具有重要的地位。组诗除了广泛反映龚氏的家世生平、仕途交游等种种情况和经历外，也通过抒发志怀感慨和揭露、抨击、嘲讽等方式，深刻地反映了清王朝没落衰朽的现实。

龚自珍《己亥杂诗》中有"舟中读陶诗三首"，这是第二首，概论了陶渊明其诗其人，一反通常对陶诗"千古隐逸""静穆平淡"之说，概论了陶诗中隐含的不平激烈的情感。

第一句"陶潜酷似卧龙豪"，化用了辛弃疾《贺新郎》词："把酒长亭说。看渊明、风流酷似，卧龙诸葛。"第二句用"万古浔阳松菊高"来比喻陶渊明其人的高洁品格。诗人这里用这两句诗给我们推出了一个"清高淡然""风流飘逸"的陶渊明形象。接着用"莫信"二字提唱，转出三、四两句议论：如将陶诗三分，则二分近于《梁父吟》，一分近于《离骚》。这里用多感慨世事之作的《梁父吟》和感情慷慨激昂的《离骚》来比喻陶渊明的诗歌，诗人真正的意思是说陶渊明也是有政治理想抱负、感情激烈的诗人，不能认为其诗歌仅仅是静穆平淡。

龚自珍的诗歌在思想内容和艺术形式两个方面都进行了大胆的革新，为清诗的解放作出了巨大的贡献，他的诗正是他思想的写照。在这首诗中，龚自珍与其说是在认识陶渊明的诗歌，不如说是在重新认识陶渊明其人。诗人评价的不仅是陶渊明的诗歌，也是陶渊明的思想和性格，更是中国知识分子的政治理想与抱负，当然个人的情怀也在其中自然表露。

龚自珍诗歌语言清奇多彩，不拘一格，有瑰丽，也有朴实，有古奥，也有平易，有生僻，也有通俗。本诗语言虽然朴实、平易，但因其立意独特而别有意味。

习 题

1. 龚自珍《己亥杂诗》的主要内容是什么？表达了诗人怎样的思想与情感？
2. 理解本诗的思想内容。
3. 课外阅读欣赏龚自珍《己亥杂诗》（一二九）："陶潜诗喜说荆轲,想见停云发浩歌。吟到恩仇心事涌,江湖侠骨恐无多。"写一篇赏析小文章,字数不少于1 000字。

作品选读

西湖七月半[1]

张 岱

西湖七月半,一无可看,止可看看七月半之人。看七月半之人,以五类看之。其一,楼船箫鼓,峨冠盛筵,灯火优傒[2],声光相乱,名为看月而实不见月者,看之;其一,亦船亦楼,名娃闺秀,携及童娈,笑啼杂之,环坐露台,左右盼望,身在月下而实不看月者,看之;其一,亦船亦声歌,名妓闲僧,浅斟低唱,弱管轻丝,竹肉相发[3],亦在月下,亦看月而欲人看其看月者,看之;其一,不舟不车,不衫不帻[4],酒醉饭饱,呼群三五,跻入人丛,昭庆、断桥[5],嚣呼嘈杂[6],装假醉,唱无腔曲,月亦看,看月者亦看,不看月者亦看,而实无一看者,看之;其一,小船轻幌[7],净几暖炉,茶铛旋煮,素瓷静递,好友佳人,邀月同坐,或匿影树下,或逃嚣里湖[8],看月而人不见其看月之态,亦不作意看月者[9],看之。

杭人游湖,已出酉归[10],避月如仇。是夕好名,逐队争出,多犒门军酒钱,轿夫擎燎[11],列俟岸上。一入舟,速舟子急放断桥[12],赶入胜会。以故二鼓以前人声鼓吹,如沸如撼[13],如魇如呓[14],如聋如哑。大船小船一齐凑岸,一无所见,止见篙击篙,舟触舟,肩摩肩,面看面而已。少刻兴尽,官府席散,皂隶喝道去[15]。轿夫叫,船上人怖以关门[16],灯笼火把如列星,一一簇拥而去。岸上人亦逐队赶门,渐稀渐薄,顷刻散尽矣。吾辈始舣舟近岸[17]。断桥石磴始凉,席其上,呼客纵饮。此时月如镜新磨,山复整妆,湖复颒面[18],向之浅斟低唱者出,匿影树下者亦出,吾辈往通声气,拉与同坐。韵友来,名妓至,杯箸安,竹肉发。月色苍凉,东方将白,客方散去。吾辈纵舟酣睡于十里荷花之中,香气拘人,清梦甚惬[19]。

注 释

[1] 选自《陶庵梦忆》(上海古籍出版社1982年版)。七月半,农历七月十五日,俗称中

元节,又名鬼节。杭州旧习,人们于这天晚上倾城出游西湖。

[2] 优傒:倡优歌伎及奴仆。

[3] 竹肉相发:箫笛声和着歌声。竹,箫笛等竹制器乐。肉,歌喉。

[4] 帻:古代男子包发的头巾。

[5] 昭庆、断桥:昭庆寺、断桥,都是西湖的名胜。

[6] 嘄呼:高声乱嚷。

[7] 轻幌:细薄的帷幔。

[8] 里湖:金沙堤与苏堤东浦桥相接,北面是岳王庙,南面是里湖。

[9] 不作意:故意做作。

[10] 巳出酉归:巳时(上午九点到十一点之间)出城,酉时(下午五点到七点之间)返程。

[11] 擎燎:举着火把。

[12] 速:催促。

[13] 如沸如撼:如水沸声,如物体震撼声。

[14] 如魇如呓:如梦魇,如呓语。

[15] 皂隶:官署中的衙役。

[16] 怖以关门:以关城门来恐吓游人,使其早归。

[17] 舣舟近岸:摆船上岸。

[18] 颒面:洗面。这里指湖面重新显现出明洁的样子。

[19] 惬:适意。

解题及赏析

这篇《西湖七月半》是明清小品文的典范。张岱(1597—约1689),字宗子,又字石公,号陶庵,山阴(今浙江绍兴)人。张岱出身于仕宦之家,早年曾漫游苏、浙、鲁、皖等省。其家中藏书丰富,尤集中于明朝史料。明亡后,避乱剡溪山(在今绍兴、嵊县),闭门谢客数十年,静心著书。其著作有《石匮书》《石匮书后集》《娜嬛文集》《陶庵梦忆》《西湖梦寻》等。在文学上,张岱被推为晚明小品文的代表作家。

张岱的小品文取材广泛,在记录自身生活的同时,反映了明末社会现实的某些侧面。张岱的山水小品文尤为出众。

张岱的山水小品文一方面承袭了晚明山水小品文抒写性灵、娱世悦己的共同特征,另一方面又以其独特的人生经历和审美领悟展现出独有的个性特征和情趣内涵,达到了一个通常山水游记难以企及的境界。代表作品有《西湖七月半》《湖心亭看雪》《白洋潮》《明圣二湖》等。

《西湖七月半》描绘了当时杭州七月半游西湖的盛况,重现了西湖昔日的繁华与风情。但文章描写的重点不在西湖湖光山色的美丽,而在赏景之人——游人。

小品文以诙谐的手法,写出了七月半游西湖的五种人(达官贵族、名娃闺秀、名妓闲僧、市井之徒、文人雅士)。

作者开篇第一句："西湖七月半，一无可看，只可看看七月半之人。"点明了本文的主要描写对象是七月半游西湖的人。接着就以三言两语的笔画勾勒出五种身份不同、形态各异的游西湖的人："名为看月而实不见月"的达官显贵、"身在月下而实不看月"的名娃闺秀、"亦在月下，亦看月而欲人看其看月"的名妓闲僧、"月亦看，看月者亦看，不看月者亦看，而实无一看"的市井之徒和"看月而人不见其看月之态，亦不作意看月"的文人雅士。每一类人都写得细致入微，生动传神，惟妙惟肖。在作者层层白描的语言中，他们装束、言谈、举止各不相同，各有特色，虽同游西湖但表现出来的情趣却大相径庭。最后以"吾辈"游湖的情景描写，与以上种种人进行对比，点出了名人雅士与市井俗人之不同——之前游人所作种种不过是故作姿态、附庸风雅、赶凑热闹的"俗"举。当游人散尽，西湖重现光洁秀美，"吾辈始舣舟近岸"，"韵友来，名妓至，杯箸安，竹肉发"，品茶赏月，适意随性，这才是文人雅士的真情趣、真高雅，流露出作者对文人雅士生活的留恋。

通过这些情态和场面的描绘，文章生动地再现了当时的世俗民风，既如一幅风景画，又如一幅风俗画。这使张岱山水小品与魏晋山水之隐逸、唐宋山水之禅意相比，明显流露出一种近俗倾向，尽管有着对世俗的嘲讽与对文人雅士清高脱俗的标榜，但毕竟体现出对人情世态的某种关注，意味着山水文学某种程度的生活化走向。这也使得张岱的山水小品文多了一份扑面而来的生活气息，更富于个性化，渗透着晚明文人特有的生活情调。

这篇小品文语言自然，富有韵律，充分体现了明清文人雅致小品文的特点。

习　题

1. 分析作者从哪几个方面描绘出文人雅士与世俗之人游西湖的不同之处。
2. 赏析《西湖七月半》，分析张岱这篇散文与欧阳修《醉翁亭记》的不同之处。
3. 课外阅读张岱散文集《陶庵梦忆》《西湖梦寻》。

作品选读

黛玉葬花[1]

曹雪芹

如今且说宝玉打发了贾芸去后，意思懒懒的，歪在床上，似有朦胧之态。袭人便走上来，坐在床沿上推他，说道："怎么又要睡觉？你闷的很，出去逛逛不好？"宝玉见说，携着他的手笑道："我要去，只是舍不得你。"袭人笑道："你别没得说了！"一面说，一面拉起他来。宝玉道："可往那去呢？怪腻腻烦烦的。"袭人道："你出去了就好了。只管这么委琐，越发心里腻烦了。"

宝玉无精打彩的，只得依他。晃出了房门，在回廊上调弄了一回雀儿；出至院外，顺着沁芳溪，看了一回金鱼。只见那边山坡上两只小鹿儿箭也似的跑来。宝玉不解何意，正自纳闷，只见贾兰在后面，拿着一张小弓儿赶来。一见宝玉在前，便站住了，笑道："二叔叔在家里呢，——我只当出门去了呢。"宝玉道："你又淘气了。好好儿的，射他做什么？"贾兰笑道："这会子不念书，闲着做什么？所以演习演习骑射。"宝玉道："磕了牙，那时才不演呢。"

说着，顺着脚一径来至一个院门前，只见凤尾森森，龙吟细细，正是潇湘馆。宝玉信步走入，只见湘帘垂地，悄无人声。走至窗前，觉得一缕幽香，从碧纱窗中暗暗透出。宝玉便将脸贴在纱窗上看时，耳内忽听得细细的长叹了一声道："'每日家，情思睡昏昏！'"宝玉听了，不觉心内痒将起来。再看时，只见黛玉在床上伸懒腰。宝玉在窗外笑道："为什么'每日家情思睡昏昏'的？"一面说，一面掀帘子进来了。

林黛玉自觉忘情，不觉红了脸，拿袖子遮了脸，翻身向里装睡着了。宝玉才走上来，要扳他的身子，只见黛玉的奶娘并两个婆子却跟了进来，说："妹妹睡觉呢，等醒来再请罢。"刚说着，黛玉便翻身坐起来，笑道："谁睡觉呢？"那两三个婆子见黛玉起来，便笑道："我们只当姑娘睡着了。"说着，便叫紫鹃，说："姑娘醒了，进来伺候。"一面说，一面都去了。

黛玉坐在床上，一面抬手整理鬓发，一面笑向宝玉道："人家睡觉，你进来做什么？"宝玉见他星眼微饧，香腮带赤，不觉神魂早荡，一歪身坐在椅子上，笑道："你才说什么？"黛玉道："我没说什么。"宝玉笑道："给你个榧子吃呢！我都听见了。"

二人正说话，只见紫鹃进来。宝玉笑道："紫鹃，把你们的好茶沏碗我喝。"紫鹃道："我们那里有好的？要好的只好等袭人来。"黛玉道："别理他。你先给我舀水去罢。"紫鹃笑道："他是客，自然先沏了茶来再舀水去。"说着，倒茶去了。宝玉笑道："好丫头！'若共你多情小姐同鸳帐，怎舍得叫你叠被铺床？'"黛玉登时急了，撂下脸来说道："你说什么？"宝玉笑道："我何尝说什么？"黛玉便哭道："如今新兴的，外头听了村话来，也说给我听；看了混账书，也拿我取笑儿。我成了替爷们解闷儿的了。"一面哭，一面下床来，往外就走。宝玉心下慌了，忙赶上来说："好妹妹，我一时该死，你好歹别告诉去！我再敢说这些话，嘴上就长个疔，烂了舌头。"

正说着，只见袭人走来，说道："快回去穿衣裳去罢，老爷叫你呢。"宝玉听了，不觉打了个焦雷一般，也顾不得别的，疾忙回来穿衣服。出园来，只见焙茗在二门前等着。宝玉问道："你可知道老爷叫我是为什么？"焙茗道："爷快出来罢，横竖是见去的，到那里就知道了。"一面说，一面催着宝玉。

转过大厅，宝玉心里还自狐疑，只听墙角边一阵呵呵大笑，回头，见薛蟠拍着手跳出来，笑道："要不说姨夫叫你，你那里肯出来的这么快！"焙茗也笑着跪下了。宝玉怔了半天，方想过来——是薛蟠哄他出来。薛蟠连忙打恭作揖赔不是，又求："别难为了小子，都是我央及他去的"。宝玉也无法了，只好笑问道：

"你哄我也罢了,怎么说我父亲呢?我告诉姨娘去,评评这个理,可使得么?"薛蟠忙道:"好兄弟,我原为求你快些出来,就忘了忌讳这句话。改日你要哄我,也说我父亲,就完了。"宝玉道:"嗳哟!越发的该死了。"又向焙茗道:"反叛杂种,还跪着做什么?"焙茗连忙叩头起来。

　　薛蟠道:"要不是,我也不敢惊动:只因明儿五月初三日,是我的生日,谁知老胡和老程他们,不知那里寻了来的,这么粗,这么长,粉脆的鲜藕;这么大的大西瓜;这么长,这么大的暹罗国进贡的灵柏香熏的暹罗猪、鱼。你说这四样礼物,可难得不难得?——那鱼、猪不过贵而难得,这藕和瓜亏他怎么种出来的!我先孝敬了母亲,赶着给你们老太太、姨母送了些去。如今留了些,我要自己吃,恐怕折福,左思右想,除我之外,惟你还配吃,所以特请你来。可巧唱曲儿的小子又来了,我同你乐一天何如?"

　　一面说,一面来到他书房里,只见詹光、程日兴、胡斯来、单聘仁等并唱曲儿的小子都在这里。见他进来,请安的,问好的,都彼此见过了。吃了茶,薛蟠即命人:"摆酒来。"

　　……

　　宝玉回至园中,袭人正惦记着他去见贾政,不知是祸是福,只见宝玉醉醺醺回来,因问其原故,宝玉一一向他说了。袭人道:"人家牵肠挂肚的等着,你且高乐去!也到底打发个人来给个信儿。"宝玉道:"我何尝不要送信儿,因冯世兄来了,就混忘了。"

　　正说,只见宝钗走进来,笑道:"偏了我们新鲜东西了!"宝玉笑道:"姐姐家的东西,自然先偏了我们了。"宝钗摇头笑道:"昨儿哥哥倒特特的请我吃,我不吃,我叫他留着送给别人罢。我知道我的命小福薄,不配吃那个。"说着,丫鬟倒了茶来,吃茶说闲话儿,不在话下。

　　却说那黛玉听见贾政叫了宝玉去了一日不回来,心中也替他忧虑。至晚饭后,闻听宝玉来了,心里要找他问问是怎么样了。一步步行来,见宝钗进宝玉的园内去了,自己也便随后走了来。刚到了沁芳桥,只见各色水禽尽都在池中浴水,也认不出名色来,但见一个个文彩炫灼,好看异常,因而站住,看了一会。再往怡红院来,门已关了,黛玉即便扣门。

　　谁知晴雯和碧痕二人正拌了嘴,没好气,忽见宝钗来了,那晴雯正把气移在宝钗身上,偷着在院内抱怨说:"有事没事,跑了来坐着,叫我们三更半夜的不得睡觉!"忽听又有人叫门,晴雯越发动了气,也并不问是谁,便说道:"都睡下了,明儿再来罢!"

　　黛玉素知丫头们的情性,他们彼此顽耍惯了,恐怕院内的丫头没听见是他的声音,只当是别的丫头们了,所以不开门,因而又高声说道:"是我,还不开门么?"晴雯偏偏还没听见,便使性子说道:"凭你是谁,二爷吩咐的,一概不许放进人来呢!"

　　黛玉听了这话,不觉气怔在门外,待要高声问他,逗起气来,自己又回思一番:"虽说是舅母家如同自己家一样,到底是客边,若是父母双亡,无依无靠,现在他家依栖,若是认真怄气,也觉没趣。"一面想,一面又滚下泪珠来。真是回去不是,站着不是。正没主意,只听里面一阵笑语之声,细听一听,竟是宝玉宝钗二人。黛玉心中越发动了气,左思右想,忽然想起早起的事来:"必竟是宝玉恼我要告他的原故。——但只我何尝告你了!你也不打听打听,就恼我到这步田地!你今儿不叫我进来,难道明儿就不见面了?"越想越觉伤感,便也不顾苍苔露冷,花径风寒,独立墙角边花阴之下,悲悲戚戚,呜咽起来。

　　原来这黛玉秉绝代之姿容,具希世之俊美,不期这一哭,那些附近柳枝花朵上的宿鸟栖鸦,一闻此声,俱"忒楞楞"飞起远避,不忍再听。真是:

　　　　花魂点点无情绪,鸟梦痴痴何处惊。

因又有一首诗道:

　　　　颦儿才貌世应稀,独抱幽芳出绣闺;
　　　　呜咽一声犹未了,落花满地鸟惊飞。

那黛玉正自啼哭,忽听"吱娄娄"一声,院门开处,……

　　话说黛玉正自悲泣,忽听院门响处,只见宝钗出来了,宝玉袭人一群人都送了出来。待要上去问着宝玉,又恐当着众人问羞了宝玉不便,因而闪过一旁,让宝钗去了,宝玉等进去关了门,转过来,犹望着门洒了几点泪。自觉无味,转身回来,无精打采的卸了残妆。

　　紫鹃雪雁素日知道黛玉的情性:无事闷坐,不是愁眉,便是长叹,且好端端的,不知为着什么,常常的便自泪不干的。先时还有人解劝,或怕他思父母,想家乡,受委曲,用话来宽慰。谁知后来一年一月的,竟是常常如此,把这个样儿看惯了,也都不理论了。所以也没人去理他,由他闷坐,只管外间自便去了。

　　那黛玉倚着床栏杆,两手抱着膝,眼睛含着泪,好似木雕泥塑的一般,直坐到二更多天,方才睡了。一宿无话。

　　至次日乃是四月二十六日,原来这日未时交芒种节。尚古风俗:凡交芒种节的这日,都要设摆各色礼物,祭饯花神,——言芒种一过,便是夏日了,众花皆卸,花神退位,须要饯行。闺中更兴这件风俗,所以大观园中之人,都早起来了。那些女孩子们,或用花瓣柳枝编成轿马的,或用绫锦纱罗叠成干旄旌幢的,都用彩线系了。每一棵树头,每一枝花上,都系了这些物事。满园里绣带飘摇,花枝招展。更兼这些人打扮的桃羞杏让,燕妒莺惭,一时也道不尽。

　　且说宝钗、迎春、探春、惜春、李纨、凤姐等并大姐儿、香菱与众丫鬟们,都在园里玩耍,独不见黛玉。迎春因说道:"林妹妹怎么不见?好个懒丫头!这会子难道还睡觉不成?"宝钗道:"你们等着,等我去闹了他来。"说着,便撂下众人,一直往潇湘馆来。正走着,只见文官等十二个女孩子也来了,上来问了好,说了一回闲话儿,才走开。宝钗回身指道:"他们都在,那里呢,你们找他们去;我叫林姑娘去,就来。"说着,逶迤往潇湘馆来。忽然抬头见宝玉进去了,宝钗便站住,低头想了一想:"宝玉和黛玉是从小儿一处长大的,他兄妹间多有不避嫌疑之处,嘲笑不忌,喜怒无常,况且黛玉素多猜忌,好弄小性儿。此刻自己也跟进去,一则宝玉不便,二则黛玉嫌疑,倒是回来的妙。"想毕,抽身回来。

刚要寻别的姊妹去,忽见面前一双玉色蝴蝶,大如团扇,一上一下,迎风翩跹,十分有趣。宝钗意欲扑了来玩耍,遂向袖中取出扇子来,向草地下来扑;只见那一双蝴蝶,忽起忽落,来来往往,穿花度柳,将欲过河去了。引的宝钗蹑手蹑脚的,一直跟到池中滴翠亭上,香汗淋漓,娇喘细细。宝钗也无心扑了,刚欲回来,只听那亭里边嘁嘁喳喳有人说话。原来这亭子四面俱是游廊曲栏,盖在池中水上,四面雕镂槅子,糊着纸。

宝钗在亭外听见说话,便煞住脚,往里细听,只听说道:"你瞧这帕子果然是你丢的那一块,你就拿着;要不是,就还芸二爷去。"又有一人说话:"可不是我那块!拿来给我罢。"又听道:"你拿什么谢我呢?难道白找了来不成?"又答道:"我已经许了谢你,自然是不哄你的。"又听说道:"我找了来给你,自然谢我;但只是那拣的人,你就不谢他么?"那一个又说道:"你别胡说。他是个爷们家,拣了我们的东西,自然该还的。叫我拿什么谢他呢?"又听说道:"你不谢他,我怎么回他呢?况且他再三再四的和我说了,若没谢的,不许我给你呢。"半晌,又听答道:"也罢,拿我这个给他,算谢他的罢。——你要告诉别人呢?须得起个誓。"又听说道:"我要告诉人,就长一个疗,日后不得好死!"又听说道:"嗳哟!咱们只顾说,看仔细有人来悄悄的在外头听见!不如把这槅子都推开了,就是有人见咱们在这里,他们只当我们说玩话儿呢。走到跟前,咱们也看的见,就别说了。"

宝钗在外面听见这话,心中吃惊,想道:"怪道从古至今那些奸淫狗盗的人,心机都不错。这一开了,见我在这里,他们岂不臊了?况且说话的语音,大似宝玉房里的小红。他素昔眼空心大,是个头等刁钻古怪丫头。今儿我听了他的短儿,'人急造反,狗急跳墙',不但生事,而且我还没趣。如今便赶着躲了,料也躲不及,少不得要使个'金蝉脱壳'的法子——"犹未想完,只听"咯吱"一声,宝钗便故意放重了脚步,笑着叫道:"颦儿,我看你往那里藏!"一面说,一面故意往前赶。

那亭内的小红坠儿刚一推窗,只听宝钗如此说着往前赶,两个人都唬怔了。宝钗反向他二人笑道:"你们把林姑娘藏在那里了?"坠儿道:"何曾见林姑娘了。"宝钗道:"我才在河那边看着林姑娘在这里蹲着弄水呢。我要悄悄的唬他一跳,还没有走到跟前,他倒看见我了,朝东一绕,就不见了。——别是藏在这里头了?"一面说,一面故意进去,寻了一寻,抽身就走,口内说道:"一定是又钻在山子洞里去了。遇见蛇,咬一口也罢了。"一面说一面走,心中又好笑:"这件事算遮过去了,不知他二人怎么样?"

谁知小红听了宝钗的话,便信以为真,让宝钗去远,便拉坠儿道:"了不得了!林姑娘蹲在这里,一定听了话去了!"坠儿听说,也半日不言语。小红又道:"这可怎么样呢?"坠儿道:"听见了,管谁筋疼!各人干各人的就完了。"小红道:"若是宝姑娘听见还罢了。林姑娘嘴里又爱克薄人,心里又细,他一听见了,倘或走露了,怎么样呢?"

二人正说着,只见文官、香菱、司棋、侍书等上亭子来了。二人只得掩住这话,且和他们玩笑。

……

如今且说黛玉因夜间失寐,次日起来迟了,闻得众姐妹都在园中作饯花会,恐人笑他痴懒,连忙梳洗了出来。刚到了院中,只见宝玉进门来了便笑道:"好妹妹,你昨儿告了我没有?叫我悬了一夜的心。"黛玉便回头叫紫鹃道:"把屋子收拾了,下一扇纱屉子;看那大燕子回来,把帘子放下来,拿狮子倚住;烧了香就把炉罩上。"一面说,一面又往外走。

宝玉见他这样,还认作是昨日晌午的事,那知晚间的这件公案?还打恭作揖的。黛玉正眼儿也不看,各自出了院门,一直找别的姊妹去了。宝玉心中纳闷,自己猜疑:"看起这样光景来,不像是为昨儿的事。——但只昨日我回来的晚了,又没有见他,再没有冲撞了他的去处儿了。"一面想,一面由不得随后追了来。

只见宝钗探春正在那边看鹤舞,见黛玉来了,三个一同站着说话儿。又见宝玉来了,探春便笑道:"宝哥哥,身上好?我整整的三天没见你了。"宝玉笑道:"妹妹身上好?我前儿还在大嫂子跟前问你呢。"探春道:"宝哥哥,你往这里来,我和你说话。"宝玉听说,便跟了他,离了钗玉两个,来到一棵石榴树下。

探春因说道:"这几天,老爷没叫你吗?"宝玉笑道:"没有叫。"探春说:"昨儿我恍惚听见说,老爷叫你出去来着。"宝玉笑道:"那想是别人听错了,并没叫我。"探春又笑道:"这几个月,我又攒下有十来吊钱了。你还拿了去,明儿出门逛去的时候,或是好字画,好轻巧玩意儿,替我带些来。"

宝玉道:"我这么逛去,城里城外大廊小庙的逛,也没见个新奇精致东西,总不过是那些金、玉、铜、瓷器,没处撂的古董儿;再么就是绸缎、吃食、衣服了。"探春道:"谁要那些作什么!像你上回买的那柳枝儿编的小篮子儿,竹子根儿挖的香盒儿,胶泥垛的风炉子儿,就好了。我喜欢的了不得,谁知他们都爱上了,都当宝贝似的抢了去了。"宝玉笑道:"原来要这个。这不值什么,拿几吊钱出去给小子们,管拉两车来。"探春道:"小厮们知道什么?你拣那有意思儿又不俗气的东西,你多替我带几件来。我还像上回的鞋做一双你穿,比那一双还加工夫,如何呢?"

……

正说着,只见宝钗那边笑道:"说完了,来罢。显见的是哥哥妹妹了,撂下别人,且说体己去。我们听一句儿就使不得了!"说着,探春宝玉二人方笑着来了。

宝玉因不见了黛玉,便知他躲了别处去了,想了一想:"索性迟两日,等他的气息一息再去也罢了。"因低头看见许多凤仙石榴等各色落花,锦重重的落了一地,因叹道:"这是他心里生了气,也不收拾这花儿来了。等我送了去,明儿再问着他。"说着,只见宝钗约着他们往外头去。宝玉道:"我就来。"等他二人去远了,把那花兜起来,登山渡水,过树穿花,一直奔了那日和黛玉葬桃花的去处来。

将已到了花冢,犹未转过山坡,只听山坡那边有呜咽之声,一面数落着,哭的好不伤感。宝玉心下想道:"这不知是那屋里的丫头,受了委曲,跑到这个地方来哭。"一面想,一面煞住脚步,听他哭道是:

花谢花飞花满天,红消香断有谁怜?
游丝软系飘春榭,落絮轻沾扑绣帘。
闺中女儿惜春暮,愁绪满怀无着处,
手把花锄出绣帘,忍踏落花来复去?
柳丝榆荚自芳菲,不管桃飘与李飞。
桃李明年能再发,明年闺中知有谁?
三月香巢初垒成,梁间燕子太无情!
明年花发虽可啄,却不道人去梁空巢已倾。
一年三百六十日,风刀霜剑严相逼,
明媚鲜妍能几时,一朝飘泊难寻觅。
花开易见落难寻,阶前愁杀葬花人,
独把花锄偷洒泪,洒上空枝见血痕。
杜鹃无语正黄昏,荷锄归去掩重门。
青灯照壁人初睡,冷雨敲窗被未温。
怪侬底事倍伤神?半为怜春半恼春:
怜春忽至恼忽去,至又无言去不闻。
昨宵庭外悲歌发,知是花魂与鸟魂?
花魂鸟魂总难留,鸟自无言花自羞。
愿侬此日生双翼,随花飞到天尽头。
天尽头,何处有香丘?
未若锦囊收艳骨,一抔净土掩风流。
质本洁来还洁去,不教污淖陷渠沟。

尔今死去侬收葬，未卜侬身何日丧？
侬今葬花人笑痴，他年葬侬知是谁？
试看春残花渐落，便是红颜老死时。
一朝春尽红颜老，花落人亡两不知！
……

　　话说林黛玉只因昨夜晴雯不开门一事，错疑在宝玉身上。次日又可巧遇见饯花之期，正在一腔无明，未曾发泄，又勾起伤春愁思，因把些残花落瓣去掩埋，由不得感花伤己，哭了几声，便随口念了几句。不想宝玉在山坡上听见，先不过点头感叹；次又听到"侬今葬花人笑痴，他年葬侬知是谁？……一朝春尽红颜老，花落人亡两不知"等句，不觉恸倒山坡之上，怀里兜的落花撒了一地。试想林黛玉的花颜月貌，将来亦到无可寻觅之时，宁不心碎肠断！既黛玉终归无可寻觅之时，推之于他人，如宝钗、香菱、袭人等，亦可以到无可寻觅之时矣。宝钗等终归无可寻觅之时，则自己又安在呢？且自身尚不知何在何往，将来斯处、斯园、斯花、斯柳，又不知当属谁姓？——因此一而二，二而三，反复推求了去，真不知此时此际，如何解释这段悲伤！正是：花影不离身左右，鸟声只在耳东西。

　　那黛玉正自伤感，忽听山坡上也有悲声，心下想道："人人都笑我有痴病，难道还有一个痴的不成？"抬头一看，见是宝玉。黛玉便啐道："呸！我打量是谁，原来是这个狠心短命的——"刚说到"短命"二字，又把口掩住，长叹一声，自己抽身便走了。

　　这里宝玉悲恸了一回，见黛玉去了，便知黛玉看见他，躲开了。自己也觉无味，抖抖土起来，下山寻归旧路，往怡红院来。可巧看见黛玉在前头走，连忙赶上去，说道："你且站着。我知道你不理我，我只说一句话，从今以后，撂开手。"黛玉回头见是宝玉，待要不理他，听他说"只说一句话"，便道："请说。"宝玉笑道："两句话，说了你听不听？"黛玉听说，回头就走。宝玉在身后面叹道："既有今日，何必当初！"

　　黛玉听见这话，由不得站住，回头道："当初怎么样？今日怎么样？"宝玉道："嗳！当初姑娘来了，那不是我陪着玩笑？凭我心爱的，姑娘要，就拿去；我爱吃的，听见姑娘也爱吃，连忙收拾的干干净净收着，等着姑娘回来。一个桌子上吃饭，一床个儿上睡觉。丫头们想不到的，我怕姑娘生气，替丫头们都想到了。我想着：姊妹们从小儿长大，亲也罢，热也罢，和气到了儿，才见得比别人好。如今谁承望姑娘人大心大，不把我放在眼里，三日不理，四日不见的，倒把外四路的什么'宝姐姐''凤姐姐'的放在心坎儿上。我又没个亲兄弟、亲妹妹，——虽然有两个，你难道不知道是和我隔母的？我也和你是独出，只怕你同我的心一样，——谁知我是白操了这番心，有冤无处诉！"说着，不觉哭起来。

　　那时黛玉耳内听了这话，眼内见了这光景，心内不觉灰了大半，也不觉滴下泪来，低头不语。宝玉见他这般形景，遂又说道："我也知道，我如今不好了，但只任凭着怎么不好，万不敢在妹妹跟前有错处。——就有一二分错处，你或是教导我，戒我下次，或骂我两句，打我几下，我都不灰心。谁知你总不理我，叫我摸不着头脑，少魂失魄，不知怎么样才好。就是死了，也是个屈死鬼，任凭高僧高道忏悔，也不能超生，还得你说明了原故，我才得托生呢！"

黛玉听了这话，不觉将昨晚的事都忘在九霄云外了，便说道："你既这么说，昨儿为什么我去了，你不叫丫头开门？"宝玉诧异道："这话从那里说起？我要是这么着，立刻就死了！"林黛玉啐道："大清早起死呀活的，也不忌讳。你说有呢就有，没有就没有，起什么誓呢。"宝玉道："实在没有见你去。就是宝姐姐坐了一坐，就出来了。"

黛玉想了一想，笑道："是了。必是丫头们懒怠动，丧声歪气的，也是有的。"宝玉道："想必是这个原故。等我回去问了是谁，教训教训他们就好了。"黛玉道："你的那些姑娘们，也该教训教训，只是我论理不该说。——今儿得罪了我的事小，倘或明儿'宝姑娘'来，什么'贝姑娘'来，也得罪了，事情岂不大了。"说着，抿着嘴儿笑。宝玉听了，又是咬牙，又是笑。

二人正说话，只见丫头来请吃饭，遂都往前头来了。……

注　释

[1] 选自《红楼梦》（人民文学出版社 1980 年版）第二十六回、二十七回、二十八回，有改动，题目是编者加的。

解题及赏析

曹雪芹（1715—1763），清代小说家，名霑，字梦阮，雪芹是其号，又号芹圃、芹溪。祖籍辽阳，先世原是汉族，后为满洲正白旗"包衣"人。

曹雪芹生活在所谓的"康乾盛世"，家世显赫：曾祖曹玺曾任江宁织造，曾祖母孙氏做过康熙帝玄烨的保姆。祖父曹寅做过玄烨的伴读和御前侍卫，后任江宁织造，兼任两淮巡盐监察御使，极受玄烨宠信。曹寅病故，其子曹颙、曹頫先后继任江宁织造。祖孙三代四人担任此职达六十年之久。曹雪芹自幼就是在"秦淮风月"之地江宁（今南京）的"繁华"生活中长大的。

雍正初年，由于封建统治阶级内部政治斗争的牵连，曹家遭受一系列打击。曹頫以"行为不端""骚扰驿站"和"亏空"罪名革职，家产抄没，曹頫下狱治罪，"枷号"一年有余。这时，曹雪芹随着全家迁回北京居住。曹家从此一蹶不振，日渐衰微。晚年，曹雪芹移居北京西郊，生活更加穷苦，"满径蓬蒿""举家食粥"。乾隆二十七年（1762），幼子夭亡，过度的忧伤和悲痛，使其卧床不起。到了这一年的除夕（1763 年 2 月 12 日），曹雪芹因贫病无医而逝世。

在晚年的困顿生活中，曹雪芹以坚忍不拔的毅力，专心致志地从事《红楼梦》的写作和修订，"披阅十载，增删五次"，"字字看来皆是血，十年辛苦不寻常"。可惜，《红楼梦》如今只存前八十回，后四十回一般认为为高鹗所续。

《红楼梦》对宝黛爱情的描写不同于明清时代才子佳人小说千篇一律的模式化描写。宝黛的爱情有一个不断发展、逐渐成熟的过程，从两小无猜到反复试探、赌气吃醋，再到互诉衷情、互相理解，达成一种知己之爱。宝黛的爱情建立在共同反对世俗礼教的基础上，有着鲜明的叛逆性质，他们的爱情愈进展，和周遭的矛盾就愈越尖锐，而他们面临的压迫就越严酷。这样的爱情毕竟孤立无援，难以成就，等待他们的只能是悲剧。

本篇选文一开始，春意融融，风平浪静，此前的共读《西厢记》使宝黛对对方的心意有了很深的了解。然而一次叫门不应的小误会就让黛玉的心情急转直下，甚至勾起她的身世之感，于是有了"葬花"，有了咏叹身世飘零的"葬花吟"。宝玉的倾诉使黛玉的误解很快化解，而且这一番倾诉使他们的心贴得更近，他们的爱情也向成熟迈进了一大步。

除贾宝玉外，林黛玉是作者精心塑造的另一封建贵族阶级的叛逆者。她聪明美丽、多愁善感、博学多才，是一个"情感化"的、"诗化"的人物。命运让她寄人篱下，过早地品尝人世炎凉，养成极度敏感的心性。她用她的敏感多疑，用她的反抗，用她的痛苦和眼泪，用她的爱情，用她的死来反抗统治阶级的压迫。在短暂的诗意生涯中，她和宝玉彼此只能以纯净的"情"来浇灌对方的生命。

薛宝钗精明能干，具有封建"妇道"伦理所要求的温良贤淑、委婉内敛，是个典型的"淑女"。她博学多才，琴棋书画、诗词歌赋无一不晓，各地风土、处世之道万般皆通，就连医药之理也略知一二。和黛玉相比，她熟谙世故，城府极深，恪守"不关己事不开口，一问摇头三不知"的为人处世原则。

宝钗的处世原则很功利，文中描写宝钗扑蝶一节，就显出她城府之深。她也是"薄命司"里"有命无运的人"，和宝玉的婚姻最终带给她的同样是不幸。

《红楼梦》颠倒了封建时代的价值观念，把人的情感心灵的满足放到了最高的位置，前所未有地描绘出美丽聪慧、活泼动人的女性群像。《红楼梦》用受社会污染少、心性敏慧的少女群体来否定作为社会中坚力量的士大夫阶层，表现出对至善至美的渴望。

小说人物众多，头绪纷繁，作者的叙述左右逢源、深浅有致，描画生活场景、塑造形象颇具功力；作者还对人物的心理活动进行了生动细腻的描写，将中国古典小说推向了一个前所未有的高度。

习题

1. 阅读课文，通过这些章节分析林黛玉和薛宝钗的性格特点。
2. 分析《葬花吟》中黛玉表达的思想情感与追求。
3. 把选文中"黛玉葬花"或"宝钗扑蝶"部分扩展改写成一篇800字的散文。

第六章

中国现当代文学

概　述

　　中国现代文学和中国当代文学合称中国现当代文学。就性质上来说,现当代文学是指用现代的语言和文学形式,表达现代中国人的思想情感、审美情趣的文学;在时限上,现当代文学是指从1917年开始的新文化运动至新时期,包括整个新民主主义和社会主义时期将近一百年的新文学。中国新文学是在轰轰烈烈的新文化运动中诞生的,其起点以1917年胡适和陈独秀在《新青年》杂志上发表《文学改良刍议》《文学革命论》两篇文章为标志。中国新文学以其不可遏止的势头开创了中国文学新的纪元。作为一个历史叙述段落,新文学伴随着中国社会的剧烈变化动荡而律动,大体走过了五个历史时段:1917—1927年,新文学发生、发展的第一个十年;1928—1937年,称为30年代文学,新文学发展的第二个十年;1938—1949年,抗日战争与解放战争时期的文学;新文学发展的第三个十年;1949—1976年,建国后文学;1976年后的新时期文学。

　　文学改良运动是上个世纪初思想启蒙运动的一个重要内容。胡适、陈独秀等提出的反对文言文、提倡白话文,反对旧文学、提倡新文学的文学革命主张,以激烈、强硬的姿态很快形成了规模和声势,产生了广泛的社会效应,取得了重大实绩。20世纪20年代,初生的新文学领域出现了流派纷呈、社团蓬勃发展的景象。当时重要的文学社团有文学研究会、创造社、浅草—沉钟社等等。在文学创作领域,各种文学样式都取得了丰硕的成果,都鲜明地显示了新文学实践的勃勃生机和累累实绩。

　　就小说而言,鲁迅作为新文化运动的一面旗帜,以《阿Q正传》《祝福》《药》等小说创作实绩被称为"现代小说之父",从而使得现代小说在他手里奠基,在他手里成熟,也使得现代小说一经问世就达到了较高的艺术水准和精神品位。鲁迅本时期的小说集有《呐喊》《彷徨》。另外,许地山(《命命鸟》)、王统照(《沉思》)、冰心(《超人》)等通过问题小说的创作,郁达夫(《沉沦》)、郭沫若(《牧羊哀话》)等通过抒情小说的创作,以及王鲁彦(《柚子》)、许钦文(《鼻涕阿二》)、废名(《竹林的故事》)等通过乡土小说的创作,叶圣陶(《潘先生在难中》)通过教育小说的创作,丰富和繁荣了新文学开端期的小说创作。

　　这也是一个诗歌之花竞相绽放的时期,郭沫若激情澎湃、带有浓厚浪漫主义色彩的诗集《女神》是继胡适《尝试集》后中国新诗的奠基之作。其他重要的诗人和流派还有汪静之等以写爱情诗为主的湖畔诗人,以蒋光慈为代表的政治抒情诗人,以闻一多、徐志摩为代表的新月派格律诗人,以李金发为代表的象征主义诗人,等等。

　　在吸取中国传统散文营养基础上发展起来的现代散文,在当时也极为繁盛。周氏兄弟(周树人、周作人)在杂文园地里培植出了生动景象,朱自清在叙事散文领域别开生面,瞿秋白开辟了报告文学这一崭新的文学样式。

通过对传统旧戏的批判和西洋话剧的引入,当时涌现出了田汉、丁西林、郭沫若、陈大悲、洪森、熊佛西、欧阳予倩等剧作家和他们的话剧作品。

第二个十年是个多元美学形态并存的文学时期。从1928年开始,新文学队伍发生新的组合,文学主潮随着社会的变革而空前政治化。马克思主义文艺理论的传播与运用,使得新兴的"左翼"文艺迅速发展;与此同时,人文主义思潮与文艺也同时高涨,形成了多元并存的文学格局。无产阶级文学运动是在20世纪早期随着新文学"从文学革命到革命文学"的过程产生、发展、壮大的,这是文学对时代的必然回应。1930年3月成立的中国左翼作家联盟(简称"左联")领导的左翼文艺运动以及受其影响的民主主义、自由主义作家的创作,决定了30年代文学的基本面貌。当时的文学界主要有"左翼文学""海派文学""京派文学"三大文学流派。左翼文学的重要作家有蒋光慈、丁玲、柔石、张天翼、沙汀、艾芜等,他们以对时代和社会的真诚思考与倾情投入,使左翼文学展现出强大的声势,而代表左翼小说最高成就的是茅盾创作的《子夜》《林家铺子》《春蚕》等。海派文学以施蛰存、刘呐鸥等组成的"新感觉派"为代表。京派文学的代表作家有废名、沈从文等。这两派作家更多地着力于"文学"和"艺术"本身,使他们的小说作品在当时别具一格,同时也为现代小说开辟了"另一路向"。民主主义小说作家巴金创作的《家》、老舍创作的《骆驼祥子》,以及戏剧作家曹禺创作的《雷雨》《日出》《原野》等,既有进步的思想意义,又达到了极高的艺术水平,是这个时期一道道亮丽的文学风景。本时期的诗歌主潮当属以殷夫、蒲风为代表的中国诗歌会的革命诗人和臧克家、田间、艾青等进步诗人的现实主义诗歌,这些诗歌传达的是时代的情绪,呼号的是时代的声音,因而在当时产生了深远的影响。而20年代以徐志摩、闻一多为代表的新月派诗歌经由陈梦家等的过渡,到了30年代已被以戴望舒、何其芳、卞之琳为代表的现代派诗歌取而代之。现代派诗歌深受西方现代派诗的影响,注意意象、象征、隐喻等现代诗歌的表现方式和技巧,追求诗意的含蓄、朦胧。在散文方面,鲁迅后期杂文和左翼作家的"鲁迅风"杂文在当时紧跟政治,起到了积极的战斗作用,并为后世的杂文创作提供了很好的范本。而周作人、林语堂与京派作家的散文创作,则与时代和政治保持着距离,形成了"言志"、独抒性灵的小品散文的风格。

八年抗战及以后的三年内战,使中国社会步入大转折前的动荡时期。特殊的战时形势,使战时的政治区域分割为国统区、解放区、沦陷区和"孤岛"区四块。不同区域的文化背景和文化心理决定了不同的文学风范。但是,"五四"新文学传统并未因此而消解,而是在特殊的历史时期表现出更为一致的同质性,显示出战争与救亡并存的特征。抗战的爆发,民族生死存亡的严峻形势使各派作家组成了抗日统一战线,在全国范围内掀起了声势浩大的抗日文艺运动。这是一个文学走向"大众"、回归"社会"的时期,既有朗诵诗、街头剧、报道文学等鼓动性文学作品的如火如荼,也有话剧、小说、讽刺诗等讽刺暴露性作品的层出不穷。进入40年代以后,面对蒋介石政权的法西斯专制,作家们创作了大量讽喻现实的历史剧,著名的有阳翰笙等的"太平天国"史剧,郭沫若的"战国史剧"和"南朝史剧"等。七月派作家是40年代很有影响的文学流派,该流派的代表诗人有阿垅、绿原等,代表小说作家有路翎等,而理论代表为胡风。这是一个主张"现实主义深化"的文学流派,无论在创作上还是在文学理论上,都显示出了独特的风貌和强大的实力。"九叶诗派"(包括辛笛、陈敬容、杜运燮、杭约赫、郑敏、唐祈、唐湜、袁可嘉、穆旦等诗人和诗歌理论家)也是40年代重要的文学流派,他们在诗歌创作中吸取西方现代派诗人的艺术营养,同时又把诗歌视线投入到大变革、大动荡的社会现实当中,"现实"的题材和"现代"的手法的有机结合,把现代诗歌推向了新的高度,也为中国新诗的现代化作出了巨大贡献。作为"孤岛"区的典型作家,张爱玲创作了《金锁记》《倾城之恋》等小说和《更衣记》等散文。以延安文学为中心的解放区文学是新文学的一方新天地,以毛泽东《在延安文艺座谈会上的讲话》确定的文学规范和方向为指导,产生了赵树理、丁玲、周立波、孙犁、李季、阮章竞等作家、诗人及其作品,从而为新中国文学开启了门户,铺就了道路。

1949年中华人民共和国的建立,宣告了新民主主义革命的结束,跨入了社会主义社会。社会形态的变化,使新文学的内容与形式都发生了根本性的转折而呈现出新的风貌。作为现代文学延伸与发展的建国初文学,尽管多有缺失,但无论从题材抑或形式上都真实地反映了这一历史性的变迁。但在1963年以后,由于阶级斗争理论和实践的严重错误,使得"左倾"思潮日益泛滥,直至"文革",极"左"思潮几乎在主流文学中占据了统治地位,社会主义的当代文学终于走入了悲哀的境地。

1949年7月在北京召开的"第一次文代会",标志着中国"当代文学"的开始,同时也是文学"为工农兵服务,为政治服务"的文学规范和方向确立的标志。这种单一的文学规范和方向体现在文学创作和文学理论的各个领域、各个方面。"颂歌"是建国初期文学的主流,作家主要是从解放区来的和刚刚成长起来的。新的文学规范和方向反映在小说创作中,主要是《保卫延安》(杜鹏程)等共产党领导的革命战争题材的小说,以及《山里湾》(赵树理)、《创业史》(柳青)等农村题材小说的风靡盛行。50年代中后期和60年代前期,中国当代文学掀起了一个文学创作高潮,既有老舍、田汉分别创作的话剧《茶馆》《关汉卿》把话剧创作提高到新的高度;更有一大批革命历史题材的长篇小说纷纷亮相,如杨沫的《青春之歌》、曲波的《林海雪原》、吴强的《红日》、欧阳山的《三家巷》,等等;还有郭小川、贺敬之、闻捷等的诗歌,秦牧、杨朔、刘白羽等的散文纷纷涌现。总的来说,这一时期的文学创作传播了国家意志,灌输和强化了国家主流意识形态,配合了现实社会的政治形势和现实斗争,传达和张扬了昂扬、明丽的时代情绪。客观地说,本时期的文学创作是政治意义大于艺术意义的。

1966年"文化大革命"的爆发,使中国文学陷入了灾难的深渊。这是使单一的文学规范和文学方向走向绝对化、极端化和纯粹化的荒谬时代,文学完全沦为政治斗争的工具和奴隶。经过江青等人别有用心地对新文学"经典"的颠覆和破坏,整个文坛几乎只剩下"两本书"和八个"革命样板戏"。但文学的"地火"依旧在燃烧,文学仍在文化专制和政治暴政的"历史语境"中艰难地沿袭自身的香火。除了穆旦、丰子恺等失去创作权利的老作家依旧在坚持秘密创作外,"白洋淀诗派"和张扬、赵振开等的小说创作是"地下创作"的典型代表。任何事物走向了极端,必然会从其内部滋生出新的反叛的质素,文学也是如此,1976年4月5日爆发的"天安门诗歌"运动又揭开了文学的新篇章,将文学改写了新的册页。

所谓"新时期文学"便是指1976年"四人帮"粉碎后,文学禁锢被打破,伴随着"实践是检验真理的标准"的讨论,文学空间得以拓展,获得了自由生长的文学。新时期文学是从苦难的行旅中起步的,直到十一届三中全会以后,文艺"为人民服务,为社会主义服务"方针的提出,五四文学所开辟的现实主义优良传统的恢复和发扬,"文学是人学"的职能重新得到确认,才标志着一个多向拓进的新时期文学的到来。以对刚刚过去的那个荒谬时代的控诉和反思为写作题材的"伤痕文学"和"反思文学"是新时期首先涌动的创作潮流。"伤痕文学"的代表作品有刘心武的《班主任》、卢新华的《伤痕》等等,"反思文学"的代表作品有王蒙的《布礼》、古华的《芙蓉镇》、张贤亮的《绿化树》等。70年代末期、80年代初期也是诗歌"改头换面"的大好时期,艾青、公刘等一大批"复出的诗人"率先恢复了诗歌的现实主义传统;以北岛、顾城、舒婷等为代表的"朦胧诗人"在思想和艺术两方面都展现了新的美学风格,呈示出"崛起"的诗歌姿态。"改革文学"是顺应时代的改革进程出现的,有影响的作家作品有蒋子龙的《乔厂长上任记》、张洁的《沉重的翅膀》、高晓声的"陈焕生系列"小说,等等。在新时期,单一的文学局面被打破,文学的题材和艺术表现都得到了突破和拓展:爱情题材、知识分子题材、军旅题材、"文化寻根"题材……多姿多彩,竞相斗艳;意识流等现代主义创作手法与现实主义手法的交叉融会,使当代小说得到了迅猛发展,文学领域呈现出朝气蓬勃的多元格局。

80年代中后期,发展中的中国文学进入了一个多主题或无主题的多元化时代。在诗歌领域,具有后现代主义特质的"新生代诗歌"(第三代诗歌)取代"朦胧诗"占据了"先锋"的位置,海子、西川、韩东、于坚以及女诗人翟永明、伊蕾等,用各自的诗歌实践将诗歌创作带进了广阔的空间。在小说领域,"先锋小说"发起了声势浩大的叙述革命,从而结束了传统现实主义完整叙事的时代。余华以《现实一种》《难逃劫数》《活着》《许三观卖血记》《我没有自己的名字》等作品显示了雄厚的实力。现代主义创作经历了王蒙等的"形式上的现代主义"、刘索拉等"荒诞小说"的"观念上的现代主义"后,到马原等的创作,才真正实现了从小说观念到形式都进行现代主义的全新尝试。刘恒、池莉、方方等作家的"新写实主义"小说,莫言、苏童、陈忠实的"新历史小说",以王朔为代表的"新市民小说",林白、陈染、海男和宣称"身体写作"的更年轻的女性作家的"女性文学",在新时期小说格局中也都占据着引人注目的位置。散文、戏剧等其他文学样式在探索中不断调整、不断完善,从整体上把中国当代文学推向了一个个新境界,如戏剧走向小剧场,散文出现"学者散文热""美文热",等等。

90年代以来,文学的个人化特点越来越明显,同时,文学面向市场的价值取向特征也越来越明显。

总之,中国百年新文学一方面无时无刻不与时代、社会纠葛在一起,忠实地记录各种现实存在和精神存在,并且审视、赞美或是质疑着这种种存在的合理性;另一方面又无时无刻不在捍卫、寻求其自身的本质特性和规律。当然,"中国新文学"不是一个结论性的概念,它本身也还在不断摸索着、发展着……

作品选读

围城[1](节选)

钱锺书

据说"女朋友"就是"情人"的学名,说起来庄严些,正像玫瑰花在生物学上叫"蔷薇科木本复叶植物",或者休妻的法律术语是"协议离婚"。方鸿渐陪苏小姐在香港玩了两天,才明白女朋友跟情人事实上绝然不同。苏小姐是最理想的女朋友,有头脑,有身分,态度相貌算得上大家闺秀,和她同上饭馆戏院并不失自己的面子。他们俩虽然十分亲密,方鸿渐自信对她的情谊到此而止,好比两条平行的直线,无论彼此距离怎么近,拉得怎么长,终合不拢来成为一体。只有九龙上岸前看她害羞脸红的一刹那,心忽然软得没力量跳跃,以后便没有这个感觉。他发现苏小姐有不少小孩子脾气,她会顽皮,会娇痴,这是他一向没想到的。可是不知怎样,他老觉得这种小姐儿腔跟苏小姐不顶配。并非因为她年龄大了;她比鲍小姐大不了多少,并且当着心爱的男人,每个女人都有返老还童的绝技。只能说是品格上的不相宜;譬如小猫打圈儿追自己的尾巴,我们看着好玩儿,而小狗也追寻过去地回头跟着那短尾巴橛乱转,就风趣减少了。那几个一路同船的学生看小方才去了鲍小姐,早换上苏小姐,对他打趣个不亦乐乎。

苏小姐做人极大方;船到上海前那五六天里,一个字没提到鲍小姐。她待人接物也温和了许多。方鸿渐并未向她谈情说爱,除掉上船下船走跳板时扶她一把,也没拉过她手。可是苏小姐偶然的举动,好像和他有比求婚、订婚、新婚更深远悠久的关系。她的平淡,更使鸿渐疑惧,觉得这是爱情热烈的安稳,仿佛飓风后的海洋波平浪静,而底下随时潜伏着汹涌翻腾的力量。香港开船以后,他和苏小姐同在甲板上吃香港买的水果。他吃水蜜桃,耐心地撕皮,还说:"桃子为什么不生得像香蕉,剥皮多容易!或者干脆像苹果,用手帕擦一擦,就能连皮吃。"苏小姐剥几个鲜荔枝吃了,不再吃什么,愿意替他剥桃子,他无论如何不答应。桃子吃完,他两脸两手都挂了幌子,苏小姐看着他笑。他怕桃子汁弄脏裤子,只伸小指头到袋里去勾手帕,勾了两次,好容易拉出来,正在擦手,苏小姐声音含着惊怕嫌恶道:"啊哟!你的手帕怎么那么脏!真亏你——哙!这东西擦不得嘴,拿我的去,拿去,别推,我最不喜欢推。"

方鸿渐涨红脸,接苏小姐的手帕,在嘴上浮着抹了抹,说:"我买了一打新手帕上船,给船上洗衣服的人丢了一半。我因为这小东西容易遗失,他们洗得又慢,只好自己洗。这两天上岸玩儿,没工夫洗,所有的手帕都脏了,回头洗去。你这块手帕,也让我洗了还你。"

苏小姐道:"谁要你洗?你洗也不会干净!我看你的手帕根本就没洗干净,上面的油腻斑点,怕是马塞一路来留下的纪念。不知道你怎么洗的。"说时,吃吃笑了。

等一会,两人下去。苏小姐捡一块自己的手帕给方鸿渐道:"你暂时用着,你的手帕交给我去洗。"方鸿渐慌得连说:"没有这个道理!"苏小姐努嘴道:"你真不爽气!这有什么大了不得?快给我。"鸿渐没法,回房舱拿了一团皱手帕出来,求饶恕似的说:"我自己会洗呀!脏得很,你看了要嫌的。"苏小姐夺过来,摇头道:"你这人怎么邋遢到这个地步。你就把这东西擦苹果吃么?"方鸿渐为这事整天惶恐不安,向苏小姐谢了又谢,反给她说"婆婆妈妈"。明天,他替苏小姐搬帆布椅子,用了些力,衬衫上迸脱两个钮子,苏小姐笑他"小胖子",叫他回头把衬衫换下来交给她钉钮子。他抗议无用，苏小姐说什么就要什么，他只好服从她善意的独裁。

方鸿渐看大势不佳，起了恐慌。洗手帕，补袜子，缝钮扣，都是太太对丈夫尽的小义务。自己凭什么享受这些权利呢？享受了丈夫的权利当然正名定分，该是她的丈夫，否则她为什么肯尽这些义务呢？难道自己言动有可以给她误认为丈夫的地方么？想到这里，方鸿渐毛骨悚然。假使订婚戒指是落入圈套的象征，钮扣也是扣留不放的预兆。自己得留点儿神！幸而明后天就到上海，以后便没有这样接近的机会，危险可以减少。可是这一两天内，他和苏小姐在一起，不是怕袜子忽然磨穿了洞，就是担心什么地方的钮子脱了线。他知道苏小姐的效劳是不好随便领情的；她每钉一个钮扣或补一个洞，自己良心上就增一分向她求婚的责任。

中日关系一天坏似一天，船上无线电的报告使他们忧虑。八月九日下午，船到上海，侥幸战事并没发生。苏小姐把地址给方鸿渐，要他去玩。他满嘴答应，回老乡望了父母，一定到上海来拜访她。苏小姐的哥哥上船来接，方鸿渐躲不了，苏小姐把他向她哥哥介绍。她哥哥把鸿渐打量一下，极客气地拉手道："久仰！久仰！"鸿渐心里想，糟了！糟了！这一介绍就算经她家庭代表审定批准做候补女婿了！同时奇怪她哥哥说"久仰"，准是苏小姐从前常向她家里人说起自己了，又有些高兴。他辞了苏氏兄妹去捡点行李，走不到几步，回头看见哥哥对妹妹笑，妹妹红了脸，又像喜欢，又像生气，知道在讲自己，一阵不好意思。忽然碰见他兄弟鹏图，原来上二等找他去了。苏小姐海关有熟人，行李免查放行。方氏兄弟等着检查呢，苏小姐特来跟鸿渐拉手叮嘱"再会"。鹏图问是谁，鸿渐说姓苏。鹏图道："唉，就是法国的博士，报上见过的。"鸿渐冷笑一声，鄙视女人们的虚荣。草草把查过的箱子理好，叫了汽车准备到周经理家去住一夜，明天回乡。鹏图在什么银行里做行员，这两天风声不好，忙着搬仓库，所以半路下车去了。鸿渐叫他打个电报到家里，告诉明天搭第几班火车。鹏图觉得这钱浪费得无谓，只打了个长途电话。

他丈人丈母见他，欢喜得了不得。他送丈人一根在锡兰买的象牙柄藤手杖，送爱打牌而信佛的丈母一只法国货女人手提袋和两张锡兰的贝叶，送他十五六岁的小舅子一支德国货自来水笔。丈母又想到死去五年的女儿，伤心落泪道："淑英假如活着，你今天留洋博士回来，她才高兴呢！"周经理哽着嗓子说他太太老糊涂了，怎么今天快乐日子讲那些话。鸿渐脸上严肃沉郁，可是满心惭愧，因为这四年里他从未想起那位未婚妻，出洋时丈人给他做纪念的那张未婚妻大照相，也搁在箱子底，不知退了颜色没有。他想赎罪补过，反正明天搭十一点半特别快车，来得及去万国公墓一次，便说："我原想明天一早上她的坟。"周经理夫妇对鸿渐的感想更好了。周太太领他去看今晚睡的屋子，就是淑英生前的房。梳妆桌子上并放两张照相：一张是淑英的遗容，一张是自己的博士照。方鸿渐看着发呆，觉得也陪淑英双双死了，萧条黯淡，不胜身后魂归之感。

吃晚饭时，丈人知道鸿渐下半年职业尚无着落，安慰他说："这不成问题。我想你还是在上海或南京找个事，北平形势凶险，你去不得。你回家两个礼拜，就出来住在我这儿。我银行里为你挂个名，你白天去走走，晚上教教我儿子，一面找机会。好不好？你行李也不必带走，天气这样热，回家反正得穿中国衣服。"鸿渐真心感激，谢了丈人。丈母提起他婚事，问他有女朋友没有。他忙说没有。丈人说："我知道你不会有。你老太爷家教好，你做人规矩，不会闹什么自由恋爱，自由恋爱没有一个好结果的。"

丈母道："鸿渐这样老实，是找不到女人的。让我为他留心做个媒罢。"

丈人道："你又来了！他老太爷、老太太怕不会作主。咱们管不着。"

丈母道："鸿渐出洋花的是咱们的钱，他娶媳妇，当然不能撇开咱们周家。鸿渐，对不对？你将来新太太，一定要做我的干女儿。我这话说在你耳里，不要有了新亲，把旧亲忘个干净！这种没良心的人我见得多了。"

鸿渐只好苦笑道："放心，决不会。"心里对苏小姐影子说："听听！你肯拜这位太太做干妈么？亏得我不要娶你。"他小舅子好像接着他心上的话说："鸿渐哥，有个姓苏的女留学生，你认识她么？"方鸿渐惊骇得几乎饭碗脱手，想美国的行为心理学家只证明"思想是不出声的语言"，这小子的招风耳朵是什么构造，怎么心头无声息的密语全给他听到！他还没有回答，丈人说："是啊！我忘了——效成，你去拿那张报来——我收到你的照相，就教文书科王主任起个稿子去登报。我知道你不爱出风头，可是这是有面子的事，不必隐瞒。"最后几句话是因为鸿渐变了脸色而说的。

丈母道："这话对。赔了这许多本钱，为什么不体面一下！"

鸿渐已经羞愤得脸红了，到小舅子把报拿来，接过一看，夹耳根、连脖子、经背脊红下去直到脚跟。那张是七月初的《沪报》，教育消息栏里印着两张小照，铜版模糊，很像乩坛上拍的鬼魂照相。前面一张照的新闻说，政务院参事苏鸿业女公子文纨在里昂大学得博士回国。后面那张照的新闻字数要多一倍，说本埠商界闻人点金银行经理周厚卿快婿方鸿渐，由周君资送出洋深造，留学英国伦敦、法国巴黎、德国柏林各大学，精研政治、经济、历史、社会等科，莫不成绩优良，名列前茅，顷由德国克莱登大学授哲学博士，将赴各国游历考察，秋凉回国，闻各大机关正争相礼聘云。鸿渐恨不能把报一撕两半，把那王什么主任的喉咙扼着，看还挤得出多少开履历用的肉麻公式。怪不得苏小姐哥哥见面了要说："久仰"，怪不得鹏图听说姓苏便知道是留学博士。当时还笑她俗套呢！像自己这段新闻才是登极加冕的恶俗，臭气熏得读者要按住鼻子。况且人家是真正的博士，自己算什么？在船上从没跟苏小姐谈起学位的事，她看到这新闻会断定自己吹牛骗人。德国哪里有克莱登大学？写信时含混地说得了学位,丈人看信从德国寄出,武断是个德国大学,给内行人知道,岂不笑歪了嘴？自己就成了骗子,从此无面目见人！

周太太看方鸿渐捧报老遮着脸,笑对丈夫说:"你瞧鸿渐多得意,那条新闻看了几遍不放手。"

效成顽皮道:"鸿渐哥在仔细认那位苏文纨,想娶她来代替姐姐呢。"

方鸿渐忍不住道:"别胡说！"好容易克制自己,没把报纸掷在地下,没让羞愤露在脸上,可是嗓子都沙了。

周氏夫妇看鸿渐笑容全无,脸色发白,有点奇怪,忽然彼此做个眼色,似乎了解鸿渐的心理,异口同声骂效成道:"你这孩子该打。大人讲话,谁要你来插嘴？鸿渐哥今天才回来,当然想起你姐姐,心上不快活。你说笑话也得有个分寸,以后不许你开口——鸿渐,我们知道你天性生得厚,小孩子胡说,不用理他。"鸿渐脸又泛红,效成骨朵了嘴,心里怨道:"别装假！你有本领一辈子不娶老婆。我不希罕你的钢笔,拿回去得了。"

方鸿渐到房睡觉的时候,发现淑英的照相不在桌子上了,想是丈母怕自己对物思人,伤心失眠,特来拿走的。下船不过六七个钟点,可是船上的一切已如隔世。上岸时的兴奋,都蒸发了,觉得懦弱、渺小,职业不容易找,恋爱不容易成就。理想中的留学回国,好像地面的水,化气升上天空,又变雨回到地面,一世的人都望着、说着。现在万里回乡,祖国的人海里,泡沫也没起一个——不,承那王主任笔下吹嘘,自己也被吹成一个大肥皂泡,未破时五光十色,经不起人一搠就不知去向。他靠纱窗望出去。满天的星又密又忙,它们声息全无,而看来只觉得天上热闹。一梳月亮像形容未长成的女孩子,但见人已不羞缩,光明和轮廓都清新刻露,渐渐可烘衬夜景。小园草地里的小虫琐琐屑屑地在夜谈。不知哪里的蛙群齐心协力地干号,像声浪给火煮得发沸。几星萤火优游来去,不像飞行,像在厚密的空气里漂浮；月光不到的阴黑处,一点萤火忽明,像夏夜的一只微绿的小眼睛。这景色是鸿渐出国前看惯的,可是这时候见了,忽然心挤紧作痛,眼酸得要流泪。他才领会到生命的美善、回国的快乐,《沪报》上的新闻和纱窗外的嗡嗡蚊声一样不足介怀。鸿渐舒服地叹口气,又打个大呵欠。

方鸿渐在本县火车站下车,方老先生、鸿渐的三弟凤仪,还有七八个堂房叔伯兄弟和方老先生的朋友们,都在月台上迎接。他十分过意不去,一个个上前招呼,说:"这样大热天,真对不住！"看父亲胡子又花白了好些,说:"爸爸,你何必来呢！"

方遯翁把手里的折扇给鸿渐道:"你们西装朋友是不用这老古董的,可是总比拿草帽扇着好些。"又看儿子坐的是二等车,夸奖他道:"这孩子不错！他回国船坐二等,我以为他火车一定坐头等,他还是坐二等车,不志高气满,改变本色,他已经懂做人的道理了。"大家也附和赞美一阵。前簇后拥,出了查票口,忽然一个戴蓝眼镜穿西装的人拉住鸿渐道:"请别动!照个相。"鸿渐莫名其妙,正要问他缘故,只听得照相机咯嗒声,蓝眼镜放松手,原来迎面还有一个人把快镜对着自己。蓝眼镜一面掏名片说:"方博士昨天回到祖国的?"拿快镜的人走来了,也掏出张名片,鸿渐一瞧,是本县两张地方日报的记者。那两位记者都说:"今天方博士舟车劳顿,明天早晨到府聆教。"便转身向方老先生恭维,陪着一路出车站。凤仪对鸿渐笑道:"大哥,你是本县的名人了。"鸿渐虽然嫌那两位记者口口声声叫"方博士",刺耳得很,但看人家这样郑重地当自己是一尊人物,身心庞然膨胀,人格伟大了好些。他才知道住在小地方的便宜,只恨今天没换身比较新的西装,没拿根手杖,手里又挥着大折扇,满脸的汗,照相怕不会好。

到家见过母亲和两位弟媳妇,把带回来的礼物送了。母亲笑说:"是要出洋的,学得这样周到,女人用的东西都会买了。"

父亲道:"鹏图昨天电话里说起一位苏小姐,是怎么一回事?"

方鸿渐恼道:"不过是同坐一条船,全没有什么。鹏图总——喜欢多嘴。"他本要骂鹏图好搬是非,但当着鹏图太太的面,所以没讲出来。

父亲道:"你的婚事也该上劲了,两个兄弟都早娶了媳妇,孩子都有了。做媒的有好几起,可是,你现在不用我们这种老厌物来替你作主了。苏鸿业呢,人倒有点名望,从前好像做过几任实缺官——"鸿渐暗想,为什么可爱的女孩子全有父亲呢?她孤独的一个人可以藏匿在心里温存,拖泥带水地牵上了父亲、叔父、兄弟之类,这女孩子就不伶俐洒脱,心里不便窝藏她了,她的可爱里也就搀和渣滓了。许多人谈婚姻,语气仿佛是同性恋爱,不是看中女孩子本人,是羡慕她的老子或她的哥哥。

母亲道:"我不赞成!官小姐是娶不得的,要你服侍她,她不会服侍你。并且娶媳妇要同乡人才好,外县人脾气总有点不合式,你娶了不受用。这位苏小姐是留学生,年龄怕不小了。"她那两位中学没毕业,而且本县生长的媳妇都有赞和的表情。

父亲道:"人家不但留学,而且是博士呢。所以我怕鸿渐吃不消她。"——好像苏小姐是砖石一类的硬东西,非鸵鸟或者火鸡的胃消化不掉的。

母亲不服气道:"咱们鸿渐也是个博士,不输给她,为什么配不过她?"

父亲捻着胡子笑道:"鸿渐,这道理你娘不会懂了——女人念了几句书最难驾驭。男人非比她高一层,不能和她平等匹配。所以大学毕业生才娶中学女生,留学生娶大学女生。女人留洋得了博士,只有洋人才敢娶她,否则男人至少是双料博士。鸿渐,我这话没说错罢?这跟'嫁女必须胜吾家,娶妇必须不若吾家'一个道理。"

母亲道:"做媒的几起里,许家的二女儿最好,回头我给你看照相。"

方鸿渐想这事严重了。生平最恨小城市的摩登姑娘,落伍的时髦,乡气的都市化,活像那第一套中国裁缝仿制的西装,把做样子的外国人旧衣服上两方补丁,也照式在衣袖和裤子上做了。现在不必抗议,过几天向上海溜之大吉。方老先生又说,接风的人很多,天气太热,叫鸿渐小心别贪嘴,亲近的尊长家里都得去拜访一下,自己的包车让给他坐,等天气稍凉,亲自带他到祖父坟上行礼。方老太太说,明天叫裁缝来做他的纺绸大褂和里衣裤,凤仪有两件大褂,暂时借一件穿了出门拜客。吃晚饭的时候,有方老太太亲手做的煎鳝鱼丝、酱鸡翅、西瓜煨鸡、酒煮虾,都是大儿子爱吃的乡味。方老太太挑好的送到他饭碗上,说:"我想你在外国四年可怜,什么都没得吃!"大家都笑说她又来了,在外国不吃东西,岂不饿死。她道:"我就不懂洋鬼子怎样活的!什么面包、牛奶,送给我都不要吃。"鸿渐忽然觉得,在这种家庭空气里,战争是不可相信的事,好比光天化日之下没人想到有鬼。父亲母亲的计划和希望,丝毫没为意外事故留个余地。看他们这样稳定地支配着未来,自己也胆壮起来,想上海的局势也许会和缓,战事不会发生,真发生了也可以置之不理。

明天方鸿渐才起床,那两位记者早上门了。鸿渐看到他们带来的报上,有方博士回乡的新闻,嵌着昨天照的全身像,可怕得自惭形秽。蓝眼镜拉自己右臂的那只手也清清楚楚地照进去了,加上自己侧脸惊愕的神情,宛如小偷给人捉住的摄影。那蓝眼镜是个博闻多识之士,说久闻克莱登大学是全世界最有名的学府,仿佛清华大学。那背照相机的记者问鸿渐对世界大势有什么观察、中日战争会不会爆发。方鸿渐好容易打发他们走了,还为蓝眼镜的报纸写"为民喉舌"、照相机的报纸写"直笔谠论"两句赠言。正想出门拜客,父亲老朋友本县省立中学吕校长来了,约方氏父子三人明晨茶馆吃早点,吃毕请鸿渐向暑期学校学生演讲"西洋文化在中国历史上之影响及其检讨"。鸿渐最怕演讲,要托词谢绝,谁知道父亲代他一口答应下来。他只好私下咽冷气,想这样热天,穿了袍儿套儿,讲废话,出臭汗,不是活受罪是什么?教育家的心理真与人不同!方老先生希望人家赞儿子"家学渊源",向箱里翻了几部线装书出来,什么《问字堂集》《癸巳类稿》《七经楼集》《谈瀛录》之类,吩咐鸿渐细看,搜集演讲材料。鸿渐一下午看得津津有味,识见大长,明白中国人品性方正所以说地是方的,洋人品性圆滑,所以主张地是圆的;中国人的心位置正中,西洋人的心位置偏左;西洋进口的鸦片有毒,非禁不可,中国地土性质和平,出产的鸦片,吸食也不会上瘾;梅毒即是天花,来自西洋等等。只可惜这些事实虽然有趣,演讲时用不着它们,该另抱佛脚。所以当天从大伯父家吃晚饭回来,他醉眼迷离,翻了三五本历史教科书,凑满一千多字的讲稿,插穿了两个笑话。这种预备并不费心血,身血倒赔了些,因为蚊子多。

明早在茶馆吃过第四道照例点心的汤面,吕校长付账,催鸿渐起身,匆匆各从跑堂手里接过长衫穿上走了,凤仪陪着方老先生喝茶。学校礼堂里早坐满学生,男男女女有二百多人,方鸿渐由吕校长陪了上讲台,只觉许多眼睛注视得浑身又麻又痒,脚走路都不方便。到上台坐定,眼前的湿雾消散,才见第一排坐的都像本校教师,紧靠讲台的记录席上是一个女学生,新烫头发的浪纹板得像漆出来的。全礼堂的人都在交头接耳,好奇地评赏着自己。他默默吩咐两颊道:"不要烧盘!脸红不得!"懊悔进门时不该脱太阳眼镜,眼前两片黑玻璃,心理上也好隐蔽在浓阴里面,不怕羞些。吕校长已在致辞介绍,鸿渐忙伸手到大褂口袋里去摸演讲稿子,只摸个空,慌得一身冷汗。想糟了!糟了!怎会把要紧东西遗失?家里出来时,明明搁在大褂袋里的。除掉开头几句话,其余全吓忘了。拼命追忆,只像把筛子去盛水。一着急,注意力集中不起来,思想的线索要打成结又松散了。隐约还有些事实的影子,但好比在热闹地方等人,瞥眼人堆里像是他,走上去找,又不见了。心里正在捉着迷藏,吕校长鞠躬请他演讲,下面一阵鼓掌。他刚站起来,瞧凤仪气急败坏赶进礼堂,看见演讲已开始,便绝望地找个空位坐下。鸿渐恍然大悟,出茶馆时,不小心穿错了凤仪的衣服,这两件大褂原全是凤仪的,颜色材料都一样。事到如此,只有大胆老脸胡扯一阵。

掌声住了,方鸿渐强作笑容说:"吕校长,诸位先生,诸位同学:诸位的鼓掌虽然出于好意,其实是最不合理的。因为鼓掌表示演讲听得满意,现在鄙人还没开口,诸位已经满意得鼓掌,鄙人何必再讲什么呢?诸位应该先听演讲,然后随意鼓几下掌,让鄙人有面子下台。现在鼓掌在先,鄙人的演讲当不起那样热烈的掌声,反觉到一种收到款子交不出货色的惶恐。"听众大笑,那记录的女孩也含着笑,走笔如飞。方鸿渐踌躇,下面讲些什么呢?线装书上的议论和事实还记得一二,晚饭后翻看的历史教科书,影踪都没有了。该死的教科书,当学生的时候,真亏自己会读熟了应考的!有了,有了!总比无话可说好些:"西洋文化在中国历史上的影响,各位在任何历史教科书里都找得到,不用我来重述。各位都知道欧洲思想正式跟中国接触,是在明朝中叶。所以天主教徒常说那时候是中国的文艺复兴。不过明朝天主教士带来的科学现在早过时了,他们带来的宗教从来没有合时过。海通几百年来,只有两件西洋东西在整个中国社会里长存不灭。一件是鸦片,一件是梅毒,都是明朝所吸收的西洋文明。"听众大多数笑,少数都张了嘴惊骇;有几个教师皱着眉头,那记录的女生涨红脸停笔不写,仿佛听了鸿渐最后的一句,处女的耳朵已经当众丧失贞操;吕校长在鸿渐背后含有警告意义地咳嗽。方鸿渐那时候宛如隆冬早晨起床的人,好容易用最大努力跳出被窝,只有熬着冷穿衣下床,断无缩回去道理。"鸦片本来又叫洋烟——"鸿渐看见教师里一个像教国文的老头子一面扇扇子,一面摇头,忙说:"这个'洋'当然指'三保太监下西洋'的'西洋'而说,因为据《大明会典》,鸦片是暹罗和爪哇的进贡品。可是在欧洲最早的文学作品荷马史诗《十年归》Odyssey

里——"那老头子的秃顶给这个外国字镇住不敢摇动——"据说就有这东西。至于梅毒——"吕校长连声咳嗽——"更无疑是舶来品洋货。叔本华早说近代欧洲文明的特点，第一是杨梅疮。诸位假如没机会见到外国原本书，那很容易，只要看徐志摩先生译的法国小说《戆第德》，就可略知梅毒的渊源。明朝正德以后，这病由洋人带来。这两件东西当然流毒无穷，可是也不能一概抹煞。鸦片引发了许多文学作品，古代诗人向酒里找灵感，近代欧美诗人都从鸦片里得灵感。梅毒在遗传上产生白痴、疯狂和残疾，但据说也能刺激天才。例如——"吕校长这时候嗓子都咳破了，到鸿渐讲完，台下拍手倒还有劲，吕校长板脸哑声致谢词道："今天承方博士讲给我们听许多新奇的议论，我们感觉浓厚的兴趣。方博士是我世侄，我自小看他长大，知道他爱说笑话，今天天气很热，所以他有意讲些幽默的话。我希望将来有机会听到他的正经严肃的弘论。但我愿意告诉方博士：我们学校图书馆充满新生活的精神，绝对没有法国小说——"说时手打着空气，鸿渐羞得不敢看台下。

不到明天，好多人知道方家留洋回来的儿子公开提倡抽烟狎妓。这话传进方老先生耳朵，他不知道这就是自己教儿子翻线装书的结果，大不以为然，只不好发作。紧跟着八月十三日淞沪战事的消息，方鸿渐闹的笑话没人再提起。但那些有女儿要嫁他的人，忘不了他的演讲；猜想他在外国花天酒地，若为女儿嫁他的事，到西湖月下老人祠去求签，难保不是第四签："斯人也而有斯疾也！"这种青年做不得女婿。便陆续借口时局不靖，婚事缓议，向方家把女儿的照相、庚帖要了回去。方老太太非常懊丧，念念不忘许家二小姐，鸿渐倒若无其事。战事已起，方老先生是大乡绅，忙着办地方公安事务。县里的居民记得"一·二八"那一次没受敌机轰炸，这次想也无事，还不甚惊恐。方鸿渐住家一个星期，感觉出国这四年光阴，对家乡好像荷叶上泻过的水，留不下一点痕迹。回来所碰见的还是四年前那些人，那些人还是做四年前所做的事，说四年前所说的话。甚至认识的人里一个也没死掉；只有自己的乳母，从前常说等自己结婚养了儿子来抱小孩子的，现在病得不能起床。这四年在家乡要算白过了，博不到归来游子的一滴眼泪、一声叹息。开战后第六天日本飞机第一次来投弹，炸坍了火车站，大家才认识战争真打上门来了，就有搬家到乡下避难的人。以后飞机接连光顾，大有绝世佳人一顾倾城、再顾倾国的风度。周经理拍电报，叫鸿渐快到上海，否则交通断绝，要困守在家里。方老先生也觉得在这种时局里，儿子该快出去找机会，所以让鸿渐走了。以后这四个月里的事，从上海撤退到南京陷落，历史该如洛高(Fr. von Logau)所说，把刺刀磨尖当笔，蘸鲜血当墨水，写在敌人的皮肤上当纸。方鸿渐失神落魄，一天看十几种报纸，听十几次无线电报告，疲乏垂绝的希望披沙拣金似的要在消息罅缝里找个苏息处。他和鹏图猜想家已毁了，家里人不知下落。阴历年底才打听出他们踪迹，方老先生的上海亲友便设法花钱接他们出来,为他们租定租界里的房子。一家人见了面唏嘘对泣。方老先生和凤仪嚷着买鞋袜;他们坐小船来时,路上碰见两个溃兵,抢去方老先生的钱袋,临走还逼方氏父子把脚上羊毛袜和绒棉鞋脱下来,跟他们的臭布袜子、破帆布鞋交换。方氏全家走个空身,只有方老太太棉袄里缝着两三千块钱的钞票,没给那两个兵摸到。旅沪同乡的商人素仰方老先生之名,送钱的不少,所以门户又可重新撑持。方鸿渐看家里人多房子小,仍住在周家,隔一两天到父母处请安。每回家,总听他们讲逃难时可怕可笑的经历;他们叙述描写的艺术似乎一次进步一次,鸿渐的注意和同情却听一次减退一些。方老先生因为拒绝了本县汉奸的引诱,有家难归,而政府并没给他什么名义,觉得他爱国而国不爱他,大有青年守节的孀妇不见宠于翁姑的怨抑。鸿渐在点金银行里气闷得很,上海又没有多大机会,想有便到内地去。

阴历新年来了。上海租界寓公们为国家担惊受恐够了,现在国家并没有亡,不必做未亡人,所以又照常热闹起来。一天,周太太跟鸿渐说,有人替他做媒,就是有一次鸿渐跟周经理出去应酬,同席一位姓张的女儿。据周太太说,张家把他八字要去了,请算命人排过,跟他们小姐的命"天作之合,大吉大利"。鸿渐笑说:"在上海这种开通地方,还请算命人来支配婚姻么?"周太太说,命是不可不信的,张先生请他去吃便晚饭,无妨认识那位小姐。鸿渐有点儿战前读书人的标劲,记得那张的在美国人洋行里做买办,不愿跟这种俗物往来,但转念一想,自己从出洋到现在,还不是用的市侩的钱?反正去一次无妨,结婚与否,全看自己中意不中意那女孩子,旁人勉强不来,答应去吃晚饭。这位张先生是浙江沿海人,名叫吉民,但他喜欢人唤他 Jimmy。他在美国人花旗洋行里做了二十多年的事,从"写字"(小书记)升到买办,手里着实有钱。只生一个女儿,不惜工本地栽培,教会学校里所能传授熏陶的洋本领、洋习气,美容院理发铺所能制造的洋时髦、洋姿态,无不应有尽有。这女儿刚十八岁,中学尚未毕业,可是张先生夫妇保有他们家乡的传统思想,以为女孩子到二十岁就老了,过二十没嫁掉,只能进古物陈列所供人凭吊了。张太太择婿很严,说亲的虽多,都没成功。有一个富商的儿子,也是留学生,张太太颇为赏识,婚姻大有希望,但一顿饭后这事再不提起。吃饭时大家谈到那几天因战事关系,租界封锁,蔬菜来源困难,张太太便对那富商儿子说:"府上人多,每天伙食账不会小罢?"那人说自己不清楚,想来是多少钱一天。张太太说:"那么府上的厨子一定又老实,又能干!像我们人数不到府上一半,每天厨房开销也要那个数目呢!"那人听着得意,张太太等他饭毕走了,便说:"这种人家排场太小了!只吃那么多钱一天的菜!我女儿舒服惯,过去吃不来苦!"婚事从此作罢。夫妇俩磋商几次,觉得宝贝女儿嫁到人家去,总不放心,不如招一个女婿到自己家里来。那天张先生跟鸿渐同席,回家说起,认为颇合资格:家世头衔都不错,并且现在没真做到女婿已住在挂名丈人家里,将来招赘入门,易如反掌。更妙是方家经这番战事,摆不起乡绅人家臭架子,这女婿可以服服帖帖地养在张府上。结果张太太要鸿渐来家相他一下。

方鸿渐因为张先生请他早到谈谈,下午银行办公室完毕就去。马路上经过一家外国皮货铺子看见獭绒西装外套,新年廉价,只卖四百元。鸿渐常想有这样一件外套,留学时不敢买。譬如在伦敦,男人穿皮外套而没有私人汽车,假使不像放印子钱的犹太人或打拳的黑人,人家就疑心是马戏班的演员,再不然就是开窑子的乌龟;只有在维也纳,穿皮外套是常事,并且有现成的皮里子卖给旅客衬在外套里。他回国后,看穿的人很多,现在更给那店窗里的陈列撩得心动。可是盘算一下,只好叹口气。银行里薪水一百块钱已算不薄,零用尽够。丈人家供吃供住,一个钱不必贴,怎好向周经理要钱买奢侈品?回国所余六十多镑,这次孝敬父亲四十镑添买些家具,剩下不过折合四百余元。东凑西挪,一股脑儿花在这件外套上面,不大合算。国难时期,万事节约,何况天气不久回暖,就省了罢。到了张家,张先生热闹地欢迎道:"Hello! Doctor方,好久不见!"张先生跟外国人来往惯了,说话有个特征——也许在洋行、青年会、扶轮社等圈子里,这并没有什么奇特——喜欢中国话里夹无谓的英文字。他并无中文难达的新意,需要借英文来讲;所以他说话里嵌的英文字,还比不得嘴里嵌的金牙,因为金牙不仅妆点,尚可使用,只好比牙缝里嵌的肉屑,表示饭菜吃得好,此外全无用处。他仿美国人读音,维妙维肖,也许鼻音学得太过火了,不像美国人,而像伤风塞鼻子的中国人。他说"very well"二字,声音活像小洋狗在咕噜——"vurry wul"。可惜罗马人无此耳福,否则决不单说R是鼻音的狗字母。当时张先生跟鸿渐拉手,问他是不是天天"go downtown"。鸿渐寒暄已毕,瞧玻璃橱里都是碗、瓶、碟子,便说:"张先生喜欢收藏磁器?"

"Sure! have a look see!"张先生打开橱门,请鸿渐赏鉴。鸿渐拿了几件,看都是"成化""宣德""康熙",也不识真假,只好说:"这东西很值钱罢?"

"Sure! 值不少钱呢,Plenty of dough。并且这东西不比书画。买书画买了假的,一文不值,只等于waste paper。磁器假的,至少还可以盛菜盛饭。我有时请外国friends吃饭,就用那个康熙窑'油底蓝五彩'大盘做salad dish,他们都觉得古色古香,菜的味道也有点old-time。"

方鸿渐道:"张先生眼光一定好,不会买假东西。"

张先生大笑道:"我不懂什么年代花纹,事情忙,也没工夫翻书研究。可是我有hunch;看见一件东西,忽然what d'you call 灵机一动,买来准O.K.。他们古董掮客都佩服我,我常对他们说:'不用拿假货来fool 我。O yeah,我姓张的不是sucker,休想骗我!'"关上橱门,又说:"咦,headache——"便捺电铃叫佣人。

鸿渐不懂,忙问道:"张先生不舒服,是不是?"

张先生惊奇地望着鸿渐道:"谁不舒服?你?我?我很好呀!"

鸿渐道:"张先生不是说'头痛'么?"

张先生呵呵大笑,一面吩咐进来的女佣说:"快去跟太太小姐说,客人来了,请她们出来。make it snappy!"说时右手大拇指从中指弹在食指上"啪"的一响。他回过来对鸿渐笑道:"headache 是美国话,指'太太'而说,不是'头痛'!你没到 States 去过罢!"

方鸿渐正自惭寡陋,张太太张小姐出来了,张先生为鸿渐介绍。张太太是位四十多岁的胖女人,外国名字是小巧玲珑的 Tessie。张小姐是十八岁的高大女孩子,着色鲜明,穿衣紧俏,身材将来准会跟她老太爷那洋行的资本一样雄厚。鸿渐没听清她名字,声音好像"我你他",想来不是 Anita,就是 Juanita,她父母只缩短叫她 Nita。张太太上海话比丈夫讲得好,可是时时流露本乡土音,仿佛罩袿太小,遮不了里面的袍子。张太太信佛,自说天天念十遍"白衣观世音咒",求菩萨保佑中国军队打胜;又说这观音咒灵验得很,上海打仗最紧急时,张先生到外滩行里去办公,自己在家里念,果然张先生从没遭到流弹。鸿渐暗想,享受了最新的西洋科学设备,而竟抱这种信仰,坐在热水管烘暖的客堂里念佛,可见"西学为用,中学为体"并非难事。他和张小姐没有多少可谈,只好问她爱看什么电影。跟着两个客人来了,都是张先生的结义弟兄。一个叫陈士屏,是欧美烟草公司的高等职员,大家唤他 Z.B.,仿佛德文里"有例为证"的缩写。一个叫丁讷生,外国名字倒不是诗人 Tennyson 而是海军大将 Nelson,也在什么英国轮船公司做事。张太太说,人数凑得起一桌麻将,何妨打八圈牌再吃晚饭。方鸿渐赌术极幼稚,身边带钱又不多,不愿参加,宁可陪张小姐闲谈。经不起张太太再三怂恿,只好入局。没料到四圈之后,自己独赢一百余元,心中一动,想假如这手运继续不变,那獭绒大衣便有指望了。这时候,他全忘了在船上跟孙先生讲的法国迷信,只要赢钱。八圈打毕,方鸿渐赢了近三百块钱。同局的三位,张太太、"有例为证"和"海军大将"一个子儿不付,一字不提,都站起来准备吃饭。鸿渐唤醒一句道:"我今天运气太好了!从来没赢过这许多钱。"

张太太如梦初醒道:"咱们真糊涂了!还没跟方先生清账呢。陈先生,丁先生,让我一个人来付他,咱们回头再算得了。"便打开钱袋把钞票一五一十点交给鸿渐。

吃的是西菜。"海军大将"信基督教,坐下以前,还向天花板眨白眼,感谢上帝赏饭。方鸿渐因为赢了钱,有说有笑。饭后散坐抽烟喝咖啡,他瞧见沙发旁一个小书架,猜来都是张小姐的读物。一大堆《西风》、原文《读者文摘》之外,有原文小字白文《莎士比亚全集》《新旧约全书》《家庭布置学》、翻版的《居里夫人传》《照相自修法》《我国与我民》等不朽大著,以及电影小说十几种,里面不用说有《乱世佳人》。一本小蓝书,背上金字标题道:《怎样去获得丈夫而且守住他》

(How to gain a Husband and keep him)。鸿渐忍不住抽出一翻,只见一节道:"对男人该温柔甜蜜,才能在他心的深处留下好印象。女孩子们,别忘了脸上常带光明的笑容。"看到这里,这笑容从书上移到鸿渐脸上了。再看书面作者是个女人,不知出嫁没有,该写明"某某夫人",这书便见得切身阅历之谈,想着笑容更廓大了。抬头忽见张小姐注意自己,忙把书放好,收敛笑容。"有例为证"要张小姐弹钢琴,大家同声附和。张小姐弹完,鸿渐要补救这令她误解的笑容,抢先第一个称"好",求她再弹一曲。他又坐一会,才告辞出门。洋车到半路,他想起那书名,不禁失笑。丈夫是女人的职业,没有丈夫就等于失业,所以该牢牢捧住这饭碗。哼!我偏不愿意女人读了那本书当我是饭碗,我宁可他们瞧不起我,骂我饭桶。"我你他"小姐,咱们没有"举碗齐眉"的缘分,希望另有好运气的人来爱上您。想到这里,鸿渐顿足大笑,把天空月当作张小姐,向她挥手作别。洋车夫疑心他醉了,回头叫他别动,车不好拉。

客人全散了,张太太道:"这姓方的不合式,气量太小,把钱看得太重,给我一试就露出本相。他那时候好像怕我们赖账不还的,可笑不可笑?"

张先生道:"德国货总比不上美国货呀。什么博士!还算在英国留过学,我说的英文,他好多听不懂。欧战以后,德国落伍了。汽车、飞机、打字机、照相机,哪一件不是美国花样顶新!我不爱欧洲留学生。"

张太太道:"Nita,你看这姓方的怎么样?"

张小姐不能饶恕方鸿渐看书时的微笑,干脆说:"这人讨厌!你看他吃相多坏!全不像在外国住过的。他喝汤的时候,把面包去蘸!他吃铁排鸡,不用刀叉,把手拈了鸡腿起来咬!我全看在眼睛里。吓!这算什么礼貌?我们学校里教社交礼节的 Miss Prym 瞧见了准会骂他猪猡相 piggy wiggy!"

当时张家这婚事一场没结果,周太太颇为扫兴。可是方鸿渐小时是看《三国演义》《水浒》《西游记》那些不合教育原理的儿童读物的;他生得太早,还没福气捧读《白雪公主》《木偶奇遇记》这一类好书。他记得《三国演义》里的名言:"妻子如衣服",当然衣服也就等于妻子;他现在新添了皮外套,损失个把老婆才不放心上呢。

注 释

[1] 选自《围城》(生活·读书·新知三联书店 2003 年版),略有改动。

解题及赏析

钱锺书(1910—1998),江苏无锡人,现代文学研究家、作家,字默存,号槐聚,曾用笔名中书君。出身于诗书世家,自幼受到传统经史方面的教育,中学时擅长中文、英文,于1929年被清华大学外文系破格录取,后公费留学于牛津大学、巴黎大学。钱锺书深入研读过中国的史学、哲学、文学经典,同时不曾间断过对西方新旧文学、哲学、心理学等的阅览和研究,著有《管锥编》《谈艺录》等多部享有盛誉的学术著作。

长篇小说《围城》是一部思虑沉潜、寄慨遥深的小说,才情横溢,妙喻连篇,理胜于情,是小说中的长诗,可谓家喻户晓。钱先生以写我国现代文学中落墨不多的"某一部分社会""某一类人物"见长,所写到的只是社会之一隅,但因其描写具有典型性,由此可一反三隅,进一步认识整个社会;所写到的只是一小群人物,但因能够充类至尽、穷神极相地描摹出中国人历久积淀的文化心理,由此亦可以推知当时全部中国人的悲惨境遇及其不屈不挠的生活态度。

小说以旅欧回国的知识分子方鸿渐的生活道路为主线,围绕他们的生活、职业和婚姻恋爱等,描写了他们在情场、名利场上进行的一次次钩心斗角的倾轧和角逐,反映了那个时代某些知识分子生活和心理的变迁沉浮。在抗战烽烟四起的大背景下,在随处都可能陷入"围城"的人生道路上,那些如方鸿渐之类还没有完全消磨掉人生锐气的知识分子,他们的出路在哪里呢?这是作品给读者留下的令人深思的问题。节选部分主要写方鸿渐乘船回国途中与苏文纨的交往、在上海丈人丈母家和江南老家的生活情景以及到洋行买办张吉民家相亲的情形,从中可以看出苏文纨这位官宦小姐的矜持自负、自作多情,方鸿渐的优柔寡断、不更世事、玩世不恭,丈人丈母的庸俗无聊,父亲的迂腐守旧,张吉民的崇洋媚外等,各有不同的性格和色相。

《围城》最为人称道的是其语言,犀利、尖露、诙谐,可谓妙语如珠。作者特别善用比喻,不但新奇,还很幽默,让人忍俊不禁,节选部分便有不少精彩的比喻,如张吉民喜在中国话里夹无谓的英文字,作者称其"说话里嵌的英文字,还比不得嘴里嵌的金牙,因为金牙不仅妆点,尚可使用,只好比牙缝里嵌的肉屑,表示饭菜吃得好,此外全无用处"。比喻既生动又形象,将张吉民这个虚荣的假洋鬼子的嘴脸暴露无遗。

1. 如何理解《围城》的多重意蕴?
2. 《围城》的讽刺特征表现在哪些方面?
3. 课外阅读《围城》,说说鲍小姐、苏文纨、孙柔嘉有什么性格缺陷和道德缺憾。

作品选读

边城[1](节选)

沈从文

翠翠第二天第二次在白塔下菜园地里,被祖父询问到自己主张时,仍然心儿怦怦的跳着,把头低下不作理会,只顾用手去掐葱。祖父笑着,心想:"还是等等看,再说下去这一畦葱会全搯掉了。"同时似乎又觉得这其间有点古怪,不好再说下去,便自己按捺住言语,用一个做作的笑话,把问题引到另外一件事情上去了。

　　天气渐渐的越来越热了。近六月时,天气热了些,老船夫把一个满是灰尘的黑陶缸子,从屋角隅里搬出。自己还匀出些闲工夫,拼了几方木板,作成一个圆盖;又锯木头作成一个三脚架子,且削刮了个大竹筒,用葛藤系定,放在缸边作为舀茶的家具。自从这茶缸移到屋门溪边后,每早上翠翠就烧一大锅开水,倒进那缸子里去。有时缸里加些茶叶,有时却只放下一些用火烧焦的锅巴,趁那东西还燃着时便抛进缸里去。老船夫且照例准备了些发疹肚痛、治疮疖痒子的草根木皮,把这些药搁在家中当眼处,一见过渡人神气不对,就忙匆匆的把药取来,善意的勒迫这过路人使用他的药方,且告人这许多救急丹方的来源(这些丹方自然全是他从城中军医同巫师学来的)。他终日裸着两只膀子,在方头船上站定,头上还常常是光光的,一头短短白发,在日光下如银子。翠翠依然是个快乐人,屋前屋后跑着唱着,不走动时就坐在门前高崖树荫下,吹小竹管儿玩。爷爷仿佛把大老提婚的事早已忘掉,翠翠自然也似乎忘掉这件事情了。

　　可是那做媒的不久又来探口气了,依然同从前一样,祖父把事情成否全推到翠翠身上去,打发了媒人上路。回头又同翠翠谈了一次,也依然不得结果。

　　老船夫猜不透这事情在这什么方面有个疙瘩,解除不去,夜里躺在床上便常常陷入一种沉思里去,隐隐约约体会到一件事情——翠翠爱二老不爱大老。想到了这里时,他笑了,为了害怕而勉强笑了。其实他有点忧愁,因为他忽然觉得翠翠一切全像那个母亲,而且隐隐约约便感觉到这母女二人共同的命运。一堆过去的事情蜂拥而来,不能再睡下去了,一个人便跑出门外,到那临溪高崖上去,望天上的星辰,听河边纺织娘和一切虫类如雨的声音,许久许久还不睡觉。

　　这件事翠翠自然是注意不及的。这女孩子日里尽管玩着,工作着,也同时为一些很神秘不易具体明白的东西驰骋在她那颗小小的心上,但一到夜里,却依旧甜甜的睡眠了。

　　不过一切都得在一份时间中变化。这一家安静平凡的生活,也因了一堆接连而来的日子,在人事上把那安静空气完全打破了。

　　船总顺顺家中一方面,天保大老的事已被二老知道了,傩送二老同时也让他哥哥知道了弟弟的心事。这一对难兄难弟原来同时都爱上了那个撑渡船的外孙女。这事情在本地人说来并不希奇。边地俗话说:"火是各处可烧的,水是各处可流的,日月是各处可照的,爱情是各处可到的。"有钱船总儿子,爱上一个弄渡船的穷人家女儿,不能成为希罕的新闻。有一点困难处,只是这两兄弟到了谁应取得这个女人作媳妇时,是不是也还得照茶峒人规矩,来一次流血的挣扎?

第六章

兄弟两人在这方面是不至于动刀的,但也不作兴有"情人奉让",如大都市懦怯男子爱与仇对面时作出的可笑行为。

那哥哥同弟弟在河上游一个造船的地方,看他家中那一只新船,在新船旁把一切心事全告给了弟弟;且附带说明,这点念头还是两年前植下根基的。弟弟微笑着,把话听下去。两人从造船处沿了河岸又走到王乡绅新碾坊去,那大哥就说:

"二老,你运气倒好,做了王团总女婿,有座碾坊。我呢,若把事情弄好了,我应当接那个老的手来划渡船了。我欢喜这个事情,我还想把碧溪岨两个山头买过来,在界线上种一片大楠竹,围着这一条小溪作为我的寨子!"

那二老仍然默默的听着,把手中拿的一把弯月形镰刀随意斫削路旁的草木,到了碾坊时,却站住了向他哥哥说:

"大老,你信不信这女子心上早已有了个人?"

"我不信。"

"大老,你信不信这碾坊将来归我?"

"我不信。"

两人于是进了碾坊。

二老说:"你不必——大老,我再问你,假若我不想得这座碾坊,却打量要那只渡船,而且这念头也是两年前的事,你信不信呢?"

那大哥听来真着了一惊,望了一下坐在碾盘横轴上的傩送二老,知道二老不是说谎,于是站近了一点,伸手在二老肩上拍打了一下,且想把二老拉下来。他明白了这件事,他笑了。他说,"我相信的,你说的全是真话!"

二老把眼睛望着他的哥哥,很诚实的说:

"大老,相信我,这是真事。我早就那么打算到了。家中不答应,那边若答应了,我当真预备去弄渡船的!——你告我,你呢?"

"爸爸已听了我的话,为我要城里的杨马兵做保山,向划渡船说亲去了!"大老说到这个求亲手续时,好像知道二老要笑他,又解释要保山去的用意,只是"因为老的说车有车路,马有马路,我就走了车路"。

"结果呢?"

"得不到什么结果。老的口上含李子,说不明白。"

"马路呢?"

"马路呢,那老的说若走马路,得在碧溪岨对溪高崖上唱三年六个月的歌。把翠翠心子唱软,翠翠就归我了。"

"这并不是个坏主张!"

"是呀,一个结巴人话说不出还唱得出。可是这件事轮不到我了,我不是竹雀,不会唱歌。鬼知道那老人家存心是要把孙女儿嫁个会唱歌的水车,还是预备规规矩矩嫁个人！"

"那你打算怎么样？"

"我想告那老的，要他说句实在话。只一句话。不成，我跟船下桃源去了；成呢，便是要我撑渡船，我也答应了他。"

"唱歌呢？"

"这是你的拿手好戏，你要去做竹雀，你就赶快去吧，我不会捡马粪塞你嘴巴的。"

二老看到哥哥那种样子，便知道为这件事哥哥感到的是一种如何烦恼了。他明白他哥哥的性情，代表了茶峒人粗鲁爽直一面，弄得好，掏出心子来给人也很慷慨作去；弄不好，亲舅舅也必一是一，二是二。大老何尝不想在车路上失败时走马路；但他一听到二老的坦白陈述后，他就知道马路只二老有份，他自己的事不能提了。因此他有点气恼，有点愤慨，自然是无从掩饰的。

二老想出了个主意，就是两兄弟月夜里同过碧溪岨去唱歌，莫让人知道是弟兄两个，两人轮流唱下去，谁得到回答，谁便继续用那张唱歌胜利的嘴唇，服侍那划渡船的外孙女。大老不善于唱歌，轮到大老时也仍然由二老代替。两人凭命运来决定自己的幸福，这么办可说是极公平了。提议时，那大老还以为他自己不会唱，也不想请二老替他作竹雀。但二老那种诗人性格，却使他很固执的要哥哥实行这个办法。二老说必须是这样做，一切才公平。

大老把弟弟提议想想，作了一个苦笑。"×娘的，自己不是竹雀，还请老弟做竹雀？好，就是这样子，我们各人轮流唱，我也不要你帮忙，一切我自己来吧。树林子里的猫头鹰，声音不动听，要老婆时，也仍然是自己叫下去，不请人帮忙的！"

两人把事情说妥当后，算算日子，今天十四，明天十五，后天十六，接连而来的三个日子，正是有大月亮天气。气候既到了中夏，半夜里不冷不热，穿了白家机布汗褂，到那些月光照及的高崖上去，遵照当地的习惯，很诚实与坦白去为一个"初生之犊"的黄花女唱歌。露水降了，歌声涩了，到应当回家了时，就趁残月赶回家去。或过那些熟识的整夜工作不息的碾坊里去，躺到温暖的谷仓里小睡，等候天明。一切安排都极其自然，结果是什么，两人虽不明白，但也看得极其自然。两人便决定了从当夜起始，来作这种为当地习惯都认可的竞争。

黄昏来时，翠翠坐在家中屋后白塔下，看天空被夕阳烘成桃花色的薄云。十四中寨逢场，城中生意人过中寨收买山货的很多，过渡人也特别多。祖父在溪中渡船上忙个不息。天已快夜，别的雀子似乎都休息了，只杜鹃叫个不息。石头泥土为白日晒了一整天，草木为白日晒了一整天，到这时节各放散出一种热气。空气中有泥土气味，有草木气味，还有各种甲虫类气味。翠翠看着天上的红云，听着渡口飘来下乡生意人的杂乱声音，心中有些儿薄薄的凄凉。

第六章

黄昏照样的温柔、美丽和平静。但一个人若体念或追究到这个当前一切时,也就照样的在这黄昏中会有点儿薄薄的凄凉。于是,这日子成为痛苦的东西了。翠翠觉得好像缺少了什么。好像眼见到这个日子过去了,想要在一件新的人事上攀住它,但不成。好像生活太平凡了,忍受不住。于是胡思乱想:

"我要坐船下桃源县过洞庭湖,让爷爷满城打锣去叫我,点了灯笼火把去找我。"

她便同祖父故意生气似的,很放肆的去想到这样一件不可能的事情。且想象她出走后,祖父用各种方法寻觅她都无结果,到后如何无可奈何躺在渡船上。

"人家喊:'过渡,过渡,老伯伯,你怎么的!不管事!''怎么的?我家翠翠走了,下桃源县了!''那你怎么办?''怎么办吗,拿了把刀,放在包袱里,搭下水船去杀了她!'……"

翠翠仿佛当真听着这种对话,害怕起来了,一面锐声喊着她的祖父,一面从坎上跑向溪边渡口去。见到了祖父正把船拉在溪中心,船上人嗫嗫说着话,小小心子还依然跳跃不已。

"爷爷,爷爷,你把船拉回来呀!"

那老船夫不明白她的意思,还以为是翠翠要为他代劳了,就说:

"翠翠,等一等,我就回来!"

"你不拉回来了吗?"

"我就回来!"

翠翠坐在溪边,望着溪面为暮色所笼罩的一切,且望到那只渡船上一群过渡人,其中有个吸旱烟的打着火镰吸烟,把烟杆在船边剥剥的敲着烟灰,就忽然哭起来了。

祖父把船拉回来时,见翠翠痴痴的坐在岸边,问她是什么事,翠翠不做声。祖父要她去烧火煮饭,想了一会儿,觉得自己哭得可笑,一个人便回到屋中去,坐在黑黝黝的灶边把火烧燃后,她又走到门外高崖上去,喊叫她的祖父,要他回家里来。在职务上毫不儿戏的老船夫,因为明白过渡人是要赶回城中吃晚饭的,来一个就渡一个,不便要人站在那岸边呆等,故不上岸来。只站在船头告翠翠,不要叫他,且让他做点事,把人渡完事后,就会回家里来吃饭。

翠翠第二次请求祖父,祖父不理会,她坐在悬崖上,很觉得悲伤。

天夜了,有一匹大萤火虫尾上闪着蓝光,很迅速的从翠翠身旁飞过去,翠翠想:"看你飞得多远!"便把眼睛随着那萤火虫的明光追去。杜鹃又叫了。

"爷爷,为什么不上来?我要你!"

在船上的祖父听到这种带着娇、有点儿埋怨的声音,一面粗声粗气的答道:"翠翠,我就来,我就来!"一面心中却自言自语:"翠翠,爷爷不在了,你将怎么样?"

老船夫回到家中时，见家中还黑黝黝的，只灶间有火光；见翠翠坐在灶边矮条凳上，用手蒙着眼睛。

走过去才晓得翠翠已哭了许久。祖父一个下半天来，都弯着个腰在船上拉来拉去，歇歇时手也酸了，腰也酸了，照规矩，一到家里就会嗅到锅中所焖瓜菜的味道，且可看见翠翠安排晚饭在灯光下跑来跑去的影子。今天情形竟不同了一点。

祖父说："翠翠，我来慢了，你就哭，这还成吗？我死了呢？"

翠翠不做声。

祖父又说："不许哭，做一个大人，不管有什么事都不许哭。要硬扎一点，结实一点，才配活到这块土地上！"

翠翠把手从眼睛边移开，靠近了祖父身边去。"我不哭了。"

两人吃饭时，祖父为翠翠述说起一些有趣味的故事。因此提到了死去了的翠翠的母亲。两人在豆油灯下把饭吃过后，老船夫因为工作疲倦，喝了半碗白酒，饭后兴致极好，又同翠翠到门外高崖上月光下去说故事。说了些那个可怜母亲的乖巧处，同时且说到那可怜母亲性格强硬处，使翠翠听来神往倾心。

翠翠抱膝坐在月光下，傍着祖父身边，问了许多关于那个可怜母亲的故事。间或吁一口气，似乎心中压上了些分量沉重的东西，想挪移得远一点，才吁着这种气，可是却无从把那种东西挪开。

月光如银子，无处不可照及，山上竹篁在月光下变成一片黑色。身边草丛中虫声繁密如落雨。间或不知道从什么地方，忽然会有一只草莺"嗞嗞嗞嗞嘘！"啭着它的喉咙，不久之间，这小鸟儿又好像明白这是半夜，不应当那么吵闹，便仍然闭着那小小眼儿安睡了。

祖父夜来兴致很好，为翠翠把故事说下去，就提到了本城人二十年前唱歌的风气，如何驰名于川黔边地。翠翠的父亲，便是当地唱歌的第一手，能用各种比喻解释爱与憎的结子，这些事也说到了。翠翠母亲如何爱唱歌，且如何同父亲在未认识以前在白日里对歌，一个在半山上竹篁里砍竹子，一个在溪面渡船上拉船，这些事也说到了。

翠翠问："后来怎么样？"

祖父说："后来的事长得很，最重要的事情，就是这种歌唱出了你。"

[1] 选自《沈从文小说选（下）》（人民文学出版社2002年版），略有改动。

解题及赏析

沈从文(1902—1988),原名沈岳焕,湖南凤凰县人,汉族。现代著名作家、历史文物研究家、京派小说代表人物。一生创作的作品结集有80多部,是现代作家中成书最多的一个。

《边城》讲述的是一个哀婉而凄美的爱情故事:在湘西风光秀丽、人情质朴的边远小城,生活着靠摆渡为生的祖孙二人。外公年逾七十,仍很健壮;孙女翠翠十五岁,情窦初开。他们热情助人,纯朴善良。两年前在端午节赛龙舟的盛会上,翠翠邂逅了当地船总的二少爷傩送,从此种下情苗。傩送的哥哥天保也喜欢上了美丽清纯的翠翠,托人向翠翠的外公求亲。而地方上的王团总则看上了傩送,情愿以碾坊作陪嫁把女儿嫁给傩送。傩送不要碾坊,想娶翠翠为妻,宁愿做个摆渡人。于是兄弟俩相约唱歌求婚,让翠翠选择。天保知道翠翠喜欢傩送,为了成全弟弟,他外出闯滩,遇意外而死。傩送觉得自己对哥哥的死负有责任,抛下翠翠出走他乡。外公为翠翠的婚事操心担忧,在风雨之夜去世,留下翠翠孤独地守着渡船,痴心地等着傩送归来,"这个人也许永远不回来了,也许明天回来!"

小说以翠翠的爱情悲剧作为线索,淋漓尽致地表现了湘西地方的风情美和人性美。作者以如椽巨笔,为我们绘就了一幅如诗如画、如梦如烟、田园牧歌式的美丽的湘西世界。

《边城》是沈从文美丽而带点伤感的恋乡梦,是沈从文理想的世界、诗意的世界。边城的人民,诗意地生活,诗意地栖居。

从作品到理论,沈从文完成了他的湘西系列,提出了人与自然"和谐共存"、本于自然、回归自然的哲学。"湘西"所代表的健康、完善的人性,一种"优美、健康、自然,而又不悖乎人性的人生形式",正是他的全部创作所要负载的内容。

习 题

1. 沈从文说:"美字笔画并不多,可是似乎很不容易认识;爱字虽人人认识,可是真懂得它意义的却很少。"谈谈你从小说中读到的美。

2. 分析人物性格(爷爷、翠翠、天保、傩送)。

3. 题目"边城"有什么意味?

我用残损的手掌

戴望舒

我用残损的手掌
摸索这广大的土地:
这一角已变成灰烬,
那一角只是血和泥;

这一片湖该是我的家乡，
（春天，堤上繁花如锦幛，
嫩柳枝折断有奇异的芬芳，）
我触到荇藻和水的微凉；
这长白山的雪峰冷到彻骨，
这黄河的水夹泥沙在指间滑出；
江南的水田，你当年新生的禾草
是那么细，那么软……现在只有蓬蒿；
岭南的荔枝花寂寞地憔悴，
尽那边，我蘸着南海没有渔船的苦水……
无形的手掌掠过无限的江山，
手指沾了血和灰，手掌黏了阴暗，
只有那辽远的一角依然完整，
温暖，明朗，坚固而蓬勃生春。
在那上面，我用残损的手掌轻抚，
像恋人的柔发，婴孩手中乳。
我把全部的力量运在手掌
贴在上面，寄与爱和一切希望，
因为只有那里是太阳，是春，
将驱逐阴暗，带来苏生，
因为只有那里我们不像牲口一样活，
蝼蚁一样死……那里，永恒的中国！

一九四二年七月三日

注　释

[1] 选自《雨巷·我用残损的手掌》（复旦大学出版社2006年版）。

解题及赏析

戴望舒（1905—1950），原名戴丞、戴梦鸥，字朝宋，笔名有江思、戴月、亚巴加、艾昂甫等。浙江杭县人。1923年秋入上海大学中文系，1925年加入共产主义青年团，做宣传工作。1928年在上海与人合办一线书店，出版《无轨列车》半月刊。被查封后改名水沫书店，出版《新文艺》月刊。1931年加入中国左联，1932年自费赴法国，在里昂中华大学肄业。一年后到巴黎大学听讲，受法国象征派诗人影响。1935年回国，次年创办《新诗》月刊。1938年避居香港，主编《星岛日报》副刊《星座》及诗刊《顶点》，还曾主编过《珠江日报》和《大众日报》副刊,同时组织"文协"香港分会并任理事。1941年,日本占领香港后曾被捕入狱,受伤致残,表现了高尚的民族气节。1949年回到内地,在国际新闻局法文组从事翻译工作,1950年因病去世。

诗集有《我的记忆》《望舒草》《望舒诗稿》《灾难的岁月》《戴望舒诗选》《戴望舒诗集》。另有译著等数十种,为中国现代象征派诗歌的代表。无论是理论还是创作实践,都对中国新诗的发展产生过相当大的影响。

早年诗歌多写个人的孤寂心境,感伤气息较重,因受西方象征派的影响,意象朦胧、含蓄。后期诗歌表现了热爱祖国、憎恨侵略者的强烈感情。1928年《雨巷》一诗在《小说月报》上刊出,受到人们注意,他由此获得"雨巷诗人"称号。这一时期的作品在艺术上保留着中国古代诗歌传统及欧洲浪漫主义诗歌的痕迹,并带有明显的法国象征派诗人魏尔兰、中国的李金发等人的影响。

1941年12月15日,香港英国当局向日本侵略军投降。日军占领香港后,大肆搜捕抗日分子。1942年春,戴望舒也被日本宪兵逮捕入狱。在狱中,他受尽酷刑的折磨,但他没有屈服。在牢狱里他写了几首诗,《我用残损的手掌》就是其中的一首。

据冯亦代回忆:"我昔日和他在薄扶林道散步时,他几次谈到中国的疆土,犹如一张树叶,可惜缺了一块,希望有一天能看到一张完整的树叶。如今他以'残损的手掌'为题,显然以这手掌比喻他对祖国的思念,也直指他死里逃生的心声。"(《香港文学》1985年2月号)

这首诗,可分为两个部分。第一部分表现对祖国命运的深切关注:虽然自己的手掌已经"残损",却仍然要摸索祖国"广大的土地",触到的只是"血和灰",从而感觉到祖国笼罩在苦难深重的"阴暗"之中。第二部分写诗人的手终于摸到了"那辽远的一角",即"依然完整"没有为侵略者所蹂躏的解放区,诗人对这块象征着"永恒的中国"的土地,发出了深情的赞美。

描写沦陷区的文字阴暗,从实处着笔,用一幅幅富有特征的小画面缀连;抒写解放区的文字明丽,侧重于写意,用挚爱和柔情抚摩,加之一连串亲切温馨气息的比喻,使文章透现出和煦明媚的色彩。可以说这首诗既是诗人长期孕育的情感的结晶,也是他在困苦抑郁中依然保持着的爱国精神的升华。

在艺术手法上,这首诗并不回避直接抒发和对事物进行直接评价的陈述方法,但思想情感的表达,主要还是通过形象的构成来实现。运用幻觉和虚拟是创作这首诗的主要手法。诗人在狱中,想象祖国广阔土地好像就在眼前,不仅可以真切地看到它的形状、颜色,而且可以感触到它的冷暖,嗅到它的芬芳,这种虚拟,强烈地表现了诗人对祖国深挚的情感。诗人在虚拟性的总体形象之中,又对现实事物作了直观式的细节描绘:堤上的繁花如锦幛,嫩柳枝折断发出的芬芳,以及长白山的雪峰、夹着泥沙的黄河、岭南的荔枝花等。这一些细节描绘正透露了诗人对祖国的眷恋、热爱之情,以及对祖国所遭受的沉重灾难所产生的哀痛。值得注意的是,在直观式的细节描绘之中,诗人还运用"虚拟性想象"的手法:触到水的"微凉",感受到长白山的"冷到彻骨",黄河水"夹泥沙在指间滑出",都是直观式描绘中存在的想象与虚拟,是诗的开头"我用残损的手掌摸索"这一幻觉的具体化。至于写到蘸着"没有渔船的苦水","手指沾了血和灰,手掌黏了阴暗",以及在写到对解放区的热爱时,说手掌轻抚"像恋人的柔发,婴孩手中乳",则是在想象性的虚拟中,结合着隐喻和明喻。尤其是"像恋人的柔发,婴孩手中乳"这一比喻的恰切,包含的感情的丰富性,一再受到人们的称赞。

习 题

1. 这首诗前后两部分的感情色彩和描写手法明显不同,结合原诗具体分析一下。
2. 这首诗描写的对象很多,而我们读起来却不觉芜杂,这是为什么?
3. 诗人往往把情感寄寓在具体的形象上,使抽象的心绪具有可感性。借鉴这种写法,联系你的生活体验,写几句富有诗意的话,抒写自己的一种感情(如"思念""悲伤""欢欣"等)。

作品选读

这也是一切[1]
——答一位青年朋友的《一切》

舒　婷

不是一切大树
　　都被暴风折断;
不是一切种子
　　都找不到生根的土壤;
不是一切真情
　　都流失在人心的沙漠里;
不是一切梦想
　　都甘愿被折掉翅膀。

不,不是一切
　　都像你说的那样!

不是一切火焰,
　　都只燃烧自己
　　而不把别人照亮;
不是一切星星,
　　都仅指示黑夜
　　而不报告曙光;
不是一切歌声,
　　都掠过耳旁
　　而不留在心上。

不，不是一切
　　都像你说的那样！

不是一切呼吁都没有回响；
不是一切损失都无法补偿；
不是一切深渊都是灭亡；
不是一切灭亡都覆盖在弱者头上；
不是一切心灵
　　都可以踩在脚下，烂在泥里；
不是一切后果
　　都是眼泪血印，而不展现欢容。

一切的现在都孕育着未来，
未来的一切都生长于它的昨天。
希望，而且为它斗争，
请把这一切放在你的肩上。

1977.5

注　释

[1] 选自《舒婷的诗》，(人民文学出版社 2000 年版)。

解题及赏析

　　舒婷原名龚佩瑜，祖籍福建泉州，朦胧诗派的代表作家之一。1952 年出生，1969 年下乡插队，1972 年返城当工人，1979 年开始发表诗歌作品，1980 年到福建省文联工作，从事专业写作。著有诗集《双桅船》《会唱歌的鸢尾花》《始祖鸟》，散文集《心烟》《秋天的情绪》《硬骨凌霄》《露珠里的"诗想"》《舒婷文集》(3 卷)《真水无香》等。

　　舒婷擅长于自我情感律动的内省，在把捉复杂细致的情感体验方面特别表现出女性独有的敏感。情感的复杂、丰富性常常通过假设、让步等特殊句式表现得曲折尽致。舒婷又能在一些常常被人们漠视的常规现象中发现尖锐深刻的诗化哲理(《神女峰》《惠安女子》)，并把这种发现写得既富有思辨力量，又楚楚动人。

　　舒婷的诗，有明丽隽美的意象，缜密流畅的思维逻辑，从这方面说，她的诗并不"朦胧"。只是多数诗采用隐喻、局部或整体象征的手法，很少以直抒告白的方式，表达的意象有一定的多义性。

　　舒婷在《这也是一切》中希望在这片荒原上耸立起一座未来希望的高峰，让四周的原野和群山都聚拢而来。如何面对生活中的困难甚至灾难？首先要学会承受,然后奋起。

习 题

1. 什么是朦胧诗？朦胧诗有哪些特点？
2. 舒婷诗歌有哪些艺术特色？结合作品做简要分析。
3. 课外阅读《会唱歌的鸢尾花》,看看它是怎样运用假设、转折等语句,表达复杂的情感的。

骂人的艺术[1]

梁实秋

古今中外没有一个不骂人的人。骂人就是有道德观念的意思,因为在骂人的时候,至少在骂人者自己总觉得那人有该骂的地方。何者该骂,何者不该骂,这个抉择的标准,是极道德的。所以根本不骂人,大可不必。骂人是一种发泄感情的方法,尤其是那一种怨怒的感情。想骂人的时候而不骂,时常在身体上弄出毛病,所以想骂人时,骂骂何妨？

但是,骂人是一种高深的学问,不是人人都可以随便试的。有因为骂人挨嘴巴的,有因为骂人吃官司的,有因为骂人反被人骂的,这都是不会骂人的缘故。今以研究所得,公诸同好,或可为骂人时之一助乎？

（一）知己知彼

骂人是和动手打架一样的,你如其敢打人一拳,你先要自己忖度一下,你吃得起别人的一拳否。这叫做知己知彼。骂人也是一样。譬如你骂他是"屈死",你先要反省,自己和"屈死"有无分别。你骂别人荒唐,你自己想想曾否吃喝嫖赌。否则别人回敬你一两句,你就受不了。所以别人若有某种短处,而足下也正有同病,那么你在骂他的时候只得割爱。

（二）无骂不如己者

要骂人须要挑比你大一点的人物,比你漂亮一点的,或者比你坏得万倍而比你得势的人物,总之,你要骂人,那人无论在好的一方面或坏的一方面都要能胜过你,你才不吃亏。你骂大人物,就怕他不理你,他一回骂,你就算骂着了。因为身份相同的人才肯对骂。在坏的一方面胜过你的,你骂他就如教训一般,他即便回骂,一般人仍然不会理会他的。假如你骂一个无关痛痒的人,你越骂他他越得意,时常可以把一个无名小卒骂出名了,你看冤与不冤？

（三）适可而止

骂大人物骂到他回骂的时候，便不可再骂；再骂则一般人对你必无同情，以为你是无理取闹。骂小人物骂到他不能回骂的时候，便不可再骂；再骂下去则一般人对你也必无同情，以为你是欺负弱者。

（四）旁敲侧击

他偷东西，你骂他是贼；他抢东西，你骂他是盗，这是笨伯。骂人必须先明虚实掩映之法，须要烘托旁衬，旁敲侧击，于紧要处只要一语便得，所谓杀人于咽喉处着刀。越要骂他你越要原谅他，即便说些恭维话亦不为过，这样的骂法才能显得你所骂的句句是真实确凿，让旁人看起来也可见得你的度量。

（五）态度镇静

骂人最忌浮躁。一语不合，面红筋跳，暴躁如雷，此灌夫骂座，泼妇骂街之术，不足以骂人。善骂者必须态度镇静，行若无事。普通一般骂人，谁的声音高便算谁占理，谁来得势猛便算谁骂赢，惟真善骂人者，乃能避其锋而击其懈。你等他骂得疲倦的时候，你只消轻轻地回敬他一句，让他再狂吼一阵。在他暴躁不堪的时候，你不妨对他冷笑几声，包管你不费力气，把他气得死去活来，骂得他针针见血。

（六）出言典雅

骂人要骂得微妙含蓄，你骂他一句要使他不甚觉得是骂，等到想过一遍才慢慢觉悟这句话不是好话，让他笑着的面孔由白而红，由红而紫，由紫而灰，这才是骂人的上乘。欲达到此种目的，深刻之用词故不可少，而典雅之言词尤为重要。言词典雅则可使听者不致刺耳。如要骂人骂得典雅，则首先要在骂时万万别提起女人身上的某一部分，万万不要涉及生理学范围。骂人一骂到生理学范围以内，底下再有什么话都不好说了。譬如你骂某甲，千万别提起他的令堂令妹。因为那样一来，便无是非可言，并且你自己也不免有令堂令妹，他若回敬起来，岂非势均力敌，半斤八两？再者骂人的时候，最好不要加入以种种难堪的名词，称呼起来总要客气，即使他是极卑鄙的小人，你也不妨称他先生，越客气，越骂得有力量。骂的时节最好引用他自己的词句，这不但可以使他难堪，还可以减轻他对你骂的力量。俗话少用，因为俗话一览无遗，不若典雅古文曲折含蓄。

（七）以退为进

两人对骂，而自己亦有理屈之处，则于开骂伊始，特宜注意，最好是毅然将自己理屈之处完全承认下来，即使道歉认错均不妨事。先把自己理屈之处轻轻遮掩过去，然后你再重整旗鼓，着着逼人，方可无后顾之忧。即使自己没有理屈的地方，也绝不可自行夸张，务必要谦逊不遑，把自己的位置降到一个不可再降的位置，然后骂起人来，自有一种公正光明的态度。否则你骂他一两句，他便以你个人的事反唇相讥,一场对骂,会变成两人私下口角,是非曲直,无从判断。所以骂人者自己要低声下气,此所谓以退为进。

（八）预设埋伏

你把这句话骂过去,你便要想想看,他将用什么话骂回来。有眼光的骂人者,便处处留神,或是先将他要骂你的话替他说出来,或是预先安设埋伏,令他骂回来的话失去效力。他骂你的话,你替他说出来,这便等于缴了他的械一般。预先安设埋伏,便是在要攻击你的地方,你先轻轻地安下话根,然后他骂过来就等于枪弹打在沙包上,不能中伤。

（九）小题大做

如对方有该骂之处,而题目甚小,不值一骂,或你所知不多,不足一骂,那时节你便可用小题大做的方法,来扩大题目。先用诚恳而怀疑的态度引申对方的意思,由不紧要之点引到大题目上去,处处用严谨的逻辑逼他说出不逻辑的话来,或是逼他说出合于逻辑但不合乎理的话来,然后你再大举骂他,骂到体无完肤为止,而原来惹动你的小题目,轻轻一提便了。

（十）远交近攻

一个时候,只能骂一个人,或一种人,或一派人,决不宜多树敌。所以骂人的时候,万勿连累旁人,即使必须牵涉多人,你也要表示好意,否则回骂之声纷至沓来,使你无从应付。

骂人的艺术,一时所能想起的有上面十条,信手拈来,并无条理。我做此文的用意,是助人骂人。同时也是想把骂人的技术揭破一点,供爱骂人者参考。挨骂的人看看,骂人的心理原来是这样的,也算是揭破一张黑幕给你瞧瞧!

注释

[1] 选自《梁实秋杂文集》（中国社会出版社2004年版）,有改动。

解题及赏析

梁实秋（1903—1987）,原名梁治华,号均默,字实秋,笔名子佳、秋郎、程淑等,祖籍浙江杭县,出生于北京。中国著名的散文家、学者、文学批评家、翻译家,国内第一个研究莎士比亚的权威。

梁实秋以自己的散文理论和散文创作饮誉文坛。他先后出版散文集近20种,洋洋百万言,在中国现当代文学史上产生了很大的影响。他以智者气度入文,以学者风范写作,其散文以善美的和谐、朗照的智慧、平朴雅谑的文调突破流俗,形成了独特的艺术风格。

《骂人的艺术》作于1926年,当时梁先生年仅23岁,处于青年时期,适逢留学归国,在国内目睹了盛行的骂人风,便从中探索出十条"骂人"术。这十条骂人的"战略战术"条条精辟独到,且都源于日常琐事。虽然所骂的十条不能完全用于生活,但文中所折射出的对社会的洞察力以及对人性的分析力是不可否认的。

写《骂人的艺术》并非宣传骂人,而是通过幽默的手法来表现自己对"骂人"的不满与反对,意在让当时以骂闻名的中国,能够朝着秩序公平的生活转轨。其幽默的手法就是让读者在笑声中识破骂人者的卑劣手段,喜"骂"者可以去效仿、体会一下以其人之道还治其人之身的快意。当然这不是梁先生愿意目睹的,更不是他作此文的用意。

1. 本文是教人怎么骂人的吗?为什么?
2. 从本文可看出作者的散文艺术有哪些特点?

作品选读

苦瓜是瓜吗?

汪曾祺

昨天晚上,家里吃白兰瓜。我的一个小孙女,还不到三岁,一边吃,一边说:"白兰瓜、哈密瓜、黄金瓜、华莱士瓜、西瓜,这些都是瓜。"我很惊奇了:她已经能自己经过归纳,形成"瓜"的概念了(没有人教过她)。这表示她的智力已经发展到了一个重要的阶段。凭借概念,进行思维,是一切科学的基础。她奶奶问她:"黄瓜呢?"她点点头。"苦瓜呢?"她摇了摇头,并且说明她的理由:"苦瓜不像瓜。"我于是进一步想:我对她的概念的分析是不完全的。原来在她的"瓜"概念里除了好吃不好吃,还有一个像不像的问题(苦瓜的表皮疙里疙瘩的,也确实不大像瓜)。我翻了翻《辞海》,看到苦瓜属葫芦科。那么,我的孙女认为苦瓜不是瓜,是有道理的。我又翻了翻《辞海》的"黄瓜"条:黄瓜也是属葫芦科。苦瓜、黄瓜习惯上都叫做瓜;而另一种很"像"瓜的东西,在北方却称之为:"西葫芦"。瓜乎?葫芦乎?苦瓜是不是瓜呢?我倒胡涂起来了。

前天有两个同乡因事到北京,来看我。吃饭的时候,有一盘炒苦瓜。同乡之一问:"这是什么?"我告诉他是苦瓜。他说:"我倒要尝尝。"夹了一小片入口:"乖乖!真苦啊!——这个东西能吃?为什么要吃这种东西?"我说:"酸甜苦辣咸,苦也是五味之一。"他说:"不错!"我告诉他们这就是癞葡萄。另一同乡说:"'癞葡萄',那我知道的。癞葡萄能这个吃法?"

"苦瓜"之名,我最初是从石涛的画上知道的。我家里有不少有正书局珂㼈版印的画集,其中石涛的画不少。我从小喜石涛的画。石涛的别号甚多,除石涛外有释济、清湘道人、大涤子、瞎尊者和苦瓜和尚。但我不知道苦瓜为何物。

到了昆明，一看：哦，原来就是癞葡萄！我的大伯父每年都要在后园里种几棵癞葡萄，不是为了吃，是为了成熟之后摘下来装在盘子里看着玩的。有时也剖开一两个，挖出籽儿来尝尝。有一点甜味，并不好吃。而且颜色鲜红，如同一个一个血饼子，看起来很刺激，也使人不敢吃它。当作菜，我没少吃过。有一个西南联大的同学，是个诗人，他整了我一下子。我曾经吹牛，说没有我不吃的东西。他请我到一个小饭馆吃饭，要了三个菜：凉拌苦瓜、炒苦瓜、苦瓜汤！我咬咬牙，全吃了。从此，我就吃苦瓜了。

苦瓜是瓜吗？

苦瓜原产于印度尼西亚，中国最初种植是广东、广西。现在云南、贵州都有。据我所知，最爱吃苦瓜的似是湖南人。有一盘炒苦瓜，——加青辣椒、豆豉，少放点猪肉，湖南人可以吃三碗饭。石涛是广西全州人，他从小就是吃苦瓜的，而且一定很爱吃。"苦瓜和尚"这别号可能有一点禅机，有一点独往独来，不随流俗的傲气，正如他叫"瞎尊者"，其实并不瞎；但也可能是一句实在话。石涛中年流寓南京，晚年久住扬州。南京人、扬州人看见这个和尚拿癞葡萄炒了吃，一定会觉得非常奇怪的。

北京人过去是不吃苦瓜的。菜市场偶尔有苦瓜卖，是从南方运来的，买的人也都是南方人。近两年来北京人也有吃苦瓜的了，有人还很爱吃。农贸市场卖的苦瓜都是本地的菜农种的，所以格外鲜嫩。看来人的口味是可以改变的。

由苦瓜我想到几个有关文学创作的问题：

一、应该承认苦瓜也是一道菜。谁也不能把苦从五味里开除出去。我希望评论家、作家——特别是老作家，口味要杂一点，不要偏食，不要对自己没有看惯的作品轻易地否定、排斥。不要像我的那位同乡一样，问道："这个东西能吃？为什么要吃这种东西？"提出："这样的作品能写？为什么要写这样的作品？"我希望他们能习惯类似苦瓜一样的作品，能吃出一点味道来，如现在的某些北京人。

二、《辞海》说苦瓜"未熟嫩果作蔬菜，成熟果瓤可生食"。对于苦瓜，可以各取所需，愿吃皮的吃皮，愿吃瓤的吃瓤。对于一个作品，也可以见仁见智。可以探索其哲学意蕴，也可以踪迹其美学追求。北京人吃凉拌芹菜，只取嫩茎，西餐馆做罗宋汤则专要芹菜叶。人弃人取，各随尊便。

三、一个作品算是现实主义的也可以，算是现代主义的也可以，只要它真是一个作品。作品就是作品。正如苦瓜，说它是瓜也行，说它是葫芦也行，只要它是可吃的。苦瓜就是苦瓜。——如果不是苦瓜，而是狗尾巴草，那就另当别论。截至现在为止，还没有人认为狗尾巴草很好吃。

1986年9月6日

注 释

[1] 选自《汪曾祺全集》(北京师范大学出版社1998年版),略有改动。

解题及赏析

汪曾祺(1920—1997),江苏高邮人,当代作家、散文家、戏剧家。早年毕业于西南联大,历任中学教师、北京市文联干部、《北京文艺》编辑、北京京剧院编辑。在短篇小说创作上颇有成就。著有小说集《邂逅集》,小说《受戒》《大淖记事》,散文集《蒲桥集》。被誉为"抒情的人道主义者,中国最后一个纯粹的文人,中国最后一个士大夫"。

汪曾祺的散文没有苦心经营的结构,也不追求题旨的玄奥深奇,平淡质朴,娓娓道来,如话家常。品读汪曾祺的散文好像聆听一位性情和蔼、见识广博的老者谈话,虽然话语平常,但饶有趣味。汪曾祺的散文写风俗,谈文化,忆旧闻,述掌故,寄乡情。花鸟鱼虫,瓜果食物,无所不涉。文如其人,汪曾祺散文的平淡质朴、不事雕琢,缘于他心地的淡泊和对人情世物的达观与超脱,即使身处逆境,也心境释然。汪曾祺的散文不注重观念的灌输,但发人深思。《苦瓜是瓜吗?》一文中谈到苦瓜的历史,人们对苦瓜的喜恶,北京人由不接受苦瓜到接受,最后谈到文学创作问题:"不要对自己没有看惯的作品轻易地否定、排斥""一个作品算是现实主义的也可以,算是现代主义的也可以,只要它真是一个作品。作品就是作品。正如苦瓜,说它是瓜也行,说它是葫芦也行,只要它是可吃的"。

习 题

1. 试以本文为例分析散文"形散神聚"的特点。
2. 汪曾祺的散文不注重观念的灌输,但发人深思。你认为本文哪些观念发人深思?

第七章

外国文学

概　述

　　早在公元前10世纪就产生文学的古希腊是欧洲文学的发源地，它的神话和戏剧对后世文学的影响巨大。在其基础上产生和发展起来的古罗马文学则架起了古希腊文学与欧洲近代文学之间的桥梁。

　　古希腊文学呈现出张扬个性、放纵原欲、肯定人的世俗生活和个体生命价值的特征，具有世俗人本意识。古希腊神话是原始初民自由意志、自我意识和原始欲望的象征性表述，神的意志就是人的意志，神就是人自身。由公元前9世纪到公元前8世纪的一位盲诗人荷马所创作整理的史诗《伊利昂记》《奥德修记》，表现了古希腊人对个体生命价值的追求和对现世人生意义的充分肯定；公元前6世纪到公元前4世纪"古典时期"出现的悲剧则表现了个体生命的追求与"命运"的不断惩罚之间的矛盾所构成的悲剧意识，标明自我意识上升到了一个新的高度，对人性的挖掘进入到了一个新阶段。其间产生了"悲剧之父"埃斯库罗斯、"舞台上的哲学家"索福克勒斯、"戏剧艺术的荷马"欧里庇德斯和"喜剧之父"阿里斯托芬等戏剧大师。

　　古罗马文学是对古希腊文学的直接继承，而崇尚文治武功和对人的力量崇拜的文化性格又使古罗马文学比古希腊文学更富理性意识和责任观念，在审美品格上更趋于庄严与崇高的风格。公元前3世纪到公元前1世纪"共和时期"的古罗马文学成就主要体现在戏剧创作上，普劳图斯的创作堪称代表；公元前1世纪至公元1世纪的"黄金时期"文学则以奥维德、贺拉斯、维吉尔的诗歌创作为代表。

　　公元5世纪中期，东罗马帝国的建立标志着欧洲进入中世纪。以希伯来文学（《圣经》，包括《旧约》《新约》）为源头的中世纪基督教文学对后来的欧美文学产生了深远的影响。基督教文学是基督教文化的产物，其蕴含的是理性化的人本意识，或者说是宗教人本意识，它所塑造的是神化了的人，而古希腊文学所表现的是人化的神。世俗教会将基督教精神推向极端之后，上帝就成了人的异己力量，最终走向对人性的扼杀。教会的残酷统治，禁锢了人们的头脑，阻碍了文学的发展，欧洲文学因而进入一个低谷期。与此同时，欧洲各国的民间文学异军突起，并以其反封建、反教会的精神成为近代文学的先声。意大利诗人但丁·阿利盖里（1265—1321）以其代表作《神曲》成为文艺复兴时期人文主义的先驱。

　　从14世纪至17世纪初，欧洲文学进入一个发展高峰期。资产阶级性质的文艺复兴运动高举人文主义的大旗，成为这一历史时期的最强音。这是古希腊古罗马文化与希伯来基督教文化相碰撞、相冲突的产物。

　　人文主义文学是文艺复兴的一个重要组成部分，它反对中世纪教会鼓吹的以"神"为本，主张以"人"为本,肯定人的价值与尊严;反对教会的禁欲主义,提倡个性解放;反对教会的蒙昧主义,倡导和谐发展,追求进步与幸福的理性。人文主义文学的发展经历了三个时期:14世纪初至15世纪中叶为发展初期,主要成就在意大利和英国;15世纪下半叶至16世纪上半叶是发展的中期,主要成就在法国;16世纪下半叶至17世纪初为后期,主要成就在西班牙和英国。文艺复兴时期的人文主义文学最先在意大利兴起,被誉为"人文主义之父"的弗朗齐斯科·彼特拉克(1304—1374)是一位通晓古希腊古罗马文学的学者,他第一个提出"人学"和"神学"相对立的两个概念,以此与封建教会思想相抵抗,他的以歌颂爱情为主的《歌集》继承了"温柔的新体"诗派传统,对后世欧洲诗歌产生了很大影响。乔万尼·薄伽丘(1313—1375)以其代表作《十日谈》将意大利的人文主义发展到一个新的高度。意大利后期人文主义文学的代表是卢多维克·阿利奥斯托(1474—1533)和托夸多·塔索(1544—1595),他们分别以代表作《疯狂的罗兰》和《被解放的耶路撒冷》而闻名,但总体成就不如早期。

英国早在14世纪就已出现人文主义的曙光。杰弗利·乔叟(1340—1400)的《坎特伯雷故事集》深受《十日谈》的影响,揭露贵族阶级和教会的腐败无耻,肯定了对世俗爱情的追求。15世纪末,英国一批新的人文主义学者登上文坛,托马斯·莫尔(1478—1535)以对话体幻想小说《乌托邦》揭露了英国原始资本积累时期"圈地运动"的罪恶,揭示了社会罪恶的原因在于私有制,并描绘了"乌托邦"社会中没有人剥削人的美好图景。16世纪中期后,英国的人文主义文学出现空前的繁荣,埃德蒙·斯宾塞(1552—1599)以长诗《仙后》表达了在政治上实施法律、在宗教上反对天主教的思想。以约翰·李利(1553—1606)、罗伯特·格林(1558—1592)、托马斯·基德(1558—1594)、克里斯托弗·马格(1564—1588)为代表的"大学才子派"的戏剧创作,为莎士比亚戏剧的出现准备了条件。

法国的人文主义运动开始于15世纪末,其文学自始至终存在着贵族和平民两种倾向,以龙沙(1524—1585)等人组成的"七星诗社"以轻视民间语言和民间文学、追求典雅风格极具贵族倾向;而具有平民倾向、被誉为"人文主义巨人"的弗朗索瓦·拉伯雷(1483—1553)则取材于民间传说,创作了表现巨人父子高康大和庞大固埃事迹的《巨人传》,彰显平民化人文主义精神。法国后期人文主义文学的代表人物是欧洲近代散文创始人蒙田(1533—1592),他的《随笔集》以怀疑论为武器,探讨当时法国的社会问题。

西班牙在15世纪末走向统一,但强盛时期较短,16世纪中期便开始衰落,大批农民和手工业者纷纷破产,沦为无业游民,社会上冒险风气盛行,"流浪汉小说"应运而生,成为欧洲近代小说的一种模式。西班牙人文主义文学出现较晚,被誉为"西班牙戏剧之父"的洛卜·德·维加(1562—1635)一生创作1 800多部剧本,现存460多部,代表作为《羊泉村》。小说创作则以塞万提斯(1547—1616)为代表,代表作《堂·吉诃德》塑造了一位沉迷于骑士小说、效仿古代骑士行侠仗义的人物形象。作者通过主人公的可怜遭遇告诉读者阅读骑士小说的可怕恶果。塞万提斯为近代欧洲小说的发展作出了贡献。

17世纪的古典主义文学和18世纪的启蒙主义文学虽然也秉承了文艺复兴的精神,但总体来说更偏重于哲学思想和政治主张的传达,对文学自身发展的建设意义不大。

17世纪的欧洲处于资产阶级与封建贵族继续斗争取得相对平衡的阶段,英国于1649年爆发资产阶级革命,建立了共和国,再经过1688年的"光荣革命",确立了君主立宪制,从此成为世界强国。法国也成为欧洲最强大的君主专制国家。文艺复兴时期的动荡过后,代之以相对统一安定的生活,遵循理性与秩序的思想占了上风,从而形成新的历史文化氛围。这一时期的文学主要包括古典主义文学、巴罗克文学和清教徒文学。古典主义是这一时期欧洲的主要文学思潮,形成和繁荣于法国,随后扩展到欧洲其他国家。古典主义文学是新兴的资产阶级与封建贵族在政治上相妥协的产物,它以笛卡尔的唯物主义作为哲学基础,在政治思想上主张国家统一,反对封建割据,作品大多表现当主人公情感与家族责任或国家义务发生冲突时,情感服从责任、个人服从义务的主题。法国古典主义悲剧创始人皮埃尔·高乃依(1606—1684)的《熙德》、让·拉辛(1639—1699)的《安德洛马克》堪称这一时期的代表。在艺术思想上,古典主义文学从古希腊古罗马文学中汲取艺术形式和题材,形成一套严格的艺术规范和标准,主张语言准确、精练、华丽、典雅,人物形象塑造类型化,忽略环境对人物产生的影响。古典主义文学成就最高的是莫里哀(1622—1673)的喜剧创作,代表作《伪君子》通过对宗教骗子达尔杜弗的形象塑造,揭露了教会势力的虚伪和欺骗性。

巴罗克文学产生于16世纪下半叶的意大利和法国,于17世纪上半叶达到鼎盛,在艺术上追求富丽繁复、精雕细刻的风格,对19世纪的浪漫主义文学和拉美文学产生深远的影响,以意大利诗人马里诺(1569—1625)的《阿多尼斯》和西班牙剧作家卡尔德隆(1600—1681)的《人生如梦》等为代表。清教徒文学是英国资产阶级革命的产物,在政治上主张纯洁教会,反对铺张豪华的宗教仪式和奢靡的生活方式,提倡勤俭节约,以约翰·弥尔顿(1608—1674)的《失乐园》和约翰·班扬(1628—1688)的《天路历程》为代表。

18世纪的欧洲已由封建社会向资本主义社会过渡,新旧势力撞击十分剧烈,社会矛盾日趋激化,推翻封建制度、建立和发展资本主义社会的历史任务直接催生了思想文化革新运动——启蒙运动。源于自然法则的理性崇拜是启蒙运动的思想核心,也是启蒙文学的思想基础。启蒙主义者弘扬人的价值和个性尊严,宣传自由、平等、博爱,创立"天赋人权"理论。启蒙主义文学以反封建、反教会为思想内容,以自然神论、无神论作为武器,对传统教会的批判达到空前的激烈程度,较之文艺复兴时期人文主义文学更具强烈的政治性和革命性,作品主人公大多是资产阶级和平民,表现他们身上闪耀的富有时代特征的理性光芒。在文体形式上,启蒙文学打破诗体文学独尊的局面,开创了散文时代;小说多采用书信体、自白体、游记体、对话体,更便于宣传启蒙思想。

英国的启蒙主义文学以小说成就最高,丹尼尔·笛福(1661—1731)是英国现实主义小说的开创者之一,代表作《鲁滨孙飘流记》通过青年商人鲁滨孙海上冒险和滞留并开发岛国的故事,塑造了一个"殖民主义者"的形象,体现了资产阶级发展时期的奋发进取和创业精神。约拿丹·斯威夫特(1667—1745)在思想上比笛福更为激进,讽刺名著《格列佛游记》假托格列佛医生数次航海飘流到小人国、大人国、智马国等的遭遇和见闻,讽刺、揶揄了英国现实社会。亨利·菲尔丁(1707—1754)则以小说《汤姆·琼斯》《约瑟夫·安德鲁斯》等作品将18世纪英国现实主义文学推向最高峰。

孟德斯鸠(1689—1775)是法国第一位真正意义上的启蒙作家,书信体小说《波斯人信札》是第一部启蒙哲理小说,为法国启蒙文学开辟了道路。伏尔泰(1694—1778)是法国启蒙运动中最具领袖威望的作家,代表作品《老实人》以主人公及其教师邦葛罗斯等人的遭遇,讽刺了"一切皆善"的盲目乐观主义哲学和"不是在忧急骚动中讨生活,便是在烦闷无聊中挨日子"的悲观主义哲学。18世纪中期,狄德罗(1713—1784)、卢梭(1712—1778)等新一代作家以更激进的姿态登上文坛,将法国启蒙文学推向繁荣高峰。狄德罗的市民戏剧《私生子》《一家之长》等为现代话剧的兴起奠定了基础,自白体小说《修女》和对话体小说《拉摩的侄儿》《宿命论者雅克和他的主人》最能体现其在小说创作方面的成就。卢梭的社会政治思想体现了启蒙运动激进民主派的倾向,其文学创作独辟蹊径,成为19世纪浪漫主义文学的先驱。《爱弥儿》是一部探讨教育的哲理小说,提出了"回归自然"的教育主张;代表作《新爱洛伊斯》通过朱莉和圣普乐的爱情悲剧,表达了作者对旧道德的否定和对"爱美德"的呼唤;自传《忏悔录》名为忏悔实为控诉,揭露了社会的黑暗和对他的迫害,严厉地审视自我,骄傲地赞颂了自己个性的形成和发展。

德国的启蒙运动起步于18世纪20年代至40年代,在70年代至80年代的狂飙突进运动中得到迅猛发展。赫尔德(1744—1803)是这一运动的领袖,歌德(1749—1832)和席勒(1759—1805)以其高水平创作成为这一运动的中坚。席勒创建了德国的市民悲剧,代表作品《阴谋与爱情》将市民阶级作为悲剧主人公,通过斐迪南和露易丝的爱情悲剧,表现了市民阶级的觉醒和他们崇高的情感与高尚的道德,体现了作者强烈的反封建精神。被恩格斯称为"天才诗人"的歌德是德国最伟大的作家与思想家,他的人道主义和个性完善思想,深刻体现了当时德国人的主要特征,代表作《浮士德》中主人公与魔鬼靡菲斯特定约,不断追求真理,对自然、社会、人生进行了探索和研究,终于在改造大自然的斗争中获得了智慧的结论。作品对自文艺复兴以来新兴资产阶级精神发展的历程作了深刻的回顾与总结。

进入19世纪的欧美各国,基本上都处于资本主义时期,一些老牌的资本主义国家则发展到最盛时期,并开始走向衰落,而资产阶级文学则迎来了它的繁荣时期。在德国古典哲学和空想社会主义思想的影响下,浪漫主义文学在19世纪的前30年席卷整个欧美。随着劳资矛盾的激化,批判现实主义文学应运而生,并统领19世纪中后期的欧美文坛。同时,无产阶级开始登上文学舞台。此外,自然主义、唯美主义、象征主义等文艺思潮在19世纪中后期也悄然兴起。

浪漫主义文学的兴起是由18世纪末19世纪初欧洲的社会政治状况决定的,尤其是1789年法国大革命之后经历的革命与反革命、复辟与反复辟的长期斗争引起的动荡与灾难现实地宣告了启蒙运动思想的破灭,引起民众的失望情绪。同时,德国古典哲学的夸大主观作用,强调天才、灵感、人的精神力量的哲学思想和空想社会主义思想,也对浪漫主义文艺思潮的兴起产生了巨大影响。浪漫主义文学是在对古典主义的斗争中发展起来的,它反对古典主义的泥古倾向和理性教条的束缚,强调创作自由,强调情感和想象在创作中的作用。这一时期,欧洲各国先后出现了许多浪漫主义作家和作品。

德国的早期浪漫派代表有弗利德里希·施莱格尔、奥古斯特·施莱格尔、诺瓦利斯等,作品主要有诺瓦利斯的《夜的颂歌》;后期浪漫派的重要人物有布伦塔诺和阿尔尼姆等人,作品主要有两人合编的民歌集《儿童的奇异号角》、格林(雅格布·格林和威廉·格林)兄弟合编的《儿童与家庭童话集》。海因利希·海涅(1797—1856)也在德国浪漫主义的影响下开始文学创作,但是,他的《论浪漫派》的发表却结束了浪漫主义在德国文学中的统治地位,而海涅后来成为一位革命民主主义诗人,代表作品有诗歌《德国——一个冬天的童话》等。

英国的浪漫主义文学在这一时期成就最高,对欧洲其他国家产生了很大的影响。最早出现的是"湖畔派"三诗人——华兹华斯(1770—1850)、柯尔律治(1772—1834)和骚塞(1774—1843)。他们对资本主义文明和金钱关系极为反感,向往中古时期的封建社会,作品或讴歌宗法式的农村生活和自然风景,或描写奇异神秘的故事和异国风光,远离社会斗争题材，诗作代表作品有华兹华斯的《丁登寺》、柯尔律治的《古舟子咏》以及骚塞的《审判的幻影》等。英国第二代浪漫主义诗人以拜伦(1788—1824)、雪莱(1792—1822)和济慈(1795—1821)为代表。

法国最早出现的浪漫主义作家是夏多布里昂(1768—1848)和斯塔尔夫人(1766—1817)等。夏多布里昂思想保守，拥护波旁王朝，代表作品有中篇小说《阿达拉》和《勒内》；斯塔尔夫人则属于自由资产阶级，作品主要有小说《黛尔芬》和《柯丽娜》。19世纪20年代中期，一批具有进步思想的浪漫主义作家登上法国文坛，主要作家有雨果(1802—1885)、缪塞(1810—1857)、大仲马(1802—1870)、诺蒂耶(1780—1844)和乔治·桑(1802—1876)等，他们在30年代、40年代进入创作繁荣时期，如大仲马有小说《三个火枪手》(又译成《三剑客》)、《基度山伯爵》，乔治·桑有小说《木工小史》《安吉堡的磨工》等。《三个火枪手》以17世纪路易十三在位、红衣主教黎希留执政为背景，讲述阿托斯、波尔托斯和阿尔密斯三位英雄剑客伙同朋友达尔培尼昂跟黎希留进行斗争的故事；《基度山伯爵》讲述邓蒂斯离奇悲惨的遭遇，暴露了复辟时期法国司法制度的黑暗。《木工小史》《安吉堡的磨工》都是空想社会主义小说，体现了作者对和谐的人与人之间关系的向往和细腻抒情的作品风格。

俄国文学在19世纪以前相对贫弱，直到19世纪初才得以改变。第一个浪漫主义诗人茹科夫斯基(1783—1852)思想比较保守，代表作《斯维特兰娜》宣传顺从天命思想，充满颓丧、朦胧色彩。其后，普希金(1799—1837)的作品《自由颂》《强盗兄弟》《茨冈》等则体现了反对专制暴政的革命热情。

于1783年建立的美利坚合众国在独立战争之后受英、法等国浪漫主义运动的影响，在19世纪初开始出现自己的浪漫主义文学，并持续了约半个世纪，以1829年为界分为前后两个时期。前期浪漫主义作家有欧文(1783—1859)、库珀(1789—1851)等；后期浪漫主义则以霍桑(1804—1864)、惠特曼(1819—1892)、麦尔维尔(1819—1891)为代表，代表作品分别是《红字》《草叶集》《白鲸》。

正当浪漫主义文学方兴未艾之际，法国的斯丹达尔提出了实质上的现实主义文学主张，并在创作中加以体现。一些浪漫主义作家也相继转向现实主义创作，从而使现实主义、批判现实主义文学创作成为19世纪的主流文学。现实主义文学是西欧资本主义制度确立和发展时期的产物。社会政治经济形态的急剧变化，使早期的"理性王国"的幻想纷纷破灭，人们不得不用冷静的目光来看待社会，思考命运问题，从更现实的角度寻求改善生存环境的方法，一股求真务实的社会心理和风气随之形成。而自然科学的长足发展，以及黑格尔的辩证法、费尔巴哈的"人本学说"、孔德的实证主义哲学的产生和影响等因素，也促进了现实主义文学的诞生与发展。

英国的现实主义文学在经历了18世纪后期的低潮之后，19世纪初又有了新的发展。简·奥斯汀描写英国乡村日常生活的《傲慢与偏见》《爱玛》等作品，对处于世纪之交的英国现实主义、批判现实主义文学创作起到了承上启下的作用。英国的小说作家们开始用文学作品反映社会矛盾，暴露社会问题，表现出对社会底层民众的关注与同情，但是由于阶级立场的局限和社会思潮的影响，他们的作品较多地宣扬改良主义与阶级调和思想。查理·狄更斯(1812—1870)是英国批判现实主义文学的奠基人，他的笔锋几乎触及英国社会的各个角落。威廉·梅克皮斯·萨克雷(1811—1863)对英国资本主义社会的金钱关系、伪善等进行了批判与嘲讽，代表作有《名利场》等。夏洛蒂·勃朗特(1816—1855)的《简·爱》描写了一位谦谨、坚强、具有独立精神的女性简·爱的形象。爱米莉·勃朗特(1818—1848)的《呼啸山庄》深刻揭示了主人公希思克利夫等一系列人物的悲剧性命运;乔治·艾略特(1819—1880)的《弗洛斯河上的磨房》(1860)则树立了麦琪·特利弗这位天资聪颖、热爱自由、富有自我牺牲精神的女主人公的感人形象。继这些作家之后,19世纪后期的英国批判现实主义文学以托马斯·哈代(1840—1928)的《德伯家的苔丝》《无名的裘德》等作品为代表。

法国以斯丹达尔的长篇小说《红与黑》的问世作为现实主义文学的真正开端。其后,福楼拜(1821—1880)的《包法利夫人》、巴尔扎克(1799—1850)的《人间喜剧》、左拉(1840—1902)的《卢贡—马卡尔家族》、莫泊桑(1850—1894)的《羊脂球》等作品将法国的批判现实主义文学创作推向高潮。

普希金的诗体小说《叶甫盖尼·奥涅金》成为俄国批判现实主义文学的奠基;其后,果戈理(1809—1852)的讽刺作品《钦差大臣》《死魂灵》确立了俄国文学的批判方向。在其影响之下,一批年轻作家从40年代后期开始创作。屠格涅夫(1818—1883)的《父与子》展示了革命民主主义与贵族自由主义两大社会力量的斗争与冲突;陀思妥耶夫斯基(1821—1881)的《罪与罚》体现了陀氏对"超人哲学""权力真理"和人性的探索;列夫·托尔斯泰(1828—1910)的《战争与和平》充分肯定了俄国人民的伟大历史作用,《安娜·卡列尼娜》表达了对沙皇封建制度、道德的批判,阐释了"托尔斯泰主义";契诃夫(1860—1904)的《樱桃园》展示了新旧文化交替下的俄国现实社会。

美国批判现实主义文学在80年代开始出现,继斯托夫人等之后,产生了马克·吐温(1835—1910)、欧·亨利(1862—1910)、杰克·伦敦(1876—1916)等作家。马克·吐温的《竞选州长》揭示了美国社会民主的虚伪,杰克·伦敦的《热爱生命》《野性的呼喊》弥漫着强烈的大自然气息和鲜明的民族色彩。

20世纪的欧美文学可谓流派纷呈,批判现实主义文学影响减弱,退出主导地位,起而代之的是以表现主义、超现实主义、意识流、存在主义等各种反理性的文学流派为主的现代主义文学。

批判现实主义文学发展到20世纪,虽然已经失去了在欧洲各国的统治地位,但仍然保持着顽强的生命力。这一时期,20世纪的英国小说加强了对英国社会保守性和虚伪性的批判,具有一种冷峻的直面人生的特点,萧伯纳(1856—1950)的戏剧,劳伦斯(1855—1930)、约翰·高尔斯华绥(1867—1933)的小说使英国成为现实主义文学创作最有成就的国家之一。

法国的现实主义文学继承了19世纪文学的传统,对社会的剖析从家庭着手,以家庭变迁来反映社会变化,同时又将目光投向国际上的民族解放斗争和反法西斯斗争,把握了时代的脉搏。这一时期的美国现实主义文学敢于面对美国的经济繁荣,正视社会矛盾和精神危机,体现了清醒的现实主义态度,从而涌现出一批具有世界影响的作家,如海明威(1899—1961)和菲茨杰拉德(1896—1940)等,把美国文学推上了高峰。

此外,随着无产阶级革命运动的发展和社会主义制度在一些国家的建立,无产阶级革命文学和社会主义文学也成为20世纪世界文学中的一道独特的风景线。前苏联的马克西姆·高尔基的《母亲》堪为奠基之作,米哈依尔·亚历山大罗维奇·肖洛霍夫是20世纪前苏联文学的杰出代表,代表作品有《静静的顿河》等。

现代主义文学又称为现代派文学,是19世纪末至20世纪诞生,以第一次世界大战和第二次世界大战为轴心兴起、发展的一个文学思潮,是一系列标榜反传统的文学流派和创作的总称。它同时也涉及绘画、音乐、戏剧、电影等艺术领域,是20世纪一种具有代表性的文艺思潮,主要包括象征主义、表现主义、未来主义、超现实主义、意识流小说等十多种文学流派。从思想内容来说,它们几乎都是表现所谓"现代人的困惑",即表现周围世界的荒诞、冷漠、不可理解,以及生活在其中的人的那种陌生、孤独、痛苦的情绪。

象征主义作为现代主义文学的第一个流派,19世纪70年代兴起于法国,前驱是波德莱尔(1821—1867),80年代正式形成一个流派。象征主义喜欢用具体的形象表现抽象的观念,用物质的可感性表现隐蔽的内心世界,着眼点不是描写客观的真实,而是追求主观的幻觉;喜欢用象征、联想、暗示、烘托等手法,重视雕塑美、音乐美和朦胧美。20世纪,象征主义从法国传播到其他国家,成为国际性的文学潮流,称为后期象征主义,代表作品有托马斯·斯特恩斯·艾略特(1888—1965)的《荒原》。

表现主义是第一次世界大战前后流行于欧美各国的一个文学流派,最早产生于德国。表现主义强调"艺术是表现,不是再现"。表现主义作家反对模仿外在世界,主张表现内在主观现实,表现所谓抽象的本质。它的前驱是瑞典作家奥古斯特·斯特林堡(1849—1912),最卓越的代表作家作品是奥地利作家卡夫卡(1883—1924)的《变形记》、美国作家奥尼尔(1888—1953)的《毛猿》等。

意识流文学作家认为文学应该表现人的意识流动,尤其是表现潜意识的活动,人的意识流动遵循的是"心理时间",而非物理时间。他们开始深挖和展现人的潜意识,大量运用人物的"内心独白",把直觉与幻觉、记忆与印象、想象与幻想、梦境与现实完全糅合在一起,并用"心理时间"打乱时间的逻辑顺序,以表达人的意识不受拘束的自由流动。意识流文学的这种"自由联想"手法,再加上叙述上的多层次和多角度,使作品在结构上具有一种立体感,在叙述上具有很大的跳跃性和随意性。这就改变了传统文学的情节结构观念,打破了按主要人物经历顺序发展的情节模式,情节在作品中被淡化。同时,意识流方法丰富了文学的心理描写技巧,扩大了心理描写的范围,从而为现代心理小说和心理艺术的发展提供了重要条件。意识流文学的代表作品有法国作家马塞尔·普鲁斯特(1871—1922)的《追忆似水年华》、爱尔兰作家詹姆斯·乔伊斯(1882—1941)的《尤利西斯》和美国作家威廉·福克纳(1897—1962)的《喧嚣与愤怒》等。

超现实主义是20世纪20年代产生于法国的一个文学流派,其代表人物有勃勒东、艾吕雅和阿拉贡等。他们大多是一些激进的小资产阶级知识分子,不满意资本主义社会现实,主张改革现存社会制度,同时又有浓厚的虚无主义和无政府主义思想。但由于政治立场和世界观的分歧,超现实主义文学在30年代末期逐步走向分裂。代表作品有阿拉贡(1897—1982)的《巴黎的乡下人》等。

存在主义文学是20世纪30年代末期在存在主义哲学基础上产生的一个文学流派,它是以文学的形式来宣传存在主义哲学思想的。在存在主义文学作家笔下,世界是荒谬的,人生是痛苦的。存在主义文学最早产生于法国,然后在欧洲各国广泛流行,代表作品有法国作家萨特(1905—1980)的《禁闭》和加缪(1913—1960)的《局外人》等。

荒诞派戏剧出现于20世纪50年代的法国。在内容上表现世界的不可理喻、人生的荒诞不经;在艺术手法上则打破了传统戏剧的戏剧结构,用不合逻辑的情节、性格破碎的人物、机械重复的戏剧动作和前言不搭后语的枯燥语言来从总体上凸显世界荒诞的主题。50年代后期,流传到英、美许多国家,逐渐发展成为"二战"之后西方最有影响的戏剧流派,代表作品有爱尔兰戏剧家贝克特(1906—1989)的《等待戈多》、荒诞派戏剧奠基人法国作家阿达莫夫(1908—1970)的《进犯》等。

魔幻现实主义是拉丁美洲小说界中涌现出的一个流派,发端于20世纪三四十年代,至60年代后成为拉美小说创作的大潮。魔幻现实主义小说在艺术手法上对西方现代派文学有所借鉴,但又深深植根于深厚的民族文化传统中。作家们以丰富的想象构筑起一个个虚实相间、真假难辨、光怪陆离的艺术世界。代表作品有哥伦比亚作家加西亚·马尔克斯(1927—2014)的《百年孤独》等。

作品选读

当你老了[1]

叶 芝

当你老了,白发苍苍,睡意蒙眬,
在炉前打盹,请取下这本诗篇,
慢慢吟诵,梦见你当年的双眼
那柔美的光芒与青幽的晕影;

多少人真情假意,爱过你的美丽,
爱过你欢乐而迷人的青春,
唯独一人爱你朝圣者的心,
爱你日益凋谢的脸上的哀戚;

当你佝偻着,在灼热的炉栅边,
你将轻轻诉说,带着一丝伤感:
逝去的爱,如今已步上高山,
在密密星群里埋藏它的赧颜。

注 释

[1]选自《叶芝诗集》(河北教育出版社2003年版)。

解题及赏析

威廉·巴特勒·叶芝（1865—1939），爱尔兰诗人、剧作家，著名的神秘主义者。叶芝是"爱尔兰文艺复兴运动"的领袖，也是艾比剧院的创建者之一。1865 年 6 月 13 日出生于都柏林，1887 年开始专门从事诗歌创作，被诗人艾略特誉为"当代最伟大的诗人"。于 1923 年获得诺贝尔文学奖，获奖的理由是"以其高度艺术化且洋溢着灵感的诗作表达了整个民族的灵魂"。1939 年 1 月 28 日，在法国南部罗克布鲁纳逝世。

叶芝 1900 年以前的诗，受唯美主义和象征主义的影响较深，但由于叶芝的诗大多在爱尔兰民族的历史文化中选取题材，从布莱克、雪莱和斯宾塞的诗作中汲取表现方法，所以他早期的诗常常把浪漫主义的幻想与理智的思索融为一体，把抽象的观念与具体的形象结合起来，语言富有音乐美和爱尔兰的地方色彩。叶芝早期的诗除了 1889 年的第一本诗集《奥辛的漫游及其他》外，还有诗集《诗选》（1895）和《芦丛之风》（1899）等。叶芝后期诗歌在艺术上已经完全成熟，如在《钟楼》（1928）、《盘旋的楼梯》（1929）、《新诗集》（1938）和《最后的诗》（1939）中，他创造性地把象征主义与写实手法自然地结合起来，把生活的哲理与个人的感情融为一体。在诗中，语言更为简洁明了，形象包含多层意义，并且从整体上表现一个完整的主题思想。

1889 年叶芝遇见爱尔兰民族自治运动的领导人之一、美丽的女演员茉德·贡之后，便终身爱慕，创作于 1983 年的《当你老了》表达了诗人对茉德·贡的爱慕。遗憾的是，叶芝终其一生的情感追求却没有得到茉德·贡的回报。叶芝创作这首诗时才 29 岁，而作品中的"你"茉德·贡才 27 岁，作品运用了时间假设的方法，这种假设因为"白发苍苍""睡意蒙眬""炉前打盹"这些意象而具体起来，"老了"的那一刻已经来到了我们的面前，它是朦胧的、昏暗的，几乎是静止的，就像墙上的一幅画，然而又是那么的生动，让人触目惊心，从中可以读出叶芝可望而不可即的爱情的悲伤，读出愿意为茉德守候一生的那种平静，读出诗人甘愿为理想爱情牺牲的决心：当你老了，我依然爱你。

诗人不单在情感上追求无限，深化爱情，而且借助形式使这种情感趋向无限。作者第一节第一句就设定了一个假设"当你老了"，然后以老时为起点，开始回忆年轻时的爱情种种，在时间上构成了一种距离美，爱情在时间的回廊里延伸。同时，诗的最后一节勾勒出一幅很美的空间立体画面，从红光闪耀的火炉，到头顶上的山，再到密密群星，层次分明，空间上也形成一种张力，让我们感觉到爱情在现实中不断升华，直到无限的空间中，成为一种永恒。

习题

1. 阅读《当你老了》另一译本，试比较两个译本风格的异同。

当你老了

当你老了，头白了，睡意昏沉，
炉火旁打盹，请取下这部诗歌，
慢慢读，回想你过去眼神的柔和，

回想它们昔日浓重的阴影；

多少人爱你青春欢畅的时辰，
爱慕你的美丽，假意或真心，
只有一个人爱你那朝圣者的灵魂，
爱你衰老了的脸上痛苦的皱纹；

垂下头来，在红光闪耀的炉子旁，
凄然地轻轻诉说那爱情的消逝，
在头顶的山上它缓缓踱着步子，
在一群星星中间隐藏着脸庞。

2. 试分析《当你老了》的思想主题。
3. 读叶芝的《印度人的恋歌》，写一篇赏析文章。

海岛在晨光中酣睡，
硕大的树枝滴沥着静谧；
孔雀起舞在柔滑的草坪，
一只鹦鹉在枝头摇颤，
向着如镜的海面上自己的身影怒叫。
在这里我们要系泊孤寂的船，
手挽着手永远地漫游，
唇对着唇喃喃地诉说，
沿着草丛，沿着沙丘，
诉说那不平静的土地多么遥远；
世俗中唯独我们两人
是怎样远远藏匿在宁静的树下，
我们的爱情长成一颗印度的明星，
一颗燃烧的心的流火，
那心里有粼粼的海潮，疾闪的翅膀，
沉重的枝干，和哀叹百日的
那羽毛善良的野鸽；
我们死后，灵魂将怎样漂泊，
那时，黄昏的寂静笼罩住天空，
海水困倦的磷光反照着模糊的脚印。

作品选读

希腊古瓮颂[1]

济 慈

你委身"寂静"的、完美的处子，
受过了"沉默"和"悠久"的抚育，
呵，田园的史家，你竟能铺叙
一个如花的故事，比诗还瑰丽：
在你的形体上，岂非缭绕着
古老的传说，以绿叶为其边缘；
讲着人，或神，敦陂或阿卡狄？
呵，是怎样的人，或神！在舞乐前
多热烈的追求！少女怎样地逃躲！
怎样的风笛和鼓谣！怎样的狂喜！

听见的乐声虽好，但若听不见
却更美；所以，吹吧，柔情的风笛；
不是奏给耳朵听，而是更甜，
它给灵魂奏出无声的乐曲；
树下的美少年呵，你无法中断
你的歌，那树木也落不了叶子；
卤莽的恋人，你永远、永远吻不上，
虽然够接近了——但不必心酸；
她不会老，虽然你不能如愿以偿，
你将永远爱下去，她也永远秀丽！

呵，幸福的树木！你的枝叶
不会剥落，从不曾离开春天；
幸福的吹笛人也不会停歇，
他的歌曲永远是那么新鲜；
呵，更为幸福的、幸福的爱！
永远热烈，正等待情人宴飨，
永远热情地心跳，永远年轻；
幸福的是这一切超凡的情态：

它不会使心灵餍足和悲伤，
没有炽热的头脑，焦渴的嘴唇。

这些人是谁呵，都去赶祭祀？
这作牺牲的小牛，对天鸣叫，
你要牵它到哪儿，神秘的祭司？
花环缀满着它光滑的身腰。
是从哪个傍河傍海的小镇，
或哪个静静的堡寨山村，
来了这些人，在这敬神的清早？
呵，小镇，你的街道永远恬静；
再也不可能回来一个灵魂
告诉人你何以是这么寂寥。

哦，希腊的形状！唯美的观照！
上面缀有石雕的男人和女人，
还有林木，和践踏过的青草；
沉默的形体呵，你像是"永恒"
使人超越思想：呵，冰冷的牧歌！
等暮年使这一世代都凋落，
只有你如旧；在另外的一些
忧伤中，你会抚慰后人说：
"美即是真，真即是美，"这就包括
你们所知道、和该知道的一切。

注　释

[1] 选自《拜伦雪莱济慈抒情诗精选集》（当代世界出版社 2007 年版）。

解题及赏析

济慈（1795—1821），英国 19 世纪伟大的浪漫主义诗人，与拜伦、雪莱并称于世。他出身低微，家道清贫，父亲是伦敦一家马房的饲养员。不到十五岁时，父母双亡，他和两弟一妹全赖亲友接济长大成人。由于生活窘迫，他不得不中途辍学，跟艾德芒顿的一个医生当学徒。但济慈自幼酷爱文学，最终弃医从文，开始了他才华横溢但极其短暂的创作生涯。1818 年，他 23 岁，发表长诗《恩狄米昂》，受到保守派文人的攻击。此后陆续发表长诗《伊莎贝拉》《圣艾格尼斯前夜》和著名的颂诗《希腊古瓮颂》《夜莺颂》《秋颂》等。1818年夏开始创作以古代神话为题材的《海披里昂》（未完成）。1821年济慈死于肺病，年仅25岁。雪莱在悼念济慈的挽歌《阿东尼斯》中，把他比作"一颗露珠培养出来的鲜花"。济慈是英国浪漫主义诗人中最有才气的诗人之一，他的诗对后世的影响很大，维多利亚时代诗人丁尼生、布朗宁，以及后来的唯美派诗人如王尔德，甚至20世纪的"意象派"诗人都受到他的影响。

《希腊古瓮颂》是济慈的传世佳作。在诗中，诗人凭借卓越的想象力，通过希腊古瓮这件象征美与永恒的艺术珍品，向读者展示了古瓮画面之外另一个丰富的纯美世界，在想象与真实、主观与客观、静与动的离合汇通中，阐释了艺术本质的永恒真理，即依靠想象的力量，达到美与真统一的至高境界，从而表达了诗人独特的审美追求和深刻的艺术美学观，为后世的文艺创作提供了宝贵的遗产。

古瓮虽完美，却冰冷静默，毫无激情，在一般常人的眼里，也许它只不过是一樽刻有装饰性图案的普通工艺品而已。这样一个无生命的沉寂物，却引出诗人心灵的激荡，使诗人迷狂如痴、神思飞扬。

诗人拨开时间的迷雾和岁月的纷扰，凝望着眼前寂静美丽的古瓮，思绪也随之跳跃式地飞腾旋转。他倾听着古瓮铺叙的"如花"的故事，仿佛见到了一个生机盎然、风和日暖的古希腊世界。在那里，碧草青青，林木葱茏，春天繁茂的枝叶永不枯竭；在那里，狂喜的人们伴随着优雅的乐曲尽情地舞动，幸福的吹笛人永不停歇地吹奏着柔情的风笛，绿荫下的美少年永不疲倦地唱着动情的歌曲，羞涩少女竭力躲避鲁莽少年的深情之吻；在那里，小镇居民在晨曦中倾城而出，同神秘的祭司一道赶赴神殿，祈求赐福，唯留下荒凉的小城独守寂寥……那里就是诗人梦寻的美妙天堂。诗人乘着"诗歌无形的羽翼"，引领着读者共同飞入那永恒的美幻世界，此时瓮上的画面也不再是静止的客观物，而是在诗人想象力的美学转化下形成的一幅幅活灵活现、真实感人的生活图景。

然而，诗人并未仅仅沉醉于那个美轮美奂的感性世界，他借古瓮为载体，通过感观对美的体验和感受倾注自己的思索和探求，进而把想象推进到更高层次的理性高度，尤其是"美即是真，真即是美"这句具有哲理思辨式的论断，更是吸引了无数关注的目光，深化了人们对美的认识。诗人所指的"真"，并非仅指"客观现实"的真实性，而是指"艺术"的真实性。尽管诗人在诗中并未着力渲染"真"，但全诗恰是通过对古瓮美的追寻来展现"真"，通过对古瓮美的感悟来映射"真"。古希腊哲学家亚里士多德对艺术的真实性曾做过精辟的论述："诗人的职责不在于描述已发生的事，而在于描述可能发生的事，即按照可然律或必然律可能发生的事。"从这个角度看，济慈的"真"并不仅指描述对象的客观真实，也不仅指主观情感的真实，而是客观现实与诗人内心情感发生交流撞击产生的感受的真实。古瓮上描述的美的世界在他的现实生活中并不存在。诗人当时生活的英国社会正处于产业革命和法国革命的双重激荡之下，人间遍布灾难，他本人的一生也经历了诸多不幸。外部世界的动荡在他心中唤起了复杂、多层、不安的感受，进而促发了诗人去想象世界中找寻他盼望的"可能出现"的永恒的美，这种美是诗人的主观与客观相互作用所创造的艺术成果，它蕴含着诗人以往的生命体验及对世界和人生的深入体察，而这一切潜藏在对古瓮赞叹的诗性流露之中，这种想象与创造又同客观的物融为一体，互不分离，产生出艺术中美与真既矛盾分离又统一融合的状态，读者难以用理性去辨析，而只能用心灵去感知和体悟诗人的艺术真实。美即真，真即美，在二者之间架设统一桥梁的就是济慈所竭力推崇的想象力。曾有论者把《希腊古瓮颂》比作"人类灵魂激情拥抱幻想,以证明幻想真实存在的一出戏剧",它充分说明了想象在全诗中的重要地位。在诗人看来,通往诗歌的最终之路是想象而非逻辑推理,因为想象时"感观、直觉和判断并不是作为各自独立的认知获得的,而需要彼此借鉴参考,相互结合转变,直接变为一种反应,去客观地接受自然的具体过程,甚至主动参与其中"。

纵观全诗,诗人以对想象中的古瓮的描述开始,以想象中的古瓮对人类的诉说而结束,整首诗就是对美的意境的诗意想象。尽管我们很难找到直接歌咏想象力的任何诗行,但整首诗自始至终都充满了对它的热情赞叹。

习 题

1. 结合作品,理解"美即是真,真即是美"的内涵。
2. 读济慈的《夜莺颂》,写一篇赏析文章。

夜莺颂

1

我的心在痛,困顿和麻木
刺进了感官,有如饮过毒鸩,
又像是刚刚把鸦片吞服,
于是向着列斯忘川下沉:
并不是我嫉妒你的好运,
而是你的快乐使我太欢欣——
因为在林间嘹亮的天地里,
你呵,轻翅的仙灵,
你躲进山毛榉的葱绿和阴影,
放开了歌喉,歌唱着夏季。

2

唉,要是有一口酒!那冷藏
在地下多年的清醇饮料,
一尝就令人想起绿色之邦,
想起花神、恋歌、阳光和舞蹈!
要是有一杯南国的温暖
充满了鲜红的灵感之泉,
杯沿明灭着珍珠的泡沫,
给嘴唇染上紫斑;
哦,我要一饮而悄然离开尘寰,
和你同去阴暗的林中隐没。

3

远远地、远远地隐没,让我忘掉

你在树林中从不知道的一切,
忘记这疲劳、热病和焦躁,
这使人对坐而悲叹的世界;
在这里,青春苍白、消瘦、死亡,
而"瘫痪"有几根白发在摇摆;
在这里,稍一思索就充满了
忧伤和灰眼的绝望,
而"美"保持不住明眸的光彩,
新生的爱情活不到明天就枯凋。

4

去吧!去吧!我要朝你飞去,
不用和酒神坐文豹的车驾,
我要展开诗歌的无形羽翼,
尽管这头脑已经困顿、疲乏;
去了!呵,我已经和你同往!
夜这般温柔,月后正登上宝座,
周围是侍卫她的一群星星;
但这儿却不甚明亮,
除了有一线天光,被微风带过
葱绿的幽暗,和苔藓的曲径。

5

我看不出是哪种花草在脚旁,
什么清香的花挂在树枝上;
在温馨的幽暗里,我只能猜想

这个时令该把哪种芬芳
赋予这棵树,林莽和草丛,
这白枳花,和田野的玫瑰,
这绿叶堆中易谢的紫罗兰,
还有五月中旬的骄宠,
这缀满了露酒的麝香蔷薇,
它成了夏夜蚊蚋的嗡吟的港湾。

6

我在黑暗里倾听;呵,多少次
我几乎爱上了静谧的死亡,
我在诗里用尽了好的言辞,
求他把我的一息散入空茫;
而现在,哦,死是多么富丽:
在午夜里溘然魂离人间,
当你正倾泻着你的心怀
发出这般的狂喜!
你仍将歌唱,但我却不再听见——
你的葬歌只能唱给泥土一块。

7

永生的鸟呵,你不会死去!
饥饿的时代无法将你蹂躏;
今夜,我偶然听到的歌曲
曾使古代的帝王和村夫喜悦。
或许这同样的歌也会激荡
露丝忧郁的心,使她不禁落泪,
站在异邦的谷田里想着家;
就是这声音常常
在失掉了的仙域里引动窗扉:
一个美女望着大海险恶的浪花。

8

呵,失掉了!这句话好比一声钟
使我猛省到我站脚的地方!
别了!幻想,这骗人的妖童,
不能老耍弄它盛传的伎俩。
别了!别了!你怨诉的歌声
流过草坡,越过幽静的溪水,
溜上山坡;而此时,它正深深
埋在附近的峪谷中:
嘻,这是个幻觉,还是梦寐?
那歌声去了:——我是睡?是醒?

3. 试比较济慈与拜伦诗歌创作风格的异同。

作品选读

哈姆莱特[1](经典台词节选)

莎士比亚

(第一幕第二场)啊,但愿这一个太坚实的肉体会融解、消散,化成一堆露水!或者那永生的真神未曾制定禁止自杀的律法!上帝啊!上帝啊!人世间的一切在我看来是多么可厌、陈腐、乏味而无聊!哼!哼!那是一个荒芜不治的花园,长满了恶毒的莠草。想不到居然会有这种事情!刚死了两个月!不,两个月还不满!这样好的一个国王,比起当前这个来,简直是天神和丑怪;这样爱我的母亲,甚至于不愿让天风吹痛了她的脸。天地呀!我必须记着吗?嘿,她会偎依在他的身旁,好像吃了美味的食物,格外促进了食欲一般;可是,只有一个月的时间,我不能再想下去了!脆弱啊,你的名字就是女人!短短的一个月以前,她哭得像个泪人儿似的,送我那可怜的父亲下葬;她在送葬的时候所穿的那双鞋子还没有破旧,她就,她就——上帝啊!一头没有理性的畜生也要悲伤得长久一些——她就嫁给我的叔父,我的父亲的弟弟,可是他一点不像我的父亲,正像我一点不像赫拉克勒斯一样。只有一个月的时间,她那流着虚伪之泪的眼睛还没有消去红肿,她就嫁了人了。啊,罪恶的匆促,这样迫不及待地钻进了乱伦的衾被!那不是好事,也不会有好结果;可是碎了吧,我的心,因为我必须噤住我的嘴!

(第二幕第二场)可是我,一个糊涂颠顶的家伙,垂头丧气,一天到晚像在做梦似的,忘记了杀父的大仇;虽然一个国王给人家用万恶的手段掠夺了他的权位,杀害了他的最宝贵的生命,我却始终哼不出一句话来。我是一个懦夫吗?谁骂我恶人?谁敲破我的脑壳?谁拔去我的胡子,把它吹在我的脸上?谁扭我的鼻子?谁当面指斥我的胡说?谁对我做这种事?嘿!我应该忍受这样的侮辱,因为我是一个没有心肝、逆来顺受的怯汉,否则我早已用这奴才的尸肉,喂肥了满天盘旋的乌鸢了。嗜血的、荒淫的恶贼!狠心的、奸诈的、淫邪的、悖逆的恶贼!啊!复仇!——嗨,我真是个蠢才!我的亲爱的父亲被人谋杀了,鬼神都在鞭策我复仇,我这做儿子的却像一个下流女人似的,只会用空言发发牢骚,学起泼妇骂街的样子来,在我已经是了不得的了!

(第三幕第一场)生存还是毁灭,这是一个值得考虑的问题;默然忍受命运的暴虐的毒箭,或是挺身反抗人世的无涯的苦难,通过斗争把它们扫清,这两种行为,哪一种更高贵?死了;睡着了;什么都完了;要是在这一种睡眠之中,我们心头的创痛,以及其他无数血肉之躯所不能避免的打击,都可以从此消失,那正是我们求之不得的结局。死了;睡着了;睡着了也许还会做梦;嗯,阻碍就在这儿:因为当我们摆脱了这一具朽腐的皮囊以后,在那死的睡眠里,究竟将要做些什么梦,那不能不使我们踌躇顾虑。人们甘心久困于患难之中,也就是为了这个缘故;谁愿意忍受人世的鞭挞和讥嘲、压迫者的凌辱、傲慢者的冷眼、被轻蔑的爱情的惨痛、法律的迁延、官吏的横暴和费尽辛勤所换来的小人的鄙视,要是他只要用一柄小小的刀子,就可以清算他自己的一生?谁愿意负着这样的重担,在烦劳的生命的压迫下呻吟流汗,倘不是因为惧怕不可知的死后,惧怕那从来不曾有一个旅人回来过的神秘之国,是它迷惑了我们的意志,使我们宁愿忍受目前的磨折,不敢向我们所不知道的痛苦飞去?这样,重重的顾虑使我们全变成了懦夫,决心的赤热的光彩,被审慎的思维盖上了一层灰色,伟大的事业在这一种考虑之下,也会逆流而退,失去了行动的意义。

(第三幕第三场)他现在正在祈祷,我正好动手;我决定现在就干,让他上天堂去，我也算报了仇了。不，那还要考虑一下：一个恶人杀死我的父亲；我，他的独生子，却把这个恶人送上天堂。啊，这简直是以恩报怨了。他用卑鄙的手段，在我父亲满心俗念、罪孽正重的时候乘其不备把他杀死；虽然谁也不知道在上帝面前，他的生前的善恶如何相抵，可是照我们一般的推想，他的孽债多半是很重的。现在他正在洗涤他的灵魂，要是我在这时候结果了他的性命，那么天国的路是为他开放着，这样还算是复仇吗？不！收起来，我的剑，等候一个更惨酷的机会吧；当他在酒醉以后，在愤怒之中，或是在乱伦纵欲的时候，有赌博、咒骂或是其他邪恶的行为的中间，我就要叫他颠踬在我的脚下，让他幽深黑暗不见天日的灵魂永堕地狱。我的母亲在等我。这一服续命的药剂不过延长了你临死的痛苦。

（第三幕第四场）啊！把那坏的一半丢掉，保留那另外的一半，让您的灵魂清净一些。晚安！可是不要上我叔父的床；即使您已经失节，也得勉力学做一个贞节妇人的样子。习惯虽然是一个可以使人失去羞耻的魔鬼，但是它也可以做一个天使，对于勉力为善的人，它会用潜移默化的手段，使他徙恶从善。您要是今天晚上自加抑制，下一次就会觉得这一种自制的功夫并不怎样为难，慢慢地就可以习以为常了；因为习惯简直有一种改变气质的神奇的力量，它可以制服魔鬼，并且把他从人们心里驱逐出去。让我再向您道一次晚安；当您希望得到上天祝福的时候，我将求您祝福我。

（第四幕第四场）我所见到、听到的一切，都好像在对我谴责，鞭策我赶快进行我的蹉跎未就的复仇大愿！一个人要是把生活的幸福和目的，只看作吃吃睡睡，他还算是个什么东西？简直不过是一头畜生！上帝造下我们来，使我们能够这样高谈阔论，瞻前顾后，当然要我们利用他所赋予我们的这一种能力和灵明的理智，不让它们白白废掉。现在我明明有理由、有决心、有力量、有方法，可以动手干我所要干的事，可是我还是在大言不惭地说："这件事需要作。"可是始终不曾在行动上表现出来；我不知道这是因为像鹿豕一般的健忘呢，还是因为三分懦怯一分智慧的过于审慎的顾虑。像大地一样显明的榜样都在鼓励我；瞧这一支勇猛的大军，领队的是一个娇养的少年王子，勃勃的雄心振起了他的精神，使他蔑视不可知的结果，为了区区弹丸大小的一块不毛之地，拼着血肉之躯，去向命运、死亡和危险挑战。真正的伟大事业大不是轻举妄动，而是在荣誉遭遇危险的时候，即使为了一根稻秆之微，也要慷慨力争。可是我的父亲给人惨杀，我的母亲给人污辱，我的理智和感情都被这种不共戴天的大仇所激动，我却因循隐忍，一切听其自然，看着这二万个人为了博取一个空虚的名声，视死如归地走下他们的坟墓里去，目的只是争夺一方还不够给他们作战场或者埋骨之所的土地,相形之下,我将何地自容呢？啊！从这一刻起,让我屏除一切的疑虑妄念,把流血的思想充满在我的脑际！

注释

[1]选自《莎士比亚全集(九)》(人民文学出版社1978年版),略有改动。

解题及赏析

威廉·莎士比亚(1564—1616)是欧洲文艺复兴时期的巨人,世界戏剧史上的泰斗。他的创作广泛地反映了英国当时的政治、经济、思想、文化、风俗、习惯,被认为是古往今来少数最伟大的作家之一。莎士比亚出身于英国中部艾汶河畔的斯特拉福镇的一个富裕市民家庭。父亲主要从事皮革手套的制作和销售。幼年时期,莎士比亚在当地文法学校受过基础教育,学习过拉丁文和古典文学,并有机会接触到戏剧。由于家道中落,他于13岁时辍学回家;18岁时与邻乡一个富裕自耕农的女儿结婚。随后,由于生活负担加重,莎士比亚不得不只身奔赴伦敦谋生。当年伦敦剧团一年一度到斯特拉福的巡回演出,激起了他对戏剧艺术的浓烈兴趣。来到伦敦后,他就去剧团打杂,为看戏的绅士们看管马匹。后来加入剧团,成了雇佣演员。这些经历,让他接触到各阶层社会生活,增加了社会阅历。不久,莎士比亚参加了编剧工作,开始了舞台和创作生活。当时,英国戏剧十分兴盛,"大学才子派"盛极一时,这些都对莎士比亚产生了很大影响,他的作品源源不断地呈现在世人面前。从1590年到1612年的二十多年里,莎士比亚共完成37部戏剧、154首十四行诗以及两首叙事长诗。1610年,莎士比亚回到故乡斯特拉福定居,于1616年4月23日去世。

莎士比亚的戏剧创作,按照他思想和艺术发展的脉络,可分为三个时期：第一时期(1590—1600),历史剧、喜剧和诗歌创作时期,是作者人文主义世界观和独特的创作风格的形成时期,著有《亨利四世》上下篇、《亨利五世》等历史剧九部,《仲夏夜之梦》《第十二夜》《威尼斯商人》等喜剧十部和《罗密欧与朱丽叶》等悲剧三部;第二时期(1601—1607),一般称为悲剧时期,是莎士比亚创作的高峰期,有《哈姆莱特》等悲剧七部,《一报还一报》等喜剧四部;第三时期(1608—1612),传奇剧创作时期,有《暴风雨》等传奇剧三部和历史剧《亨利八世》一部。

《哈姆莱特》完成于1601年,是莎士比亚的代表作。剧中丹麦王子为父复仇的故事取材于公元1200年的丹麦史。哈姆莱特是丹麦王国一位年轻有为的王子,他有魄力,好思索,接近人民,对人类抱有美好的希望。他在德国的威登堡大学学习时,国内传来噩耗,父王突然惨死,叔叔克劳狄斯篡夺王位,母亲改嫁克劳狄斯。哈姆莱特回国奔丧,一天深夜,他在城堡里见到了父亲的鬼魂,父亲的鬼魂告诉了他自己被害的经过,凶手便是克劳狄斯。老哈姆莱特要求儿子为他报仇。哈姆莱特知道真相后,精神恍惚,整天穿着黑色的丧服,一心想着复仇。一天,他去见自己的恋人、首相的女儿奥菲利娅,他又想求爱又想复仇,行为怪诞。奥菲利娅把王子的情况告诉了首相,首相又报告了克劳狄斯。克劳狄斯虽然不知道老国王鬼魂出现的事,但他心中有鬼,派人试探哈姆莱特。哈姆莱特一方面想复仇,一方面又碍于母亲的面子,同时他也不十分确定父亲鬼魂的话,非常苦恼。正好这时宫中来了一个戏班子,哈姆莱特安排了一出戏进行试探,证实了克劳狄斯的罪恶。哈姆莱特决定复仇。一天,克劳狄斯独自一人忏悔,哈姆莱特本可以杀死他,可又觉得忏悔中的人被杀后会进入天堂,结果罢手。克劳狄斯派王后劝说哈姆莱特,哈姆莱特与母亲发生争执,误杀了躲在帷幕后偷听的首相。克劳狄斯以首相的儿子要复仇为由,要将哈姆莱特送往英国,准备借英王之手除掉哈姆莱特。哈姆莱特识破克劳狄斯的诡计,中途返回丹麦。当时,奥菲利娅受刺激发疯,落水身亡,哈姆莱特回国时,正赶上她的葬礼。克劳狄斯挑拨奥菲利娅的哥哥同哈姆莱特决斗,并在暗中准备了毒剑和毒酒。哈姆莱特第一回合获胜,克劳狄斯假意祝贺送上毒酒,但哈姆莱特没喝。哈姆莱特第二回合获胜,王后非常高兴,端起原准备给哈姆莱特的毒酒喝了下去。决斗中,哈姆莱特中了对手的毒剑,但他夺过剑后又击中了对方。王后中毒死去,奥菲利娅的哥哥也在生命的最后一刻揭露了克劳狄斯的阴谋。哈姆莱特用最后的一点力气拿手中的毒剑击中了克劳狄斯,自己也毒发身亡。

本文所选的是哈姆莱特几段经典的独白台词,从中可以看出他复仇的心路历程和性格特征。

哈姆莱特的形象常常是人们谈论这一悲剧的重要话题之一。这是一个刻画得极为成功的艺术形象,称为"忧郁王子"。这个人物既有文艺复兴时期人文主义者反封建、崇尚人的理性的特征,又有宫廷贵族后代悲观、忧郁的消极一面。他在威登堡大学读书时,把世界看成是光彩夺目的美好天地,这时,他是个怀抱理想的乐观的人文主义者。然而,这美好的时光瞬息即逝,混乱的丹麦宫廷里,父王奇怪地驾崩,王后改嫁新王,国外敌军压境,国内群情激奋、一触即发,而宫中却在通宵达旦地酗酒取乐。这一切,都在哈姆莱特年轻美好的生命中投下了巨大的阴影,他对世界的看法有了根本性的改变,认为人间不过是"一个荒芜不治的花园,长满了恶毒的莠草",这些也为王子年轻的生命注入了悲剧的因素。随着老王鬼魂的出现,王子接受了复仇任务,但他却迟迟不付诸行动,表现出行为上的拖延和犹豫。这种迟疑,既是社会邪恶势力过于强大,他尚无力回天所致,也是理想与现实的矛盾,造成了他行为上的犹豫,这就是文学史上所说的"延宕的王子"。所以,他发出"生存还是毁灭"的疑问。迷惘、焦虑、惶惶不安的情绪和心态,笼罩在哈姆莱特复仇的过程中,使他成了"思想的巨人","行动的矮子"。他把复仇看作是自己的个人行为:为了复仇,他失手杀死了恋人的父亲;为了复仇,他佯装疯狂失去了深爱的情人;为了复仇,他对软弱的母亲冷言相向;为了复仇,他忍受着失去友情的痛苦。最后,在一场血淋淋的宫廷决斗中,他虽然杀死了阴险狡诈的新王,但自己的生命也结束在这"牢狱"般的宫廷中。

习 题

1. 结合作品,理解"生存还是毁灭,这是一个值得考虑的问题"的内涵。
2. 试分析哈姆莱特这一人物形象的性格特征。
3. 读莎士比亚的《奥赛罗》,写一篇关于人物形象分析的小论文。

卖花女[1]（节选）

萧伯纳

  伦敦时间晚上十一时十五分！这是一个夏日的夜晚，倾盆大雨正下个不停。满街全是人们撕裂肺腑地喊着呼叫乘车的声音，而没带雨具的人们都向圣保罗教堂的长廊下奔去（此处的教堂是指位于寺院广场菜市旁边的殷尼哥·琼斯设计的教堂，而不是经雷恩设计再修建的那座教堂），其中有一对身着晚礼服的母女！到了廊下，每个人的脸上都写满了焦虑，惟有一个人对雨一点表示都没有，他面向墙壁，正聚精会神地在日记本上记着什么。

  此时，教堂里的时钟正指向十一时十五分。

女　　儿　（廊中间有两根柱子，她站在它们之间，略靠近左边的那根）太冷了，已经过了二十分钟，佛莱第到底上哪去了？

母　　亲　（站在女儿的右侧）还不到二十分钟！不过他应该能叫住一辆车的呀？

附近的一个人　（站在夫人右边）夫人，不到十一点三十分是不会有空车的，因为他们会先送那些刚从场内出来的人们回家的。

母　　亲　可是我们也要回家呀，难道就在这一直呆到十一点三十分呀！这个鬼天。

附近的一个人　这与我们没关系呀，夫人。

女　　儿　佛莱第连一点能耐都没有，要不然我们刚出戏院就会有车子坐了。

母　　亲　可他已经尽力了，这怪不得他呀。

女　　儿　可人家是怎么叫到的，就他没办法。

  〔雨雾中佛莱第从索桑普腾路朝长廊奔来，来到俩人中间，合起了那把已湿透的伞，他还十分年轻，不过二十多岁，也是一身晚礼服，但是裤子已经被雨水浇湿了。

女　　儿　还没有叫住一辆吗？

佛　莱　第　根本就没有空车，怎么能叫住呢？

母　　亲　不会没车的，佛莱第，你好好想办法，就会有的。

女　　儿　一点出息都没有。难道要我们自己去挡车吗？

佛　莱　第　我说了，所有的车子上都有人坐，这雨来得如此出乎意料，没人会想到的，所以每个人都等着坐车。我已经找遍了，从这到且陵

		十字街和洛德盖圆场,还是一无所获。
母	亲	你没去特莱法格广场那边看吧。
佛 莱	第	那边连个车影都没有。
女	儿	你到底有没有去找过?
佛 莱	第	我都跑到且陵十字街了,难道你还让我跑到汉默斯密斯去不成?
女	儿	你看你终于说了你没去找嘛!
母	亲	佛莱第,你太差劲了。继续去找,直到找到为止。
佛 莱	第	那其实是让我在雨地里站着而已。
女	儿	那我们呢?你想让我们在这里一直站到天亮吗,穿这么少的衣服在这个冷死人的鬼地?你真是个自私而笨拙的猪——
佛 莱	第	那好,我去不就得了。

〔他又撑着雨伞走进雨雾里!但刚跨了一步,便与一个行走匆匆的前来躲雨的卖花女孩撞个正着,那个女孩手里提的篮子滚落在地,正好有闪电伴着一阵"轰隆隆"的雷声,为这个场面增加气氛。

卖 花	女	佛莱第,你看着点路好不好?
佛 莱	第	真的抱歉。(急忙向河滨街方向奔去)
卖 花	女	(拾起掉了一地的花,又放到篮子中)真是一点礼貌都没有,还把两束花儿给踩坏了。

〔她来到长廊,坐在了那位太太右侧的柱脚上,开始理顺她的花束。她的长相很好,但不像小说中形容的多么美丽,看上去也很小,不过十八岁左右,最多也就二十岁。头上戴着一顶沾满灰尘和烟灰的黑色的水手草帽,看样子好久都未曾洗过。她的头发也很脏,泛着一种非自然的灰老鼠似的色泽。上衣是一件做工十分粗糙的粗呢大衣,也是黑色的,正好齐着膝盖,不过腰部十分贴身。而下身则是褐色长裙,外套粗布围裙。脚上穿着一双十分破旧的靴子。虽然她尽最大努力来整理自己,然而和那些富贵的太太小姐相比,仍然是脏兮兮的。其实,她的长相和那些太太小姐们不相上下,缺少的只是外形包装而已,另外她的牙也很脏,要是能让牙医给修整并清洗一下就好了。

母	亲	您从哪得知我儿子的名字的?
卖 花	女	您便是他的母亲?那您是如何教育他的,您也看到了,撞撒人家的花也不帮忙拾起来,还踩坏了几枝,也没赔钱,您是不是该替他赔呀?
女	儿	妈,不要相信她那一套。

母　亲	克拉拉,还是给一点钱吧,你有没有零的?
女　儿	没有,我最小的也有六便士。
母　亲	(伸手向克拉拉)那给我吧。(克拉拉极不情愿地给了母亲)(又面向卖花女)给你,算是赔你的。
卖花女	谢谢您,太太。
女　儿	让她找回多余的钱,这种花一把最多也就值一个便士而已。
母　亲	克拉拉,不要这样。(转向卖花女)都拿去吧!
卖花女	真的感谢您,太太。
母　亲	这下你可以告诉我你是如何得知那位先生的名字了吧?
卖花女	我也不知道。
母　亲	我听到了,你还想耍赖。
卖花女	(争驳)我才没呢!我也可以称他查理,只不过依我的习惯而已。你和一个陌生人见面怎么打招呼?
女　儿	真是浪费了六便士。妈,你对佛莱第也太不信任了。(她十分反感地转到柱子后面去了。)
	〔又一个人神色匆忙地从雨中奔过来躲雨,他是那种温和但又有些类似军官的绅士,看样子年龄有些大了。跑到长廊下,他把那把湿淋淋的伞合了起来。那样子和佛莱第一样惨,裤子和鞋子全湿了。他身着晚礼服外罩一件大衣。他在女儿刚站过的地方站着。
母　亲	(把脸转向绅士)先生,您认为这雨还会停下来吗?
绅　士	我看可能性不大。在两分钟前雨正越下越大呢!(他走到卖花女坐的柱脚旁,把脚搁在上面,弓着腰去放下卷着的裤腿。)
母　亲	唉,那可麻烦了!(她满脸忧虑地转向女儿身边。)
卖花女	(趁着绅士和她相离很近便与他说起来,以示自己对他的好感。)若是再下得大点,那就意味着快停了。不用着急,先生,要不买朵花吧?
绅　士	很抱歉,我身上没零钱。
卖花女	我可以给您找,先生。
绅　士	可一个金镑你能找开吗?这可是最小的了。
卖花女	噢,不过还是请您买一朵吧,先生。我可以找得开半克朗,这朵只要您两便士。
绅　士	别烦人啦!学乖一点。(在衣袋里摸了摸)我实在没零的——噢,竟然有一个半便士,可以了吗?(他也转到另一根柱子旁。)
卖花女	(略有些失望,但还是接受了)多谢了,先生。

旁边的人　　（对卖花女）你小心点。将花给他。那有一个人记录了你说的所有话。
〔每个人都转过头去看了一下那个一直在写的人。

卖　花　女　（脸色已变）我可没有做犯法的事，只是与那先生说了几句而已。我在这卖花也不可以吗？又不是在人行道上。（又担心地喊叫起来）我可是一个很好的姑娘！上帝呀，我没干坏事，只是求人家买我的花呀。
〔人群一阵混乱，多数人为卖花女鸣不平，不过也觉得她小题大作。……

卖　花　女　（挤开周围的人来到绅士身边）好先生，请您替我说句话。我没有做坏事，我只是和您聊了几句。您要帮我，要不然他们会抓我去当妓女的。他们——

做记录的人　（走过来站在她右侧，周围的人也围过来）别闹了，你这个幼稚的姑娘，我干吗要害你呀！你以为我是谁呀？

旁边的人　　不用紧张了，他只是一位先生，不信你看一下他的皮鞋。（又转向做记录的人）先生，她误认为您是警察局的线人了。

做记录的人　（满脸迷惑地）什么叫做线人？

旁边的人　　（略有为难）就是说——不就是线人嘛！我还能说成什么呀？也就是从社会上打探一些消息吧。

卖　花　女　（仍在叫着）我向天发誓，我根本没说一句——

做记录的人　（漠然但温和地）别这样啦，还叫什么呀，你也不看看，我是警察吗？

卖　花　女　（仍很担心）那你记我的话做什么？我怎么晓得你说的是真话？你给我看一下你记下我的话的本子。（做记录的人翻开日记本，送到她的面前，手伸得很直很稳，周围的人也想看，于是一块向前挤，有些体弱的已经放弃了挤。）这是什么字呀？我看不明白。

做记录的人　我能看明白。（学着她的腔调读记录）若是雨下得大点，就意味着快停了。不用着急，先生，要不买朵花吧？

卖　花　女　（很担心）我只是称呼他一声"先生"，我可没有想到别的。（又转向绅士）先生呀，怎么着你也不可以让他因为一个称呼而告我。您——

绅　　　士　告你？我没有呀！（面对着做记录的人）说正经的，先生，你若真是侦探，我可没有向您报告那个年轻姑娘对我怎么啦！您不必那么做。别人都明白，她只是想卖花而已。

一位旁观者　（对警察局的侦察十分不满）是呀，我们谁都看得出来。您别多管闲事。又没妨碍到您的利益。这个人也许是想提升吧，所以把别人的言语都记下来。那孩子说的话可没什么坏的。就算是也没什么呀？一个女孩子在这躲雨也不能安全一点。真见鬼。

〔一些十分同情卖花女的人们把她拥回原来她坐的地方，她又坐在那，但很忧虑。

旁 边 的 人　他不会是侦探，只是对什么事都感兴趣而已，我敢保证。不信你们可以去看一下他的皮靴呀！

卖 花 女　（神色忧愁地看着自己的篮子，有气无力地对自己说）咱可是个好姑娘。

刻薄的旁观者　（没有看她一眼）你可晓得"咱"是哪儿的话？

做记录的人　（不加思考地）贺克斯顿人。

〔人们吃惊地笑了一下，立刻很感兴趣地听他们的对话。

刻薄的旁观者　（有点意外）难道不是吗？这个人，怎么什么都了解。

卖 花 女　（仍不放心）怎么说他也无权来过问我的事呀。

旁 边 的 人　（转向她）那还用说，你不用担心了。（又转向做记录的人）你看看呀，你看看你，别人又不招惹你，你为什么还要这样干？

卖 花 女　管他做什么，我又不与他交往。

旁 边 的 人　你瞧不起人家吗？你怎么可以对绅士先生如此无礼？

刻薄的参观者　是呀，既然这么喜欢猜人家底细，那你以为他从哪儿来？

做记录的人　我知道他是乔特纳的人，中学是在海洛上的，然后进剑桥大学，毕业后在印度工作。

绅　　士　一点没错。

〔大家听到这里，都露出敬佩的笑容。

绅　　士　可以问一下吗，先生，你不会是依靠这个来生活的吧？

做记录的人　我也想过这个主意，有可能我以后会干这种事的。

〔雨终于停了，人群逐渐四下散了。

卖 花 女　（看到人们对那个人如此敬佩，有些不悦）他算得上一个先生？先生就是这样探究别人和事情的吗？

女　　儿　（对这些十分厌烦，很没礼貌地挤过人群，来到绅士的身边，那绅士十分礼貌地给她让地方。）佛莱第怎么还不回来？如果再这样让风吹着，我一定得肺炎不可。

做记录的人　（急忙将她说的"肺炎"两个字的音记了下来，低声地）欧尔斯考特人。

女　　儿　（大声地）你别如此无聊行吗？

做记录的人　我的声音太大了吗？我不想说给你听的，很抱歉，不过我敢确定你的母亲是埃普森人。

母　　　亲　（走过来站在他们两人之间）太让人吃惊了！我就是在埃普森近处的胖女园那长大的。

做 记 录 的 人　（很感兴趣地大笑不止）哈哈——这个名字太有趣了——别见怪，您是不是想叫一辆车？

女　　　儿　我不想与你谈话。

母　　　亲　不可这样，克拉拉。（她的女儿很恼火地耸了耸肩膀，十分清高地向后面转去）先生，若是您可以帮我们叫辆车，那就妙极了！（做记录的人掏了一个哨子出来）啊，太感谢了！（她跟在后面来到女儿站的地方。）

〔做记录的人费力地吹响了哨子。

刻薄的旁观者　看，早就说他是个便衣警察。

旁 边 的 人　你看清楚，那是比赛时用的。

卖　花　女　（仍念念不忘自己被冤之事）他干吗要害我？咱是个十分正派的人，跟谁比都不差。

做 记 录 的 人　你们有没有发现，两分钟前雨就不下了？！

旁 边 的 人　是呀，你为什么不早说呢？让我们白费精力和时间去听你的。（他朝滨河街走去。）

刻薄的旁观者　咱也知道你是从哪儿来的，你是安维尔疯人院的疯子，现在你可以回家了。

做 记 录 的 人　（觉得他发音不准）应读作韩维尔。

刻薄的旁观者　（装出贵族说话的腔调）那多谢了！教授先生，哈，哈，以后见。（他特意装出礼貌的样子，挥了挥帽子，然后迈开大步走了。）

卖　花　女　他如此对待别人，若换成别人这样对他会怎么样？

母　　　亲　雨停了。克拉拉，我们还是坐公交车回家吧。（她拉起裙摆很匆忙地走向滨河街方向。）

女　　　儿　但是，也许车子一会儿就——（可母亲已走得听不见她的话了）太糟糕了。（她十分恼火地随后跟着。）

〔除了做记录的人、绅士和卖花女，其他的人都纷纷离开了。卖花女一边低声说着什么，一边整顺花儿。

卖　花　女　我为什么这么命苦？受苦不说，还要这样提心吊胆的。

绅　　　士　（回到做记录的人左侧，也是他刚呆的地方）你能告诉我你是怎么记住这些的呢？

做 记 录 的 人　这仅仅是关于语言的事呀，也就是语言学。这些事就是我的喜好，也是我的职业。一个人若可以通过做自己喜欢做的事而支撑家庭，那是件令人兴奋的事。我呢，只要一听到别人说话，便

	立即可以判断出他是哪儿的人，就像你们听到爱尔兰人和约克郡人就知道他们的情况一样，而且我猜的一般不会超出六英里。若是伦敦人，不会差出两英里，甚至有时不会相差两条街道。
卖 花 女	真不知廉耻，一个大男人来欺侮我一个弱女子。
绅 士	你仅靠这个可以生活吗？
做记录的人	那当然不敢保证了，现在的时代是那些有钱人的社会。尤其是一夜之间变富的，比如一些人可能刚开始每年也就只挣到八十镑，但是在住进公园路后，一年至少也收入十万镑。而一旦富起来，他们便想抛弃以前的一切，包括说话，但是每次只要他们一开口，那么乡音便很自然地泄露了。我会教这些人——
卖 花 女	看好自己的家，少去管别人的事，尤其是贫苦人家的。
做记录的人	（忍无可忍）没见过你这么啰嗦的女人，先是哭，现在又吵。你最好去其他地方待着好不好？
卖 花 女	（有点胆小地反驳）你可以在这里，我想在这儿，你也管不到呀！
做记录的人	像你这么一个说话难听的女人，在哪里都不合适，其实就不应该到这个世上来！你不要忘记你的身体上还附着灵魂，另外还具有上帝赐给你的功能——说话。不要忘记你的国语是莎士比亚、密尔顿和《圣经》所使用的语言，因此你不要继续待在这儿如此烦人地说个没完没了。
卖 花 女	（被他的话给震住了，头也不敢再抬起来，趁他不注意偷视一下，既意外又想反驳）哎……呀……呀。
做记录的人	（迅速地掏出笔记本）我的上帝，这个发音太独特了！（他记完之后，看着日记本读起来，竟和她说的一模一样）哎……呀……呀。
卖 花 女	（竟对他的举止也感到新奇，情不自禁地笑起来）别这样。
做记录的人	她说的全是土话，这样的英语只能让她下半辈子仍在贫民区混。不过我可以担保，不超过三个月，我便可以让她出席外国大使的花园宴会，别人一定以为她是一位尊贵的夫人呢！或许我还可以为她找到一个去贵族家中当保姆或店员的差事，那样的差事一般都要求能说一口纯正的英语。
卖 花 女	你说什么？
做记录的人	说你像一堆烂菜叶，影响了这里宏伟建筑的整体形象。你也辜负了英语这伟大的语言。我有能力使你成为色巴的女王。（又转向绅士）你对我所说的有疑问吗？
绅 士	当然没有。我也喜欢钻研语言。我现在在研究印度语言，另外——

做 记 录 的 人 （喜形于色）真的？那你一定和那本《口语梵文》的著作者辟克林上校十分熟悉了？

绅　　　　士 我便是。请问您的尊姓大名？

做 记 录 的 人 亨利·息金斯，就是《息金斯万国注音字母》的著作人。

辟　克　　林 （万分激动）我是专程回来找你的。

息　金　　斯 我也正打算去印度和你研讨一些语言问题呢。

辟　克　　林 你家在哪里？

息　金　　斯 温波街二十七号甲。明天我在家恭候您大驾光临！

辟　克　　林 我在卡尔顿饭店住，我们现在就回那儿去，然后一边吃饭一边说，好吗？

息　金　　斯 妙极了！

卖　花　　女 （在辟克林从她身边经过时）好心的先生，您再买一朵花吧，我已经无法住店吃饭了。

辟　克　　林 我真没有零钱。很抱歉。（他绕开她过去了。）

息　金　　斯 （听到她当面撒谎十分吃惊）你不是刚说过能找开半克朗，怎么可以这么撒谎呢？

卖　花　　女 （彻底失望地从地上起来）你太可恶了！（把整个篮子抛向他面前）那你只要给我六便士！可以拿走这所有的花，还不行吗？

〔此时，教堂的钟正在打十一点三十分。

息　金　　斯 （听到钟声，他反省了一下，认为不该如此对待穷人的这种为生活而扮的虚假。）这个敲醒了我。（他毕恭毕敬地举了一下帽子，然后向篮子里扔了一把钱，便跟辟克林离开了。）

卖　花　　女 （拿起一个半克朗硬币）哎……呀……（又拾起两个两先令的银币）哎……呀……（接着又拾到几个硬币和一个十先令的金币）哎……呀……哎……呀……呀。

佛　莱　　第 （从一辆出租车钻出来，总算挡到了一辆车）喂，（向着卖花女）你知道刚才那两个女客去了哪里？

卖　花　　女 雨停之后她们去坐公交车了。

佛　莱　　第 真讨厌！可我叫住的车又该如何处理呢？

卖　花　　女 （十分神气地）这没什么，小伙子，我碰巧想拦车子呢。（她又十分神气地走去开车门，结果那司机从里面拉着不让她进去，她十分清楚他之所以这样做是怕她没钱，于是她将一大把钱伸到他面前）看好了，车钱够了吧，查理？（司机终于微笑着让她上车）喂，可是我把篮子放在哪呢？

司　　　　机 就搁上面吧，不过得付两便士。

卖花女		那不行,我不要别人发现它。(她把篮子也拿进车里,坐好后,对着车外的佛莱第)以后再见,佛莱第。
佛莱第		(茫然地举了一下帽子)再见。
司机		去哪里?
卖花女		白金汉宫。
司机		哪里?
卖花女		你连那也不知道?在格灵公园,就是国王的宫殿嘛。我走了,佛莱第!你也回去吧。
佛莱第		再见。(他往家走去。)
司机		喂,你到底住哪儿?你在白金汉宫里干什么?
卖花女		我不会去那儿了,我只是为了骗他的。你快送我回去。
司机		那你到底住哪儿?
卖花女		德茹里路,安琪儿坊,就是紧挨梅可张油店的那个。
司机		这还可以让人相信。(他发动油门。)

〔我们也随她去看一下安琪儿坊口吧。那有一个十分狭窄的拱门,两侧是两个店铺,其中一个便是梅可张油店,车子停稳之后,卖花女伊莉莎挎着花篮走下车来。

司机		(指了一下记时表)你自己看吧,一个先令。
伊莉莎		怎么会?就只有两分钟的路呀!
司机		两分钟和十分的车费相等。
伊莉莎		唔,这算怎么回事?
司机		你没有乘过出租吧?
伊莉莎		(故装阔绰地)年轻人,我乘过无数次了。
司机		(嘲讽地)真不简单。姑娘,你不必付了,留着花吧,我代表一家人向你祝福,再见了。(开车离去。)
伊莉莎		(认为有些不光彩)乱说什么?

〔她拿着花篮,向巷里自己的房子走去。那间小房很矮,里面墙上的纸已十分破旧,有些地方因为受潮,纸都掉了。窗户上的玻璃也破了一片,用纸糊着。还有一张明星的情照和一张妇人时装的图样贴在墙上,那两张都是从报上剪下来的,而这些与伊莉莎一点关系也没有。窗户那里还吊了一个鸟笼,里面空空的,因为鸟儿早就死了。屋内所有可以称得上有点点缀意味的东西就这么多了,剩下的便是哪怕再穷的家庭也必须配备的物件。一张很破旧的床,一些乱七八糟的东西搁在上面,可以说是当成被褥来抵抗严寒的了。一个粗木箱上搁着一个盆还用布蒙上了,

一只刷牙杯子和一面十分小的镜子,还有被人家当废品扔掉再被她捡回来的一张椅子和一张桌子,那架无法使用的壁炉的架子上搁了一个美国进口的闹钟。屋里照明的器具是煤气灯,那是先放一枚便士进去才可以使用的。而房子的租金是每周四先令。虽然伊莉莎十分疲倦,但是又由于高兴而睡不着,她坐在那一直在数她今天得到的钱,心里盘算着怎么花掉它。最终一个便士用完了,灯灭了。这个时候,她觉得是平生头一次心情如此愉悦,想着再投一便士也没什么,不过虽然兴奋得有些奢侈,但她还没丢掉节俭的习惯,于是她想,与其这样在地上冷冷地坐着想,还不如到床上去舒服地想。于是她把头巾和裙子脱下扔在那些乱乱的被褥上便和衣躺下,继续想着。

注释

[1]选自《萧伯纳戏剧选》(作家出版社2006年版),此处选取的是《卖花女》的第一幕,略有改动。

解题及赏析

乔治·萧伯纳(1856—1950),爱尔兰戏剧家。生于爱尔兰首都都柏林,父亲做过法院公务员,后经商失败,酗酒成癖,母亲为此离家去伦敦教授音乐。受母亲熏陶,萧伯纳从小就爱好音乐和绘画。在都柏林美以美教会中学毕业后,因经济拮据未能继续深造,15岁便当了缮写员,后又任会计。1876年移居伦敦母亲处,为《明星报》写音乐评论,给《星期六评论》周报写剧评,并从事新闻工作。

萧伯纳的世界观比较复杂,他接受过柏格森、叔本华和尼采的哲学思想,又攻读过马克思的《资本论》。1884年他参加了"费边社",主张用渐进、点滴的改良来改变资本主义制度,反对暴力革命。在艺术上,他接受易卜生影响,主张写社会问题,反对"为艺术而艺术"的主张。萧伯纳的文学始于小说创作,但最有成就的却是戏剧,"他的戏剧使他成为我们当代最迷人的作家"(颁奖辞)。1885至1949年近64个创作春秋中,他共完成了51个剧本。

萧伯纳的创作可分为两个时期。前期主要有《不愉快戏剧集》,包括《鳏夫的房产》(1892)、《荡子》(1893)和《华伦夫人的职业》(1894)等;愉快的戏剧集》由《武器与人》(1894)、《康蒂妲》(1894)、《风云人物》(1895)和《难以预料》(1896)组成。第三个戏剧集名为《为清教徒写的戏剧》,其中有《魔鬼的门徒》(1897)、《恺撒和克莉奥佩屈拉》(1898)和《布拉斯庞德上尉的转变》(1897)。进入20世纪之后,萧伯纳的创作进入高峰,发表了著名的剧本《人与超人》(1903)、《芭芭拉少校》(1905)、《伤心之家》(1913)、《圣女贞德》(1923)、《苹果车》(1929)、《真相毕露》(1932)和《突然出现的岛上愚人》(1936)等。萧伯纳杰出的戏剧创作活动,不仅使他获得了"20世纪的莫里哀"之称,而且"因为他的作品具有理想主义和人道精神,其令人激动的讽刺往往蕴含着独特的诗意之美",于1925年获得了诺贝尔文学奖。

《卖花女》是萧伯纳最受公众欢迎的喜剧,原名为《皮格马里翁》,也译为《窈窕淑女》。皮格马里翁是古希腊神话传说中赛浦洛斯国的国王,是一个大雕塑家,因厌恶国中女子轻浮淫逸而决定独身终老。他用象牙雕刻了一个姿容曼妙的少女,即刻就爱上了自己这尊栩栩如生的塑像,请求美神阿芙洛狄忒赐予塑像生命。美神让其如愿以偿,塑像复活,皮格马里翁于是喜得佳偶,欣然背弃初衷。《卖花女》剧情梗概则如下:英国皇家学会的语言学教授息金斯和朋友辟克林打赌,他能用六个月时间将一个粗俗不文的底层女子培养成一位公爵夫人。经过潜心练习,目不识丁的卖花女伊莉莎果然被息金斯教导成一个风华绝代的窈窕淑女。试验大获成功。本文节选的是作品的第一幕,主要讲述伦敦的某音乐厅外,众人因避雨而暂时聚拢在一起。期间,因卖花女伊利莎的一句貌似不礼貌的称呼产生小小的争执,并由此引出了本片的另外一位主人公——语音学教授息金斯。

然而与皮格马里翁的神话原型不同的是,卖花女伊莉莎和语言学教授息金斯虽然难免情愫暗生,却终未结成连理。因为息金斯是一个比皮格马里翁更尖刻、更顽固到底的独身主义者。而伊莉莎呢,毕竟不是用象牙雕成的不食人间烟火者,她是街坊市井里跌打滚摸出来的肉身凡胎,她对男子爱慕和崇拜的渴求远远比一根象牙所仰承艺术家的恩宠要来得多。伊莉莎决心要嫁给追求她的中产阶级破落户佛莱第。一来,弗莱第是底层女子伊莉莎所胆敢仰攀的最高枝条;二来,伊莉莎是藉此来报复息金斯。

社会的阶级分野是建立在经济能力上的。一旦社会等级确立之后,那自命不凡的所谓上层便会构筑藩篱和沟堑,用以界定和标识他们的阶级优越感。在萧伯纳时代,当权得势的是中产阶级(布尔乔亚),比之中世纪的贵族,他们缺少法理上的特权,他们用以构筑阶级优越感的是中产阶级的所谓知识教养和道德标准,即所谓上流社会的交际规则和礼仪风度,也就是剧中息金斯教授所说的"资产阶级言语间的那种故意的'h'音"。中产阶级用衣着和谈吐上的时髦让平头百姓望尘莫及,以此拉大距离并小心翼翼地保持它。而这个行为信条也使这一阶级僵化,显得颠顶可笑。

息金斯教授是中产阶级里的异类,他桀骜不驯,目空一切,视"所有公爵夫人如街头卖花女"。但拥有息金斯这样的异己分子却是整个中产阶级社会的希望和活力所在。息金斯的可爱之处在于他那种旁若无人的直率。他破坏中产阶级的交际规则,也更新了布尔乔亚社会那些陈旧因袭的恶俗风气。其实,桀骜不驯的出格言行和作风,某些时候正是那些新交际潮流和新风尚的肇始。伊莉莎,她被息金斯改造成一个贵族小姐之后还能做什么?她什么都干不了,既回不到从前上街去卖花糊口,又没有实际的经济基础可依托,在息金斯和辟克林面前,她永远也无法摆脱下层贱民的自卑心态。她的出路只能是委身于佛莱第这样的废物,一来可以获得名正言顺的上流身份,二来可以或许就此昂首杀入上流社会的广天阔地。

具有讽喻意味的喜剧效果和机智幽默的对话艺术是萧伯纳喜剧风格的一个重要方面。作品中妙言隽语层出不穷,俏皮挖苦而不动声色,睿智深切而又饱含学识,集中表现了英国式的幽默。"一片烂菜叶,还想开花店。"这是该剧结束时息金斯教授对伊莉莎的整体评价。由此我们可以看出萧伯纳的戏谑指向,从而尖锐无情地揭露资本主义社会的冷酷和虚伪。正如萧伯纳所言:"我开玩笑,就在于我讲真理;如果不将真理和玩笑混合起来,你能希望有什么人来听你讲呢?"可以说,这种精彩的舞台语言是萧伯纳智慧的凝聚,也是他对付社会弊病和人性弱点的锋利手术刀。

> **习　题**

1. 课后阅读《卖花女》全剧,分析男女主人公的性格特征。
2. 结合本文,分析萧伯纳戏剧风格。
3. 课后阅读《华伦夫人的职业》,写一篇赏析小论文。

作品选读

警察与赞美诗[1]

欧·亨利

索比急躁不安地躺在麦迪逊广场的长凳上,辗转反侧。每当雁群在夜空中引颈高歌,缺少海豹皮衣的女人对丈夫加倍的温存亲热,索比在街心公园的长凳上焦躁不安、翻来覆去的时候,人们就明白,冬天已近在咫尺了。

一片枯叶落在索比的大腿上,那是杰克·弗洛斯特的卡片[2]。杰克对麦迪逊广场的常住居民非常客气,每年来临之先,总要打一声招呼。在十字街头,他把名片交给"户外大厦"的信使"北风",好让住户们有个准备。

索比意识到,该是自己下决心的时候了,马上组织单人财务委员会,以便抵御即将临近的严寒,因此,他急躁不安地在长凳上辗转反侧。

索比越冬的抱负并不算最高,他不想在地中海巡游,也不想到南方去晒令人昏睡的太阳,更没想过到维苏威海湾漂泊。他梦寐以求的只要在岛上待三个月就足够了。整整三个月,有饭吃,有床睡,还有志趣相投的伙伴,而且不受"北风"和警察的侵扰。对索比而言,这就是日思夜想的最大愿望。

多年来,好客的布莱克韦尔岛的监狱一直是索比冬天的寓所[3]。正像福气比他好的纽约人每年冬天买票去棕榈滩和里维埃拉一样[4],索比也要为一年一度逃奔岛上作些必要的安排。现在又到时候了。昨天晚上,他睡在古老广场上喷水池旁的长凳上,用三张星期日的报纸分别垫在上衣里、包着脚踝、盖住大腿,也没能抵挡住严寒的袭击。因此,在他的脑袋里,岛子的影像又即时而鲜明地浮现出来。他诅咒那些以慈善名义对城镇穷苦人所设的布施。在索比眼里,法律比救济更为宽厚。他可以去的地方不少,有市政办的、救济机关办的各式各样的组织,他都可以去混吃、混住,勉强度日,但接受施舍,对索比这样一位灵魂高傲的人来讲,是一种不可忍受的折磨。从慈善机构的手里接受任何一点好处,钱固然不必付,但你必须遭受精神上的屈辱来作为回报。正如恺撒对待布鲁图一样[5],凡事有利必有弊,要睡上慈善机构的床,得先让人押去洗个澡;要吃施舍的一片面包,得先交代清楚个人的来历和隐私。因此,倒不如当个法律的

座上宾还好得多。虽然法律铁面无私、照章办事，但至少不会过分地干涉正人君子的私事。

一旦决定了去岛上，索比便立即着手将它变为现实。要兑现自己的意愿，有许多简捷的途径，其中最舒服的莫过于去某家豪华餐厅大吃一顿，然后呢，承认自己身无分文，无力支付，这样便安安静静、毫不声张地被交给警察。其余的一切就该由一位识相的治安推事来应付了。

索比离开长凳，踱出广场，跨过百老汇大街和第五大街的交汇处那片沥青铺就的平坦路面。他转向百老汇大街，在一家灯火辉煌的咖啡馆前停下脚步，在这里，每天晚上聚积着葡萄、蚕丝和原生质的最佳制品[6]。

索比对自己的马甲从最下一颗纽扣之上还颇有信心，他修过面，上衣也还够气派，他那整洁的黑领结是感恩节时一位教会的女士送给他的。只要他到餐桌之前不被人猜疑，成功就属于他了。他露在桌面的上半身绝不会让侍者生疑。索比想到，一只烤野鸭很对劲——再来一瓶夏布利酒[7]，然后是卡门贝干酪[8]，一小杯清咖啡和一支雪茄烟。一美元一支的雪茄就足够了。全部加起来的价钱不宜太高，以免遭到咖啡馆太过厉害的报复；然而，吃下这一餐会使他走向冬季避难所的行程中心满意足、无忧无虑了。

可是，索比的脚刚踏进门，领班侍者的眼睛便落在了他那旧裤子和破皮鞋上。强壮迅急的手掌推了他个转身，悄无声息地被押了出来，推上了人行道，拯救了那只险遭毒手的野鸭的可怜命运。

索比离开了百老汇大街。看起来，靠大吃一通走向垂涎三尺的岛上，这办法是行不通了。要进监狱，还得另打主意。

在第六大街的拐角处，灯火通明、陈设精巧的大玻璃橱窗内的商品尤其诱人注目。索比捡起一块鹅卵石，向玻璃窗砸去。人们从转弯处奔来，领头的就是一位巡警。索比一动不动地站在原地，两手插在裤袋里，对着黄铜纽扣微笑[9]。

"肇事的家伙跑哪儿去了？"警官气急败坏地问道。

"你不以为这事与我有关吗？"索比说，多少带点嘲讽语气，但很友好，如同他正交着桃花运呢。

警察根本没把索比看成作案对象。毁坏窗子的人绝对不会留在现场与法律的宠臣攀谈，早就溜之大吉啦。警察看到半条街外有个人正跑去赶一辆车，便挥舞着警棍追了上去。索比心里十分憎恶，只得拖着脚步，重新开始游荡。他再一次失算了。

对面街上，有一家不太招眼的餐厅，它可以填饱肚子，又花不了多少钱。它的碗具粗糙，空气混浊，汤菜淡如水，餐巾薄如绢。索比穿着那令人诅咒的鞋子和暴露身分的裤子跨进餐厅，上帝保佑，还没遭到白眼。他走到桌前坐下，吃了牛排、煎饼、炸面饼圈和馅饼。然后,他向侍者坦露真相:他和钱老爷从无交往。

"现在,快去叫警察,"索比说,"别让大爷久等。"

"用不着找警察,"侍者说,声音滑腻得如同奶油蛋糕,眼睛红得好似曼哈顿开胃酒中的樱桃,"喂,阿康!"

两个侍者干净利落地把他推倒在又冷又硬的人行道上,左耳着地。索比艰难地一点一点地从地上爬起来,好似木匠打开折尺一样,接着拍掉衣服上的尘土。被捕的愿望仅仅是美梦一个,那个岛子是太遥远了。相隔两个门面的药店前,站着一名警察,他笑了笑,便沿街走去。

索比走过五个街口之后,设法被捕的运气又回来了。这一次出现的机会极为难得,他满以为十拿九稳哩。一位衣着简朴但讨人喜欢的年轻女人站在橱窗前,兴趣十足地瞪着陈列的修面杯和墨水瓶架入了迷。而两码之外,一位彪形大汉警察正靠在水龙头上,神情严肃。

索比的计划是装扮成一个下流、讨厌的"捣蛋鬼"。他的对象文雅娴静,又有一位忠于职守的警察近在眼前,这使他足以相信,警察的双手抓住他的手膀的滋味该是多么愉快呵,在岛上的小安乐窝里度过这个冬季就有了保证。

索比扶正了教会的女士送给他的领结,拉出缩进去的衬衣袖口,把帽子往后一掀,歪得几乎要落下来,侧身向那女人挨将过去。他对她送秋波,清嗓子,哼哼哈哈,嬉皮笑脸,把小流氓所干的一切卑鄙无耻的勾当表演得维妙维肖。他斜眼望去,看见那个警察正死死盯住他。年轻女人移开了几步,又沉醉于观赏那修面杯。索比跟过去,大胆地走近她,举了举帽子,说:"啊哈,比德莉亚,你不想去我的院子里玩玩吗?"

警察仍旧死死盯住。受人轻薄的年轻女人只需将手一招,就等于已经上路去岛上的安乐窝了。在想象中,他已经感觉到警察分局的舒适和温暖了。年轻女人转身面对着他,伸出一只手,捉住了索比的上衣袖口。

"当然罗,迈克,"她兴高采烈地说,"如果你肯破费给我买一杯啤酒的话。要不是那个警察老瞅住我,早就同你搭腔了。"

年轻女人像常青藤攀附着他这棵大橡树一样。索比从警察身边走过,心中懊丧不已。看来命中注定,他该自由。

一到拐弯处,他甩掉女伴,撒腿就跑。他一口气跑到老远的一个地方。这儿,整夜都是最明亮的灯光,最轻松的心情,最轻率的誓言和最轻快的歌剧。淑女们披着皮裘,绅士们身着大衣,在这凛冽的严寒中欢天喜地地走来走去。索比突然感到一阵恐惧,也许是某种可怕的魔法制住了他,使他免除了被捕。这念头令他心惊肉跳。但是,当他看见一个警察在灯火通明的剧院门前大模大样地巡逻时,他立刻捞到了"扰乱治安"这根救命稻草。

索比在人行道上扯开那破锣似的嗓子,像醉鬼一样胡闹。

他又跳,又吼,又叫,使尽各种伎俩来搅扰这苍穹。

警察旋转着他的警棍,扭身用背对着索比,向一位市民解释说:"这是个耶鲁小子在庆祝胜利,他们同哈特福德学院赛球,请人家吃了个大鹅蛋。声音是有点儿大,但不碍事。我们上峰有指示,让他们闹去吧。"

索比怏怏不乐地停止了白费力气的闹嚷。难道就永远没有警察对他下手吗?在他的幻梦中,那岛屿似乎成了可望而不可即的阿卡狄亚了[10]。他扣好单薄的上衣,以便抵挡刺骨的寒风。

索比看到雪茄烟店里有一位衣冠楚楚的人正对着火头点烟。那人进店时,把绸伞靠在门边。索比跨进店门,拿起绸伞,漫不经心地退了出来。点烟人匆匆追了出来。

"我的伞!"他厉声道。

"呵,是吗?"索比冷笑说;在小偷小摸之上,再加上一条侮辱罪吧。"好哇,那你为什么不叫警察呢?没错,我拿了。你的伞!为什么不叫巡警呢?拐角那儿就站着一个哩。"

绸伞的主人放慢了脚步,索比也跟着慢了下来。他有一种预感,命运会再一次同他作对。那位警察好奇地瞧着他们俩。

"当然罗,"绸伞主人说,"那是,噢,你知道有时会出现这类误会……我……要是这伞是你的,我希望你别见怪……我是今天早上在餐厅捡的……要是你认出是你的,那么……我希望你别……"

"当然是我的。"索比恶狠狠地说。

绸伞的前主人悻悻地退了开去。那位警察慌忙不迭地跑去搀扶一个身披夜礼服斗篷、头发金黄的高个子女人穿过横街,以免两条街之外驶来的街车会碰着她。

索比往东走,穿过一条因翻修弄得高低不平的街道。他怒气冲天地把绸伞猛地掷进一个坑里。他咕咕哝哝地抱怨那些头戴钢盔、手执警棍的家伙。因为他一心只想落入法网,而他们则偏偏把他当成永不出错的国王[11]。

最后,索比来到了通往东区的一条街上,这儿的灯光暗淡,嘈杂声也若有若无。他顺着街道向麦迪逊广场走去,即使他的家仅仅是公园里的一条长凳,但回家的本能还是把他带到了那儿。

可是,在一个异常幽静的转角处,索比停住了。这儿有一座古老的教堂,样子古雅,显得零乱,是带山墙的建筑。柔和的灯光透过淡紫色的玻璃窗映射出来,毫无疑问,是风琴师在练熟星期天的赞美诗。悦耳的乐声飘进索比的耳朵,吸引了他,把他粘在了螺旋形的铁栏杆上。

月亮挂在高高的夜空,光辉、静穆;行人和车辆寥寥无几;屋檐下的燕雀在睡梦中几声啁啾——这会儿有如乡村中教堂墓地的气氛。风琴师弹奏的赞美诗拨动了伏在铁栏杆上的索比的心弦，因为当他生活中拥有母爱、玫瑰、抱负、朋友以及纯洁无邪的思想和洁白的衣领时，他是非常熟悉赞美诗的。

索比的敏感心情同老教堂的潜移默化交融在一起，使他的灵魂猛然间出现了奇妙的变化。他立刻惊恐地醒悟到自己已经坠入了深渊，堕落的岁月，可耻的欲念，悲观失望，才穷智竭，动机卑鄙——这一切构成了他的全部生活。

顷刻间，这种新的思想境界令他激动万分。一股迅急而强烈的冲动鼓舞着他去迎战坎坷的人生。他要把自己拖出泥淖，他要征服那一度驾驭自己的恶魔。时间尚不晚，他还算年轻，他要再现当年的雄心壮志，并坚定不移地去实现它。管风琴的庄重而甜美音调已经在他的内心深处引起了一场革命。明天，他要去繁华的商业区找事干。有个皮货进口商一度让他当司机，明天找到他，接下这份差事。他愿意做个煊赫一时的人物。他要……

索比感到有只手按在他的胳膊上。他霍地扭过头来，只见一位警察的宽脸盘。

"你在这儿干什么呀？"警察问道。

"没干什么。"索比说。

"那就跟我来。"警察说。

第二天早晨，警察局法庭的法官宣判道："布莱克韦尔岛，三个月。"

注　释

[1] 选自《欧·亨利短篇小说选》（安徽文艺出版社2005年版），略有改动。

[2] 杰克·弗洛斯特："霜冻"的拟人化称呼。

[3] 布莱克韦尔岛：在纽约东河上。岛上有监狱。

[4] 棕榈滩：美国佛罗里达州东南部城镇，冬令游憩胜地。里维埃拉：南欧沿地中海一段地区，在法国的东南部和意大利的西北部，是节假日憩游胜地。

[5] 恺撒：罗马统帅、政治家，罗马的独裁者，被共和派贵族刺杀。布鲁图：罗马贵族派政治家，刺杀恺撒的主谋，后逃往希腊，集结军队对抗安东尼和屋大维联军，因战败自杀。

[6] 葡萄、蚕丝和原生质的最佳制品：作者诙谐的说法，指美酒、华丽衣物和上流人物。

[7] 夏布利酒：原产于法国的Chablis地方的一种无甜味的白葡萄酒。

[8] 卡门贝干酪：一种产于法国的软干酪。

[9] 黄铜纽扣：指警察，因警察上衣的纽扣是黄铜制的。

[10] 阿卡狄亚：原为古希腊一山区，现在伯罗奔尼撒半岛中部，以其居民过着田园牧歌式的淳朴生活而著称，现指"世外桃源"。

[11] 永不出错的国王：英语谚语，国王不可能犯错误。

解题及赏析

欧·亨利(1862—1910)，美国最著名的短篇小说家之一，曾被评论界誉为"曼哈顿桂冠散文作家"和"美国现代短篇小说之父"。他出身于美国北卡罗来纳州格林斯波罗镇一个医师家庭，所受教育不多，在药房当过学徒，做过两年的牧牛人，在银行当过出纳员，还办过一份幽默周刊，后因被控在银行任职期间盗用资金而入狱5年。出狱后，来到纽约专事写作。

欧·亨利在大概十年的时间内创作了短篇小说300多篇，收入《白菜与国王》(1904)、《四百万》(1906)、《西部之心》(1907)、《市声》(1908)、《滚石》(1913)等集子。欧·亨利以描写纽约曼哈顿市民生活的作品为最著名，他把那儿的街道、小饭馆、破旧的公寓的气氛渲染得十分逼真。他曾以骗子的生活为题材，写了不少短篇小说，企图表明道貌岸然的上流社会里，有不少人就是高级的骗子、成功的骗子。欧·亨利对社会与人生的观察和分析并不深刻，有些作品比较浅薄，但他一生困顿，常与失意落魄的小人物同甘共苦，又能以别出心裁的艺术手法表现他们复杂的感情。他的作品构思新颖，语言诙谐，结局常常出人意料；又因描写了众多的人物，富于生活情趣，被誉为"美国生活的幽默百科全书"。他最出色的短篇小说如《爱的牺牲》《警察与赞美诗》《带家具出租的房间》《麦琪的礼物》《最后的常春藤叶》等都可列入世界优秀短篇小说之中。

《警察与赞美诗》写了一个令人觉得可笑的故事。作者用一种轻松幽默的笔调描写索比这个流浪汉为达到自己可笑的目的而作出的可笑的尝试，如到餐厅骗吃骗喝，砸商店的橱窗，调戏少妇，扰乱治安，行窃。令人觉得不可思议、更为可笑的是警察先生们对这些违法的举动并没有予以惩罚，反而显示出了一种"宽容"。正当他受到教堂中赞美诗音乐的感化，决定放弃过去的生活，重新开始时，却被警察抓了起来，"如愿"地送到了监狱里。

为什么有人会愿意到监狱里去呢？为什么警察对一些不良现象视而不见呢？又为什么当一个人想要重新开始生活时，别人无情地毁灭了这样一个美好的想法呢？在可笑的背后，蕴涵着一个个的大问号。细究这些问题，你会发现这个故事带给人们的是一种苦涩的笑，或者说是"含泪的笑"。可笑的东西只是浮在它的表面，沉淀在它更深处的是一种悲哀。

欧·亨利小说中的人物大多是些平凡的小人物，是社会底层的人。作者从社会的某个角落里找到了他们，用不多的笔墨将他们的行为、内心等表现出来。《警察与赞美诗》中写索比没有着力于他的外部表现，而是着重写了他的内心想法。从中，我们可以由内而外地窥视到当时的社会：这是一个让人宁愿去监狱，也不去慈善机构的充满虚伪的社会。因为"要睡上慈善机构的床，得先让人押去洗个澡"，所以"倒不如当个法律的座上宾还好得多"。作者把无限的同情都放在穷人一边。在他的笔下，穷人有着纯洁美好的心灵，仁慈善良的品格，真挚深沉的爱情，但他们却命运多舛，弱小可怜，孤立无援，食不果腹，身无居所，苟延残喘，往往被社会无情地吞噬。这种不公平的现象与繁华鼎盛的社会景象相映照，显得格外刺目，其中隐含了作者的愤愤不平。

欧·亨利小说的文字生动活泼，善于利用双关语、讹音、谐音和旧典新意，妙趣横生，尤以擅长结尾闻名遐迩，美国文学界称之为"欧·亨利式的结尾"。他善于戏剧性地设计情节，埋下伏笔，作好铺垫，勾勒矛盾，最后在结尾处突然让人物的心理情境发生出人意料的变化，或使主人公命运陡然逆转，使读者感到豁然开朗，柳暗花明，既在意料之外，又在情理之中，不禁拍案称奇,从而造成独特的艺术魅力。欧·亨利把小说的灵魂全都凝聚在结尾部分,让读者在前面似乎是平淡无奇而又诙谐风趣的娓娓动听的描述中,不知不觉地进入作者精心设置的迷宫,直到最后,忽如电光一闪,照亮了先前隐藏着的一切,仿佛在和读者捉迷藏,或者在玩弄障眼法,给读者最后一个惊喜。在欧·亨利之前,其他短篇小说家也已经这样尝试过这种出乎意料的结局,但欧·亨利对此运用得更为经常,更为自然,也更为纯熟老到。《警察与赞美诗》是其中的典范。索比听了教堂的音乐后,想要改变自己,"他要把自己拖出泥淖,他要征服那一度驾驭自己的恶魔……","他愿意做个煊赫一时的人物。他要……",当他这首充满壮志豪情的"咏叹调"还没唱完的时候,一只手按在了他的胳膊上。第二天他被判到布·莱克韦尔监狱服刑三个月——而这正是他当初的愿望。当索比的形象在读者心里逐渐变得高大起来的时候,这么一个峰回路转、戏剧性的一幕,顿时又把他变成了"小矮人"。故事在这里戛然而止,但是仔细推敲,你就会发现作者在前文已留下了蛛丝马迹,埋下了伏笔,故而此时的结局又是在情理之中的。

纵观全文,欧·亨利幽默的表现形式是多样的。其中之一就是作者巧妙地运用了事物发展过程中的"不合理性"。索比曾几次惹是生非,想进监狱得以安身,可他总是"背运"。当索比受到赞美诗的感化,欲改邪归正时,警察却以"莫须有"的罪名将他投入了监狱。主人公的反常心理,跌宕起伏的情节,出乎意料的结局,令人捧腹之余又辛酸不已,警察该抓他的时候不抓,不该抓的时候偏抓。这一系列与情理相悖的现象无不使人哑然失笑。事物发展过程中的"不合理性"常被人们巧妙地利用来表现幽默,而欧·亨利就很好地运用了这种方法,并借此深刻地反映社会现实,这就是黑色幽默的效果。"黑色幽默"是美国当代文学中的一股潮流。美国作家弗里德曼认为,"黑色幽默"是一种在思想感情上黑色的东西与幽默的东西的结合:它是幽默的,但包含着阴沉的东西;它是绝望的,但又会令人发笑。

习 题

1. 结合作品,分析主人公索比的性格特征。
2. 结合作品,分析本文的语言风格。
3. 阅读欧·亨利的《最后一片藤叶》,写一篇作品鉴赏的小论文。